오스카와 루신다 2

OSCAR AND LUCINDA
by Peter Carey

세계문학전집
198

Peter Carey : Oscar and Lucinda

오스카와 루신다 2

피터 케리 장편소설

김시현 옮김

문학동네

일러두기

1. 번역 대본으로는 Peter Carey, *Oscar and Lucinda*(Faber and Faber Ltd, UK, 2001)를 사용했다.
2. 본문 중의 주석은 모두 옮긴이주다.
3. 고딕체는 원서에서 이탤릭체로 강조한 부분이다.

차례

오스카와 루신다(61~111) 7

해설 | 종교적 여정과 사랑, 그리고 식민지 이야기 373
_박선화(건국대 교수·영문학)

피터 케리 연보 383

61
사업 원칙

사업을 운영하는 건 닭을 키우는 일과 비슷하다. 이웃에게 무한정 맡겨둔 채 닭을 내버려두고 떠날 수는 없다. 자동 먹이공급기를 살 수는 있다. 시장에 좋은 제품들이 많이 나와 있으니까. 〈위클리 타임스〉 뒤 페이지에 광고가 실려 있다. 친구나 이웃에게 하루이틀만 '닭을 살펴달라'고 부탁해도 별문제 없다. 하지만 육 개월이고 일 년이고 떠나 있다가 돌아와서는 닭이 좋은 상태이리라고 기대해선 안 된다. 진드기와 풀로룸병이 만연하고, 물이 말라 안 나오고, 제일 좋은 암탉은 개한테 물려 죽었고, 수탉은 큰도마뱀에게 부상당해 있으리라. 꼭 이대로 된다는 건 아니고 대충 이런 식으로 흘러간다는 말이다. 하지만 핵심은 그렇게 장기간 자리를 비워선 안 된다는 것이다. 베네치아와 피렌체 같은 구세계를 보고 싶다면 먼저 닭을 잡아먹거나 팔아라. 그러면 돌아왔을 때 기껏해야 닭장에 우거진 잡초 정도가 골칫거리로 남아 있을 것이다.

루신다는 이 점을 몰랐다. 혹은 알았다 하더라도 모르는 척했다. 그녀는 결혼하기 위해 런던으로 떠났다(어떻게 해서든 돌아오리라는 굳건한 의지를 가지고서 말이다. 그녀는 이곳으로 이주할 만한 남편감이 있으리라 생각했다). 루퍼트 왕자의 유리공장을 다른 사람들에게 맡기고 일 년간 오스트레일리아를 떠나 있어도 괜찮겠지 싶었다. 다른 '사람들'이라고 한 점에 주목하라. 이는 실수를 악화시켰다. 사업을 한 사람의 손에 맡기고 떠나는 것보다 더 나쁜 게 있다면 사업을 두 사람의 손에 맡기고 떠나는 것이다. 이보다 더 나쁜 게 있다면 루신다 르플래스트리어가 한 짓이다. 사업을 세 사람의 손에 맡기고 떠났던 것이다. 그중 오직 한 명만이 유리를 다룬 실제 경험이 있었다.

울라라 교구사제가 유리의 화학적 조성에 대해 얼마간 지식이 있는 건 사실이지만, 제조업자와는 거리가 멀었다. 워들리피시와 마찬가지로 지저분한 것을 싫어하는 사람이었다. 손이 더러워지는 일이라면 질색했다. 심지어 매월 셋째 월요일 아침마다 설교를 하는 빈민학교처럼 손이 지저분한 사람들이 있는 장소에는 가기도 싫어했다. 유리공장에서 그는 정신을 집중할 수 없었다.

만약 데니스 해싯이 유리공장의 운영에 실질적 책임이 있다고 생각했더라면 양심적인 사람답게 자신이 부적절하다고 단언했을 터였다. 하지만 루신다가 회계법인 답스 앤드 피그의 답스 씨에게도 공장을 보살펴달라고 부탁했다는 것을 그는 알고 있었다. 답스 씨가 수입을 은행에 넣고 청구서와 봉급을 지불할 터였다. 그러고는 수수료를 받았다.

해싯 신부는 일절 돈을 받지 않았다. 그는 친구였다. 그는 "공장을 살펴 달라"고 부탁받았다.

루신다는 그 두 사람에게 고참 유리 불기공인 아서 펠프스의 의견에 의지하라고 말해두었다. 그는 유리 제조에 훤할 뿐만 아니라 고참으로서 자연스레 공장 직원들의 우두머리였다. 유리공장 노동자들 사이에는 서열이 확고하며, 고참 유리 불기공은 귀족계급에 해당한다. 아서 펠프스가 유리 불기용 관을 입에 물고 트럼펫 연주자처럼 뺨을 부풀리는 동시에 왼쪽 입가에 물고 있던 담배를 손을 일절 쓰지 않고 유리 불기용 관을 따라 '돌려' 오른쪽 입가로 옮기는 모습만 보아도 그의 위치를 알 수 있었다.

답스 씨는 회계사라기보다는 예술애호가처럼 말쑥하게 차려입는 사람이었다(아마도 푸른색 코듀로이 양복, 모직 넥타이, 구불구불한 지팡이). 그림도 좀 그리고 시작에도 도전한 적이 있지만 아서 펠프스의 뛰어난 기술에는 둔감했다. 그는 공장이 어떻게 돌아가는지 전혀 '보지' 못했다. 아무리 뛰어난 다른 자질이 있다 한들 울라라 교구사제도 못 보기는 마찬가지였다.

아서 펠프스는 자유자재로 늘어나고 줄어드는 얼굴과 큰 가슴과 그가 '풀무'라고 즐겨 부르는 커다란 배를 가진 덩치 큰 사내였다. 그는 무거운 책임을 맡았고, 루신다에게 버림받고 다른 두 사람에게 간섭받는다고 느꼈다. 끊임없이 서로 모순된 지시를 받았고, 그 결과 잠을 설치기 일쑤였다(답스 씨는 무식한 노동자가, 그것도 술꾼이 그러리라고 예상하지 못했겠지만). 아서 펠프스가 잠자리에서 하도 뒤척이는 바람에 부인이 부엌에서 아이들과 잤다. 그는 남청색 병은 너무 많이 만들고 맥주잔은 너무 적게 만든다는 점을, 마지막으로 산 모래가 다 떨어져가도록 답스 씨의 직원이 대금을 지불하지 않아 다음번 모래 거래가 불확실해지리라는 점을, 꽃병 굽이 유행에 뒤떨어진 스타일이라는 점을, 답스 씨가 생산량을 늘리기를 원하는 반면 울라라 사제는 바로 다음날 찾아와 최근 제품에 나타나기 시작한 작디작은 기포인 '콩알'에 대한 염려를 아서에게 늘어놓으면서 우산으로 여기저기 들쑤시다가 엉뚱한 순간에 문을 열어 외풍이 들어가는 바람에 물주전자 손잡이가 갈라지게 만들어 생산을 중단시키는 점을 걱정했다.

콩알 때문에 아서 역시 마음이 상했다. 그는 수치스러웠다. 하지만 순전히 답스 씨가 서두르는 바람에 그리된 것이었다. 노동자들이 얼마나 열심히 일하는지, 어떤 마음으로 일하는지 아무도 알아주지 않았다. 멋쟁이 놈팡이나 예수쟁이를 위해서가 아니라 루신다 양을 위해 그랬다. 그들은 그녀에 대해 애정을 담아 말했다. 아버지나 오빠처럼 잔소리를 하더라도 어디까지나 보호하려는 의도에서였다. 그들은 그녀의 조언자들이 해대는 요구에 부합하려고 노력했다. 비록 장인의 기술이나 지위에 대한 존중 없이 내린 무례한 명령이었지만 그들은 더 빨리 일하려고 노력했다. 그렇게 조급하게 일한 결과 열기 때문에 젊은 유리 용액 수거공의 폐가 상했다. 사고의 가능성은 늘 있지만 제대로 돌아가는 공장에서는 이런 일이 결코 일어나지 않는다. 부상자는 어리석은 머저리가 아니라 제 몫을 해내는 일꾼이었다. 그들은 모금을 했지만 답스 씨의 기부금은 형편없었다. 모든 게 엉망진창이었다. 이 때문에 아서는 울기 시작했다. 부상당한 녀석의 앞날이 어떨지, 원료 반죽이 새 도가니에 맞춰서 늦지 않게 당도할지, 콩알이 생긴 남청색 병 이십 개가 팔릴지 걱정이었다. 그는 등받이 없는 의자에 앉아 있었다. 두번째 수거공이 가열로에서 유리용액을 모으고 있었다. 아서는 맥주를 한 모금 마시며 다음 유리를 불 준비를 했다. 수거공이 그에게 막대를 건넸고, 바로 그때 그가 울기 시작했다. 공장으로 막 들어오던 화부가 답스 씨를 데리러 서식스 스트리트로 달려갔다. 하지만 답스 씨를 아랑곳하지 않던 노동자들로서는 이 일로 가뜩이나 화부를 안 좋게 보던 시선이 더욱 굳어졌을 뿐이다. 아서는 답스 씨에게 아무 말도 하지 않았다. 그는 코를 풀고 유리공장 맥주를 마지막으로 들이켰다. 그리고 기념으로 그 병을 가져갔다. 그를 막으려 하지 않을 정도의 지각은 답스 씨에게도 있었다.

아서는 곧바로 이웃 제재소에서 일자리를 얻어 나무 밀어내는 일을 했다. 그 일에 만족한다고 그는 말했다.

용광로는 그다음주까지 타올랐지만 노동자들은 열기를 잃었다. 데니스 해싯은 무슨 일이 일어나고 있는지 보았지만 수수방관했다. 다른 문제로 머리가 복잡했다. 시드니의 주교에게 불려가 설교 내용을 해명해야 하는 처지였던 것이다.

62
고향

데니스 해싯은 마리아의 처녀 수태가 근거 없으며 예수의 완벽한 인간성과 부합하지 않는다고 생각했다. 그는 구약의 기적들을 거부했다. 신약의 기적들도 상당수 의심했다. 성경의 한 자 한 자가 하느님의 영감에 의해 쓰였다는 축자영감설 교리를 거부했다. 예수가 물리적으로 부활했다고 입증할 만한 충분한 증거가 없다고 여겼다. 다윈의 진화론을 받아들여 이를 곤충과 동물(댄서 주교는 진화론은 여기까지라고 선을 그었다)만이 아니라 인간에게도 적용했다. 그는 스스로를 광교회파로 규정했다.

댄서 주교는 광교회파를 이단의 초기 단계로 여겼다. 그는 골수 보수주의자였고, (저低교회파인) 복음주의나 (고高교회라고 알려져 있는) 퓨지주의를 받아들일 의향이 없었다. 무릎 꿇고 하는 기도나 제의는 용납할 수 없었다. 어둠을 밝히는 목적 외의 용도로 켜놓은 양초를 보면 의치가 달그락거렸다. 그는 로스트비프와 요크셔푸딩만큼이나 전통적인 신학을 지지했다. 울라라 사제의 고상하고 논리적인 설교를 부패의 시작으로 여겼다. 알기 쉽게 말하면, 주교는 이단인 그를 '작살내고' 싶었다. 하지만 이번에 새로 제정된 성직 관련 법령에 가로막힌다면, 울라라의 벽난로와 램프에서 그를 내쫓아 북쪽의 궁벽한 교구인 벨린저 강으로, 보트 하버로 보내버릴 생각이었다. 그곳 교구민들은 영국에서 1차 선거법 개정안이 추진되던 시기(주교는 아직도 그때의 기억이 생생했다. 그에게 순무가 날아오고 창문이 박살났다)의 사람들만큼이나 호의적이리라. 보트 하버는 입이 험한 톱질꾼들과 전과자들이 우글대는 곳으로, 댄서 주교가 아는 한 지상의 작은 지옥이었다. 그 같은 고난에 직면해 해싯 사제의 신앙이 새롭게 거듭날 수도 있지 않겠는가. 어쨌든 주교는 그렇게 확신했다.

종려주일을 앞둔 화요일에 울라라 사제관에 도착한 루신다는 그런 사정을 전혀 몰랐다. 그녀는 나름의 이유로 감정적인 상태였다. 방금 전 유리공장에서 목도한 광경 때문에 데니스 해싯을 질책하러 달려온 것인지, 아니면 마찬가지로 재앙과도 같은 상황을 보고 위로를 얻으러 온 것인지 헷갈렸다. 도시를 가로지르는 내내—이제는 이곳이 너무나 작아 보였다—그녀는 그에게 쏟아낼 신랄하고 빈정거리는 말을 생각했다. 하지만 사제관 앞에서(이곳도 기억보다 누추했다) 마차를 내리자 덜컥 겁이 났다. 아마도 칙칙한 붉은 벽돌과 현관의 공허한 그림자 때문이었겠지만, 혹시 공장이 그 지경이 된 게 그녀의 친구에게 벌어진 개인적 비극의 결과일지도 모른다는 생각이 들었던 것이다.

그녀는 황폐해진 루퍼트 왕자의 유리구슬 공장을 보았다. 도가니는 불씨라곤 없이 잿빛이고, 안쪽의 금속은 단단히 굳어 있었다. 유리 불기공의 나무 왕좌 아래에서 눈에 고름이 가득하고 뒷다리가 마비된 새끼 고양이가 야옹대고 있었다. 생명이 위태로운 상태여서 루신다는 타조 깃털이 달린 모자와 값비싼 검은 장갑 차림인데도 묵직한 부지깽이를 집어들고는 눈을 꼭 감고 얼굴을 찡그린 채 고양이를 죽여야만 했다. 으드득 부서지는 느낌이 팔을 타고 올라왔다.

고양이가 생명 없는 지저분한 누더기가 되자 그녀는 살해 도구로 쓴 부지깽이를 왕좌에 기대 세웠다. 내게는 힘이 있어. 그녀는 생각했다.

자신이 한 짓 탓에 부들부들 떨리긴 했지만 마음 한구석에는 작게나마 자부심도 들었다.

그리하여 옛친구와 재회했을 때는 이미 더없이 힘겨운 하루를 보낸 뒤였다. 그녀는 상상하지 못한 공간에서 그와 마주했다. 그토록 자주 회상했던, 책이 늘어선 푸근한 서재가 아니라 나무 궤짝이 잔뜩 들어찬 방에 데니스 해싯이 머물고 있었다. 새로 부임한 신부와 그 가족이 사제관의 나머지 공간에 살림을 차렸다.

벽난로에 불을 지피지 않은 방은 춥고 습했다. 토끼털 코트를 입은 루신다의 몸이 움츠러들었다. 하물며 예의바르게 방으로 안내받지도 못했다. 현관문에서 그녀를 맞이한 사람은 굴렁쇠를 든 예쁘장한 아이였다. 그녀의 친구는 꺼끌꺼끌한 나무 궤짝에 앉아 있고, 주위 바닥은 흩어진 옛 편지들로 미끄러웠다. 그는 등이 구부정하니 예전보다 왜소해 보였고, 담요가 없는데도 자세만 보면 꼭 무릎덮개를 두른 환자 같았다. 자리에서 일어설 때도 몸을 쭉 펴지 못하는 듯 보였다. 그의 손은 싸늘하고 파리했다. 그들은 서로를 바라보았다. 그녀는 그립고 친숙한 얼굴에서 많은 걸 찾으려 했으나 탈진과 패배 말고는 아무것도 보이지 않았다.

"날이 정말 형편없군요." 그녀가 말했다.

데니스 해싯은 그녀의 눈 밑이 '처지고' 피부가 창백하다고 생각했다. 그는 재회하기를 고대했지만, 막상 그녀의 어조에 짜증이 났다. 날씨 상태가 마치 그의 책임이라고 말하는 듯했다. 그는 창밖을 응시하며 어깨를 으쓱한 뒤 도로 앉았다. 그는 여자들이 얼마나 빨리 나이드는지 생각했다.

"궤짝에 앉으라고 권해야 하다니 민망하군요. 의자를 다 가져가버렸어요. 앉을 게 필요하지도 않으면서 그러더군요. 공장 일은 정말 유감입니다. 엎친 데 덮친 격이었어요."

"서재가 엉망이네요."

그는 어깨를 으쓱했다.

"이런 모습을 보니 마음이 아프네요."

"우리는 때로 물건에 너무 애착을 갖죠."

"네, 하지만 충격적이에요." 그 충격은 서재의 상태 때문이 아니라, 흔히 우리가 한 도시를 다른 곳과 달리 '고향'이라 부르게 만드는 그 모든 감정의 근원이 바로 이곳이었다는 깨달음에서 나왔다. 그녀의 기억에서 거의 희미해지다시피 했던 서재가 고향이었다니. 롱노즈 포인트의 오두막보다 서재가 더 고향집 같았다. 떠나 있는 동안 '동료애'와 '환락'의 장소로 지나치게 낭만화한 나머지 답스 씨의 집과 그곳을 드나드는 사람들의 저속하고 타락한 면모를 모조리 잊어버렸음에도 불구하고, 그 집보다도 명백히 여기가 훨씬 고향집 같았다.

이 방, 데니스 해싯의 서재는 그녀의 인생에서 참되고 선한 모든 것을 간직하고 있었다. 그녀의 생각과 달리 그가 청혼하지 않아 화가 난 나머지 그 점을 잊어버렸다. 하지만 이제 돌아와보니 그의 우정과 이 서재 없이 시드니에서 견딜 수 있을 것 같지 않았다. 귀향해서 맞닥뜨린 부당한 상황에 그녀는 모든 걸 놓아버리고 어린애처럼 목놓아 울고만 싶었다. 하지만 그녀는 어린애가 아니었다. 더이상 뜨거운 코코아와 난롯가에서 잘 의자를 요구하지 않을 터였다. 그녀는 곤경에 처한 친구를 둔 성인 여성이었다. 그녀는 애써 염려를 표하며 피가 엉겨붙은 상처에서 반창고를 뜯어내듯 그에게 사연을 들려달라고 부탁했다.

하지만 그녀의 마음속 일부는, 그것도 상당한 비중을 차지하는 부분은, 데니스 해싯의 이야기에 조금도 신경쓰지 않았다. 그 부분은 화가 나 있었다. 데니스 해싯을 나약한 바보이며 형편없는 친구로 여겼다. 그녀의 가치를 충분히 높이 평가하지 않은 데, 힘없이 앉아 있는 데, 벽난로에 불을 지피지 않는 데 비난을 퍼부어댔다. 그 부분은 그를 사랑하는 다른 부분과 공존했다. 그의 이야기를 귀담아듣는 내내 그녀의 내면에서 이 두 부분이 충돌했다. 그가 지적이고 친절한 얼굴을 가졌다고, 적들에 대해 그토록 너그럽게 말하는 것은 현명하지 않다고 그녀는 생각했다.

마침내 그녀가 말했다. "하지만 보트 하버로 가지 않겠다고 할 수 있지 않나요?"

그는 고개를 저었다.

"하지만 불공평하잖아요. 여전히 자신이 기독교인이라고 생각하죠?"

그녀는 그가 몸을 펴고 똑바로 앉았으면 싶었다.

"물론이죠."

"그럼 그자를 저주해요. 지옥으로 떨어지라고 저주를 퍼부어요." 눈물이 그녀의 뺨을 따라 흘러내리자 그가 상체를 숙여 그녀의 손을 감싸 쥐었다. 하지만 그녀는 손이 잡히는 게 싫었다. 이제 그러기엔 너무 늦었다. 어쨌든 그녀의 눈물은 이기적인 눈물이었다. 그를 위해서가 아니라 자신을 위해 흘리는 것이었다. 그의 커다란 손은 그녀에게 위로가 되기는커녕 그저 자신의 손이 얼마나 작은지 상기시킬 따름이었다. "그자가 비열하게 굴잖아요. 아, 제발. 보트 하버가 어딘데요?" 그녀는 손수건을 찾는다는 핑계로 손을 빼내며 물었다.

그는 미소 지으며 어깨를 으쓱했다. 이 일이 그녀의 삶에도 영향을 미치리란 점을 그가 깨닫지 못하는 게 그녀에게는 보였다.

"아주 먼 곳인가요?" 그녀는 공장을 엉망으로 방치한 일에 대해 그와 싸울 작정으로 여기에 왔었다. 그녀는 나무 궤짝에 구부정하니 앉은 그의 모습을 경멸했지만 그 없이는 그녀도 없을 터였다. 그는 좋은 사람이지만 너무 물렀다.

그녀는 뺨이 달아오르며 얼룩덜룩해지는 것을 느꼈다. 눈꺼풀의 모세혈관이 두드러질 참이었다.

"꽤 멀죠. 쿰바인기리 부족의 땅이에요. 이 나라에서 '멀다'란 어떤 의미일까요? 나는 모르겠습니다, 르플래스트리어 양. 유리공장이 그렇게 돼서 정말 유감이에요. 두 가지 위기가 동시에 닥쳤거든요."

"공장은 제 전부였죠."

"공장은 여전히 당신 소유예요." 그녀가 자신의 곤경에 지나치게 신경쓴다고 느낀 그가 나무라듯 말했다.

"네, 하지만 동료를 잃었죠."

그녀의 부드러운 목소리에 그는 숨을 골랐다. 스스로를 단속했다. 최근 들어 그는 너무 감정적일 때가 많았다.

"당신이 처음 서재로 들어왔을 때를 결코 못 잊을 겁니다. 남자가 오리라 생각했었죠. 우리가 불러일으킨 소란을 기억해요?"

"우리는 더없이 부적절했죠."

"아, 부적절보다 1, 2도는 더 뜨거웠죠."

"그리고 유명했고요." 루신다는 웃고 있었지만 목과 어깨가 뜨거운 가시로 뒤덮이는 듯했다.

"어쩔 수 없는 인간들이라니까요." 데니스 해싯이 활짝 웃으며 말했다.

"그럼 신부님이 추방되는 건 저 때문이군요."

"아, 아니에요."

"아니, 맞아요. 저한테 그 사실을 숨기려는 거잖아요. 제가 너무 철이 없었어요. 설마 이렇게 피해를 끼칠 줄은 상상도 못했어요."

"쉿."

"정말 생각도 못했어요."

"쉿. 내 말 듣고 있어요? 잘못 생각한 거예요. 완전히 잘못 생각하고 있는 거라고요. 자, 제발요. 순전히 신학적인 문제 때문입니다. 맹세해요." 정확히 말해 진실은 아니었다. 그녀와의 우정은 그의 상황에 도움이 되지 않았다.

"맹세해요?"

"그럼요." 그가 거짓을 입 밖에 내며 살짝 얼굴을 찡그리는 것을 그녀는 알아채지 못했다.

"그럼 가지 마요. 정말 그렇다면 꼭 갈 필요는 없어요."

"무슨 논리인지 잘 모르겠군요."

"신부님 말이 사실이라면 제 주장은 지극히 논리적이에요." 그녀가 부드럽게 말했다.

그는 웃어야 할지 이맛살을 찌푸려야 할지 난감했다. 미리 예고도 없이 찾아와 그의 안락의자에서 잠든 그녀를 발견하던 나날의 오후가 떠올랐다. "삶이란 참 서글프죠." 그가 말했다.

루신다는 일어나 창가로 갔다. 경치가 변함없어서 놀랐다. 그녀는 토끼털 코트의 목깃을 세웠다. 떠나려는 듯 장갑을 꼈다가 도로 벗어 궤짝에 올려놓고는 손가락 부분을 정돈하며 엄지 쪽을 꾹꾹 눌렀다. "꼭 떠나야 하는 건 아니에요. 선택의 여지가 있잖아요."

데니스 해싯이 몸을 쭉 폈다. 나른하니 자신감에 찬 그 동작을 보고도 그가 자신의 나약함 때문에 대가를 치른다고 느낀다는 걸 짐작할 사람은 좀처럼 없으리라. "나는 일자리가 필요해요. 주교만이 줄 수 있는 것이지요. 선택의 여지가 없어요."

"아니, 꼭 그래야 하는 건 아니에요."

"뭘 말입니까? 뭐가 꼭 그래야 하는 건 아니라는 거죠?" 그가 뿌루퉁하게 물었다.

"전부요." 그녀는 한숨을 쉬었다. 그리고 나무 궤짝에 앉았다. 가시를 다듬지 않은 거칠거칠한 나무 표면에 코트 털이 걸리는 게 느껴졌다. 어릴 적 얼굴에 닿던 아버지의 구레나룻이 떠올랐다.

그는 (손가락을 쫙 벌린 채 긴장하고 단단한) 두 손을 들었다가 (헝겊 장난감처럼 힘없이) 떨구었다. 헝겊 같은 손이 구레나룻이 있는 얼굴을 문질렀다. 그가 빙그레 웃으며 말했다. "아, 르플래스트리어 양, 우리는 서로에게 이보단 너그러워야 해요."

루신다는 장갑을 집어들고 자세히 살폈다. "친애하는 신부님, 저는 신부님을 정말 좋아합니다." 그녀는 바느질이 마음에 들지 않는다는 듯 눈살을 찌푸렸다. 양쪽 뺨에 2실링 크기의 홍조가 물들었다. "우리가 더이상 함께할 수 없게 된 데 제 책임이 있다는 점 정말, 정말 유감입니다. 그리고 솔직히 인정해요. 심지어 지금도 저는 제 생각만 하고 있어요. 앞으로 얼마나 외로울까, 신부님과 함께 공장을 샀을 때 얼마나 즐거웠던가, 앞으로도 계속 함께 사업 계획을 세울 수 있길 얼마나 바랐던가. 챈스 앤드 선스에서 유리 롤링기를 구입했어요."

복도에서, 아주 가까이에서 여자 목소리가 들렸다. "아서, 그러지 말아요!"

루신다는 얼굴을 찌푸리며 상체를 숙인 채 더욱 나직이 말했다. "이미 배송되었어요. 내일 기술자들을 시켜 공장에 설치할 겁니다. 도가니는 이번주 내에 다시 불을 지피게 될 거고요. 39개 신조도 잘 모르고, 신부님이 얼마나 많은 기적에 반대하는지도 모르지만 아무튼 꼭 가야 한다고는 생각지 않아요."

복도에서 바삐 걸어가는 발소리가 들렸다. 방문객이 왔나보다 싶었지만 아니었다. 발걸음이 멈추더니 왔던 길로 되돌아갔다.

"마치 런던타워에 갇힌 것 같군요."

데니스 해싯이 빙그레 웃었다. "파견지로 가야 합니다."

"하느님의 뜻에 따라서요?"

"물론입니다."

"아니면 인간인 주교의 뜻에 따라서?"

그는 양 손바닥으로 눈을 쓸었다.

"신부님은 주교와 뜻이 같지 않죠?" 그녀가 말했다.

"아, 제발, 르플래스트리어 양, 이 문제는 그만 얘기합시다."

"그럴 수 없어요."

"주제넘군요." 벌게진 얼굴을 쳐든 그의 눈에서 빛이 번뜩였다.

그녀는 일어났다. 마치 따귀를 맞고 가죽 슬리퍼로 엉덩이를 매질당한 듯 굴욕적이었다. 그녀는 다시 장갑을 만지작거렸다. "그럼 친구가 부당하게 대우받고 학대당했다고 화내는 건 주제넘은 짓이겠군요. 불의를 머리 숙여 받아들여선 안 된다고 말하는 것도 주제넘은 짓이고요. 신부님은 성처녀 잉태설을 받아들이지 않으시죠. 저는 한쪽 뺨을 맞으면 다른 쪽 뺨을 내밀라는 성경 말씀을 받아들이지 않아요."

그는 더이상 화를 낼 수 없었다. 전반적으로 열정이 부재하는 그의 약점이 야기한 필연적 결과였다. 그는 부싯돌로 불꽃을 일으키듯 쉽게 화를 냈지만 불이 옮겨붙을 불쏘시개가 없었다. 그는 반어적이고 자조적으로 말했고 그가 내뱉는 겉보기에 단순한 말은 다른 자기비판적인 생각을 상호참조한 것이었다. 자신의 말 속에서 그런 생각을 그녀가 읽어냈으리라 짐작했으나 당연하게도 그 자신에게만 명확할 따름이었다. "의견을 강하게 표현하는군요." 그가 말했다.

루신다의 장갑은 제대로 정리되어 있지 않았다. 엄지가 안쪽으로 뒤집혀 들어가 있었다. 그녀는 그것을 바로잡기 위해 장갑에 입바람을 불어넣어야 했다. "네, 그리고 대체로 저는 더없이 부적절하죠. 목소리가 크고 의견을 굽히지 않고. 말주변도 없고 멍청하고. 적절히 사교적으로 행동할 줄 몰라 남을 곤란하게 만들고요. 편지에서 고국으로 돌아오라고 열정적으로 권했던 제 어머니의 친구들은 막상 저를 응접실에 들이자 실수했음을 깨닫더군요. 식민지로 딸을 보내지 않은 걸 하느님께 감사했죠—그 부부는 무신론자는 아니었답니다. 그 사람들도 신부님과 같은 생각일 거예요. 저는 너무 직설적으로 말하죠. 설령 신부님 때문에 마음이 아프다 해도 이런 식으로 말하면 안 되겠죠. 우리 둘 다를 위해서요. 신부님은 앞으로 어떻게 될까요? 진흙과 술집밖에 없는 곳에서 살기엔 신부님은 너무 섬세해요. 거기엔 교회도 없죠?"

"교회 건물은 없죠."

"여기 있어요." 그녀는 떠날 채비를 하는 듯 장갑을 꼈다. 그는 일어나지 않았다. 그녀는 앉았다. "함께 공장을 꾸려요."

그러니 제발요, 그녀는 생각했다.

그녀는 이 제안을 고려하는 그를 바라보았다. 그의 눈에 생기가 약간 돌았다. (좋다고 해, 좋다고.) 그가 허리를 세웠다. 그리고 다리를 꼬았다.

"저는 사업에 대해 아무것도 모릅니다."

"우리 둘 다 그렇죠."

그는 그녀를 바라보았다. 발그레한 뺨, 반짝이는 눈, 벌어진 입술, 상체를 앞으로 숙인 채 장갑 낀 자그마한 두 손을 꼭 쥔 모습. 그는 빙그레 웃으며 고개를 저었다. "긍정을 이끌어내기 위한 강력한 논거로 부정을 쓰는군요."

그녀는 그를 막을 수 있다는 것을 알았다. 일이 분 안에 모두 결판날 것이다. "우리가 무엇을 아느냐는 중요하지 않아요. 신부님이 말했듯이, 제가 남자인 줄 알았다가 서재에서 처음 만나고는(바로 이 서재 말예요) 제게 열정이 있다고 말했죠."

"네, 정말 열정이 있죠."

"중요한 건 열정이라고도 했어요."

"지금도 그렇게 생각합니다."

"우리가 사업에 무지한 것은 중요하지 않아요. 무지는 일시적일 뿐이니까요. 아, 신부님, 친애하는 신부님, 우리는 멋진 것들을 만들어낼 거예요. 가치가 있는 것, 자랑스러운 것을요. 우리는 수지쟁이와 땅투기꾼들과 다를 거예요. 최고의 유리 제조업자가 될 수 있어요."

"그리고 우리 둘 다 외롭지 않을 거고요."

그녀는 입을 딱 벌린 채 그를 바라보았다. 아랫입술이 거의 외설적이리만치 도톰하다는 사실을 인식하지 못한 채. 그녀는 그의 눈을 응시할 수 없었다. 부드러운 회색 눈이었으나 똑바로 볼 수 없었다. 그녀는 입을 다물었다. 목과 어깨 부근이 빨갛게 달아오르는 게 느껴졌다. 그녀는 다시 장갑을 벗기 시작했다. 정적이 흘렀다. 밖에서 수송아지들이 마차를 끌며 언덕을 올라오고 있었지만 마부는 아무 소리도 내지 않았다. 마차 바퀴가 삐걱대고 채찍이 공기를 두 번 가른 게 다였다. 그 한 마디로 인해, 뒤로 숨을 나무 한 그루 없이 그루터기와 산울타리만 남게 된 그들의 대화라는 숲에서 채찍소리가 새소리처럼 울려퍼졌다.

"가야 해요." 더이상 침묵을 견딜 수 없어졌을 때 그가 말했다.

"누가 뭘 믿든 아랑곳하지 않는 사람들에게 자신이 믿지도 않는 바를 설교하려는 거군요."

"그렇게 말하다니 친절하지 않군요."

"하지만 정확하죠."

"아뇨, 정확하지 않아요. 나는 내가 믿는 바를 설교할 겁니다."

"처녀 마리아가 잉태한 게 아니라고요."

"예수님이 우리 죄를 대신해 돌아가셨고, 그 피로 말미암아 우리가 죄 사함을 받아 천국에서 하느님 곁에 앉을 수 있다고요."

그녀는 그의 목소리에 담긴 열정에 놀랐다. 워낙 그가 자신은 열정이 없다고 말하는 걸 곧잘 들어왔던 터라 이 열정을 착잡한 마음 없이 받아들이기가 어려웠다. 그들은 교회 내의 정치에 대해 논의했지만 종교에 대해서는 한 번도 이야기하지 않았다. 그들은 그녀의 주제에 대해 이야기했었다. 유리, 공장, 산업의 혜택. 그는 그녀의 욕구와 열정을 만족시켰고, 그녀는 자기중심적으로 우쭐해했다. 하지만 이날, 이 순간 그녀는 기업가가 되기보다는, 기독교적이라고 납득할 수만 있다면 오지의 작은 농장을 꾸리고 싶어졌다.

그녀는 고개를 끄덕이면서 새로운 발견들을 머릿속에 열거하며 물었다. "그러니까, 한편으로는 오지로 가고 싶은 마음도 있는 거네요?"

"꽤 크죠." 그가 인정했다.

"그리고 이 모든 것에," 그녀는 나무 궤짝들과 바닥에 흩어진 종이로 어수선한 서재를 가리키며 말했다. "어떤 면에선 만족하는군요."

그는 불현듯 스스로를 의식하며 고개를 끄덕였다. 그리고 손을 비비며 시선을 아래로 떨구다가 창밖을 내다보았다. 그는 그녀에게 자신의 즐거움을 감추고 있다. 그렇게 그녀가 말했다. 그는 인정했다. 그리고 이런 말들이, 지적과 인정이 서로 간에 대단히 차분하고 무미건조하게 오간 나머지 아주 날카로워 처음 베일 때는 아무 고통도 유발하지 않는 면도날 같아졌다.

하지만 루신다는 자신에게 그들의 우정이 차지하는 비중이 그에게 차지하는 비중보다 훨씬 컸다는 사실을 알고는 단순히 바보가 된 것 이상의 감정을 느꼈다.

"책은 모두 가져가나요?"

"책이 상할 거라더군요. 대개 곰팡이 때문에."

"그럼 여기 두고 가나요?"

"아, 아뇨. 가져가기는 할 겁니다."

사과하듯 웃고 있는 잘생긴 얼굴을 바라보며 그녀는 그를 증오했다. 일순 왔다가 사라지는 발작적 감정이었다. 그녀는 소리쳤다. "아, 그래도 괜찮아요? 책이 온통 곰팡이에 뒤덮이기를 기다리기만 하려고요?"

데니스 해싯은 놀라고 불행한 얼굴로 그녀를 바라보며 다음에 무슨 일이 벌어질지 불안해했다. 만약 청혼한다면 그녀가 받아들이리라는 생각이 문득 들었다. 이상하지만 완전히 새로운 발상이었다—떠날 때만 해도 그녀는 어린애이고 그는 보호자였던 것이다. 이 참신한 생각은 그리 나쁘지 않았다. 주교의 압제에서 벗어난 열정적 삶과 꽤나 독자적인 무엇이 언뜻 떠올랐다. 그는 키가 크고 당당한 아름다움을 지닌 여성과 결혼하기를 늘 꿈꾸었다. 루신다에게는 당당한 아름다움이 없었다. 그렇다고 그게 장애가 되지는 않았다.

장애는 다른 곳에 있었다. 첫째, 그의 영혼이 구원받는 문제였다. 이상해 보일지도 모르지만 그는 댄서 주교가 제시한 보트 하버의 이점에 동의했다. 그는 신앙심을 충분히 느끼지 못하고 있었다. 상당 부분 그의 지성이 만들어낸 것이었고, 그는 보다 단순하고, 거칠고, 예수님에게 진실된 무언가를 갈망했다.

두번째 장애물은 바퀴 아래 돌멩이 정도에 지나지 않았다. (그는 그게 있는지도 몰랐지만 바퀴를 멈추게 하기에는 충분했다.) 데니스 해싯은 상업에 대해 우월감을 느끼는 속물이었던 것이다. 주교의 압제로부터 벗어나고 싶은 만큼이나 상인이나 제조업자로서 거리를 걷는 자신의 모습을 견딜 수 없었다. 유리는 대단히 아름다운 물질이지만, 루신다 르플래스트리어가 그에게 제안한 독자적 삶은 대단히 매력적인 동시에 도저히 받아들일 수 없는 것이었다.

그는 이 어느 것도 자세히 설명하지 않았다. 그 생각과 감정은 그의 마음속에서 너무도 큰 영역을 차지하고 있었다. 그는 왜 지금, 이토록 미묘하게 그녀에게서 멀어지려는 것인지 루신다에게 아무 실마리도 주지 않았다. 그녀는 장갑 한 짝은 끼고, 다른 한 짝은 벗은 채였다. 거의 무의식적으로 열려 있는 궤짝에서 책들을 뒤집어보고 있었다. 왜 자신이 거부당하는지, 왜 이런 굴욕을 겪는지 그 까닭을 알 수 없었다.

더없이 달아나고 싶은 그때 그녀는 억지로 머물러 있었다. 그의 여정에 대해 묻고, 심지어 출발 전에 차를 마시자는 약속까지 했다. 하지만 마침내 울라라 사제관을 나오자 시드니에는 만날 사람이 아무도 없다는 절망적인 깨달음이 찾아왔다.

그녀는 근처 술집에 가 있는 마부를 불러오라고 심부름꾼을 보내야 했다. 마부는 제대로 걷지도 못했다. 그녀는 개의치 않았다. 데니스 해싯이 슬프게 미소 짓는 얼굴을 마음의 눈에서 지울 수가 없었다. 온갖 수단을 다 써서 긁어내려 했지만 그의 얼굴은 오래도록 마음속에 남게 되었다.

63
롱노즈 포인트

앞으로 고독하리라 아는 것과 고독한 것은 별개의 문제다. 솔 마이어의 배를 타고 패러매타강을 내려갈 때 루신다는 자신의 삶이 고독하리라고 상상하며 그러한 인식을 통해 힘을 얻었다. 하지만 그녀가 상상했던 건 고독이 아니었다. 고독은 시큼하고 질척거리지만, 그녀가 상상한 건 밝고 단단한 것이었다. 그녀의 상상과 마침내 실제로 겪은 경험 사이의 차이는 섬뜩한 아름다움을 지닌 칼날과, 벌어진 상처에서 나오는 만성적 통증 사이의 차이와도 같다.

그녀는 시드니와 런던에서 고독하다고, 리바이어던의 호화로운 객실에서 혼자라고 느꼈다. 하지만 데니스 해싯이 배를 타고 보트 하버로 떠난 후에야 비로소 진정한 고독이 엄습했다. 이제껏 그녀는 불붙은 도화선과 경쟁하는 무용수처럼 살았다. 줄곧 분주했고, 계획했고, 런던에 갔다 다시 돌아왔다. 그녀의 삶은 기대의 연속이었고, 심지어 많은 밤을 고양이들하고만 보냈던 시드니에서의 처음 몇 해조차 사교의 의향만 있다면 늘 만날 사람이 있었다. 그녀는 외롭다고 생각했지만 사실 그 고독을 즐겼더랬다.

루신다는 발메인 외곽으로 옮겨가 바위투성이 곶을 따라 펼쳐진 위트필즈 농장의 무너져가는 오두막을 빌렸다. 오두막이 자리한 곶의 끝이 바로 롱노즈 포인트였다. 2층 석조 오두막의 커다란 낡은 부엌에서는 패러매타강이 내려다보였다. 주베르와 버러데일이(맞다, 바로 그 버러데일이다) 땅을 아직 분할하기 전이었다. 농장은 파산한 상태라 바람에 떨어진 과수원 과일들이 썩어가는 달콤하고도 어질어질한 냄새로 가득한 그곳에 다른 사람이라곤 관리인 한 명뿐이었다. 여름이면 풀이 허리께까지 자라고, 오두막 문까지 이어진 길이 은빛이 도는 초록으로 물들었다. 그녀가 직접 모는 2인승 마차에 풀이 납작 눌려 있었다. 그녀는 물이 새는 마구간을 수리했다. 금어초와 팬지를 심었다. 책 상자들이 배달되자 카펫도 안 깔린 계단 위로 쿵쿵 소리를 내며 옮겼다. 지내기에 낭만적인 장소였고, 사제가 수재나커스버트호를 타고 시드니 헤즈에서 사라져가던 순간에도 그랬다.

그녀에겐 계획이 있었다. 설치할 장비가 있었다. 답스 씨를 만나긴 했지만 사교적으로는 거의 어울리지 않았다. 러시커터스 베이는 이제 너무 멀게 느껴졌다. 도박 충동은 완전히 사라진 듯했다. 일이 고되어 저녁식사를 마치고 한 시간 후면 곯아떨어졌다. 아침 일찍 일어났다. 그녀는 혼자였지만 아직까지는 외롭지 않았다. 머릿속에서 유리의 꿈이 타오르고 있었다. 시야 가장자리에서 어른거리는 형상들, 이제껏 그

기능을 짐작해본 적도 없는 구조물.

그녀는 자그마한 유리 피라미드를 지을 것이다.

탑을.

조지 스트리트를 전부 덮을 아케이드를.

그녀는 농장이나 결혼에 대해서는 생각하지 않았다.

왼손으로 죽을 떠먹는 동안에도 오른손에는 펜을 쥐고 있었다. 그 열정에는 충천한 분기가 어려 있었다. 당신이 뭘 놓쳤는지 보여주겠어, 해싯 씨, 라는 생각이 은근히 자리했다.

그녀는 그림을 제대로 그릴 수가 없었다. 마음속에 떠오르는 광경을 종이에 옮기면 조잡하고 흉한 모양이 되었다. 답스 씨의 친구이자 화가인 프랑스인 므슈 위유를 알게 되었다. 하지만 미술 수업은 성공적이지 않았다. 므슈 위유는 아무 거리낌 없이 비판을 늘어놓는 반면 직접 그림을 그리려 들지는 않았다. 그녀가 완강하게 요구한 후에야 그는 더없이 형편없는 오크나무를 그렸다. 돼지가(아니 어쩌면 개가) 성긴 나뭇가지 아래에서 풀을 뜯고 있었다. 그림이 어찌나 형편없었는지 므슈 위유는 굳이 '증거'를 보고 싶다는 그녀의 요구에 뒤늦게 모욕감을 느낀 척하며 수업을 그만두었다. 형편없는 실력의 증거도 가져갔다. 20파운드는 족히 받을 수 있는 그림이라고 했지만 나중에 보니 빗물에 바랜 채 마구간의 건초 사이에서 펄럭거리고 있었다.

부활절에 그녀는 발메인의 교회에 혼자 가서 예배를 드렸다. 하지만 그날 저녁에는 러시커터스 베이로 마차를 몰았다. 버로스 부인이 있는 바람에 카드 판이 벌어지지 않았다. 대화는 형편없었다. 그녀는 동떨어진 기분이었지만 외롭지는 않았다.

부활절 후에 유리 불기 기술을 익힐 여성을 구한다는 광고를 냈다. 동료를 직접 구할 수 있으리라 생각했다. 허 매저스티스 극장에서 트럼펫을 부는 여자를 만났다. 그녀는 강했다. 폐활량이 좋고 손도 크고 힘이 셌지만 남자들이 그녀와 일하려 하지 않았다. 도가니가 또다시 차갑게 식었고, 아서 펠프스가 돌아와 그녀 밑에서 일하다가 제재소로 다시 가버렸다.

그녀는 화가 나서 보트 하버에 편지를 썼다. 저간에 짜증 그 이상을 표출한 적도 한 번 있긴 했지만, 그래도 이 편지들은 축하하는 분위기를 띠고 있다. 1865년 부활절 휴일에 상자로 가득찬 그녀의 서재 풍경을 묘사한 글에는 명백히 기쁨이 어려 있다. 그림은 못 그려도 대신 글로 정물화를 그릴 수 있었다. 깊숙이 타버린 그림자들, 펼쳐진 책장에 점점이 흩뿌려진 달걀 껍데기처럼 새하얀 빛, 의자에 늘어뜨린 델프트 블루 색상 스카프, 잠자는 마멀레이드색 고양이, 북쪽 창문의 커튼 틈으로 새어들어와 삼나무 바닥을 가로지르는 가느다란 은빛 햇살 조각 등을 추방당한 데니스 해싯에게 보여주었다. 일부러 그가 시드니를 그리워하게 만들었다. 그가 시드니를 결코 '고향'으로 여기지 않았었더라도. 그는 온화하고 풍광이 쨍하니 맑은 대기를 느꼈다. 부드러운 북동풍이, 상쾌한 정도로 습기를 품은 바람이 불어와 비를 떨구는 광경을 상상했다. 나중에, 천천히 내리는 비.

8월 22일자 편지에서는 이를테면 바체스터나 니클비 씨*만 있으면 지적인 독자의 저녁이 결코 외롭지 않다는 얘기를 했다.

---

* 각각 앤서니 트롤럽의 소설에 등장하는 탑과 찰스 디킨스의 소설 주인공.

8월은 거칠고 난폭한 편서풍이 드러모인을 휩쓸거나, 베들럼 포인트와 헨 앤드 치킨 베이에서 흘러나오는 강을 따라 비명을 질러대는 첫 달이다. 8월이면 루신다의 오두막 위층은 춥고 어두웠다. 삼나무 바닥에 은빛 햇살 한 조각 들지 않았다. 고양이는 1층으로 후퇴해서는 이미 긁힌 자국투성이인 소나무 문에 또다른 상처를 내며 성질 사납게 울부짖어 여주인더러 어서 난롯가로 들여보내달라고 보챘다.

그렇다면 1층에는 과연 무엇이 있을까? 제도판과 자를 갖춘 젊은 제조업자? 아니면 하루의 일과가 끝난 뒤 디킨스 씨나 월터 스콧 경의 마법에 깊이 빠져 있는 여인? 『웨이벌리』와 『황량한 집』은 의자 옆 바닥에 놓여 있다. 하지만 그녀는 읽을 수 없다. 단어 하나하나가 이런저런 과정을 거쳐 데니스 해싯을, 유리산업 교육도 실질적 기술도 부족한 현 상황을, 공공연히 동정받는 고립된 노처녀의 처지를 환기한다.

루신다는 머리를 어깨에 떨군 채 잠들어 있고, 책은 터키 양탄자에 떨어진 그대로 놓여 있다. 불과 두 달 전에 데니스 해싯에게 충격적일 만큼 관능적이었던 그녀의 아랫입술은 이제 잠에 빠져 부루퉁하니 절망적으로 보인다. 뺨은 푹 꺼져 보인다. 푸른 실핏줄이 드러난 무거운 눈꺼풀 아래에서 눈이 움직이고 있다. 턱은 생기 없이 무겁다. 바람에 창틀에 낀 유리가 덜컹거린다. 난롯불이 쉭쉭 소리를 낸다. 가스등도 없이 연기 자욱한 등유 램프뿐이고 새카매진 갓은 청소가 필요하다. 고양이는 덜컹대는 유리창을 잔뜩 경계하며 응시한다.

피곤해서 곯아떨어져 잠든 건 아니다. 브랜디 두 잔과 방의 산소 부족 때문이기도 하지만, 무엇보다도 가장 큰 이유는 고독의 끈적대고 시큼하고 들큼한 화학성분 때문이다.

하녀를 고용해야 한다고 당신은 권하리라. 하지만 그녀에게는 하녀가 있다. 그럼 입주 하녀를 구해야 한다고 말하리라. 입주 하녀가 있다. 하지만 그녀는 더이상 하녀와 함께 살고 싶지 않다. 하녀들은 젊고 생기 넘친다. 남자친구가 있다. 부엌에 앉아 낄낄거린다. 하녀로 인해 그녀는 더욱 고독해지기만 할 뿐이다.

그렇다면 외출을 해야 한다. 어디로? 물론 예전에 수많은 즐거운 시간을 보냈던 답스 씨네로. 하지만 답스 씨 무리의 지루한 평범함이나 시드니 특유의 무지와 무모한 자신감의 결합이 아니라, 그녀가 외롭게 살아선 안 된다는 답스 씨의 결론이 그녀를 우울하게 했다. 그곳에서는 이제 늘 (마침내 결혼할 필요를 느낄 만큼 늙었다고 생각하는) '철학자'나 '시인'이 그녀의 왼쪽 자리를 차지했다.

그럼 다른 초대를 받아들였어야 했다. 정말로 그녀도 차를 마시며 지극히 평범한 것들에 대해 담소를 나누고 싶었을 텐데. 카드리유를 추거나, 품에 안은 아기의 자칫 위험할 뻔한 행동에 대해 이야기를 나누는 일에 흥미를 보였을 것이다. 소설에서는 이런 것들이 흥미롭지 않던가? 그렇다면 실제 삶에서도 흥미롭지 않을까?

하지만 지금 루신다는 친분을 쌓고 싶을 만한 사람들과 모두 소원해져버린 상태였다. 그녀의 잘못된 걸음걸이나 부적절한 머리 모양, 대체로 다른 이의 감정에 무심한 매너 때문만은 아니었다. 그녀 스스로 거리를 두었던 것이다. '같은 계급'으로 묶이는 느슨한 집단에 전혀 공감하지 못함을 내비쳤었다. 심지어 직접 고른 집조차 그녀를 사람들과 떨어뜨려놓았다. 그녀가 공공연히 드러내는 오만은 용서받을 수 없는 것이었다. 사교계는 그녀를 두 번 다시 초대하지 않았다.

다행히 그녀는 자신이 공장에서 환영받는 존재가 아니라는 사실을 아직 깨닫지 못했다. 그녀는 이 건조한 벽돌 바닥 공장을 집으로 여겼다. 공장은 그녀에게 삶과의 유일한 연결고리였다. 그녀는 노동자들의 체취를 좋아했다. 저속한 의미에서가 아니라, 보통 인간의 냄새를 높이 샀던 것이다. 그 냄새는 노동과 온기와 실용성을 의미했다.

겨울에 그녀의 집은 추웠다. 바닥 광택제 냄새가 풍겼다. 그녀는 더 이상 그곳을 견딜 수 없었다.

64
마술처럼

그녀는 한때 행복했었다. 제대로, 깊이 행복했었다. 하지만 마구간 못에 등불을 걸고 고집스러운 말 때문에 법석을 피우는 지금, 자신이 어쩌다 이런 신세가 되었는지 믿을 수가 없었다.

밤 아홉시였다. 마차를 몰고 달릴 생각이었다.

어디까지 갈지는 생각하지 않았다. 어디에서 시작할지도 생각하지 않았다. 여기 롱노즈 포인트에 외따로 있기가 무서웠다.

머리가 뒤죽박죽이라 생각을 할 수 없었다. 그녀의 정신이 복도를 따라 달음질치는 동안 바로 등뒤에서 문들이 쾅쾅 닫혔다.

그녀는 마차를 몰고 달릴 생각이었다. 마구를 단단히 조였다. 진창길을 따라 말을 끌고 버치그로브 하우스를 지나갔다. 관리인이 노래를 부르고 있었다. 혼자 흥얼거리는 그는 역시나 취해 있었다. 지난주 밤에는 외양간을 홀라당 태워먹기도 했다. 루신다는 권총 두 정을 담요로 싸 마부석 아래에 놓아두었다.

긴 격랑과 잔물결 위로 빗방울이 떨어졌다. 그녀는 행복했던 시절을 더듬어보았다. 술 취한 노랫소리로부터 멀어졌다. 편서풍으로부터 벗어났다. 그녀는 아버지와 함께 패러매타에 있었다. 집으로 가는 중이었다. 커다란 사륜마차가 자갈밭을 가로질러 출발하자 늙은 웨일러종 말이 바로 곁의 사이 나쁜 페르슈롱종 말을 물려고 했다. 말들은 약간 빠르지만 멋진 걸음으로 번화가를 통과하며(거기 조심해!) 의사의 사륜 쌍두마차와 농부의 사륜 짐마차와 각종 이륜마차를 지나쳤다. 커다란 스커트를 입은 여자들, 프록코트 차림의 가게 주인들, 바지 무릎 밑을 줄로 묶어서 굵은 다리가 마치 끈으로 끝부분을 잡아맨 소시지처럼 보이는 농부들. 웨일러가 페르슈롱을 공격하려 하자 아버지가 기다란 막대로 말을 때렸다. 말이 폴짝 뛰는 모습에 깔깔 웃던 그녀는 말이 사람을 죽일 수도 있다는 사실을 아직 몰랐다.

냄새가 뒤를 좇아왔다. 그녀는 여전히 하나하나 열거할 수 있었다. 겨 냄새, 밀기울, 귀리 냄새, 밀 씨앗의 보드랍고 보슬보슬하고 누르스름한 냄새. 이 냄새들이 다른 냄새들과 합쳐지며 향기 목걸이를 이루었다. 일부는 패러매타의 냄새이고, 일부는 집으로 가는 길에 맡은 냄새였다. 예를 들어 별안간 달콤한 꿀냄새가 짙게 풍겨오면, 아직 유해잡초로 분류되기 전인 쥐똥나무가 길가에 흐드러지게 핀 꽃들을 흔들고 있었다. 혹은 쥐똥나무가 아니라—봐, 루시, 조오기, 얼른—보석처럼 눈부신 붉고 파란 깃털로 덮인 화려한 앵무새 한 마리, 아니 서너 마리가 쥐똥나무의 달콤한 흰 꽃무리를 흔들고 있는 것 같았다.

그래스 코너를 지나 목조 다리를 우레 같은 소리를 내며 건넌 후 언덕을 깎아 만든 좁은 도로로 접어들었다. 한번은 아버지가 그곳에서 말을 세웠다. 그녀에게 고삐를 쥐고 있으라며 주고는 마차에서 뛰어내렸다. 그는 키는 작아도 강인한 팔과 어깨를 가진 다부진 사람이었다. 다리 근육을 기르기 위해 운동을 했지만 늘 그대로였다. 그에게서는 사과 냄새가 났고, 때때로—패러매타로 갈 때면—오드콜로뉴 향내가 났다. 그는 언제나 종이봉투를 가지고 다녔다. 어쩌다 종이봉투를 발견하면 조심스레 접어 간직했으며, 봉투를 대수롭지 않게 여기는 사람을 보면 주저없이 달라고 하거나 빌리곤 했다. 루신다는 전혀 창피하지 않았다. 부모가 하는 행동 하나하나가—화법이든 머리 빗는 방식이든—창피하게 느껴지는 삶의 단계를 아예 겪지 않았다. 그녀는 종이봉투를 수집한다고 잔소리하지 않았다. 봉투는 아빠가 샘플용 흙을 담기 위해 존재하는 물건이라고 알았다. 언제라도(지금처럼 아빠가 짐마차에서 뛰어내려 작고 깔끔한 삽의 손잡이를 펼칠 때) 그때껏 젤리를 담았던 봉투라도 기꺼이 지혈용 모래, 부엽토를 잔뜩 함유한 톡 쏘는 냄새의 검고 무거운 흙, 어찌나 향기로운지 그녀에게는 쥐똥나무 꽃만큼이나 화려하게 느껴지는 진흙 등을 담는 데 쓸 수 있었다. 이 도로의 진흙은 경이로웠다. 훌리안이니 몰로이니 로크라고 불리는 여느 무지한 이웃, 리비우스*나 몽테뉴만큼이나 이 흙에 무심한 사람처럼 당신도 그냥 도로를 지나칠 수 있으리라. 하지만 일단 멈춰서 찬찬히 살펴보면 천국의 모든 옷을 물들이고도 남을 밝은 진홍색과—그녀의 아빠가 농담했던

* 고대 로마의 역사가.

대로—접시에 머스터드 대신 올려놓아도 좋을 만한 담황색을 발견하게 된다. 그 농담 때문에 다시 마차에서 내렸을 때(그들 소유의 자그마한 골짜기로 이어지는 드넓은 고원을 향해 다이어스 언덕을 힘겹게 올라야 했다) 그녀는 금지된 매운맛을 경험하게 되리라 고대하며 흙을 먹었다. 하지만 모래 알갱이 섞인 진흙일 뿐이었다. 아버지는 껄껄대며 손수건으로 그녀의 침울한 얼굴을 닦아주었다.

바로 이 흙으로 아버지는 부엌용 단지를 만들곤 했다. 어머니는 이 단지들을 놀려댔다. 실제로 단지는 울퉁불퉁하고 뚜껑이 제대로 닫히지 않았다. 하도 그래서 종이반죽으로 오두막집의 널빤지 틈을 메꾸듯 귀중한 종이봉투로 단지와 뚜껑 사이의 틈을 메웠다. 하지만 양쪽 다 붉은 개미와 작은 검은 개미가 뚫고 들어와 개미산냄새로 음식을 오염시키지 못하게 막는 데는 실패했다.

어머니는 나무판자를 한 장 깔고 진흙을 말아 뱀을 만든 뒤, 그것으로 단지 만드는 법을 보여주었다. 루신다의 기억에 의하면 처음에는 늘 손가락이 뽀송뽀송하고 진흙도 말랑말랑하여 즐거웠으나, 어디선가부터 이유를 모르겠지만 잘못되곤 했다. 옆에서 어머니는 진흙을 뜻대로 주물렀고, 설령 실수를 한다 해도 떼어내고 매끈하게 다듬었다. 하지만 루신다의 손에서 진흙은 곧 축축해져 미끈거렸고, 고치고 고치다 보면 형태를 잃고 끈적끈적 물러져 망가져버렸다. 엄마가 정확히 설명해주며(엄마는 늘 무엇이든 정확히 표현할 줄 알았다), 흙이 어떻게 하면 무너져내리는지를 보여주고, 반죽을 나비 단계에서 유충 단계로 되돌려놓았지만 소용없었다. 루신다가 요령을 완벽하게 이해해도 소용없었다. 도움이 되지 않았다. 멋진 단지를 만들려고 했으나 실수로 밟기라도 한 듯 찌그러진 덩어리밖에 안 나오니—손이 처음에는 미끈거리다가 바싹 메마르며 잔주름이 생기고 생기가 완전히 증발했다—마냥 좌절감을 느낄 수밖에 없었다.

기억 속의 녹은 머스터드 같은 도로는 이날 밤 그녀를 이곳으로 이끌었다. 그녀가 탈출을 의도한 것은 아니었다. 그녀는 절망에서 절망으로 빙빙 돌고 있었다. '총독의 애인' 이름을 딴 산등성이를 올랐다. 이제 옹기종기 한데 모여 있는 집들이 나왔다. 부드러운 노란 불빛을 밝힌 창문 너머로 여인들의 목소리가, 배가 둥그런 여인들이 단지 속을 젓고 아이들의 얼굴을 닦아주는 소리가 들리는 것 같았다. 밤 아홉시였고 돌풍이 불고 축축했지만 집안에는 아이들과 함석 목욕통과 증기와 붉은 혈색과 녹초가 된 작은 몸들이 있을 것만 같았다. 유리 제조가 또다시 헛일인 양 느껴졌다. 지나치게 주무른 흙덩이처럼 안쪽에서 무너져내렸다. 그녀는 탁자에 앉아 나이프와 포크를 닦고 싶었다. 어린아이가 토한 우유의 들큼한 냄새가 싫지 않을 것 같았다.

하지만 그녀는 멈추지 않았다. 물론 그녀는 멈추지 않았다. 이 오두막에 그녀가 아는 사람은 아무도 없었다. 커다란 방수 코트를 여미고 방수모를 눈썹 근처까지 눌러썼다.

록스에 불길이 타오르고 있었다. 그녀는 기독교적 상징을 떠올렸으나, 록스에 왜 불길이 있는가 하는 현실적 의아함에 그 생각은 밀려났다. 페스트균에 감염된 쥐들이었다. 사람들이 거리에 쥐를 높이 쌓아놓고 불을 질렀다.

그녀는 산등성이의 바퀴자국이 팬 길을 따라 내려갔다. 밖에 혼자 있다는 사실에 또다시 겁이 났다. 두려움은 개울가의 차가운 기류처럼 밀려왔다가 사라졌다. 유령을 믿지 않았지만 지금 그녀는 롱코트 차림으로 길을 가로지르는 사람을 보기만 해도 소스라치며 딱딱한 마부석에서 7센티미터는 펄쩍 뛰어올랐다. 집으로 돌아가고 싶었다. 바로 그 순간 집에 있는 게 어떤 건지 떠올랐다. 그녀는 냉혹하게 채찍을 휘둘러 말 옆구리를 휙 갈겼다. 그러자 말이 고개를 발딱 쳐들며 속도를 높여 화이트 베이의 기슭을 따라 둥글게 이어진 미끄러운 하얀 진흙길을 기세 좋게 달려갔다.

머저리들이 등불도 없이 질주하고 있었다. 술 취한 어느 마부의 짐은 절반이나 굴러떨어지고 있었다. 해싯은 얼마나 겁쟁이인가! 가고 싶지도 않으면서 그녀를 여기에 버려두고 떠나다니.

그녀는 화가 났다, 데니스 해싯에게, 어둠 속에서 고래고래 소리치며 질주하는 머저리들에게, 바큇자국이 패고 군데군데 흙탕물이 고인 길에. 술 취한 마부가 떨어뜨린 널빤지가 하마터면 그녀의 마차 바퀴 사이에 낄 뻔했다.

분노가 그녀를 무모하게 만들었다. 그녀는 마차를 빨리 몰았다. 말이 속보로 달렸다. 조지 스트리트까지 내처 달려갔으나 그녀는 밤시간의 그곳을 좋아하지 않았다. 그녀는 개의치 않았고 상관하지 않았다. 마차를 몰아 극장들을 지나갔다. 허 매저스티스. 라팔로. 라이시엄. 궂은 날씨에도 사람들이 잔뜩 나와 있었다. 마차와 말이 강을 이룬 거리의 강변은 표류물이나 폐기물처럼 보이는 남성용 모자들에 뒤덮여 있었다.

록스에서부터 걸어올라온 불량배 무리가 거들먹거리며 멜빵을 손으로 튕기고 있었다. 그녀는 두려웠다. 바람 부는 차가운 밤 날씨에도 커다란 코트 속 작고 하얀 몸과 부드러운 가슴, 연약한 팔은 온통 땀범벅

이었다. 마차에 탄 남자가 그녀에게 말을 걸었다. 그녀는 지친 말에게 구보를 시켰다. "이랴, 호모 새끼"라는 고함이 울렸다. 왁자한 웃음소리. 그녀는 세인트앤드루교회의 그림자 속으로 들어갔다. 망할 세인트앤드루. 댄서 주교의 성은 음산하고 어두운 몰골이었다. 신도석 입구 주위의 사람들은 마지막 예배가 아니라 싸움을 선언했다. 경찰 두 명이 그쪽으로 달려가다가 가스등 불빛에 일순간 생기 넘치는 얼굴을 환히 드러냈다. 마지막 순간에 그녀는 배서스트 스트리트로 꺾어들어갔다가 하마터면 등불을 켜지 않은 1인승 마차와 부딪칠 뻔했다. 마차에서 비단과 깃털 같은 비명이 터져나왔다. 루신다는 경멸감을 느꼈다. 경멸이 질투에 엉겨들었다. 그녀는 말에 채찍질을 하고 잇달아 늘어선 넓은 베란다를 지나쳐 달려갔다. 울라라의 친구를 만나러 가는 듯 보였다. 하지만 울라라에는 아무도 없었다. 굴렁쇠를 지닌 아주 예쁘장한 여자아이가 그 집이 자기네 집이라고 했다.

"이러다 미쳐버리겠네." 그녀는 말했다. 큰 소리로 말했다. "아는 사람 하나 없고 나 혼자야." 유칼립투스나무와, 휘둘러대는 지팡이와, 금이 가고 가장자리가 예리한 사암으로 무장한 이 무시무시한 도시에서 광기에 대해 생각하다니. 아 하느님, 시드니에서는 결코, 결코 그런 약한 상태에 빠져선 안 되었다.

"미친 여자야, 달려." 그녀는 속삭였다.

그녀는 속보로 말을 몰 터였다. 말은 그 점을 알았다. 어디로 갈지도 알았다. "미치지 않아." 그녀는 록스의 연기 자욱한 어둠 속으로 달려가며 말했다. 불은 그다지 가까워 보이지 않았다. 반대쪽이었다. 하수구에서 악취가 풍겼다. 어디에서나 악취가 났지만, 선창 쪽은 특히 심했다. 그녀의 신경이 곤두섰다. "아 하느님, 저를 용서하소서."

그녀는 그저 가볍게 파카푸를 할 생각이었다. 조지 스트리트 끝에 중국인들이 운영하는 도박장이 있었다. 어둡고 위험한 곳이었다. 도박장 앞은 유리등 안에 가스 대신 초가 타고 있었다. 남자들이 두셋씩 무리 지어 주위에 서 있었다. 썩은 고기 냄새만이 아니라 술냄새도 풍겼다. 두 냄새는 항구의 짠내에 실려 퍼져갔다. 바람이 높다란 돛단배의 삭구를 흔들어댔다. 그녀는 고삐를 난간에 묶었다. 발걸음소리로 성별이 드러나기도 전부터 주변 남자들이 부자연스럽게 침묵했다. 커다란 젖은 코트로는 제대로 변장할 수 없었다. 그녀는 허리를 꼿꼿이 펴 쌀쌀맞은 상류층인 척했다. '네가 대장이야.' 그녀는 생각했다.

앞쪽 방은 상점인 척 꾸며져 있었다. 모두가 가짜임을 알았다. 순찰을 도는 경찰들(금반지와 묵직한 시계를 지녔다)까지도. 먼지 쌓인 진열품이 뭐든 눈길도 주지 않고 커튼을 친 뒷방 입구로 향했다. 널빤지 바닥에 울리는 부츠 소리가 그녀의 귓가에 들렸다. 발이 얼마나 작은지 소리로 알 수 있었다. 남자 같지 않다고 그녀는 느꼈다.

사실 그녀는 이제 딱히 파카푸가 하고 싶은 것도 아니었다. 그저 이리저리 돌아다녔다. 복권이라는 점 외에 파카푸는 별 재미가 없었다. 멋진 게임에서 느껴지는 강렬한 자극(그녀의 표현을 빌리자면)이 없었다. 하지만 일단 탁자까지 가자 원래 계획했던 대로 파카푸를 시작했다. 거의 아홉시 삼십분이 다 된 시각이라 마지막 제비뽑기였고, 따라서 탁자 주위에 제법 많은 사람들이 모여 있었다. 그중 몇몇은 술에 취해 있었지만 비틀대지는 않았다. 늦은 시각의 도박장답게 오히려 시무룩한 정적이 감돌았다. 바닥에는 구겨진 종이, 담배꽁초, 초조해서 세

동강 내버린 성냥들이 버려져 있었다. 남자들은 지친 동시에 멍한 얼굴이었다. 간신히 억누르고 있는 분노를 그녀는 의식했지만—혹은 상상했지만—그 분노는 아마 그녀 자신의 것인지도 모른다.

그녀는 탁자의 중국인에게 6페니를 건넸다. 티켓을 받자 종이에 적힌 한자 중 열 개에 재빨리, 심지어 황급히 표시했다. 티켓에는 통틀어 팔십 글자가 적혀 있었다. 그녀는 뜻을 몰랐다. 티켓은 조잡한 회색 종이에 인쇄되어 있었다. 찝찝하게 씹힌 몽당연필로(도박장 소유였다) 표시하다가 두 번이나 종이에 구멍이 났다. 그녀가 이름을 쓰고(본명은 아니다) 도로 건네자 중국인이 티켓을 둥근 그릇에 넣었다. 검은색 같았지만 아마도 짙은 차이나블루인 듯했다. 조명이 형편없었다. 그녀의 발치 근처에 두툼한 시가 꽁초가 짓뭉개진 채 버려져 있었다. 아홉 시 삼십분이 되기를 기다리며 그녀는 아무것도 보지 않으려 했다.

삼 분 삼십 초만 기다리면 되었다. 그녀는 내내 꼼짝 않고 서 있었다. 주위의 공기는 고요했다. 이따금 한 남자가 나직이 뭐라고 말했다. 그러면 웃음소리가 뒤따랐다. 한번은 성교에 관련된 단어가 들렸다. 방수코트 안까지 그녀는 푹 젖어 있었다. 그녀가 느끼는 이 모든 두려움, 적대감과 위험은 뭔가 다른, 보다 큰 감정의 요체를 둘러싼 표면적인 분위기에 지나지 않았다. 조밀하게 응축된 순수한 의지의 중심이었다—루신다는 이기고 싶었다. 그녀의 분노는 참진드기처럼 하찮아지더니 총채벌레만도 못하게 사그라들었다.

여섯 개를 맞히면 10실링을 받는다. 일곱 개를 맞히면 4파운드 8실링 8페니를 받는다. 여덟 개를 맞히면 23파운드 6실링 8페니를 받는다. 이 모든 게 뒷벽 위쪽 칠판에 적혀 있었다. 그녀는 겨우 10실링에 자신의 의욕을 허비할 만큼 바보가 아니었다. 그녀는 여덟 개를 맞히겠다고 결심했다. 그게 자신의 최대치라고 생각했다. 향냄새와 젖은 개에게서 나는 냄새 같은 뭔가 다른 냄새가 풍겼다. 땀흘리며 힘겨운 노동을 하고 일주일에 한 번 목욕하는 남자들의 몸에서 나는 체취였다. 양동이에 젖은 걸레를 처박아두면 비슷한 냄새가 난다. 매력적인 냄새는 아니지만 루신다는 그 냄새가 좋았다. 누가 시가를 피우는 바람에 공기 중에 살짝 푸른색 줄무늬가 드리워졌다. 이 모든 것을 뚫고 다른 방에서 아기가 나직이 우는 소리가 들려왔다. 루신다가 들은 바로는 많은 중국인이 유럽인 아내를 둔다고 했다. 중국인들은 여자에게 친절하다고도 했다. 그 여자들은 바른길을 벗어나 타락했으나 사랑을 받으며 행복을 찾는다고 했다—바로 그 사제 친구가 해준 말이었다. 그녀는 그 목소리를 차단하려고 했다. 커다랗고 묵직한 문을 닫고 힘껏 밀어, 사라지지 않으려는 목소리 앞에서 단호히 닫아걸었다.

그때 술렁이기 시작했다. 한 어깨가 무감각하게 그녀를 밀쳤다. 먹이 먹는 시간의 물고기처럼 혹은 젖꼭지를 향해 달려가는 새끼돼지처럼—모든 감각이 주둥이에 몰려 있어 몸의 나머지 부분은 감각이 둔한—남자들이 몰려갔다. 총 팔십 자가 있었다. 이중 스무 글자를 둥근 그릇에 넣는다. 그리고 스무 글자 중 열 글자를 고른다. 지금 하고 있는 일이었다. 그녀는 사방에서 떠밀렸다. 자신이 내뱉은 담배 연기 때문에 한쪽 눈을 반쯤 감은 중국인이 누르스름해진 상아패 열 개를 뽑아서 작은 나무 쟁반에 올려놓았다.

그녀는 이 글자들이 제각각 미덕을 상징한다고 들어서 알고 있었다. 이 불빛에서는 알아보기가 힘들었다. 지붕이 함께 그려진 글자, 씩씩대며 등지고 서 있는 두 개의 F가 포함된 글자, 풀숲에서 쳐다보는 고양이 눈이 들어 있는 글자, 강처럼 생긴 글자, 하느님 아버지, 주여 부디 용서하소서, 그녀가 여덟 개를 맞혔다.

그녀는 가볍게, 연처럼 높이 날아오르는 듯했다. 중국인이 그녀에게 돈을 주었지만 반감 어린 태도였다. 그가 아내를 친절히 대하는 모습은 상상이 되지 않았다. 그녀는 그가 무슨 생각을 하든 개의치 않았다. 마차를 몰아 달릴 것이다. 지옥으로 갈 것이다.

그런 생각 하지 마!

그 생각에 맞서기 위해 온몸에 힘이 잔뜩 들어갔다. 그러자 거의 즉시 개의치 않게 되었다. 도박꾼들은 커다란 방수 코트를 걸친 자그마한 여인이 문으로 걸어가는 모습을 보았다. 그녀는 의기양양하고 씩씩하게 문을 향해 걸어갔다. 거리로 면한 문이 아니라 뒷벽에 난 문이었다.

그녀는 마차를 몰아 달릴 것이다.

두번째 방에서는 판탄 게임이 벌어지고 있었다. 방의 가장자리가 온통 컴컴해서 파카푸 방보다 더 어두웠다. 하지만 함석을 깐 탁자 위에 걸린 조명은 더 밝았는데, 떠들어대는 도박꾼들의 얼굴에 함석의 어스레한 빛이 되비쳐서 다들 푸르스름한 빛이 도는 병자 같은 모습이었다. 그녀가 들어서는데 아무도 고개를 들지 않았다. 그녀는 잠시 뒤쪽의 어둠 속에 머물러 있었다. 느닷없이 기분이 좋아졌다. 왜 이러한 변화가 생겼는지 알 수 없었다. 한 방에서 다른 방으로 옮겨왔을 뿐인데 얼룩진 얼굴을 한 지옥의 공포가 사라지고 기이하고 짜릿한 황홀경이 찾아온 것이었다. 그녀는 구원받지 못하겠지만 개의치 않았다. 그녀는 사랑받지도, 아내가 되지도, 어머니가 되지도 못할 터였다.

그녀는 등반가들에게 익숙한 완벽한 냉정함을 느꼈다.

딜러는 금니를 해넣은 말라깽이였다. 딜러의 땋은 머리에서 산패된 기름 냄새가 났다. 이곳에서는 온갖 냄새가 났다. 선원의 방수포, 새로 광을 낸 누군가의 구두. 딜러가 나지막이 외쳤다. 아마도 영어겠지만 생경하고 기계음처럼 들렸다. 그는 마치 파리 박람회장의 이국적인 구조물 같았다. 어둠이 그녀를 감싸며 브랜디처럼 그녀의 몸을 데웠다. 딜러가 날렵한 동작으로 황동 동전들을 던졌다. 동전들이 함석을 때리면서 둔한 동시에 날카로운 소리가 울렸다. 실체가 없는 듯 가벼우면서도 죽은 듯 무거웠다. 지켜보는 것만으로도 매혹적이었다. 솜씨 좋은 푸주한이 사체를 토막내고 칼을 재빨리 놀려 신장 주위에서 연하고 부드러운 지방을 떼어내고, 뼈에서 살을 한 점 남김없이 발라내는 광경을 볼 때처럼 매혹적이었다. 딜러가 양철 컵으로 동전 중 몇 개를 덮고 그사이에 오른손으로 나머지 동전을 쓸었다. 기독교인인 그녀의 마음은 저절로 유사점을 떠올렸다—최후의 심판일, 구원받은 동전과 버려진 동전. 오른쪽은 양. 왼쪽은 염소. 그녀는 그러한 심상에 커튼을 치고 등을 돌리고는 온 정신을 이교도에게 집중했다. 딜러가 컵을 들어올리고 동전을 정돈하더니—어찌나 매끄럽게 움직이는지 보라, 저 기다란 손가락의(세 손가락에 반지를 끼고 있었고 그중 하나는 에메랄드였다) 유연함이라니—동전을 하나씩 밀어옮기며 네 더미로 나누었다.

이때 응원의 함성이 일었다. 좋아, 그거야, 아냐, 안 돼 하는 외침과 신음에 이어 남학생의 꺽꺽대는 목소리 같은 괴상한 응원이 들리는 바람에 사람들이 한마디씩 했고 개중에는 좋지 않은 소리도 섞여 있었다.

"2야."

"2. 2번입니다." 딜러가 외국인의 발음으로 말했다.

그가 동전을 네 더미로 다 옮겼다. 두 개가 남았다. 함석판의 '2'라고 적힌 칸에 돈을 건 이들은 누구나 돈을 세 배로 돌려받았다.

중국인이 승자들에게 돈을 나눠주었다. 동전 여섯 개를 함석판 너머로 휙휙 미끄러뜨려 보냈다. 누군가 희한한 방법으로 소변을 보고 싶다는 바람을 피력했다. 또다른 헛소리. 웃음소리와 상스러운 말들. 루신다는 고독하지 않았다. 이제 내기를 걸고, 또한 자신을 드러내려 앞으로 나아갔다. 그녀가 그 자리에 있음을 그들도 알아야 했다. 그래야 괜히 당황하지 않을 것이다. 그녀는 자신을 드러내고 싶지 않았지만 미루어선 안 되었다. 팬 자국투성이인 네모나고 환한 함석판에 다가가려고 남자들 사이로 비집고 들어가면서 그들의 얼굴은 보지 않았다.

그녀가 말했다. "실례합니다."

예상보다 한참 후에야 사람들이 알아차렸다. 부분적으로 술 때문이었지만—온 방에 휘발된 알코올 냄새가 가득했다—함석판에 고도로 집중해 있기 때문이기도 했다. 그녀가 선택을 한 그 순간 함석판에는 건 숫자(1, 2, 3, 4)를 의미하는 붉은 기호 외에는 아무것도 없었는데, 그 위로 허구한 날 오간 동전들로 인해 붉은색 페인트의 희미한 흔적만 남아 있다시피 했다.

마침내 그들은 그녀의 이질성을, 여성성을 감지했다. 그녀는 사람들이 옆으로 움직이는 것을 느꼈다. 방금 전까지만 해도 뜨거운 압력이 짓누르던 자리가 그녀가 들어서자 확연히 식어갔다.

하지만 그녀는 고독하지 않았다. 겁을 먹지도 수줍지도 않았다. 그녀는 중국인을 보았다. 그는 고독하고—그녀는 알았다—매우 어렸지만,

그녀는 연민이나 동정을 일절 배제한 채 관찰했다. 그녀의 마음을 움직인 것은 그의 반지 낀 손과 검은 금속 컵, 황동 동전, 긁힌 자국투성이의 붉은 숫자였다. 그저 도구일 뿐인 이런 것들이 강렬한, 그렇지만 기계적인 쾌락에 대한 기대를 불러왔다.

그녀는 숫자 4에 2실링을 놓았다. 곧이어 다른 도박꾼들이 푼돈을 따라 걸었다. '4'가 이겼다. 그녀는 자신을 향한 호감을 느꼈다. 뜨겁게 고동치는 인정의 공기가 느껴졌다. 차가움이 사라지고 열기가 들끓었다. 수탉의 목을 따듯 단번에 일변했다. 그녀는 내색하지 않았지만 속으로 반색했다. 이제 고독하지 않았다. 그녀는 아무도 바라보지 않았다. 영감에 의지해 무모하게 도박을 했다. 자신의 의지대로 게임을 좌지우지할 수 있는 듯 느껴졌다.

4, 3, 2, 4, 4, 4, 4, 1, 4, 3, 3, 3, 4, 1.

그녀는 계속 이기다가 마지막으로 '1'이라는 늪에 돈을 걸었다. 그때부터 뜻대로 풀리지 않았다. 흐름을 놓쳤다. 이제 남자들은 그녀를 따라 돈을 걸지 않았다. '이 아가씨와 같이'라고 더이상 선언하지 않았다. 하지만 그렇다고 그녀를 내치지도 않았다. 새벽 세시에 지갑을 딱 하고 닫았을 때 그녀는 그곳의 가장 빈곤한 자만큼이나 무일푼이었다. 텅 빈 지갑은 깨끗한 물결무늬 비단 외에는 아무 무게도 나가지 않았다. 얇은 최고급 종이처럼 가볍고 산뜻한 느낌이었다. 그녀는 주변 도박꾼들을 둘러보았다. 녹초가 되어 헝겊인형처럼 흐늘흐늘했으나 완전한 안전감을 느꼈다.

구두 광택제 냄새는 소매가 지나치게 짧은 양복 차림인 자칭 신사에게서 나는 것이었다. 산패한 기름 냄새는 중국인 딜러가 아니라 스코틀

랜드식으로 r를 강하게 발음하고 적갈색 눈썹이 사납게 위로 뻗친 노인네에게서 났다. 섭정시대풍으로 차려입은 괴상한 모습의 나이든 남자와 열여섯 살도 안 되어 보이는 선원 둘이 있었다. 짙은 어둠이 드리운 벽에는 빅토리아여왕의 판화가 걸려 있었다. 바로 그 아래 3차원의 살아 있는 얼굴이 당황스러우리만치 낯익었지만 그녀는 누군지 바로 알아보지 못했다.

그녀는 다시 지갑을 열었다. 뭔가를 찾는 척했다. 이미 말했듯이, 지갑은 텅 비어 있었다. 그저 당혹감을 감추기 위해 지갑을 열었던 것이다. 거의 친밀하다고 할 만큼 잘 아는 얼굴이었다. 그녀는 지금껏 텅 비어 있던 지갑에서 가까스로 마술처럼 런던의 합승마차 표를 찾아냈다. 고개를 들자 그 남자가 그녀에게 윙크하고 있었다. 그녀는 표를 찢어 바닥에 버렸다. 지갑을 탁 하고 닫았다. 그리고 손가방에 쑤셔넣었다. 모자의 펠트 구멍에서 모자핀을 뽑아들까 생각하고 있던 차에, 지난번 저 하트 모양의 얼굴과 불타는 천사 머리를 봤던 때가 떠올랐다.

"아, 이런." 그녀는 웃으며 돌아서서 손을 내밀었다. 이런 매너가 조지 스트리트의 이 구역에서는 생뚱맞다는 점을 까맣게 잊었다. "아니……" 신비스러운 여인은 페인트공이 작업할 때 바닥에 까는 천을 걷듯 쉽사리 엄격한 표정을 거두고 말했다. 그리고 일순 겁먹은 내 증조부에게 다가갔다. "아니, 아니, 크랩 신부님 아니세요?"

나중에 그녀는 그때 오스카의 입이 딱 벌어졌다고 맹세했다. 그 모습을 그에게 자세히 묘사해주었다. 조종자의 손이 느닷없이 사라져서 척추 없는 몰골로 푹 쓰러진 채 팔도 못 들어올리는 복화술 인형 같았다고 한다.

작은 방에 내려앉은 침묵은 이제 완전하지 않았다. 중국인이 황동 컵과 동전을 치우기 시작했다. 오해한 것이 분명했다. 딜러는 또다시 왕립위원이 도박판에 들어왔을까봐 두려워했다. 입을 헤벌린 붉은 머리 젊은이를, 중국인들의 아버지는 아편중독자이고 아내는 매춘부라는 통념을 입증해 보이는 데 매달리는 위원회 소속 또다른 신부로 오해했던 것이다. 그는 동전을 헐렁한 코트 주머니에, 컵을 뒷주머니에 넣으며 뒷벽의 그림자 속으로 사라질 채비를 했다.

방이 즉각 비지는 않았다. 호기심이 두려움을 누른 몇몇은 사제와 방수포를 걸친 여인의 관계를 궁금해하며 일이 분가량 자리를 뜨지 않았다. 십중팔구 그들 역시 왕립위원 편이리라. 어쨌든 그들은 곧 떠났다.

"오, 이런, 정말 죄송합니다." 루신다는 말했다.

"크랩이 아닙니다."

"네, 네. 정말 죄송해요. 어디서 그런 이름이 튀어나왔는지 모르겠네요."

사실이 아니었다. 어디에서 그 이름이 유래했는지 그녀는 정확히 알았다. 붉은 소파에서 객실로, 다시 붉은 소파로 종종대는 게crab의 이미지에서 연상된 것이었다.

"크랩이 아니라 홉킨스입니다." 그는 고집스레 이름을 정정했다.

그녀는 그가 유머라곤 눈곱만치도 없이 너무 상처받은 듯 반응한다고 생각했다. "신부라고 밝힌 것부터 사과해야겠네요."

그가 빙그레 웃자 그녀는 전에 그를 얼마나 좋아했었는지 떠올렸다.

그가 동전 하나를 허공으로 튕겼다가 딱 소리와 함께 손목에 올려놓으며 말했다. "뭐, 사실인걸요. 아닌 척하는 것도 지치고요. 하지만 런던에서는, 잘 알겠지만, 그다지 특별한 일도 아니랍니다. 드루리 레인에서 성직자가 보이는 일은 일상다반사죠."

"아모이의 도박장에 갈 수도 있잖아요."

"그렇지요. 하지만 길이 형편없더군요."

"정말 안타깝네요."

"아." 그는 하품과 함께 기지개를 켜며 대꾸했다. 편도선이 훤히 보였다. 놀랄 만큼 순결하고 깨끗한 분홍 동굴이었다. "오히려 잘된 거예요. 감사를 드려야겠군요, 르플래스트리어 양. 덕분에 나약함에서 벗어나게 되었으니까요."

그들은 이제 걷고 있었다. 어색해하고 당황해하고 우물쭈물하며 파카푸 도박장을 가로지르고 있었다. 도박꾼들은 모두 떠나고 없었지만 두 중국인이 사다리에 올라 벽에 큼직한 영국 국기를 걸고 있었다. 그들이 공손하게 머리를 숙였는데, 불안정한 사다리 위에서 그러기란 쉬운 일이 아니었다. 그중 한 명이 균형을 잃었거나, 혹은 일부러 뛰어내렸다. 노인이 민첩하게 땅에 발을 딛자 아주 약한 '윽' 소리만 났다. 그는 그들을 조지 스트리트에 면한 문까지 바래다주며 공손하게 작별인사를 거듭 건넸다.

뒤에서 빗장이 걸리고 비로 번들대는 어두운 거리에 단둘이 남자 오스카는 말했다. "위험한 일을 하는군요, 르플래스트리어 양. 여기서 일 분 거리도 안 되는 곳에 크룩트 빌릿 인 주점이 있는데, 거기에서 어떤 사람이 권총을 구해 가엾은 킨더를 속여 자기를 쏘게 만들었다는 걸 압니까? 마차가 있나요? 저는 이런, 걸어가야 한답니다."

"그럼 아직 부임하지 않은 건가요?"

"부임 같은 건 바라지 않았습니다. 하지만 주교가 선교 활동에 대해 들으려 하지 않더군요. 저는 너무나 과분하게도 랜드윅을 맡았는데, 그곳에는 멋진 마차와 프린스라는 이름의 말이 있었죠. 불행히도 제가 나쁜 충고를 따랐지만요."

루신다는 추웠다. 집으로 돌아가 코코아를 마시고 싶었지만 이런 날씨에 그를 6킬로미터나 걸어가게 내버려둘 수는 없었다. 그를 사제관까지 데려다주어야만 할 텐데, 그곳은 그녀가 가고 싶은 곳과 정반대 방향이었다. 그녀는 평소보다도 냉정한 눈으로 그를 경계하며 살폈다. 앞에 선 그는 기다란 팔로 부둣가의 축축한 공기를 휘저으며 그토록 순수하고 교양 있는 영어로 (랜드윅 교구위원회에서 제공한) 말과 마차를 평범한 경마장 암표상에게 어쩌다가 잃었는지 설명했다. 더구나 그다음 일요일에 알고 보니 그자는 오스카의 교회 신도였다. 그녀는 그의 순진함에 매혹되는 동시에 질겁했다. 그가 정말로 보이는 대로의 사람인지, 아니면 그 자질이 광기나 심지어 범죄적 성향을 가리기 위한 망토인지 알 수 없어 혼란스러웠다.

그녀는 그를 랜드윅까지 데려다주었다. 가는 내내 두 사람은 리바이어던 항해 동안 생긴 여린 상처를 애써 건드리지 않았다. 그가 카드놀이를 하자고 제안하자 그녀는 이성적 판단을 제쳐놓고 어느새 차용증도 괜찮겠냐며 묻고 있었다.

65
댄서 주교의 족제비

댄서 주교는 토요일 캠던에서 빨간 사냥용 재킷과 목이 높은 검은 부츠 차림으로 출발 전 뜨거운 토디* 잔을 건네받기 위해 몸을 숙이는 모습만 봐도 바로 파악할 수 있는 사람이다. 혈색 좋고 잘생긴 얼굴은 최근 들어 머리가 정수리까지 벗어져 넓어졌다. 머리통 옆과 뒤만 남은 가느다란 흰머리는 턱수염과 마찬가지로 매우 짧게 쳤다. 주교관主敎冠만 없었다면 농장을 운영하는 시골 귀족으로 여겨지기 십상이었다. 굵은 허벅지와 강한 어깨를 지녔고 배가 나왔지만 물렁살이 아니라 탄탄했다. 그는 말 위에 노련하게 앉아 있었다. 좋은 품종의 말이었다. 키가 1.6미터에다 목장 말의 피가 전혀 섞이지 않았다.

---

* 독한 술에 설탕과 뜨거운 물을 더한 것.

경마장 주변에서 악명을 떨치고, 어떤 말이 '한 건' 하리라는 소문에 말이나 마차를 날리고 오는 신부를 댄서가 가만히 두고 볼 리 없었다. 당연했다. 시드니가 부패한 도시이긴 해도 그런 짓을 허용하기에는 굉장히 청교도적인 곳이었다. 하지만 저녁식사 후 댄서에게 그런 이야기를 전한다면 그는 재미있어할 뿐 경마에 아무런 반감도 보이지 않을 터였다. 그런 종류의 분노는 침례교도나 감리교도에게 맡겼다. 그는 진정한 성공회란 신사들의 교회라고 보았다(하지만 결코 입 밖에 내어 말하지는 않았다). 신사란 때때로 빚을 지는 법이다.

그는 오스카가 도착하자 세밀히 면담했다. 안절부절못하는 그의 역량을 시험하고, 케임브리지 출신의 지원자 못지않게 이것저것 까다롭게 물었다. 이단적 광교회파의 징후를 찾고자 했다. 아무것도 찾을 수 없었다. 성처녀 잉태설을 인정하고, 예수의 육신의 부활을 믿고, 오병이어의 기적을 의심하지 않았다. 주교는 창세기에 대한 그의 의견이 약간 께름칙했지만 이것을 문제삼는 것은 더이상 지각 있는 태도로 용인되지 않았다. 하지만 오스카의 저교회파 배경에 대해서는 일찌감치 냄새를 맡았다. 일반적 상황이었다면 못마땅했을 터였다. 그는 발을 굴러대는 '열광' 때문에 복음주의자들을 혐오했다. 의식에 대한 그들의 '맨 마룻바닥'적 접근을 마뜩잖아했는데, 오스카의 태도에는 그런 구석이 다분했다. 댄서 주교는 그 점을 발견하고 대단히 기뻤다. 그는 생각했다. '이 녀석은 랜드윅에서 내 족제비 노릇을 제대로 하겠군.' 그렇게 생각하자 오스카가 말 그대로 족제비처럼 보였다. 길고 하얀 목이 구멍 속으로 휙 들어가는 듯했다.

그는 이 단정치 못한 지원자에게 제단 위의 초에 대해 물었다. 오스카는 초를 조명의 용도로만 밝혀야 한다고 생각했다. 그는 사제복에 대해 물었다. 오스카는 단순한 중백의도 좋지만, 평범한 검은색 수단을 선호한다고 했다. 그는 무릎 꿇고 올리는 기도에 대해 물었다. 오스카는 그런 기도 방법이 불편하다는 사실을 인정했다.

댄서 주교는 아주 신이 났다. 오찬을 함께하자고 권했다. 식긴 했지만 소고기를 대접하고, 오스카가 적포도주를 사양해도 대수롭지 않게 여겼다. 랜드윅의 일이 아주 재미있게 돌아갈 터였다. 그곳은 가톨릭 의식을 모두 따르는 퓨지주의자들의 텃밭이었다. 더없이 힘겨운 전쟁을 치러야겠지만 이길 것이다. 이겨야만 했다. 그 교구를 이토록 흉미롭게 만드는 여러 변칙 중 하나가 바로 교구사제 선임권이 주교에게 있다는 점이었다. 랜드윅 교구위원회가 정 싫다고 하면 가톨릭으로 넘어가라면 그만이었다. 새 교구사제가 하얀 비단과 붉은 새틴으로 차려입을 리는 결코 없었다. 녀석은 신경이 예민하긴 하지만 복장에서는 절대 물러서지 않으리라고 주교는 판단했다. 옥스퍼드 운동에는 무관심한 채 선교 활동에만 열을 올리는 녀석이었다. 심지어 오찬을 즐기는 자리에서도 '오지'로 보내달라고 끈질기게 부탁했다(어디라도 좋다고 했다. 어디로 가고 싶냐고 묻자 그는 대답을 못했다). 댄서 주교는 선교 활동이 시간 낭비라고 일침을 놓았다. 원주민들은 파리처럼 죽어가고 있다고. 정 의심스럽다면 시드니의 거리를 둘러보기만 해도 원주민들이 어떤 꼴로 살아가는지 충분히 알 수 있다고. 선교사는 공급이 넘쳐나고, 저 '가엾은 인종들'에게 어느 쪽이 더 많은 담요를 나누어주는지 감리교와 침례교가 경쟁중이었다. 원주민은 비국교도들한테나 맡겨두라고 주교는 충고했다. 하느님이 그에게 원하는 바는 랜드윅에서의 사역이었다.

오스카는 주교의 말이 거짓일지도 모른다는 생각은 꿈에도 하지 못했다. 댄서의 이야기를 그대로 믿고 티오필러스에게 전했고, 아버지는 그 정보를 〈더 타임스〉의 칼럼을 통해 더욱 멀리 퍼뜨렸다. 오스카가 악명 높은 랜드윅 경마장의 옆집이나 다름없는 곳에 배치된 건 그 어수룩함 때문이었다. 그는 댄서 주교의 족제비였지만 새 교구에 가장 큰 긴장을 불러온 것은 키블도 퓨지도 뉴먼*도 아닌 볼런티어와 라이어터, 애틀랜타, 니몬, 킬데어**였다.

* 모두 퓨지주의를 주창한 성공회 사제와 신학자다.

** 경마용 말에 흔히 붙이는 이름.

66
세인트존

시드니는 눈부신 도시였다. 그래서 그는 눈을 찡그려야 했다. 윤을 낸 바닥에 신문지를 깔아놓듯 복음서의 말씀이 황량한 땅에 깔려 있었다. 미끄러지고 미끄러져 겉돌 뿐 그 아래 땅과는 조금도 밀착되지 않았다. 이끼도 지의류도 자라지 않는 땅에 도시를 세우려고 버둥대는 사람들의 모습이 마치 단단한 땅에서 포화를 맞는 부대 같았다. 랜드윅의 세인트존교회는 붉은 벽돌과 새하얀 회반죽으로 지어졌다. 사제관 옆의 사이프러스 산울타리를 비롯해 사방을 뒤덮은 고운 흙먼지도 그곳이 지닌 느낌을 누그러뜨리지는 못했다. 죄수가 깬 바위 단면처럼 곳곳이 삐죽빼죽 날카롭게 튀어나와 있었다.

그는 신도들을 위해 일할 준비가 되어 있었지만, 그곳 사람들은 지형을 그대로 닮았다. 그들은 그를 포용하지 않고 다소 거리를 두었다.

그에게 그들의 화법은 못을 박듯 직설적이었다. 그들에게 그의 화법은 빙빙 돌려 말하다 얽히고설켜서, 잘못 감은 실타래의 끝처럼 핵심을 찾을 수 없었다.

그들은 그에게 뱀과 거미에 대해 경고하고, 밤에 사제관 창문을 꼭 잠그라고 충고했다. 그는 자신에게 잘못이 있다고 생각했다. 사제관 식복사에게 부탁해 스콘을 구워 교구위원들과 차를 마시는 자리를 마련했다. 그들은 의자에 뻣뻣이 앉아 있었고, 대화는 제대로 이어지지 않았다. 그는 스스로가 어리고 부족하고 미숙하게 느껴졌다. 교구 주민들에 대해 물어보았지만 그들은 거의 아무것도 모르는 듯했다. 신도 중에 원주민이 있느냐고 물었을 때에야 비로소 위원들은 웃음을 띠었다.

그들은 그가 댄서의 사람이라는 걸 알았다. 그들은 기다리며 지켜보았다. 그의 예배는 버터를 바르지 않은 빵처럼 무미건조했다.

그는 하느님에게 그들의 마음을 여는 열쇠를 달라고 빌었다. 기도를 하고 설교문을 쓰는 일 외에 달리 할 수 있는 게 없었다. 기나긴 겨울 오후에 그는 북처럼 울리는 말발굽소리를 가만히 들었다. 경마 일지 열여섯 권을 스트래턴 씨에게 보내고 다시는 도박하지 않겠다고 맹세했다. 그 무시무시한 폭풍우가 치던 밤에 하느님에게 약속했던 것이다. 스트래턴 씨가 도박을 할 이유는 충분했지만 그는 아니었다. 옷이며 음식이며 다 주어졌다. 여덟 식구가 살아도 될 만큼 넓은 집이 있었다. 연간 300파운드를 받았고 식복사가 매일 밤 양고기 요리를 차려주었다. 그는 재산이 필요 없었다. 탐나는 것이 아무것도 없었다.

말발굽소리가 오후 내내 이어졌다. 경주로는 4월에는 단단했으나 비가 내리는 5월에는 부드러워졌다. 그는 도박에 반대하는 설교를 했다.

도박에 관해 설교하지 말라고, '관대한 신사'들은 교회에만 기부하는 것이 아니라 근처 경마장에도 돈을 뿌린다고 경고해준 사람은 식복사인 저드 부인이었다. 이 정보 덕분에 그는 교활한 도박사의 면모가 찾아헤매던 핑곗거리를 얻었다. 경마장에 직접 가서 봐야겠다 싶었다.

하지 말라고 설교했던 도박을 직접 할 수는 없기에 심부름꾼이나 예측가, 암표상에게 부탁해 대신 돈을 걸고 몇 푼 안 되는 소중한 수익을 받았다. 그는 아무 시스템도 따르지 않았다. 흡연가가 '딱 한 대'만 담배를 빌려 피우듯 그는 그저 '잠깐의 재미로' 도박을 했다. 심부름꾼과 예측가들은 적당히 때를 봐서 호텔 다섯 곳을 전전하며 열리는 동전 던지기 도박판으로 그를 이끌었다. 이 호텔들은 악마의 목걸이에 꿰인 구슬처럼 랜드윅과 세인트앤드루교회 사이에 줄줄이 늘어서 있었다. 조지 스트리트에서는 판탄 게임이 벌어졌다. 패딩턴의 술집에서는 동전 던지기 내기와 포커를 비롯해 상상 가능한 온갖 카드 게임이 난무했다. 오스카는 그토록 강렬한 도박열은 난생처음 보았다. 특정 유형이나 계급에 국한된 게 아니었다. 식민지의 가장 큰 산업이 바로 도박인 듯했다.

그는 고향이 그리웠고 혼란스러웠다. 사방이 적으로 에워싸여 있었다. 르플래스트리어 양과 루미*를 하려고 마음먹은 이상 적어도 창을 커튼으로 가릴 정도의 머리는 있었다. 자신에게 적이 있음을 모를 정도로 얼간이는 아니었다. 하지만 그 점을 안다는 것 자체가 잘못이라고 여겨졌다. 따라서 뻔히 알면서도 그는 아무것도 모른 척 해맑게 행동

* 특정한 조합의 카드를 모으는 게임.

하는 게 왠지, 불가사의하게도 중요하게 느껴졌다. 그래서 커튼을 젖힌 채로 두었다.

"아, 정말 멋지네요." 그가 안락의자에서 팔다리를 바르작대며 노래하는 듯한 억양으로 말했다.

루신다 르플래스트리어는 스스로를 잘난 척하는 속물이라고 생각하지는 않았지만, '멋지다'를 이런 식으로 쓰는 것에 대해 어머니를 본받아 강한 반감을 갖고 있었다. 기이한 어조였다. 교육받은 사람답지 않은 발음이었다. 그녀는 저도 모르게 그를 데니스 해싯과 비교했고, 오스카의 행동거지 하나하나가 미숙하고 시시해 보였다.

하지만 카드를 다루는 그의 손놀림을 보고 있으면 모든 것이 연기가 아닐까 싶었다. 전혀 어울리지 않았다.

그는 천박하지 않았다. 하지만 사제관의 가구는 천박하기 짝이 없었다. 이런 난장판에서 아무렇지도 않게 살 수 있다니 그녀는 기가 막혔다. 카펫은 빽빽이 박힌 무늬가 큼직한 게 발이라도 걸려 넘어질 것 같았다. 게다가 천박할 만큼 화려한 짙은 녹색이라니. 벽난로의 대리석 선반은 석관石棺을 만드는 장인이 조각을 새긴 듯했고, 그 위의 거울은 파리가 앉지 못하게 녹색 그물망으로 덮여 있었다. 의자는 넘칠 만큼 많았다. 그녀가 앉은 소파와 그가 앉은 안락의자를 빼고도 아홉 개나 있었다. 그가 쪼그리다시피 앉아서는 어찌나 상체를 앞으로 내미는지 그녀는 뒤로 밀리는 느낌마저 들었다. 의자 색상은 더더욱 가관이었다. 세상에 저렇게 밝은 색조가 있을까 싶을 정도로 튀었다. 물총새 빰칠 만한 푸른색은 새에겐 두말할 나위 없이 멋진 빛깔이겠지만 저 카펫 위에서 아늑하게 느껴질 만한 색깔은 아니었다. 아무리 사치스러운 사람도 저런 현란한 카펫에 저렇게 현란한 의자를 놓을 생각은 못하리라.

그녀는 그와 결혼할 수 없었다.

물론 그가 청혼하지도 않았다. 그녀는 그와의 만남을 회상하며 그의 마지막 미소에 응해주지 않은 것을 때때로 후회하곤 했었다. 하지만 오크나무, 단풍나무, 삼나무 재질의 추하고 어울리지 않는 협탁들 꼬락서니만 보고도 의구심은 싹 달아났다.

벽에 그림들이 걸려 있었으나 회화도 아니고 '다색 석판 인쇄화'였다. 두 사람의 유일한 공통점이라고는 그녀가 자랑스러워하지 않는 심각한 약점뿐이었다. 외롭든 그렇지 않든 다음에 일어난 사건만 아니었더라면 그녀는 두 번 다시 그와 만나려고 하지 않았을 것이다.

67
메시아

랜드윅 사제관의 식복사는 저드 부인이라는 사람으로, 바닥을 문지르고 스토브에 광택제를 바르고 큰 거실의 오렌지와 라일락색 유리창 뒤에 꼬인 파리를 때려잡고 싶다는 나름의 이유가 없었더라면 그냥 집에 머물며 초콜릿이나 먹었을 것이다. 저드 부부는 신자 중에서도 부유층에 속했다. 저드 씨의 아버지는 유배된 죄수였을 수도, 아니었을 수도 있지만 아무튼 저드 씨는 잘나가는 운송업체의 소유주로, 식민지 전역을 오가는 온갖 부서가 있었고, 연안 무역에 쓰는 상선 한 척이 있었으며, 랜드윅에 화려한 저택을 갖고 있었다. 건장한 사내인 그는 엉덩이에 부상을 입은 탓에 딱 바라진 몸이 오른쪽으로 약간 기울어 마치 넓은 등짝에 보이지 않는 포대라도 짊어진 듯한 인상을 주었지만 직원들 못지않게 여전히 열심히 일했다. 그는 아내가 세인트존 사제관을 도

맡아 관장하게 시켰을 뿐만 아니라 시시때때로 직접 들여다보았다. 교회 건물을 자신의 것처럼 느꼈는데, 그도 그럴 것이 사제관을 짓는 데 그의 기부가 큰 도움이 되었고, 실내장식도 그의 취향대로(혹은 그가 고용한 실내장식업자의 취향대로) 꾸며졌다. 지붕 슬레이트가 헐거워지거나 빠지면 수리공을 부르지 않고 그가 직접 지붕으로 올라가 손을 보았다. 그는 거친 남자였지만 교회의 소중한 인재였다. 교회를 향한 그의 애정의 미로 한가운데에는 바로 이것이 있었다. 그의 자랑인 멋진 바리톤 목소리였다.

랜드윅에서는 해마다 〈메시아〉 같은 종교음악이 공연되는 온갖 종류의 예배가 열렸다. 그럴 때면 이 투박하고 떠들썩한 사내는 자신이 매우 세련된 무언가로, 헨델의 펜에서 뽑어져 나오는 금실로 변화하는 기분이 들었다. 이런 이유로 그는 교회를 사랑했고, 그의 인생에 그런 위대한 순간을 제공해주는 존재, 즉 사제 주위에서 습관적으로 겸손하게 굴었다.

지금껏 아무도 오스카와 〈메시아〉에 대해 의논하지 않았다. 그가 부임하기 직전에 〈마태수난곡〉이 공연되었다. 새 사제에 적응하느라 소란스러운 와중에 아무도 〈메시아〉 이야기를 꺼내지 않았다. 그렇다고 저드 씨가 직접 말을 할 수는 없었다. 허영에 찬 사람으로 비칠 터였다. 하지만 〈메시아〉 공연이 불확실하다는 낌새는 감지했다. 댄서 주교가 헨델을 마뜩잖아한다는 소문이 돌다가, 다시 그 반대라는 소문이 돌았다. 대부분의 사안에서 그는 직설적이었다. 지배계급의 특징인 옆길로 새서 빙빙 돌려 말하기와는 거리가 멀었다. 하지만 이 사안에는 그의 감정이 너무도 깊이 결부되어 있었다. 그는 마음을 온통 사로잡고 있는 간단한 질문을 사제에게 할 수가 없었다. 대신 그는 겸손하게 굴었다. 장작을 패고 직접 장작통으로 날랐다. 마찬가지로 나무 덧창의 페인트를 말끔히 긁어낸 다음 페인트를 새로 칠했다. 다른 교구위원들이 거리를 두며 입을 꾹 다물고 있는 동안에도 저드 씨는 선뜻 다가가 상냥하게 굴며 다리가 황새처럼 가느다란 새 친구를 음악이라는 화제로 끌어들이려고 시도했다.

하지만 오스카는 자신이 음치라고 기꺼이 고백하고 나자 메리노종 양의 번식만큼이나 음악과 관련해 할말이 없었다. 그는 원주민들에 대해 이야기하고 싶었다. 저드 씨는 그렇지 않았다. 그는 침묵 속에 미늘창을 사포로 문질렀다. 그러다 너무 염려된 나머지—허영심에서든 아니든—음악에 좀더 관심 있는 신자들에게 새 사제의 입장이 어떠리라 생각하는지 떠보았다. 낙심천만하게도 대부분이 사제가 헨델에 반대하리라 점쳤다. 그자는 댄서 주교의 사람이었다. 저 제의를 보라. 올해는 오, 하느님 아버지, 헨델은 어림도 없었다.

저드 씨는 사제관으로 가서 산울타리를 다듬었다. 그리고 금요일 아침 여섯시에 잘린 잎들을 치우려고 아내와 함께 다시 갔다. 그는 몹시 불행했다. 또한 분노가 발작적으로 치밀었다가 가라앉았다가 다시 치밀었다.

불이 켜지고 덧창이 열려 있어 그는 놀랐다. 아내에게 길에서 기다리라고 한 후—아주 조용히—베란다로 올라가 안을 들여다보았다.

뭘 봤는지는 여러분도 익히 아는 대로다.

탁자에는 또한 돈이 놓여 있었다. 그는 그것도 보았다. 여자와, 카드와, 돈을 보았다. 그 순간 그는 유리창을 쾅쾅 때리기 시작했다.

68
심각한 피해

대단히 특이한 독서 습관을 가지지 않은 이상 이른바 '수요일 살인'에 대해 잘 모를 것이다. 할머니 세대 사람들은 여전히 그 이야기를 하지만 요즘 세대에게는 잊힌 사건이다. 이름이 암시하는 바가 이 사건들의 가장 두드러진 특징이라고는 할 수 없다. 사건명은 처음 두 살인이 이 주 연속으로 수요일 밤에 벌어졌다는 우연의 일치를 나타낼 뿐이다. 살인자는 그렇게 간단히 분류될 마음이 없었기에 화요일(세번째 피해자)과 일요일(네번째 피해자)에도 목숨을 빼앗았다. 그럼에도—언론인이라면 깨닫는 바가 있으리라—'수요일 살인'이라는 이름으로 굳어졌다.

그런 무시무시한 살인사건이 연달아 일어난 판국에 루신다가 아무리 외로워도 그렇지 집밖을 돌아다니다니 유별나 보일 것이다. 혹은 여전히 대부분이 어둠에 잠긴 거리에서 혼자 마차를 몰다니 대단히 용감한 여자라고 오해할 수도 있다. 게다가 그녀가 이 살인마를 몰랐을 리 없다. 살인마가 십중팔구 도살자라거나, 언론의 추측처럼 탈락한 수습생일 가능성이 크다는 건 그녀도 들었다. 멜로드라마나 삼류신문의 상상이 아니었다. 자르고 토막 내고 뼈를 발라낸 살해 수법에 명백히 드러나 있었다.

혼자 살면서 수요일의 살인자 생각이 나지 않을 수 없었다. 해질녘에 하녀가 떠나고 나면 루신다는 그저 혼자 있는 게 아니라, 고립된 곳에서 바람에 흔들리는 오두막에 홀로 남겨졌다. 마룻바닥이 때때로 요란한 신음을 뱉고, 목재가—아니면 목재에 박힌 못이?—불가해한 소음을 토해냈다. 식구라고는 예민한 고양이뿐인 루신다는 때때로 살인사건 생각에 깊이 빠져든 나머지 새벽 세시에 석탄통이 비고 입김이 하얗게 보일 만큼 추워질 때까지 벽난로 곁 의자를 떠나지 못했다. 따라서 우리에게는 용감해 보이는 외출이 그녀에게는 더없이 비겁하게 느껴졌다. 고독에서만 달아난 게 아니라 두려움에서도 달아났던 것이다. 그녀는 도로보다 집이, 판탄 도박장보다 침대가 더 위험하게 느껴졌다. 심지어 리바이어던에서 오스카가 보인 이기적 행동 때문에 호감이 크게 손상되긴 했지만(바지가 말려 올라가면서 드러난 앙상한 하얀 정강이에, 흘러내린 양말 위쪽 만조의 흔적처럼 남은 빨간 양말대님 자국이랄지 팔꿈치가 꺾인 모양새를 보면 이유 없이 짜증이 치밀 만큼 손상도가 컸다) 그와 함께 보내는 시간이 불쾌하지는 않았다. 수요일의 살인자가 활개치고 다니지 않았더라면 오스카와 있는 것을 질색했을 테지만. 그녀는 날이 밝기를 기다렸다.

벽난로 선반 위의 시계가—황동으로 만든 내부가 훤히 보이는 거대한 기계장치였다—십 분 빠르다고 그가 일러주었다. 그녀는 겉만 화려한 시계가 부정확하다는 사실이 당연하게 느껴졌고 바깥 하늘을 보며 시간을 가늠하는 게 더 낫겠다고 느꼈다. 여섯시가 다 된 듯했다. 그녀는 즐거운 시간을 보냈다. 비록 버러데일 씨의 탁자에서 즐겼던 것과는 다른 방식이었지만. 그녀는 그로 인해 기뻤고, 온갖 즐거운 상상에 빠져 그를 로세티가 그린 천사로 여겼다. 그가 경솔함을 드러내기 전까지는 그랬다. 루미는 생판 모르는 사람과도 즐길 수 있는 게임이었다. 가면을 쓴 사람이든 심지어 (그녀의 상상으로는) 영리한 기계든 상관없었다. 그녀는 빈손으로 왔다가 거의 5파운드를 땄다. 바로 앞에 동전과 지폐가 쌓여갔다. 그녀는 천천히 돈을 땄고 그 과정이 마치 오래된 목재에서 구부러진 못을 뽑아낼 때만큼이나 만족스럽다는 걸 깨달았다. 판탄에서 돈을 잃을 때의 아찔한 가벼움만큼이나 이 만족감을 즐겼다. 그에게 벌을 주고 있다는 생각은 전혀 하지 못했다.

그녀는 피곤하지 않았다. 피곤할 새가 없었다. 집으로 가서 목욕을 한 후, 최근 멜버른에서 도착한 건축업자인 롤스 씨와 차를 마셔야 했다. 그녀는 판돈을 챙기기 시작했다. 당시 지폐는 요즘보다 훨씬 컸다. 수고의 대가로 물질적으로 보다 실체가 뚜렷한 것을 받던 시절이었다. 1파운드를 꺼내도 담배 마는 종이나—그런 계급에 속하지 않는다면—명함으로 오해받을 일이 없었다. 바로 그 순간, 루신다가 여봐란듯이 큼직한 지폐들을 한데 모으기 시작한 순간, 저드 씨가 불그레한 얼굴을 창문에 들이댔다. 젊은 시절 권투선수였던 그의 얼굴은 약간 균형이 안 맞았다. 코가 한쪽으로 휘었고, 양쪽 귀가 따로 놀았다. 그를 알게 되면 묘하게 부드러운 사람이라 여기리라. 손등은 딱지가 지고 손바닥은 굳은살이 박였지만 부드러운 화제를 부드럽게 다루는—말하자면 음악처럼—사람이었다. 하지만 소개도 없이 그런 얼굴이 불쑥 나타난다면 무서워 죽을 뻔하지는 않더라도 매우 공포스러우리라는 점을 쉽사리 상상할 수 있다.

루신다는 유리창을 통해 보이는 장면임을 감안했어야 했다. 판유리도 아닌 크라운 유리인지라 두께가 고르지 않고, 모래 속 염분 탓에 누르스름했다. 그녀가 좀더 과학적으로 반응했어야 한다고 말할 수 있겠다. 하지만 그녀는 그러지 못했다. 그녀의 눈에는 눈썹이 짙은 도살자의 얼굴이, 부자연스럽게 노란 돼지 주둥이가 보였다. 창문에 서린 물방울에 얼굴 일부가 흐려졌다고 해서 공포가 줄어들지는 않았다.

그녀는 비명을 지를 수도 없었다.

그녀가 낸 소리를 대충 표현하자면 이랬다. "에그."

오스카가 확신 없이 웃었다.

"에그."

그는 그녀 때문에 불안해졌다. 그녀의 그리스어는 그보다 수준이 높았다. 신학도 상당한 교육을 받은 듯했다. 그녀는 잘 웃지 않았다. 차가운 우아함으로 충격적일 만큼 노련하게 카드를 다루었다. 그녀는 냄새도 좋았다. 그녀를 어떻게 대해야 할지 몰랐기에 그녀가 자신을 바라보며 "에그"라고 말하자 그는 당황했다.

"그럼, 그럼, 그럼." 그는 카드를 섞으며 말했다. 그러면서 멋들어진 카드 섞기 기술을 선보였다. 저민 스트리트의 어느 '지옥'에서 누가 하는 것을 보고 독학으로 익힌 기술이었다. 금방이라도 쓰러질 듯 노쇠하고 만취한 배우가 카드를 섞으면서 길이가 1미터나 되는 움직이는 브리지를 만들어 보였던 것이다. 오스카는 혼자서 그 기술을 연마했다. 이것이 대홧거리가 될 수 있을 거라 짐작했다.

브리지를 본 저드 씨는 더이상 참을 수가 없었다.

유리창을 쾅쾅 두들겼다.

그 순간 오스카의 얼굴은 루신다가 그를 '크랩'이라고 불렀을 때처럼 반응했다. 뼈와 색이 사라진 것이다. 두피 근육이 수축하면서 머리카락 한 올 한 올이 쭈뼛쭈뼛 섰다. 그의 입이 벌어졌고, 루신다는 이번에 깨끗한 분홍색 터널과 작은 후두개 봉우리가 아니라 씹다 말아 반쯤 뭉개진 코코넛 마카롱을 보았다.

하지만 이윽고, 당연히 그는 돌아보았고 저드 부부를 발견했다.

루신다는 그의 행동을 눈으로 보고도 도저히 믿기지 않았다. 침입자들의 적대적인 분위기가 확연한데도, 앙상한 꺽다리 사제는 일어나 손수건으로 입을 닦고 창문으로 걸어가 잠금쇠를 풀어 그들을 안으로 들였다. 그들은 곧장 들어오지 않았지만 남자의 목소리가 들려왔고, 그녀는 그 목소리가 자기가 꾸는 악몽의 일부인 것 같았다. 그 모든 도덕적 격분을 해독할 수 없었고, 담배 냄새를 풍기는 분노의 이질적인 파도에 휩쓸리는 느낌이 들었다.

"저드 씨, 저드 부인. 어서 들어오세요." 그녀는 사제관 주인이 말하는 소리를 들었다.

들어오라니? 루신다는 믿기지 않았다. 들어오라니? 그녀의 손은 모자의 끝인 완두콩 크기의 은색 구슬장식을 찾아 더듬었다. 그녀는 유리의 특성을 생각했지만, 모래에 염분이 있을 경우 노란색을 띤다는 사실에 대해서가 아니라, 자갈이나 동전이나 석탄덩어리만 있어도 억압적인 창틀에서 벗어나 산산이 부서져 초승달, 언월도, 스틸레토 나이프, 단검, 주머니칼, 삐죽삐죽한 무기가 되어 카펫 위에 흩어지는 속성에 대해 생각했다.

"어서요, 어서 들어오세요." 오스카는 손뼉을 치고 양손을 비비며 말했다.

루신다는 모자를 벗고 등뒤로 모자핀을 꼭 쥐었다. 오스카가 뒤로 물러서자 저드 부부는 베란다에서 창턱을 넘어—여자는 덩치가 있는 데다 치마까지 입고 있어 굉장히 힘겹게 넘었다—거실로 들어왔다.

오스카는 거의 루신다만큼이나 경악한 채로 이 모든 장면을 지켜보았다. 신경이 곤두선 나머지 자신이 무슨 말을 하는지도 거의 의식하지 못했다. 열린 창문 안쪽에 서 있던 그가 바깥쪽의 저드 부부더러 안으로 들어오라고 말한 것은 사실이지만 창문으로 들어오라는 뜻은 아니었다. 하지만 뒤로 물러선 쪽은 그였고—나중에 자리에 앉아 그는 이 점을 자인하며 신음하고 오른손으로 왼손을 때리며 자책했다—그 동작은 자석을 못 뒤로 움직이는 것과 같은 작용을 했다. 자연과학을 조금이라도 안다면 못이 자석에 끌려가리라는 점을 예상해야 한다. 그의 아버지가 수차례 말했듯, 이름은 몰라도 아무튼 법칙을, 물리법칙을 알면서 결백을 주장해봐야 아무 소용 없다. 모든 벡터가 당신을 향할 만큼 에너지가 몰려 있을 때 "들어오세요"라고 말하며 물러선다면 그 대상은 기울어진 판 위의 물처럼 저항이 최소인 선을 따라 곧장 안으로 들어오게 되어 있다.

가끔 저드 씨는 자신이 물리법칙을 따르고 있음을 의식하지 못했다.

물리학 자체에 무지했다. 그는 삼베와 헤센에 대해 알았고, 왕겨와 귀리에 대해 알았고, 멍에, 안장, 코뚜레, 시드니와 야스 사이 길가의 풀 높이에 대해 알았지만, 자신을 몰아대는 힘에 대해서는 몰랐다. 사제관의 최고급 브래드퍼드 울 카펫에 서 있다는 걸 깨닫고 그는 굴욕감을 느꼈다. 부츠를 내려다보니 오른쪽은 끈이 제대로 묶여 있지 않고, 왼쪽은 부엽토 덩어리가 들러붙어 있었다. 그리고 아내를 바라보니—오, 신이시여—자신을 따라 창을 넘으려고 버둥대고 있었다. 정말 그녀다웠다. 정확히 그녀다운 짓이었다. 저 여편네는 자신이 지금 어떤 모양새인지 왜 의식하지 못할까? 엉덩이와 가슴이 비대한데다 형편없는 다리는 통통하고 짧아서 창턱으로 올리기도 힘겨웠다. 하지만 이제 와서 물러설 수도 없었다. 그는 그녀가 들어오도록 거들어야 했다.

저드 씨는 아내에게 화가 났지만 다른 사람들이 있는 자리에서 성을 낼 수는 없었다. 그는 지나치리만치 배려하며 그녀가 품위 있게 창을 넘도록 최선을 다해 도왔다. 마침내 그녀가 안으로 들어오자 그는 아내의 옷매무새를 단정히 가다듬느라 여념이 없었다.

그러다보니 남자 중의 남자인 그가 재단사처럼 마누라의 치마를 가지고 수선을 떨고 있는 게 아닌가. 일순 당황한 그는 지금 상황이 어떻게 보일지 머릿속에 그렸다. 그러더니 평생의 습관이 또다시 튀어나와 불리할 때 늘 하던 대로 행동했다—공격적으로 치고 나갔다.

"나는 창문을 넘어 들어오는 인간이 아닙니다. 신부님도 지금쯤이면 그 정도는 알아야 마땅하지 않습니까? 하지만 이것만은 꼭 말씀드리죠, 신부님. 우리는 용납하지 않을 겁니다! 절대로. 우리는 헨델을 원합니다. 그 음악은 하느님의 영광을 드높인다는 걸 모르겠습니까? '술에 취하지 말지어다'라고 성경에 나와 있잖습니까?" 성경을 인용할 생각은 없었지만 저절로 튀어나왔다. 거실에 술은 보이지 않았다. 그가 인용하려던 대목은 술에 대한 언급이 아니었다. "'술에 취하지 말지어다.'" 그는 카드를 바라보았다. 버젓이 그 자리에 있었다. 돈도 잘 보이는 곳에 있었다. "'방탕한 생활이 술에서 옵니다. 그 대신 몸속에 성령을 가득 채워야 합니다. 성시와 찬송가와 영가를 부르십시오. 그리고 진정한 마음으로 노래하며 주님을 찬양하십시오.'"

그러자 침묵이 내려앉았다. 그들 모두가 벌게진 얼굴로 서서 이 상황을 이해해보려 애썼다. 오스카는 '대처 방법'에 대해 생각했다. 열린 창문으로 차가운 바람이 들이쳤다.

"도박을 했군요." 저드 씨는 사제를 향해 놀랄 만큼 작은 손가락을 흔들어 보였다.

"그렇습니다, 저드 씨." 오스카는 야윈 가슴을 양팔로 감쌌다가 두 손을 비비며 말을 이었다. "도박을 했습니다. 불쾌감을 줬다면 죄송합니다."

"부인해봐야 소용없어요."

"부인하지 않습니다."

"하느님께 귀가 없다고 생각합니까? 우리가 찬양하며 부르는 노래를 좋아하지 않으시리라 믿는 거요?"

"아, 아닙니다, 정말이에요, 저드 씨. 정말입니다."

"그럼 도박을 해선 안 되지요. 어리석은 짓이며 죄악이니까요."

루신다는 무슨 일이 일어나고 있는지 알 수가 없었다. 더이상 이 사람들이 살인자 같지는 않았지만 언제 돌변할지 몰랐다. 남자는 폭력적으로 보였고, 여자는 루신다를 향해 똑같은 강도의 분노를 말없이 드러내는 게 아내의 의무라고 여기는 듯했다. 젖을 짜기 위해 머리를 고정시킨 암소처럼 치마 아래로 발을 구르며 그녀를 노려보았다. 루신다는 일어났다.

오스카가 말하고 있었다. "이 혼란스러운 상황에 대해 서로 관심사가 다른 듯합니다만."

루신다는 아무 말도 하지 않았다. 회유하려는 그의 어조가 상당히 부적절하게 들렸다.

"혼란요? 하나도 혼란스럽지 않아요." 저드 씨가 말했다.

"여자가 빠져나가려고 해." 저드 부인이 말했다.

"한편으로는 도박이라는 문제를 제기했죠. 다른 한편으로, 제가 보기엔 음악에 대한 사랑을 언급했고요."

"신성한 음악이요. 신성한 음악."

"여자가 모자를 쓰고 있어."

"이분은 제 손님입니다, 저드 부인."

"핑계 한 번 그럴싸하네요."

"여보." 저드 씨가 경고했다.

"이대로 물러설 순 없어." 저드 부인이 말했다. "내 생전 이런 위선자는 듣도 보도 못했다니까. 그래, 위선자. 우리가 이 사람한테 얼마나 훌륭한 제의를 만들어줬어. 그런데 입지도 않잖아. 아닌가요? 하느님은 사제가 까마귀 꼴로 있는 걸 더 좋아한다고 믿잖아요."

"저는—" 하지만 오스카의 말허리가 잘렸다.

"까마귀라기보다는 허수아비지." 저드 씨가 말했다.

"이렇게 물러설 순 없어. 이자는 허수아비처럼 입고 우리의 〈메시아〉를 내팽개친다고. 그러면서 예배당에서 여자와 어울려 카드놀이를 하고—" 저드 부인은 열린 창문을 뒤돌아봤고 잠시 말을 멈추었다. "결국 우리를 이렇게 만들었지." 마침내 그녀가 마무리지었다.

마지막 세 단어는 원래 예의범절에 엄격한 자신이 저도 모르게—아마도 마법에 당했던 것 같다—고용주의 창문을 넘어 진흙투성이 신발로 값비싼 카펫을 밟고 서게 된 처지를 의미하는 듯했다.

루신다는 찬바람을 피해 난롯가를 등지고 서서 몸을 데웠다. 그녀가 모자를 쓴 것은 사실이었지만, 떠나려는 게 아니라 모자핀을 제자리에 꽂기 위해서였다. 무기는 필요 없었다.

"부인, 무례하군요. 남편도 마찬가지고요."

루신다의 말에 저드 부인의 입이 딱 벌어졌다. 저드 씨가 아내의 발을 밟았다. 저드 부인은 입을 벌린 채 고개를 획 돌려 남편의 표정을 읽으려 했다.

루신다는 다리가 화끈거릴 만큼 치맛자락을 단단히 잡아당기며 말했다. "스스로를 교양인이라 여기겠지만 옷만 그럴싸하게 차려입은 야만인에 불과해요. 교양인과는 한참 거리가 멀죠. 만약 도박이 죄악이라 해도 그건 당신들이 방금 저지른 죄에 비하면 하찮을 뿐이에요. 그토록 무례한 짓을 저지른 것에 대해 하느님께 용서를 구해야 마땅합니다."

오스카는 삼십 분 전만 해도 담배에 불을 붙이고 콧구멍을 벌름거리며 푸른 담배연기를 뿜어대던 여자가(그의 눈에 대단히 관능적으로 보였다) 이토록 귀족적 오만에 차서 내뱉는 말을 듣고 경악했다. 저드 부부에게 사과해야겠다고 생각했지만 기회를 잡을 수가 없었다.

“그만 나가요.” 루신다가 말했다.

그리고 저드 부부는 정말로 문을 향해 주뼛주뼛 걸어갔다.

“창문으로요.” 루신다가 말했다.

그리고 저드 부부는 창문으로 나갔다. 루신다의 명령에 따라 창문을 닫기까지 했다. 그녀는 겨자색 진입로를 걸어가는 두 사람을 지켜보았다. 밖은 이제 꽤 환했다. 두 사람이 동시에 떠들고 있는 게 보였다.

그 순간 그녀는 웃음을 터뜨렸다. 단순한 웃음이 아니라 자신의 악행에서 비롯된 기쁨과 스스로에 대한 놀라움(시드니에서는 이렇게 화를 내야 하는 법이지)이 결합된 웃음이었다. 웃고 있는 얼굴이 사랑스러웠다. 그녀는 처음으로 사제관에서 경계를 풀고 숨김없는 얼굴로 본연의 모습을 드러냈다. 이 젊은 아가씨를 본다면 패러매타 근방의 농장에서 지내던 시절의 그녀를 상상할 수 있으리라. 그녀는 예뻐 보였다. 하지만 오스카는 추한 녹색 의자에 앉아 제멋대로 뻗친 붉은 머리를 양손으로 쥐어뜯느라 그 모습을 보지 못했다.

“아 이런, 난 끝장이야.” 그가 말했다.

그 순간의 루신다는 근육이 파열되었는데도 몸의 열기 탓에 통증을 느끼지 못하는 운동선수 같았다. 하지만 열기가 가라앉으면서 몸이 뻣뻣해지며 상상 이상의 끔찍한 고통이 찾아왔다.

69
식탁보

댄서 주교는 사무실을, 아니 집 전체를 새로 단장하는 중이었다. 그 결과 사무실에 계속 머물 수가 없었다. 아내가 수리공에게 소리치고, 느닷없이 외풍이 들이치는데도 창문을 어쩔 수 없이 열어두어야 하고, 톱질과 망치질 소리 역시 어쩔 수 없이 들어야만 하는 게 견딜 수 없었다. 그곳에 있자니 짜증이 났다. 품격 있게 업무를 처리할 수가 없었다. 특히 이 업무가 그랬다.

그리하여 댄서 주교는 세인트앤드루교회 주임사제 부부와 점심을 들게 되었다. 주임사제를 별로 좋아하지 않았지만 사무실을 빌려야 하는데 적절한 품격을 갖춘 마땅한 사무실이 주변에 그곳밖에 없었다. 독자들도 정확히 추측할 수 있을 텐데, 댄서 같은 사람이 평소 '품격'에 연연할 리 없었다. 주임사제의 묵직한 책상이나 벨벳 휘장을 빌리지 않고도 자신만의 '품격'을 이끌어낼 힘을 가지고 있었기 때문이다. 하지만 이번 일에서 그는 패배했다. 랜드윅 교구위원회에 항복을 선언할—피할 수 없는 일이었다—사무실이 필요했다.

그는 패배를 몹시 싫어했다. 특히나 이따위 인간들에게 지는 것을 질색했다—우쭐대는 상점 주인과 마부, 옛날에는 모자를 세 개 겹쳐 써 직업을 표시하다가 이제는 예전에 모시던 계급의 사람을 흉내내어 차려입은 넝마장수들. 때때로 그는 시드니가 옷상자를 기부받은 고아의 파티 같다고 생각했다. 괴상하기 짝이 없는 광경이었다. 신사처럼 차려입은 파이장수, 유리 왕관을 쓴 하녀. 지금 그런 인간들이 대성당 사제의 대기실에 앉아 있었다. 톱 해트와 번쩍이는 반바지 차림의 올콕 씨, 저드 씨, 헨리 씨, 그리고 교구위원장이자 하원의원이자 유명한 퓨지주의자인 그레이엄 씨.

이제 식탁 위는 대부분 치워졌지만 주교는 여전히 자리를 지키고 있었다. 그는 직접 시연을 해 보이려 했지만 주임사제는 걱정되었다. 그는 예의상 주교를 점심식사에 초대한 것이었다. 그런데 그의 최고급 클라레 포도주를 병째로 비우는 주교의 모습에 사제는 뒷일이 불안했다.

"내가 직접 보여주지." 주교가 말했다.

"주교 예하." 주임사제는 댄서의 기분이 아슬아슬한 상태이며, 무엇 때문인지 알고 있었다. 언론에서 랜드윅 사제관의 문제를 다루었던 것이다. 그곳에서 이루 말할 수 없는 비도덕적 행위가 벌어졌다고 했다. 여자와 카드놀이가 관련되었다. 그자를 그 자리에 앉힌 사람은 댄서였다. 그가 그 사실을 자랑했었다. 그자를 '내 족제비 사제'라고 불렀던 것이다.

"예하라고 부를 것 없네. 내가 직접 보여주지. 허풍이 아님을 알게 될 걸세."

주교는 식탁을 살펴보았다. 시연을 보이기에는 살짝 부족했다. 거의 모든 그릇이 하얀 식탁보에서 치워졌다. 양념통들이 담긴 작은 은쟁반, 화려한 그레이비소스 그릇, 1센티미터 두께의 침전물이 쌓인 클라레 포도주병, 포도주잔 두 개, 물잔 세 개가 다였다. 화창한 날씨였다. 편서풍이 일시적으로 그친데다 햇살이 창밖의 복사꽃 사이로 부서지며 식탁 위로 곱게 내려앉았다.

"허풍이라고 생각하다니요." 주임사제는 의자를 뒤로 약간 밀며 말했지만 감히 일어날 용기는 없었다. "하지만 방문객들을 기다리게 하면 분위기가 좋지 않을 겁니다. 대단히 고압적으로 나오겠지요."

"그거 아나?" 댄서가 그렇게 말하며 의자를 뒤로 밀었다. 그리고 언젠가 누이가 요크 공작부인의 웨딩드레스 자락을 들었을 때처럼 식탁보를 잡았다. 그는 주임사제를 바라보았다. 사제는 깔끔한 사람이었다. 작은 빗자루와 쓰레받기를 식탁 옆에 갖다두고 떨어진 빵부스러기를 태연히 쓸어담았다. 그의 머리 모양은 댄서의 기준으로는 지나치게 깔끔했다. 강철 같은 뻣뻣한 회색 머리는 마치 면도칼로 한 번에 한 가닥씩 다듬은 듯했다. "자고로 우리 같은 지위에 있는 사람은 긴장을 푸는 것이 얼마나 중요한지 잘 알아야 한다고 늘 생각한다네."

주임사제는 태연한 척하려 했다. 하지만 그럴 수 없었다. 그는 가슴 앞에 팔짱을 꼈다. 사제는 떡 벌어진 가슴과 잘빠진 몸매를 가진 젊은이였지만 댄서가 보기에는 꼭 안절부절못하는 닭처럼 굴었다. 하얀 식탁보 위의 빵부스러기를 쪼는 그의 모습이 훤히 그려졌다.

"긴장 안 했습니다, 주교 예하. 사실 저는……" 이 대목에서 주임사제는 안경을 콧등으로 밀어올리고는 새침하면서도 우쭐한 태도로 입을 오므렸다. "예하께서 이번 랜드윅 추문으로 인한 압력을 못 느끼시는 건 아닐까 싶어서요."

"추문? 추문 같은 건 없네." 주교는 식탁보가 팽팽한지 살피며 대꾸했다.

"예하의 사람이 교회재판소에 서게 됐잖습니까?"

"내 사람? 하하, 나 원. 그 바보 같은 녀석은 복음주의자네. 내 사람이라고는 할 수 없지. 자, 이제 집중하게. 잘 봐. 다른 교구에서는 보기 힘든 구경거리니까." 댄서는 근섬유 하나하나가 유쾌한 긴장으로 팽팽해지는 것을 느꼈다. 미끼를 물고 끈질기게 당겨대는 납작머리메기를 끌어올리는 낚싯줄처럼.

"그럼 그레이비소스 그릇을 치우겠습니다."

"앉게." 댄서 주교가 명령해서 사제는 그대로 앉았다. 그리고 웃옷의 단추를 채웠다.

주교는 식탁보를 살짝 당겨 팽팽하게 만들었다. 팽팽한 긴장이 기분좋게 느껴졌다. 눈을 가늘게 뜨고 집중한 채 힘을 계속 가하자 포도주병(가볍고 길어서 까다로웠다)과 그레이비소스 그릇과 양념병 세트의 위치가 느껴졌다. 팽팽함을 한 단계 더 높여 식탁보를 막 빼내기 직전까지 이르렀다.

바로 그 순간, 식탁보를 확 잡아당겼다.

포도주병이 솟아올랐다가 다시 비틀거리더니 광을 낸 삼나무 식탁 위에 멋지게 바로 섰다. 완전히 멈출 때까지 길고 나직한 소리가 울렸다.

양념병 세트도 걱정할 필요가 없었다. 문제는 그레이비소스 그릇이었다. 특이한 삼발이 모양이었는데, 그만 식탁보에 걸린 것이다. 부분적으로 그릇의 발 때문이었지만, 식탁보는 언제나 빳빳하게 풀을 먹여야 한다고 고집하는 주임사제의 잘못도 일부 있었다. 풀을 먹이고 접어두면서 생긴 주름에 그릇의 발이 걸렸을 것이라고 주교는 추측했다. 주임사제가 그를 믿기만 했어도 아무 피해가 없었겠지만, 그는 토끼처럼 안달하더니 천이 당겨지는 동시에 의자에서 발딱 일어났다. 그 결과, 말하자면 보호막을 벗어버리고 불길 속으로 곧장 뛰어든 셈이 되었다.

그레이비소스는 거의 남아 있지 않았다. 한 스푼도 채 되지 않는 양이었다. 주임사제의 허벅지에 작은 흔적이 생겼지만, 스펀지로 닦든 안 닦든 간에 마르면 티도 안 날 터였다.

"이런, 내가 해낼 수 있다고 믿지 않았군." 댄서 주교가 말했다.

그날 밤 주임사제는 그 순간 자신이 했던 생각에 대해 하느님에게 용서를 빌었다. 하지만 그레이비소스 그릇의 파편을 줍던 순간에는 원래 무늬가 마음에 들지 않았음에도 불구하고 분노가 조금도 누그러들지 않았다.

"내가 새로 사주지." 댄서는 식탁보를 (주임사제가 보기에는) 놀라울 정도로 꼼꼼히 접으며 말했다.

"그러실 것 없습니다. 그냥 두고 교구위원들을 만나러 가시죠." 주임사제는 파리한 얼굴로 날카로운 파편을 양손 가득 든 채 대꾸했다.

주교는 심란한 마음을 가라앉혀야 했다. 밤 기도를 할 때에야 그도 후회할 만큼 여유를 찾았지만, 잠옷 바람으로 맨무릎을 꿇고 기도할 때 얼굴에 슬며시 미소가 어려 있었다. 어쩔 수가 없었다. 이 모순을 하느님은 과연 용납하실까?

70
착한 사마리아인

마찬가지로 오스카 인생의 식탁보도 확 당겨졌다. 하지만 주교가 점심식사 때 식탁보를 잡아뺀 것이 은유라고 생각하지는 않기 바란다. 은유였다면 파괴력이 결코 같지 않았을 것이기 때문이다. 제대로 빗대고 싶다면 주임사제의 식탁에 돌턴 도자기, 수프 접시, 정찬용 접시, 양념통, 채소 그릇, 컵, 컵받침, 촛대, 그레이비소스 그릇, 커스터드 그릇, 붓꽃이 가득한 꽃병을 올려놓아야 한다. 심지어 그렇더라도 댄서 주교가 오스카를 파괴한 것의 발끝도 따라가지 못한다. 동등한 파괴력을 지니려면 식탁에 도끼나 톱을 갖다놓아야 한다.

오스카의 무분별한 행동이 언론의 도마에 오르자, 그는 끝장나버렸다. 댄서 역시 카드놀이를 한다거나, '이랴이랴'에 얼마 건다는 사실은 도움이 되지 않았다. 주교가 마음속으로 동정해봐야 소용없었다. 잘라

내야 했다. 힐책하고 쳐내야 했다. 자신이 선택받았다는 확신에 기초해 전인격이 형성된 오스카 홉킨스는 이제 공개적으로 버림받았다. 그는 시드니 전역에서 악명을 떨쳤고, 고용하기에 적절하지 않은 사람으로 여겨졌다.

그의 성격이나 외모가 그런 추문에 어울리지 않아서 혹시 중상모략은 아닐까 의심하는 사람도 없었다. 오히려 순진한 태도 때문에 그의 죄악은 더욱 충격적으로 받아들여졌다.

그는 배서스트 스트리트의 그저 그런 하숙집에 방을 얻었다. 사람이 사회적 지위에 얼마나 큰 영향을 받는지 깨닫지 않을 수 없는 상황이었다. 생판 모르는 사람에게서도 사랑과 존경을 받는, 으레 정중하게 대우받고 간단없는 신망을 얻는 것이 당연한, 아늑하고 따뜻한 삶이 삽시간에 일변하여 침 세례를 받아 마땅한 비루하기 짝이 없는 신세로 전락해버린 것이다. 목깃 없는 옷에 면도도 하지 않고 털이 무성한 손목에 문신까지 한, 쇠락한 하숙집의 지저분한 주인은 거액의 보증금을 내지 않으면 방을 줄 수 없다고 버티기까지 했다.

9월과 10월은 새 정착민이 시드니에 오기에 완벽한 시기로 여겨졌다. 9월은 더이상 춥거나 바람이 불지 않았다. 10월은 더워지기 전이었다. 요크 햄이 오븐에서 익어가고, 모슬린으로 감싼 푸딩이 무쇠 냄비의 벽에 부딪혀가며 끓을 때면 몰라도 검정파리와 똥파리와 집파리는 아직 별 문제가 되지 않았다.

그러한 9월과 10월이 오스카 홉킨스에게는 절망적인 나날이었다. 그는 사랑하는 이들과 단절되었다. 우편물이 그에게 아예 전달되지 않았고, 그로서도 너무 수치스러워 자신의 몰락을 고향에 알릴 수가 없었다.

그에게 온 우편물은 주교관에 보관되었다. 편지들은 책상 주인인 직원이 매일 점심으로 싸오는 달걀샌드위치와 함께 서랍에 처박혔다. 봉투에는 버터의 기름 자국이 배고, 달걀냄새도 스며든 채 개봉되지 않은 상태로 방치되었다. 워들리피시가 멜로디 클러터벅을 사랑하지 않는다고, 파혼했다고, 자신이 자기기만적인 비열한이자 기회주의자이자 허세쟁이라고 열정적으로 고하고 있을 줄은 오스카는 상상도 못했다. 워들리피시는 시드니행 '소브레이언'의 표를 예매했다.

오스카가 이 편지를 읽었더라면 자신이 '선한 사람'으로 묘사된 것을 보았으리라. 그러한 선함은 워들리피시의 '세속성'과 '거짓'과 대조되었으며, 친구는 이제 쾌속범선의 표를 끊으면서 자신의 부덕을 내던지고자 했다. "돼지처럼 말이야, 이상한 녀석아. 이로써 나는 도버의 절벽에서 그 짐승을 밀어 떨어뜨려 털이 빳빳하게 자란 추잡한 등을 부러뜨리고, 거칠고 잔인한 돼지 같은 영혼을 영원히 익사시킬 수 있을 거야."

오스카가 이 편지를 읽었더라면 친구의 파혼에 책임감을 느꼈으리라. 하지만 죄과를 달걀이나 버터 같은 물품이라 친다면, 그는 이미 온전히 감당할 수 있는 이상으로 많이 짊어지고 있었다. 심지어 그는 짐을 덜어달라고 하느님에게 기도하는 동안에도 더 많은 짐을 찾아내 짊어지려고 버둥거렸다. 벌을 받고 싶다는 탐욕에 빠진 양 기도했다. 제대로 돌보지 않고 방치한 잇몸을 갑자기 인식하고서 칫솔질을 치과의사의 추천대로 하루 세 번이 아니라 아홉 번이나 해댄 탓에 잇몸이 빨갛게 헐고 퉁퉁 부어 충격에 떨며 고통스러워하는 사십대 남자처럼 그는 기도했다.

그는 지옥불을 면하게 해달라고 기도했다.

하숙집 이웃들이 그의 행동거지에 대해 불평했다. 신음소리가 들려왔다. 그들은 그의 손등을 보지 못했지만 봤다 해도 어떻게 손등에 그런 상처가 났는지 몰랐을 것이다. 손톱으로 손등을 할퀴어 생겨난 깊은 상처는 묵상 수도원에서 살아본 사람이나 이해할 것이다. 그것은 성흔이 아니라 기도하는 자가 스스로를 찌른 자국이었다.

하지만 같은 날 동시에 그는 경마장을 찾았다. 팰컨과 프레스토와 메이드 오브 레이크에 돈을 걸었고 그러는 내내 하느님에게 반하는 죄를 짓고 있으며(틀림없었다), 하느님의 진노를 사게 되리라 믿었다. 그의 몸이 익히 아는, 경마장에서만 맛보는 환희가 솟구치긴 했지만, 그는 쾌락을 얻기 위해서가 아니라—오히려 쾌락을 느낄까봐 두려웠다—달리 먹고살 방법이 없어 절박하기 때문에 도박을 했다.

밤에 지옥불을 두려워하는 사람이 대낮에 효율적으로 내기를 할 리 없다. 이런 걱정 때문에 경마 도박꾼의 유일한 자산인 분석력이 제대로 발휘되지 못한다. 당연히 그는 돈을 딸 때보다 날릴 때가 더 많았다. 마구간 일꾼과 기수와 어울리며 환심을 사기 위해 1실링을 주고, 오리얼에서 시험을 앞두고 벼락치기하듯 경마를 분석해도 별 소용이 없었다. 그는 아주 엉망인 상태로 경마 축제에 빠져 두 달을 보냈고, 드레이퍼스 퍼스 경마가 시작되는 첫날에 꾼들에게 휩쓸렸다.

빠질 살도 없건만 살이 더 빠졌다. 옷깃이 목 주위에 마구처럼 늘어졌다. 눈에 띄지 않기를 바라는 사람처럼 그는 양손을 주머니에 깊숙이 찔러넣고 시선을 항상 인도 가장자리의 초석에 붙박은 채 건물 벽에 바짝 붙어 걸었다. 바로 그런 모습으로 루신다와 마주쳤던 것이다. 다만, 우체국 뒷마당을 서둘러 가로지르느라 벽을 따라 걷는 안도감을 누리지 못하고 사방에 훤히 노출된 채 걸어가던 중이었다. 이 주 지난 〈봄베이 타임스〉가 영국에서 보낸 편지와 함께 전날 도착했기에 우편물이 모이는 조지 스트리트로 사람들이 죄다 몰려가 있었다. 뒷마당은 한산했다. 지위가 높은 직업에나 어울릴 브로드 직물 옷을 지저분하게 걸친 몰골을 알아차리는, 호기심 가득한 눈으로부터 그를 가려줄 군중이 없었다. 초조함과 패배감 어린 분위기는 그가 부치려는 편지와 완벽하게 어울리면서도 전혀 어울리지 않았다. 그의 몰골을 본 이라면 그가 이렇게 교양 있는 문장을 구사하리라고는 짐작조차 못했으리라.

사랑하는 아버지, 오랫동안 연락이 없어 큰 심려를 끼쳐드려 정말 죄송합니다. 이 편지로 모든 걱정을 털어버리시길 빕니다. 편지를 다 읽으실 쯤에는 제가 경고받은 대로 영원한 지옥불에 빠질 운명이었다고 생각하시겠지요. 한동안은 깊은 절망, 아니 공포에 빠져 있다가 또 한동안은 제게 영혼을 내리신 하느님이 제가 저지른 온갖 죄악에도 불구하고 만회할 기회를 주시리라는 환희에 휩싸인다는 점에서 (아마도 건강하지 않은 감정이겠지요) 마치 연옥에 있는 것 같다고 고백해야겠습니다.

하지만 사랑하는 아버지, 제 부탁을 꼭 들어주세요. 제게 편지를 써주세요. 다만, 다정한 마음이 처음 이끄는 대로 써주세요. 아버지의 충만한 사랑은 불멸인 영혼을 구할 수 있도록 저를 이끌고자 함을 알기 때문입니다. 저는 아버지가 주는 충고를 가장 소중히 여기겠습니다. 그렇다고 아버지로서의 엄격한 의무를 게을리해달라고 부탁드리는 것은 아닙니다. 하지만 괜찮으시다면, 우리 셋이 한때 그토록 행복하게 걸었던 헤나컴의 작은 길에 대해 추신에 써주세요.

고운 노래를 부르는 새와 산울타리, 잉글랜드의 사랑스러운 연푸른색 하늘이 너무나 그립습니다. 이곳 식민지 풍경은 너무나 거칠고 낯설어요. 어디나 갈아엎은 지 얼마 안 된 험한 땅으로 대부분이 진흙과 사암뿐이고 쉽게 다룰 수 있는 흙은 어디에도 없지요. 새들은 화려하지만 요란합니다. 어디를 보아도 품위와 배려가 부족하고, 사회 전체적으로 (영국 사람들이 상상하는 바 이상으로 잘 차려입긴 했지만) 공익에는 무관심하고 사리사욕에만 신경씁니다. 이런 견해는 아마도 쓸데없이 암울한 것 같네요. 지금 처한 불행한 곤경으로 인해 제 시선이 왜곡된 것이길 빕니다. 하지만 이토록 부당한 평판을 일단 얻고 나면 달리 어찌할 수가 없는 듯합니다.

이렇게 세세한 고백의 무게를 볼 때 루신다가 못 알아볼 만큼 그의 발걸음이 무거웠던 것도 당연했다. 〈시드니 메일〉에서 '추문'에 대해 읽은 후 루신다의 머릿속에서 그에 대한 생각이 떠나지 않았다.

그녀는 〈시드니 메일〉에서 기사를 읽고도 그의 이야기임을 얼른 알아차리지 못했었다. 물론 이름을 보았다. 홉킨스. 하지만 루신다의 머릿속에서 그는 공포에 질려 현창을 향해 옆걸음질치던 기억 때문에 홉킨스가 아니라 크랩(게)이라고 각인되어 있었다. 그녀는 저드 씨와 홉킨스 신부와 미지의 '여성'에 대해 읽었다. 일 분은 족히 지난 후에야 이게 누구 이야기이고, 무슨 내용인지 깨달았다.

"오, 하느님, 부디 저를 용서하소서." 당시 루신다는 롱노즈 포인트의 부엌에 앉아 있었다. 하녀가 어디 있는지 생각할 정신도 없이 곧장 무릎을 꿇고 양손으로 눈을 문질러댔다. 마치 어둠 속에서 온갖 빛이 번쩍이게 만들면, 자신이 경솔하게 저지른 짓을 없던 일로 물릴 수 있기라도 한 듯.

그녀는 생각했다. 나는 돌아다녀선 안 돼. 이로써 두 명이나 신세를 망쳐버렸어. 그녀는 똑바로 앉아 〈시드니 메일〉을 접어 무릎에 놓았다. 즉시 랜드윅으로 달려가 주교나 이 사안에서 핵심 인물인 누구에게라도 사죄해야겠다 싶었다. 하지만 괜히 나섰다가 그 가엾은 사람을 더욱 위태롭게 할지도 모른다는 생각이 떠올랐다. 하지만 다시, 일단 찾아가서 무슨 도움을 줄 수 있을지 확인해보자는 세번째 생각이 들었다—그녀는 이 생각을 최종적으로 따랐다. 최대한 수수하고 적절한 옷을 골랐다. 하지만 이 선의와는 반대로 칙칙한 갈색 모직과 수수한 검은 보닛은 그녀의 사랑스러운 얼굴을 더욱 강조하기만 하여, 마치 립스톤 피핀 사과의 부드러운 진홍색이 자색을 띤 갈색과 살며시 겹쳐진 듯한 안색이었다. 그녀는 직접 랜드윅까지 마차를 몰았다. 그곳에 도착하자 홉킨스 신부가 아니라, 높은 베란다에 서서 자신의 명백한 우위를 즐길 뿐 아무 말도 하지 않으려 드는 저드 부인과 마주쳤다.

루신다는 말 옆구리에 채찍을 갈겨 쏜살같이 사제관을 떠났다. 구덩이 위에 깔아놓은 격자판을 마차가 덜컹덜컹 지나가며 탤컴파우더처럼 미세한 진흙먼지 구름이 이는 바람에 저드 부인은 베란다에서 먼지를 쓸어내야 했다.

루신다는 생각했다. 내가 사태를 악화시켰어. 더이상 개입하면 안 돼.

그녀는 산등성이 길을 따라 달링허스트로 향했다. 유리공장을 방문하려는 것이었다. 이 생각을 명확히 의식하지는 않았지만, 팽팽히 늘어난 윗입술이 이제 느슨해지며 얼굴이 평소 윤곽으로 돌아왔다. 유리공장을 방문하겠다는 생각은 형태도, 이름도 없었지만 그녀는 교회에서 나오는 담배 중독자처럼 기쁨을 고대하며 들떠 있었다. 차선책이었다. 두번째로 좋은 방법이었다. 하지만 단지 습관적 기쁨이었다. 자신이 무슨 생각을 하고 있는지 알아차리자 기쁨이 주르르 새어버렸다.

아서 펠프스에게—그는 자기 배를 풀무라고 부르는 사람이었다—공장에 오지 않겠다고 약속한 후 삼 주가 지났다. 어쩌다 그런 약속을 했던 걸까? 어쨌든 그녀가 주인 아닌가?

그때 아서는 종이로 담배를 마느라 커다란 손을 분주히 놀리고 있었다. 눈은 담배를 빨고 불을 붙이는 일에 완전히 고정되어 있었다. 그녀를 쳐다보지도 않았지만 루신다는 그를 바라보았다. 굵은 허리통에 두른 삼베 포대가 땀에 푹 전 모습을, 흰 털이 난 피부가 발하는 이질적인 남성성을. 그는 눈을 가리고도 피울 수 있는 가느다란 담배를 가지고 내내 수선을 피우며 대단히 공손하면서도 어색하게 이야기했다. 나무 궤짝에 창문용 유리를 포장하고 있는 마당으로 그녀를 데리고 나갔다. 새로 톱질한 나무로 짠 궤짝이라 봄 공기에 달콤한 수액 향이 감돌았다. 노란 지푸라기가 북동풍에 실려 하늘의 긁힌 자국인 양 떠 있었다. 아서는 바큇자국이 팬 채로 마른 흙바닥을 커다랗고 뭉툭한 부츠로 걷어찼다.

루신다는 그가 말하기를 기다렸다. 그가 스스로의 권위를 대단히 의식하고 있음을 그녀는 알아차렸다. 그것은 '자연스러운' 권위였고, 그녀가 1등석 객실을 예약하게 이끈 권위보다도 훨씬 컸다.

작은 담배를 가지고 수선을 떨고 나서 그는 손을 오므려 바람을 막으며 불을 붙였다. "사람을 보내 저더러 아씨의 사무실로 오라고 하지 그랬습니까?"

바로 이웃에 자리한 제재소에서 새 삼나무 목재의 중심을 가르는 길고 새된 소음과 날카로운 소리가 이어졌다. 아서는 일전에 그곳에서 일한 적이 있었다. 유리공장 일이 마음에 들지 않으면 얼마든지 다시 제재소로 옮겨갈 수 있었다.

"피해를 줄 생각이 없었다는 건 압니다. 하지만 아씨가 오시면 직원들이 긴장해서 공손하게 서 있으려고 합니다. 그러다보면 수거공이 유리용액을 잘못 집어들게 되고, 불기공이 유리를 울퉁불퉁 불게 되고, 그러면 더이상 공을 들일 가치도 없는 물건이 나오게 되죠. 아씨, 저 녀석들은 가엾고 무지해서 숙녀가 나타나면 쉽게 정신을 팝니다."

이 단순한 일장 연설에 그녀가 느낀 좌절은 너무도 깊어 눈물을 흘리거나 하다못해 화를 낼 여력도 없었다. 멍하니 입만 벌리고 있었다.

"혹시라도 공장을 방문하고 싶을 때는 미리 알려주셨으면 합니다."

"얼마나 미리요, 아서?" 그녀는 포장공을 바라보았다. 지푸라기를 충분히 넣고 있지 않았다.

"아, 하루 전에만 알려주시면 됩니다. 그러면 저희가 준비를 하겠습니다. 여왕을 맞이하는 해군처럼요. 걸레니 포대니 양말짝 같은 건 몽땅 치우고 깔끔하게 정돈하겠습니다."

"하지만 여긴 내 공장이에요, 아서." 날선 목소리가 전혀 아니었다—냉랭하거나 비꼬는 투라고 곧잘 오해받는 목소리에 지금은 아무 의지도 실려 있지 않았다. 그녀의 눈은 건조했고, 지푸라기가 흩날리는 하늘처럼 상처받았다. "내가 주인이라고요."

아서 펠프스는 대꾸했다. "압니다, 아씨. 하지만 기술자는 우리입니다. 기술자는 우리라고요."

그녀는 그의 말을 받아들였다. 런던에서 돌아와 텅 빈 공장과 차가운 용광로와 새끼 고양이를—고양이의 두개골을 부수어 죽인 일을 포함해—발견했을 때 그녀의 마음 깊은 곳을 차지한 것은 아무런 활기도, 온기도, 다정함도 없는 고독과 실의였다. 그녀는 그 공허감을 결코 잊을 수 없었기에 아서 펠프스의 요구를 받아들였던 것이다. 그래선 안 되었다는 것을 알면서도 그랬다는 데 화가 났다. 이제 그녀는 화부들이 용광로에 연료를 넣거나 때때로 새 진흙 도가니를 설치하는 밤에만 공장에 갔다. 화부들도 그녀를 보면 안절부절못했지만, 그들은 기술도 자부심도 없었기에 감히 그녀에게 아서가 맥주를 마시고 유리를 만드는 나무 왕좌에서 내려오라고 말하지 못했다. 공장은 따뜻하고 건조했다. 그녀는 거의 매일 밤 공장에 갔다. 그곳에서 생각에 잠겼다. 이제는 오스카 홉킨스에 대해서도 곱씹을 터였다. 용광로 문이 소리 없이 열렸다가 느닷없이 철컹대며 닫혔다. 화부들의 삽이 바닥을 긁어댔다. 그녀는 아서의 왕좌에 앉아 휴대용 술병으로 브랜디를 마셨다. 집들을 생각했다. 자신이 가지지 못한 집들을, 자신이 잃어버린 집들을.

그녀는 주교에게 부치지 않은 편지들과 〈시드니 모닝 헤럴드〉의 개인 소식란에 게재하려다가 하지 않은 글들에 대해 몽상했다. 아모이의 도박장에 가봤지만 홉킨스는 보이지 않았다. 홈부시와 랜드윅의 예배에 참석했다. 진흙을 튀기는 강력한 말발굽의 힘으로 고통을 덮으려는 듯 경마를 했다. 미친듯이 도박을 했다. 어디에서도 그를 볼 수 없었다. 마침내 우체국 뒷마당에서 마주쳤을 때 그녀는 그를 알아보지 못했다, 처음에는. 기억 속의 그와 눈앞의 그 사이에 존재하는 깊은 괴리로 인해 그녀는 이루 말할 수 없는 불안에 휩싸였다.

"홉킨스 씨?"

그가 몸을 돌렸다. 윗입술에 뾰루지가 나 있었는데, 퉁퉁 부은 염증의 가장자리가 성난 듯 진홍색인 것이 뾰루지라고 부르기엔 너무 심각한 상태 같았다. 뺨에 베인 상처가 있었는데, 이 역시 감염된 듯했다. 누가 자신을 불렀는지 깨닫자 그는 코트 단추를 채웠다. 마치 그렇게 해서 지나치게 큰 일반인용 목깃 위로 삐죽 튀어나온 앙상한 목을 가리려는 듯.

"르플래스트리어 양." 그는 들어올릴 모자가 없었다. 대신에 주머니에서 편지를 꺼내 허공에 흔들었다.

그녀에게도 편지가 있었다. 유리 천장에 응결된 물방울이 떨어지지 않도록 설계된 수로의 세부사항을 팩스턴 씨에게 묻는 편지였다. 그녀는 그 편지를 흔들었다.

그들은 편지를 부쳤다. 오스카가 우푯값을 내기 위해 잔돈푼을 헤아리자 그녀는 보지 않으려 애썼다. 그가 기도하다 손톱으로 손등을 찌른 자국이 눈에 띄었다. 그전까지만 해도 그녀는 자신이 어떤 피해를 끼쳤는지를 제대로 인식하지 못하고 있었다. 전에는 너무나 짜증나던 그의 모든 특성이, 안절부절못하는 허약함, 소년 같음, 너무도 충격적이던 순수함이 이제는 더없이 훌륭한 장점으로 그녀에게 비쳤다.

그녀의 마차는 드루이트 스트리트의 마당에 있었다. 그녀는 이륜마차를 불러 세웠지만 그더러 타라고 설득할 필요는 없었다. 그녀의 태도를 아서 펠프스가 보았다면 '두목 행세'라고 불렀을 것이다. 그녀는 마부에게 배서스트 스트리트의 하숙집으로 가자고 했다.

루신다는 하숙집을 보고 질겁했다. 오물투성이 바닥, 램프의 그을음으로 얼룩진 벽, 지저분한 몰골의 하숙집 주인 등 형편없는 생활수준에 마음이 아팠다. 그 와중에, 홉킨스 씨의 방을 방문하다니 과연 적절한 행위냐고 그 '작자'가 문제삼자 루신다는 우산으로 그의 책상을 내리쳤다.

홉킨스 씨의 방에 들어간 그녀는 유심히 살펴보지는 않았지만 반쯤 비어 있는 식민지산 백포도주 병이 눈에 들어왔다. 짐이라고는 트렁크 하나가 전부였다. 그녀는 마부를 시켜 트렁크를 운반하게 한 뒤 드루이트 스트리트로 돌아가 승객과 짐을 그녀의 마차로 옮긴 다음 롱노즈 포인트로 달려갔다.

그녀는 추문을 뒤로하고 앞으로 나아갔다. 정면돌파한 것이다. 그녀는 개의치 않았다. 좁은 깔때기 속으로 모든 감정을 밀어넣었다. 하녀에게 뜨거운 물과 붕대를 가져오라고 했다. 식탁에 수건을 놓고 그의 상처투성이 손을 그 위에 올렸다. 주먹질을 하다가 다쳤나보다고 그녀는 짐작했다. 붉은 상처는 가장자리가 자줏빛이고, 입처럼 벌어진 곳이 누르스름했다. 마치 살에서 돋은 뱅크시아꽃 같았다.

그녀는 상처의 고름을 닦아냈다. 그가 올빼미처럼 새된 소리로 신음을 내뱉었다.

71
스트래턴 부부의 도박

스트래턴 신부가 말이었다면 아무도 그에게 돈을 걸지 않았으리라. 옆구리에서 땀이 어찌나 거품처럼 샘솟는지 모직 콤비네이션*의 은밀한 주름으로도 숨길 수가 없었다. 하지만 말이든 아니든, 누구라도 척 보면 아는 징후들이 뚜렷했다. 아내가 현관문을 미처 닫기도 전에 대문으로 튀어나가는 그의 눈에는 확실히 야성이 번득였다. 그가 대문 옆에서 발을 구르는 동안 그녀가 마당 진입로를 걸어왔다.

"시간은 많아요, 휴." 그녀도 똑같이 서둘러 진입로를 지나 머리에 두른 스카프를 정돈했다. 겨우 9월이지만 바다에서 찬바람이 불어왔다.

"어느 시계로 봤을 때?"

---

* 상체와 하체 부분이 하나로 연결된 19세기 속옷.

"우리한테 시계는 하나뿐이에요, 휴. 팔 년 동안 시계는 하나였다고요."

"구 년이야. 내 말이 바로 그거야." 휴 스트래턴은 한 팔을 쭉 뻗으며 말했다.

"그럼 질문의 핵심이 뭐예요? 설명 좀 해봐요." 그녀는 속으로 무척 자랑스러워하는, 특유의 나직하고도 중립적인 어조로 말했다. 초조하며 짜증난 상태인 휴에게 이런 식으로 말하면 위험할 수 있었지만, 달리 반응할 수가 없었다.

"내 질문의 핵심은 우리는 시계가 하나뿐이고 그게 토미 파슨스의 시계와 꼭 같으리란 보장이 없다는 거야." 휴 스트래턴은 말하던 중 언덕 약간 위쪽에서 기다리고 있는 티오필러스 홉킨스를 보았다.

토미 파슨스는 매일 여덟시와 아홉시 사이에 이곳 가도를 따라 조랑말이 끄는 이륜마차를 모는 마부였다. 스트래턴 씨가 오늘 뉴턴 애벗의 경마장에 가려면 토미 파슨스의 마차를 반드시 타야 했다.

스트래턴 부인이 대꾸했다. "토미 파슨스는 십중팔구 시계가 없을걸요. 그 사람한테 시계가 있다면 해가 서쪽에서 뜰 일이죠. 안 그래요, 여보?"

휴 스트래턴은 성질내며 한숨을 쉬었다. "핵심은 말이야, 베티, 핵심은 그 감리교 인간에게 시계가 없다는 거야. 그러니까 지금이 몇시인지 아예 모른다는 거지. 우리가 지금 여기서 시간 때문에 논쟁하고 있을 때 그 인간이 지나가버릴 수도 있다고, 저기 봐, 복음주의자가 우리를 기다리고 있군. 저자 때문에 늦겠어."

정말로 티오필러스가 손에 수첩을 쥔 채 짧은 오솔길을 내려오고 있었다. 그는 스트래턴 부부를 못 본 척했다. 그들이 그의 눈앞으로 걸어 온 후에야 그는 그들을 '보았다'.

"오." 티오필러스가 말했다.

"오." 스트래턴 씨의 어조에 스트래턴 부인은 남편의 팔을 꼬집어 경고했다.

"소식 있습니까?"

스트래턴 부인이 대꾸했다. "우편배달이 요즘 형편없어요. 옥스퍼드에서 신문을 받는 데 이 주나 걸린대요. 뭐 때문에 이리 늦는지 원."

"아, 네." 티오필러스는 더이상 대화를 이을 시도를 하지 않고 가만히 서서 두 사람을 바라보며 고개를 끄덕였다. 입가에 죽이 조금 엉겨 있어서, 돌봐주는 이 없이 버려진 사람 같아 보였다.

"건강은 어떤가요, 홉킨스 씨?" 스트래턴 부인이 물었다.

"저희는 어서 가봐야 한답니다." 스트래턴 씨가 말했다.

"아직 여덟시도 안 됐는데요." 스트래턴 부인이 말했다. 그녀는 티오필러스와 만날 때마다 당황했는데, 그저 어서 벗어나고 싶었기 때문에 계속 이야기를 이어가야 한다는 강박을 느꼈다.

"그럼 가보십시오. 저 때문에 지체하면 안 되죠." 티오필러스의 우렁찬 목소리에 회색 머리가 어수선한 윌리엄스 부인이 창가를 내다보았다.

"전혀 그렇지 않아요. 오히려 제가 붙잡고 있는 건데요, 우리 남편이야 반대지만요." 베티 스트래턴이 말했다.

"아, 좀 봐줘." 휴 스트래턴이 말했다.

티오필러스는 늘 하듯이, 하느님이 형언할 수 없는 무한한 지혜로

지상에 창조한 다양한 딱정벌레 중 하나를 보듯 휴 스트래턴을 보았다. 노리끼리한 눈과 납빛 피부, 칼에 베인 듯 깊은 입가 주름이 보였다. 눈에 어린 분노를 보며 신도를 또 한 명 플리머스 형제회에 빼앗겼기 때문이겠거니 짐작했다. 우리 안에 안전하게 들어가 있는 양을 본 늑대가 꼭 저렇게 싯누런 눈으로 이글거리는 분노를 보여주곤 한다.

"실례지만 이만 가보겠습니다. 이 논쟁에서 제 입장은 큰길로 반드시 가야 한다는 것이어서요." 휴 스트래턴이 모자를 살짝 들어올리며 말했다. 그러면서 비틀린 미소를 지었는데, 쌀쌀맞아 보이려던 게 아니라 요동치는 감정 상태 때문에 억지로 짜낸 웃음이었던 것이다. 그가 혼자서 길을 올라가자 그의 아내와 티오필러스 홉킨스는 엉킨 실타래 같은 당혹감을 느끼며 남겨졌다.

휴 스트래턴은 121파운드 16실링을 지니고 있었다. 6실링이 바지 주머니 안에서 딸랑거렸다. 나뭇잎처럼 보드라운 화폐는 심장 근처에 조용히 두둑이 들어 있었다. 그것은 아내의 전 재산이었다. 이것에서 나온 이자는 지금껏 그들의 메마른 형편에 약간이나마 단비가 되어주었다. 스트래턴 부인의 잡지 정기구독, 스트래턴 씨의 옥스퍼드 여행과 일주일에 셰리주 한 병이 가능했던 것은 다 그 이자 덕분이었다. 오늘 그는 이 돈을 젊은 대가大家 홉킨스가 보내준 시스템에 따라 투자할 계획이었다.

휴 스트래턴은 시스템이 무엇을 제공할 수 있는지 보고는 깊은 인상을 받았다. 하지만 호화로운 리바이어던에 편안히 앉아 있는 피후견인을 보았을 때보다 강렬하지는 않았다. 황금 잎사귀로 장식된 기둥의 이미지는 오랫동안 그의 뇌리에 머물러 있었다. 그러나 그는 마권업자와 거래하기 위해 언덕을 오르기에 적합한 사람이 아니었다. 시스템을 제대로 다룰 만한 성격이 못 되었다. 그의 아내는 철저하고 끈기 있고 차분한 사람으로, 이런 자질은 걸음걸이에서 명확히 드러났다. 반면 휴 스트래턴은—옥스퍼드의 모두가 입을 모아 말하듯이—통찰력은 뛰어나지만 학자로서 두각을 나타내기 위해 필요한 인내심이 부족했다. 학문적 오류에 헛되이 매달리지 않았다는 확신과 훌륭한 성과를 얻고 싶은 마음에 언제나 지나치게 서둘렀다.

전 재산을 도박에 걸기로 결정하고서 베티 스트래턴은 적합한 방식으로 경마장을 살폈다. 시간을 들여 찬찬히 관찰하고, 오스카의 시스템을 효과적으로 이용하는 데 필요한 정보를 수집했다. 하지만 휴는 반드시 해내야 한다는 부담감 때문에 두려운 나머지 제대로 살필 수가 없었다. 마구 휘갈긴 메모는 무슨 글자인지 알아볼 수도 없었다. 경주를 보았지만 어째서인지 아무것도 눈에 들어오지 않았다. 기수와 이야기를 나누었지만 전문가처럼 보이고 싶어서 모르는 용어가 나와도 무슨 뜻인지 묻지 않았다.

그런데도 지금 그는 전 재산을 마권업자의 가방에 던져넣으러 경마장으로 향하고 있었다. 저녁이 되면 부자가 되어 있으리라 믿긴 했지만, 충분히 믿지는 않았다. 그의 기대감은 붉은 플러시 천과 세로로 홈이 파인 기둥으로 새로이 화려하게 치장되어 있었지만, 한참 아래쪽에는 썩은 이빨이 나오는 꿈을 꾼 기억처럼 준비가 부족하다는 자각이 도사리고 있었다. 하지만 무엇이 잘못되었는지 차마 직시할 수 없었다. 그저 앞으로 달려가야 했다. 마차를 놓쳐선 안 되었다. 그의 땀에 젖은 입술과 분노 어린 눈을 본다면 이미 자멸을 결심했음을, 경사 때문에 몸을 잔뜩 앞으로 숙인 채 부랴부랴 쫓아오는 아내만이 마침내 재정 상황을 개선할 수 있게 되었다고 여전히 믿고 있음을 알 수 있었다.

72
스미스 부인

루신다의 하녀인 스미스 부인은 갓 서른이 된 미망인으로 자식은 없었다. 그녀는 활기가 넘치지도, 말이 많지도 않았다. 한때 루신다는 활기와 수다야말로 하녀의 필수 자질이라고 꼽았지만, 열두 달 동안 하녀열 명이 왔다 간 후로 생각이 바뀌었다.

스미스 부인은 일을 잘했다. 자그마하고 말랐으나 가냘프지는 않았다. 팔다리가 운동선수처럼 튼튼했다. 문지르고, 두들기고, 비질하기를 좋아했다. 그러면서 말 한마디 없이 숨소리를 죽인 양 일했다. 말을 할 때는 무심하기 짝이 없는 눈이었고, 유일하게 눈에 생기가 도는 화제는 교회뿐인 듯했다. 그녀는 침례교도였다. 앞서 거쳐간 하녀들의 공통된 불평과 달리 그녀는 집이 너무 쓸쓸하다고 여기지 않았다. 맨리에 춤을 추러 가거나 도메인에서 산책하고 싶어하지 않았다. 그저 안식일마다 자신이 '기독교인의 의무'라고 부르는 일을 하길 바랄 뿐이었다. 이 점을 어쩌나 단호하고 공격적으로 밝히던지 루신다는 스미스 부인의 종교가 성공회 교도는 결코 환영받지 못하는, 보석처럼 빛나는 비밀스러운 방이리라고 상상했다.

일반적인 근무 조건은 주급 15실링에 격주로 일요일 오후와 저녁을 쉬고, 주중에 하룻밤을 쉬는 것이었다. 하지만 루신다는 협상을 시도하지 않았다. 주급 16실링을 주고 그녀의 조건을 받아들이겠다고 제안했다. 스미스 부인은 여분의 1실링을 주님께 바치겠다고 말했다.

근무 협의에 따라 집안이 정감은 없어도 유용하게 잘 굴러갔다. 은식기는 제대로 닦였고, 아홉번째 하녀가 일할 때처럼 포크 끝에 쓴맛이 나는 덩어리가 엉겨 있는 법도 없었다.

욕실에서는 뚜렷하게 톡 쏘는 듯한 특허 세제 냄새가 풍겼다. 암모니아 냄새가 강을 면한 창문에서 진동하는 것 같았는데, 창문은 날씨가 어떻든 언제나 반짝반짝 닦여 있었다. 집안 분위기가 낮에 살짝 적대적이고 화학적이라도 밤에는 스미스 부인이 특기를 발휘한 스튜의 풍요로운 향기로 극복되었다. 스튜는 놀라웠다. 맛있는 스튜에는 엉뚱함과 관대함이 있다. 직감의 나침반에 의해 인도된 충동의 바람이야말로 최고의 스튜를 만들어낸다. 이런 자질들은 하나같이 스미스 부인에게는 부족해 보이는 것이었다. 그녀가 만든 요리는 멀겋고 밍밍할 것 같았다. 설마 이런 여인이 허브를 듬뿍 넣고 고기를 큼직하게 썰 줄이야. 게다가 위트필드의 방목지 가장자리에서 자라는 버섯이, 독성을 띤 듯 보이는 노란색에다 숙녀의 부채 모양으로 생겼지만 식용이라는 걸 알 만큼 해박했다.

오스카 홉킨스가 그 집으로 왔을 때도 마찬가지로 스미스 부인은 입 모양과 달리 언짢은 기색은 아니었다. 동정적인 동시에 유용하게 행동했다. 독신녀뿐인 집에 남자가 들어왔는데도 적절치 못하다는 의문은 떠오르지 않았다. 식탁에 앉아 있는 그를 보고도 별스럽게 여기지 않았다. 수납장에서 수건을 가져왔다. 물을 좀 끓여달라는 부탁을 받고 물의 열기에 목재의 니스칠이 상하지 않도록 두꺼운 고급 수건을 골랐다.

물론 그녀는 오스카 홉킨스가 누구인지 몰랐다. 그가 추문의 주인공이라는 것 역시 몰랐다.

주인보다 기도의 고통을 많이 경험했기에 그녀는 그의 손을 보고 반달 모양의 감염된 상처가 무엇인지 알아차렸다. 면 속치마를 찢었다. 내버리기에는 참으로 아까웠지만 상처를 닦기에 딱 알맞게 부드러웠다. 그녀는 물러서서 팔짱을 끼고 고개를 갸웃한 채 새처럼 중립적인 시선으로, 남자를 간호하는 주인을 지켜보았다.

스미스 부인은 남자 앞에서 아무 말도 안 했지만, 조금은 부드러워진 표정으로 손가락이 큰 두 손을 깍지 낀 채 앞뒤로 흔들었다.

부엌에서 루신다에게 속삭였다. "그 상처는 기도하다가 생긴 거예요." 그러고는 상처가 어떻게 생겼는지 눈을 꼭 감고 보여주었다.

루신다는 그러한 강렬한 신앙심에 혐오감을 느끼는 동시에 흥분했다. 고문당하는 성인을 그린 이탈리아 그림처럼 이국적이고 가톨릭적이었다. 상처가 마치 그녀를 비판하는 듯했다. 그녀는 신앙을 존중하긴 했지만, 심지어 과도하게 존중하긴 했지만 한편으로 발메인에서 무릎 꿇고 기도하는 사람들을 융통성 없다고 여겼다. 프루실라 투페니가 숨겨둔 코치닐 색소 뒤에서 요오드를 찾아냈다.

요오드를 발라주자 그가 아파했다. 루신다가 괴로워하는 그를 못 견디고 약을 바르지 못하자 스미스 부인이 치료를 넘겨받았다. 그녀는 젊은이의 양손에 붕대를 감은 뒤 코코아 잔을 쥘 수 있겠느냐고 물었다.

오스카의 잠자리를 봐준 사람 역시 스미스 부인이었다. 이 일이 죄일지도 모른다는 의문은 그 단계에서 그녀의 머리에 떠오르지 않았던 듯하다. 일요일에 교회에 갈 때까지만 해도 그랬다.

토요일에 그녀는 두 사람을 시중들며 토스트와 죽을 2층의 작은 방으로 가져갔다. 유칼립투스나무들의 엷은 회색 베일 너머로 코발트블루색 패러매타강이 보이는 방이었다. 스미스 부인은 전혀 비판적이지 않았다. 사실 루신다는 밝고 쾌활한 그녀를 보고 감동받았다. 한 남편의 아내인 그녀 혹은 아들을 보살피는 어머니인 그녀가 그려졌다. 그녀는 달콤한 스푼을 오스카의 접시 위로 들어올린 채 죽에 금빛 설탕시럽을 넣으라고 그에게 부드러우면서도 단호히 권하며 탁자 너머에 있는 주인을 향해 공모의 미소를 지었다.

넥타르가 접시로 떨어지는 짧은 순간, 루신다는 감동받았다. 그러고는 생각했다. 행복해.

당시 코커투섬에는 코커투 앵무새가 서식했는데, 월요일 아침식사 때 쥐어뜯듯 날카롭게 울어댔다. 새들은 집 남쪽의 모어턴베이 무화과나무에 모여 있었다. 노란 볏을 세우거나, 주름진 팔꿈치처럼 굽은 부드러운 나뭇가지를 따라 으스대며 아장아장 걷는 모습에 루신다는 웃음을 터뜨렸다.

바로 그때 스미스 부인이 이야기를 하자고 했다. 루신다는 그녀의 얼굴에서 아무것도 읽지 못한 채 순진하게 따라가며 무슨 집안 문제를 상의하거나 성령강림절이나 재의 수요일에 휴가를 달라고 부탁하리라 짐작했다. 그녀는 여전히 냅킨을 쥔 채 걸어갔다.

스미스 부인은 건물 앞쪽의 응접실로 갈 때까지 감정을 억누를 수가 없었다. 계단 발치에 이르자 별안간 돌아서서 말했다. “여기서 계속 일할 수 없습니다, 아씨. 이런 식으로 처신한다면 저는 나가야 합니다, 아씨.”

“이런 식이라뇨?” 루신다는 어리둥절하기만 했다. 마치 이륜마차를 타고 가며 쿠션에 편안히 기대어 구름이 무슨 모양인지 몽상에 잠겨 있다가 소리 없이 바퀴 하나가 빠지는 바람에 자갈투성이 길가로 내동댕이쳐진 것 같았다.

“그 ‘신사’ 말입니다.” 스미스 부인이 말했다. 그녀가 가까스로 할 수 있는 말은 그게 다였다. 그 단어에 숨이 막히는 듯했다.

“하지만 스미스 부인, 그의 잠자리를 봐준 사람은 당신이에요. 그리고 당신이 이 집에 있으니 더없이 적절한 것 같은데요.”

“아씨가 어떤 도덕관을 갖고 있느냐는 아씨의 문제지요. 제 도덕관 역시 제 문제이고요.”

“교회 친구들이 뭐라고 하던가요?”

하지만 스미스 부인은 질문에 직접적으로 대답하지 않으려 했다. 그녀의 눈은 어둡고 굳건한 정의감으로 번득였다. 턱을 들고 두 손을 앞치마 앞에서 맞잡았다. 그들이 서 있는 복도는 눅눅한 곳이었지만 두 사람 다 이 분은 족히 꼼짝하지 않았다.

루신다가 식탁으로 돌아가 맞은편에 앉았을 때 오스카는 그녀의 얼굴에 어린 고통을 바로 알아차리지 못했다. 그저 그녀가 냅킨으로 단단히 묶어놓은 큼직한 매듭을 아무리 당겨도 풀지 못하는 모습을 보았을 뿐이었다.

73
심판하지 말지어니

스미스 부인이 회갈색 숄을 어깨에 두르고 마르고 강인한 팔에 등나무 바구니를 건 채 발메인의 모트 스트리트에서 정육점을 지나 언덕을 오르는 모습을 본 사람은 아마도 그녀가 삶의 덧문을 단단히 걸어잠그고, 거리에 햇살이 촉촉이 내리쬐는데도 굳이 가느다란 건조한 그림자 안에 있으려고 벽에 바짝 붙어 걷는 여자라고 말할 것이다. 그녀를 보며 입이 무거운 여인이라고 짐작하다가도 좀더 활기찬 대상으로(불에 타 손잡이가 까매진 자그마한 냄비를 손보느라 배수로에 앉아 있는 땜장이라든가) 관심이 옮겨가면서 이내 그녀를 잊어버릴 것이다.

하지만 스미스 부인이 루신다의 집을 떠나고 사흘이 지난 후 시드니의 하녀 중 위트필드 농장의 관습에 어긋난 상황을 모르는 사람은 아무도 없었다. 그렇다고 하녀나 요리사를 구할 수 없었던 건 아니지만,

그들은 그 집안의 부적절한 상황을 이용해 높은 보수를 요구할 수 있으리라 기대하는 기회주의자들이었다. 하나같이 일주일에 최소 1기니를 요구했다. 충분히 모욕적인 일이었지만 그게 다가 아니었다. 그들의 태도에는 딱 꼬집어 말할 수 없는 뭔가가 있었다. 얼토당토않은 돈을 요구하거나 요구하려 들 때 그들은 (눈과 입으로) 도덕적 우월감을 드러냈다.

그들을 면접 본 후 루신다는 모욕과 분노에 치를 떨었다. 프라우드 부인이 지원하지 않았더라면 아예 일꾼을 들이지 않았을 터였다.

프라우드 부인은 루신다의 두번째 유리용액 수거공의 아내였다. 그녀는 일주일에 두 번 오후에 '일'을 하러 왔다. 쾌활하고 상냥한 사람이었지만 어떤 추측을 하는지 훤히 보였다—혹은 루신다에게는 그렇게 비쳤다. 아주 잘못된 추측이었다. 추측을 하고 말고 할 것도 없었다.

오스카는 방에 누워 시트를 물고 있었다. 그는 스트래턴 씨에게 도박에 빠진 삶의 위험성에 대해 편지를 썼다.

친애하는 후원자님, 독성이 있음을 너무나 잘 알면서도 신뢰에 찬 당신의 손에 들려준 뱀에 대해 더없는 의구심을 느낄 수밖에 없네요. 약속에 따라 제 일지를 보내긴 했지만, 이제는 부디 약속해주시기를 간청합니다. 일지를 모조리 불태워버리세요. 경마장에 처음으로 발을 디딘 날이 참으로 후회스럽습니다. 확실히 아편도 이보다 더한 저주는 아닐 겁니다. 제 말이 믿기지 않으시겠지만, 지금 저는 같은 고통을 겪고 있는 이의 집에 머물고 있습니다. 제 아버지의 오두막처럼 작은 집이지만 우리의 말이나 행동이 경마나 카드놀이로 이어져 그럴 의도가 없음에도 또다시 광적인 중독 상태에 빠질까봐 서로 대화도 거의 나누지 않습니다.

이런 식으로 몇 페이지나 이어지지만 거의 같은 내용이었다. 그 집에서 무슨 일이 일어나고 있는지에 대한 오스카의 생각이 담겨 있었는데, 그에게 너무나 분명한 점이 루신다에게는 전혀 그렇지 않았다. 그는 대화가 야기할 결과를 두려워하며 말을 섞기를 피했지만 루신다는 그 일을 바라고 있었다. 그가 쪼그라들어 작고 무해한 인간이 되려 하는 동안, 그녀는 탁자에 앉아 그가 동참하기를 기다렸다. 그녀는 계속 그의 방으로 달려가고 싶지는 않았지만, 그곳에 홀로 둘 수는 없었다. 그가 고독에 몸서리치고 있으리라 짐작했던 것이다. 그가 그녀를 미워하지는 않지만 뒤로 물러서고 있다는 게 느껴졌다. 어느 날 밤 잠자리에 들 준비를 하던 그녀는 불현듯 그 까닭을 깨달았다.

내가 자기를 신랑감으로 여긴다고 생각하는 거야.

댄서 주교가 보트 하버로 잔혹하게 추방해버린 사제를 향한 낭만적인 사랑 이야기를 지어내 그가 마음을 놓게 만들려 했다. 그녀에게는 이미 사랑하는 연인이 있으며, 그녀가 그에게 바라는 건 우정과 대화뿐이라고 생각하게 만들려는 것이었다. 그러면 그도 집안을 초조하게 서성이기를 그만두고 차분하고 침착해지리라.

하지만 그녀의 이야기를 들은 남자는 가뜩이나 감당하기 버거운 감정에 휩싸여 있는데 마음을 세차게 후려치는 슬픈 이야기까지 들어버렸다. 그는 무척 가슴이 아팠다. 너무나 가슴이 아팠다. 잘 알지도 못하는 그녀 때문에 이러다니 우스꽝스럽다는 걸 그도 알았지만, 눈물을 참기 위해 갖은 수를 다 써야 했다. 입술을 깨물고, 얼굴을 찡그리고, 건포도 케이크가 손도 안 댄 채 남아 있는데도 식탁에서 일어났다. 그녀는 그가 계단을 삐걱대며 올라가는 소리를 들었다. 그의 방문이 쾅 닫혔다. 그녀는 찻잔을 벽으로 집어던졌다.

74
옥스퍼드 학위

"르플래스트리어 양, 그 사람이 뭔가 잘하는 게 있습니까?"

답스 씨는 잠시 그녀의 눈을 강렬히 응시했지만 버틸 수가 없었다. 비꼬는 듯한 미소를 살짝 지었는데 그 바람에 콧수염이 꼬여 별로 점잖지 않아 보였다. 그는 그렇게 여겨지는 일을 즐겼지만—시드니에서는 사업상 문제가 되지 않았다—사실은 그런 사람이 결코 아니었다. 소심함이나 신중함 때문에 유리공장의 용광로가 차갑게 식도록 내버려둘지언정 법을 어기는 일은 절대 없었다.

"옥스퍼드에서 학위를 받았어요."

"옥스퍼드라." 답스 씨는 기뻤지만, 외부의 권위에 쉽게 영향을 받는 사람처럼 보이고 싶지 않았다. 그의 손이—작은 체구에 비해 큼직한 손이었다—푸른색 실크 넥타이를 잠시 만지작거리더니 책상 가장자리를 짚었다가 서랍으로 미끄러져 내려가 그 안의 시가를 집어들었다. 시가가 어찌나 굵은지 루신다의 눈에는 답스 씨가 마치 〈펀치〉 잡지에 나오는 캐리커처처럼 보였다.

"오리얼 칼리지 출신이죠."

답스 씨는 눈을 깜박였다. 좀더 말해보라는 듯 상체를 앞으로 살짝 숙였다. 그 이상 나올 말이 없는 게 분명해지자 그는 얼굴을 찌푸렸다. "명석하고 말고는 문제가 아닙니다." 초록색 코르덴 재킷에 묻은 회색 재 때문에 수선을 떨며 그가 말을 이었다. "사실 머리가 꼭 좋아야 할 필요도 없죠. 일 자체가 미치도록 지루하거든요. 오히려 꼼꼼한 성격이 필요하죠. 그런데 옥스퍼드 졸업생을 왜 나한테 부탁하는 겁니까?"

답스 씨는 사실 우쭐대고 싶었다. 그는 저택 벽에 빽빽이 걸린 그림과 석판화만큼이나 직원들이 자랑스러웠다. 그 자신이 예술가였다. 그는 예술가를 좋아했다. 그 자신이 철학자였다. 그는 철학자를 좋아했다. 그래서 자신의 사업장에 그들의 피난처를 제공해주었다.

지금 이 순간 옆방의 직원 사무실에서는 시인이자 측량사인 제프리스 씨와 피아니스트인 트레비스도스 씨와 수채화가인 코일 씨가 일하고 있었다. 코일 씨가 그린 피트워터와 혹스베리의 아름다운 풍경화들이 답스 씨의 사무실 삼나무 패널을 장식하고 있었다. 하지만 그들을 고용함으로써 그가 어떤 기쁨을 얻는지는 누구에게도, 심지어 아내에게도 말할 수 없었다. 그렇다고 그들과 이야기를 나누고 싶은 것도 아니었다. 확실히 그들과 일절 친분을 쌓지 않았다. 하지만 그들이 저 방에 있다는 사실만으로 무엇과도 비할 수 없는 기쁨을 누렸다.

"왜 하필 나죠?"

"아, 답스 씨, 저를 놀리지 마세요."

"놀리다뇨?" 답스 씨는 즐거운 표정으로 대꾸했다. 그리고 시가에 다시 불을 붙이고는 연기 구름을 허공으로 내뿜었다.

"클로버데일 씨 얘기를 제게 직접 해주셨잖아요."

"힌디어를 할 줄 아는 친구 말이로군요. 네, 맞습니다. 시드니에서는 아무짝에도 쓸모없는 능력이죠. 하지만 그는 정직한 사람입니다, 르플래스트리어 양. 그리고 꼼꼼하고요."

루신다는 그에게 오스카의 성격을 장담했다. 도박에 대해서는 한마디도 안 했다(말해야 했지만 그러지 않기로 했다). 답스 씨는 이제 사무실에 보관중인 돈에 대해 설명했다. 그가 일어나 주머니에서 짤랑대는 커다란 열쇠 뭉치를 꺼내 그중 하나로 금고를 열었다. 그녀에게 돈을 보여주었다. 금고에는 만 파운드가 보관되어 있었다. 그는 그녀에게 정직의 중요성을 강조하기 위해 돈을 보여주었지만 다른 이유, 즉 진짜 이유는 자신이, 꼬마 지미 답스가, '도랑 파는 인부' 답스의 아들이 뉴사우스웨일스 식민지의 자기 사무실에서 한 손에 시가를, 다른 손에 만 파운드를 든 채 서 있다는 사실을 스스로도 믿을 수가 없었기 때문이다.

"이 점을 고려해주십시오." 그가 말했다.

무엇이 답스 씨의 마음을 움직이는지 루신다에게는 훤히 보였다. 그녀는 당혹스러웠는데, 그가 너무나 자기만족에 빠져 있어서가 아니라 그러한 기쁨을 투명하게 드러내고 있었기 때문이다. 마치 자신의 불완전함을 다른 이들이 낱낱이 보고 있다는 사실을 모른 채 욕실 창문가에 벌거벗고 서 있는 듯했다.

“라틴어와 그리스어를 할 줄 안답니다.” 그녀가 말했다.

답스 씨는 고개를 들어 그녀를 바라보며 눈을 깜박였다. 미소를 지으며 지폐 뭉치로 손등을 툭툭 때렸다.

“런던의 고용주에게서 좋은 추천서를 받았어요. 교사였지요.” 그녀는 몸을 앞으로 내밀고 말을 빨리 내뱉으며 그의 성과를 줄줄이 늘어놓느라 급기야 그리스어는 세 번, 라틴어는 두 번이나 언급했다. 말하고 또 말했다. 오스카 홉킨스의 실력을 과장하고 싶어서가 아니라 지폐 뭉치에 답스 씨가 보이는 은밀한 숭배를 의식하지 않으려고 딴 데 정신을 집중했기 때문이다. 칙칙한 수채화들이 걸린 방에서 지폐 뭉치는 유일하게 선명한 색을 띠고 있었다.

루신다는 두 손을 맞잡았다. 덕분에 ‘간청’하는 듯 보였다. 작은 어깨가 그녀답지 않게 굽어 있었다. 답스 씨의 국부가 왠지 모르게 꿈틀거렸다.

다른 이들은 르플래스트리어 양을 매력적이라고 여겼다. 압살롬은 그녀에게 반했었다. 늙은 제럴드 매카이는 그녀에게 ‘작은 비너스’라는 별명을 붙이고 아내로 삼겠다고 맹세했다. 하지만 답스 씨는 그녀의 무릎에 손을 올렸던 유감스러운 순간을 제외하고 그녀를 그런 쪽으로 본 적이 전혀 없었다. 카드 테이블에서의 우정은 지속되었지만, 사업상 그녀는 굉장히 드셌다. 영국에서 돌아왔을 때는 그 작은 주먹으로 그의 책상을 쾅쾅 내려치기도 했었다.

하지만 오늘 그녀는 매우 ‘여성스러워’ 보였다. 젊은 홉킨스가 그녀에게 홀딱 반했으리라고 쉽게 짐작되었다. 그녀의 목은 하얗고 보드라웠다.

그는 지폐 뭉치를 금고에 던져넣고—탁, 쿵, 돈은 내게 아무것도 아니야—묵직한 황동 열쇠로 문을 잠갔다. 마찰로 삑삑 소리가 나는 새 가죽의자로 돌아간 그는 성직이 박탈된 사제와 어쩌다 엮였는지, 왜 고용을 추천하는지에 대해 그녀가 어떤 식으로 이야기할지 들을 생각이었다.

그런데 그녀는 그런 말을 할 수 없었다. 당연했다. 그녀는 그의 책상을 주먹으로 내려치거나 크리스털 텀블러 잔에 담긴 스카치위스키를 마실 수는 있어도, 이렇게 얼굴을 맞대고 그 이야기를 할 수는 없었다.

지미 답스는 사정을 알고 있었다. 당연했다. 그가 괜히 태터솔 클럽과 프리메이슨, 시드니 클럽에 가입한 게 아니었다. 그는 미소를 지으며 고개를 끄덕여 말하도록 격려했지만 그녀는 입을 다물었다. 그녀의 풀 먹인 하얀 목깃은 구김 하나 없어 사제와 침대에서 비밀리에 뒤엉켜 있는 광경을 상상하는 데 전혀 도움이 되지 않았다.

루신다는 답스 씨의 눈을 똑바로 보기가 힘들었다. 뺨이 달아오르는 게 느껴졌지만 별수없었다. 그녀는 카드나 경마는 언급하지 않고 오스카의 사연을 설명했다. 답스 씨는 생략을 알아차렸지만 개의치 않았다. 도박을 즐기는 사람도 정직할 수 있었다. 그도 도박을 했다. 신사들이 즐길 만한 대부분의 게임을 했다.

그는 그녀에게 홉킨스 씨의 글씨를 보고 싶다고 청했다.

"뭘 쓰라고 할까요?"

"라틴어 조금, 숫자 조금." 그는 시가를 재떨이에 놓고 불이 꺼지도록 내버려두었다. "그리스어도 조금요."

"그리스어요?"

나한테 얼굴 찌푸리지 말아요, 아가씨. "네, 그리스어요." 그는 한때 제프리스 씨의 삼각법을 마음에 들어했듯 그리스어도 마음에 들어할 터였다. 세상에 그 어떤 회계사가 지원자에게 삼각법 샘플을 요구할까?

제프리스 씨를 생각하자—요즘 사무장으로 일하고 있었다—그는 마음이 불편해졌다. 제프리스 씨는 자신과 상의도 없이 새 직원을 고용하는 것을 싫어했다. 정당한 요구였다. 그 점에 대해 두 사람은 동의한 바 있다. 하지만 이곳은 답스 씨의 소유가 아니던가? 문에 걸려 있는 것은 그의 이름이 아니던가? 문을 쿵쿵 두드리고 최후통첩을 공표하지 않고도 자신이 원하는 사람을 누구든 고용할 권리가 있지 않은가?

"서두를 필요는 없습니다." 그가 루신다에게 말했다.

하지만 그날 밤 그녀는 선물을 지닌 채 롱노즈 포인트에 도착했다. 고동색 박엽지로 포장된 그것은 피트 스트리트의 문구점에서 산 잉크와 새 펜촉, 장부 용지 세 장이었다.

75
앞면 혹은 뒷면

루신다가 답스 씨의 모습을 그림으로 그렸었다. 조끼에 금사슬 장식을 단 수줍은 겨울잠쥐의 모습이었다. 오스카는 자그마한 분홍색 코를 실룩이며 초조하게 몸단장을 하느라 두 손을 얼굴로 가져가는 그의 모습을 그려보았다. 그러고는 답스 씨에 대한 호감으로 가득차서 그를 만나러 갔다. 그의 수줍음뿐만 아니라 기독교적 자비심에도 감동받았다. 그토록 공개적으로 악명을 떨친 사람을 고용하느라 자신의 이름을 딴 회사명이 더럽혀지는 위험을 무릅쓰다니. 하지만 마침내 답스 씨의 사무실에 앉았을 때 오스카는 그가 수줍음과는 거리가 먼 사람이라는 것을 깨달았다. 설령 그가 수줍어하더라도 그것은 상대의 (아마도) 성별과 (확실히) 지위에 따라 대단히 선택적으로 드러나는 자질이었다. 마치 예컨대 성조에 예민한 중국인에게 리 포로 가는 방향을 물어보아도 완벽한 높낮이로 발음하지 않는 이상 이해하지 못하는 것과 비슷했다.

10월 11일 이른 오후였다. 빗방울이 답스 씨의 창문을 두드렸다. 베니션 블라인드가 완전히 올라가 있었지만 하늘이 시커멓고 멍든 빛깔이라서 램프를 켜야 했다. 그의 사무실과 마찬가지로 램프를 켠 건너편 사무실의 유리창이 보였다. 천둥소리를 들으며 오스카는 곧 셔츠가 흠뻑 젖어 피부에 들러붙겠구나 하고 생각했다.

"대단한 악필이더군요. 이런 악필은 누구도 고용하지 않을 겁니다." 답스 씨가 말했다.

오스카는 의자 끝에 앉아 있었다. 바지에 묻은 얼룩이 신경쓰였다. 얼룩을 지우려다가 오히려 더 번지게 만들었던 것이다. 가장자리에 물자국이 남아 검게 얼룩졌다. 그의 불명예를 한눈에 드러내는 증표처럼 느껴졌다. 꼼지락거리면 좋지 않다고 스스로 주의를 했는데도 막상 책상 너머에서 답스 씨가 성난 눈초리로 뚫어지게 보자 오스카는 엄지손톱으로 바지를 문지르는 행동을 멈출 수가 없었다.

그는 머리를 한쪽으로 갸웃하고는 답스 씨를 보았다.

답스 씨는 인습에 얽매이지 않는 독특한 사람들에 익숙했다. 사실 그런 사람들을 모았다—화가, 시인, 철학자. 사업장에 그들의 거처를 마련해주는 것은 그의 삶에서 커다란 자부심이었다.

하지만 이자는 예술가가 아니었다. 사제였다. 그는 체구가 더 좋고 더 깔끔한 사람을 예상했었다. 쫓겨난 사제에게서 '예술적' 자질을 기대하지는 않았다. 이자는 아주 묘한 녀석이었다. 답스 씨는 그를 대놓고 응시하며, 저렇게 머리를 제대로 빗지 않고 팔다리가 막대기 같은 녀석이, 메뚜기처럼 생긴 녀석이, 하비 피그가 '우리의 작은 비너스'라고 불렀던 여자의 방어벽을 끝내 무너뜨린 것에 경악했다.

하얀 우박이 창틀 위에서 춤을 추었다. 아래 도로에서 겁먹은 말이 미친듯이 울어댔다. 답스 씨는 책상 아래로 다리를 쭉 뻗어 가느다란 하얀 발목을 꼬고는 루신다 르플래스트리어 양에게 덜컥 약속을 해버린 것을 후회했다.

사제가 글씨를 쓴 종이는 답스 씨의 의자 옆 폐지 바구니 안에서 구김이 펴지며 아직도 바스락거리고 있었다—그의 귀에 그 소리가 들려왔다.

"악필을 여럿 보았죠." 답스 씨가 말했다.

"네." 오스카는 대꾸하면서 한쪽 발목을 다른 쪽 무릎에 얹었다가 그러면 양말이 보이리라고, 어쨌든 그런 자세는 일자리를 찾는 사람으로서 올바르지 않음을 깨닫고 발을 바닥에 단단히 내려놓은 채 말을 이었다. "분명 많이 보셨겠죠."

"다른 사람은 다 제쳐두더라도……" 사무실에는 과장되게 손을 휘저으며 가리킬 만한 것이 별로 없는데도 답스 씨는 과장되게 손을 휘저으며 말을 이었다. "내 동생도 대단한 악필이었소. 지금은 다 자라 어른이 되었지만." 답스 씨는 오스카가 짐작도 할 수 없는 모습을 마음속에 떠올렸다. '추수꾼'이라고 불리는 조그만 붉은 진드기에 물려 팔이 온통 가려워 긁어대는 소년을. 진드기는 추수철에 찾아와 피부 깊숙이 파고들었다. 어찌나 성가신지. 귀리 다발에 섞여든 엉겅퀴보다도 더했다.

"그도 왼손잡이였죠, 당신처럼." 그렇게 말하면서 답스 씨는 펜을 쥐고 안간힘을 쓰는 동생의 모습을 되살렸다. "하지만 억지로 오른손을 쓰도록 시켰죠. 아마 그때 이미 좀 늦은 나이였던 모양이더군요. 우리

어머니는 한다면 하는 사람이었지만 그 점만은 어쩌지 못했으니. 내 동생한테야 그리 큰 흠이 아니었지만, 당신의 옛 직업상……"

오스카는 그 '직업'에 대한 기억 때문에 얼굴이 고통스러우리만치 벌겋게 달아올랐다. 그는 이 만남에서 그 점이 비밀이리라고 생각했다. 수치심의 무게로 고개가 푹 꺾였다. 그는 고개를 들어 답스 씨의 눈을 마주보며 대꾸했다. "네, 대단히 불편하죠."

답스 씨는 그가 '노려보는' 표정을 지었다고 판단했다. 그러고는 심상치 않다고 생각했다.

오스카가 미소 지었다.

답스 씨는 서랍에서 시가를 찾아냈다. 손만 대도 바스러질 듯했다. 그래도 어찌어찌 시가를 꺼내 압지에 올려놓았다. "불편이라. 맞아요, 대단히 불편하죠. 베이징스토크*의 사제를 아는데, 그도 왼손잡이라 자리를 구할 수가 없었죠. 왼손으로 성례를 치르는 모습을 봤다 하면 사람들이 내쫓으려 들었거든요. 따가닥따가닥, 주교에게 쪼르르 달려가서 새 사제를 데리고 돌아왔죠."

오스카는 저드 씨가 배가 불룩하고 등이 굽은 말을 타고 뒤에 부인을 태운 채 달려가는 모습을 떠올렸다. 따가닥따가닥.

"아, 웃는군요. 하지만 당신도 영국 시골에서는 절대 자리를 못 구했을 텐데요."

"네, 맞습니다."

"그럴 줄 알았지. 영국에서 사제로 있었다면 결코 그렇게 웃지만은

* 영국 런던 서남쪽의 소도시.

못했을 테니까요. 콘월의 마우스홀에서 마녀를 만난 적이 있죠. 남자라도 되는 양 나랑 악수를 하더군요. 그쪽 지역에서는 왼손잡이가 사제 노릇을 할 수 없죠. 라틴어로 뭐라 하는지 알죠? 시니스테르*에 대해 아나요?"

"시니스테르, 시니스트라, 시니스트룸, 시니스트로, 시니스트리스."

"시니스타르토리움." 답스 씨가 이어 말했다. 왼손을 서랍 안으로 넣더니 시가 커터를 집어들었다.

"그건 탈격형인가요?"

답스 씨는 대꾸하지 않았다. 하지만 고개를 들었을 때 그의 표정은 더없이 즐거워 보였다. "여기선 라틴어를 쓸 일이 전혀 없죠. 우리 사무장인 제프리스 씨가 고전문학을 무척 좋아하긴 하지만. 문제는 우리가 당신에게 무슨 일을 시킬 수 있느냐 하는 거요. 잉크를 번지게 하니. 나야 참을 수 있다 쳐도 제프리스는 성격이 장난 아니니까요. 귀싸대기를 올려붙이고도 남을 사람이죠. 아니, 아니, 비유가 아닙니다. 있는 그대로 하는 말이죠. 선사시대적인 행동이지요. 그걸 본다면 우리 안에 있는 유인원의 증거라고 할 겁니다. 한순간 문명인이던 사람이 다음 순간 짐승으로 돌변하다니. 하지만 그는 일에 관한 한은 천재적이라 고용하지 않을 수가 없어요. 좋은 직원은 어느 업계나 성공의 비결이지요. 달리 말하는 사람들을 믿지 말아요. 소매에 잉크 얼룩이 묻은 가엾은 직원들 덕분에 우리 신사들이 클럽에서 시간을 보내고 총독 관저에서 만찬을 즐길 수 있는 거지요. 다 직원들 덕분입니다. 나는 급진주의자가

* '왼쪽의'를 뜻하는 라틴어.

아니에요. 내 관찰은 지극히 과학적이죠. 내 업무는 타륜을 잡고 서서 이쪽으로 살짝 기울였다가 저쪽으로 조금 돌리는 것뿐이고요. 그러니 내가 어쩌겠어요? 당신이 이 일에 적격이라고 보나요? 기도와는 전혀 다른 작업인데요."

오스카는 그 질문에 뭐라고 대답할지 막막했다. 그저 머리를 문질렀다. 머리카락에 잔가지가 꽂혀 있었다. 롱노즈 포인트에서 아침 산책을 할 때 들러붙은 모양이었다. 그는 잔가지를 빼내 바라보았다. 7센티미터 길이의 유칼립투스 나뭇가지였다.

"부디 이 일에 잘 맞길 바랍니다." 답스 씨는 그렇게 말하면서 잔가지를 응시하며 고개를 갸웃했다.

잠시 침묵이 내려앉았다. 오스카는 잔가지를 주머니에 넣었다.

"부디 잘 맞길 바랍니다. 직원 채용보다 하기 싫은 일이 있다면—아마도 당신 입장에서는 직원 채용이 대체 왜 하기 싫으냐고 생각하겠지만요—아무튼 직원 채용보다도 하기 싫은 일이 있다면 바로 직원에게 이제 나오지 말라고 말하는 것이랍니다."

답스 씨의 가죽 의자는 새것이라 미끄러웠다. 말하는 동안 조금씩 미끄러져내렸던 그는 다시 똑바로 앉아서 목깃을 이리저리 바로잡고 실크 넥타이를 잡아당긴 다음 코르덴으로 감싸인 팔꿈치를 책상에 얹었다.

"이 작은 사무실에서 어떤 일이 벌어지는지 믿기지 않겠죠, 홉킨스 씨. 머턴과 오리얼 출신의 교양 있는 천문학자와 시문학가가 지금 당신이 앉아 있는 바로 그 자리에 앉아서 나와 내 자식과 재산을 가만두지 않겠다고 협박하는 모습을 상상해봐요. 신사가, 혹은 신사인 척하던 사람들이 소송을 하겠다고 협박하고 총독 관저 등등에 친구가 있다고 떠벌려대죠. 지금 당신과 이야기하듯 오래전 내가 그 사람들과 차분히 이야기를 나눴고, 불쾌하고 우려스러운 상황에 대해 설명해줬다는 사실은 전혀 개의치 않고요. 얘기를 미리 하든 안 하든 결과적으로 아무 차이가 없더라고요. 그래도 오늘 여길 떠날 때 이 말을 꼭 적어둬요. 내가 한 말을 기록으로 남겨요. 그리고 제프리스 씨한테 일을 제대로 못한다고 질책당하고, 내 침실 창문으로 벽돌을 던지고 싶은 마음이 들거든 적어놓은 걸 꼭 읽어보도록 해요."

답스 씨가 일어나 손을 내밀었을 때에야 오스카는 자신이 채용되었음을 깨달았다. 행복해야 마땅했지만 행복하지 않았다. 의기양양하기는커녕 앞으로 어떤 일이 닥칠지 걱정스럽기만 했다.

"그럼." 답스 씨는 그렇게 말하고 책상에서 종을 집어들었다. 종을 신나게 흔들고 있다는 인상을 주고 싶었다. 하지만 조금도 신나지 않았다. 이제 그는 이따위 녀석을 고용한 데 대한 제프리스 씨의 복수를 감내해야 했다. 며칠이나, 아니 어쩌면 몇 달이나 문을 쾅 닫고, 서류를 획 던지고, 입술을 꾹 다물고, 짧게 대꾸하고, 알력과 충돌이 이어진 끝에 결국 이 허수아비를 해고하게 될 터였다. 그는 책상에 종을 내려놓고 새 직원을 바라보았다. 그자는 왼발로 바닥을 탁탁 때리며 오른쪽 주머니의 동전을 짤그랑짤그랑 흔들고 있었다. 그 덕에 골반을 앞으로 내밀고, 오른쪽 어깨를 늘어뜨린 기묘한 자세를 취하게 되었다. 얼굴에는 의도를 알 수 없는 섬뜩한 미소가 어려 있었다.

오스카의 주머니에는 동전이 몇 개 없었다. 10그램은 나갈 법한 커다란 1페니짜리 두 개와, 빈 주머니에 넣으면 아예 무게가 느껴지지 않을 정도로 가벼운 3페니짜리 다섯 개가 전부였다. 이제 그는 1페니 동전을 하나 꺼내 바라보았다. 거슬리는 행동은 아니었기에, 그를 빤히 지켜보고 있던 답스 씨는 그저 저 얼간이가 주머니에서 소리를 내는 게 뭔지 알아보려나보다고 짐작했다. 그래서 별 신경을 쓰지 않았다. 하지만 비딱하게 선 직원이 동전을 허공으로 튕겨 탁 하고 잡자 답스 씨는 그제야 의아해하며 뭘 하는 건지 생각했다. 하지만 저 행위와 비슷한 유일한 것은 동전을 던져 앞뒷면을 보는 일뿐이었다. 도박사다운 행동이라 할지라도 그의 태도로 보나 지금 상황으로 보나 걸맞지 않았다. 사무실에서 고용주가 시가를 피우며 채용 면접을 보는 중이고, 옆방에서 직원들이 일하고 있었다. 그래서 오스카가 손목 위의 동전을 확인할 때조차도 답스 씨는 그저 다리를 떨거나 머리카락에서 잔가지를 떼어내는 것과 마찬가지로 초조할 때 나타나는 부적절한 습관이겠거니 여겼다. 르플래스트리어 양의 눈에는 매력적으로 비쳤을—어련하겠는가?—그의 기벽이라고. 답스 씨는 한숨을 쉬었다.

오스카는 한숨소리를 들었다. 그 역시 한숨을 쉬고 싶었기에 답스 씨의 한숨소리로 대신했다. 페니는 하느님이 보내는 계시였다.

앞면이었다.

그는 일자리를 받아들여야만 했다.

76
얼룩쟁이 씨

제프리스 씨는 그를 때리지 않았다. 그는 맞겠거니 예상하고 있었지만 그곳에서 일하는 동안 한 대도 맞지 않았다. 그 기다랗고 좁은 방에서 일하는 스무 명 중 코를 확 잡아당기는 것 이상의 벌을 받은 사람은 아무도 없었다. 코를 잡아당긴 것도 딱 한 번이었고, 가장 나이가 어린 직원만 당해서 사람들의 폭소를 자아냈다. 심지어 당한 사람도 깔깔 웃었다. 이야기하다보니, 그리 나쁜 일은 아닌 것 같기도 하다.

하지만 사무실에는 견디기 힘들 정도의 긴장이 감돌고 있었다. 설령 실제로 구타당하지 않는다 하더라도 맞을 가능성을 늘 안고 살았다. 모든 악몽이 끝났을 때 오스카는 생각했다. 저녁을 먹자마자 잠들어 여건만 허락한다면 열 시간을 내리 꿈쩍도 않고 자고 싶을 만큼 지루한 일을 제프리스 밑에서 계속한 이유는 바로 그거였어.

그의 근육은 종일 팽팽히 긴장된 상태였다. 아무도 위협하지 않았고, 구타에 대한 언급도 일절 없었지만 말이다. 사실 어떤 주제에 대해서든 거의 대화가 없었다. 제프리스 씨에게서 특별히 사내 규율을 듣진 않았지만, 첫날 한 시간이 지나자 사무장이 직원들끼리 이야기하는 것을 좋아하지 않음을 분명히 알 수 있었다. 사무실에 들어선 오스카는 마치 매일 같은 합승마차를 타고 다녀 낯이 익다보니 고개를 끄덕여 인사는 하지만(혹은 인사도 하지 않고) 비극적이거나 우스꽝스러운 사고가 일어나지 않는 한 그다지 소속감을 공유하고 싶어하지 않는 사람들을 보는 듯했다. 하지만 사고가 일어나면 그들은 웃음을 통해 연대를 드러낼 터였다. 오스카는 거의 즉시 그런 기회를 제공했다.

답스 씨가 종을 울렸다. 전혀 유쾌하지 않은, 날카롭고 초조한 소리였다. 그가 제프리스 씨를 소개해주었다. 첫인상으로는 선사시대인처럼 보이지 않았다. 사람의 탈을 쓴 유인원이라는 증거는 보이지 않았다. 제프리스 씨는 오스카 또래의 젊은이로, 근위대 장교처럼 콧수염을 기르고 자세가 반듯했다. 다만 답스 씨보다도 근소하게 작아 근위대가 요구하는 신체 조건을 충족시키지 못했다. 머리는 칠흑처럼 검고, 콧수염—답스 씨보다 풍성하고 길었다—외에는 깔끔하게 면도했다. 턱 끝이 갈라지고 피부는 하얗다못해 파르스름한 빛이 돌았다. 제프리스 씨는 웃지 않았지만 험상궂은 표정을 짓지도 않았다. 얼굴 근육이 거의 움직이지 않았다. 그런데도 강렬하고 심지어 위험한 격정을 뿜어냈다. 분노 어린 강렬한 눈과 억제되고 미동 없는 근육질 몸의 간극만으로도 그 모든 것이 드러났다.

제프리스 씨는 홉킨스 씨를 정중히 대했다. 그리고 직원 사무실로 안내했다. 기다란 사무실의 가운데에는 커다란 난로가 있었다. 검은 연통이 이리저리 꺾이며 한참을 돌고 돌아 벽까지 이어져 있었다. 연통을 따라 배치된 책상들을 보건대 겨울에 무척 소중한 열기가 연통에서 나오고, 가운데에서 멀어질수록 열기가 식어가기에 그 아래 책상 주인의 지위를 드러냈다. 제프리스 씨가 난로에서 가장 가까운 자리라면 신참은 가장 먼 자리일 게 뻔했다.

하지만 오스카는 연통이 별나다고 알아챘을 뿐 그 점까지 이해하지는 못했다. 그는 연보라색과 갈색의 고급 벽지(한편으로)와 페인트 얼룩이 여기저기 묻어 있는 맨바닥(다른 한편으로)을 보고 더욱 놀랐다. 도무지 어울리지 않았다. 아무도 그에게 굳이 설명해주지 않았지만, 과거 이 사무실을 사용했던 잘나가던 변호사들이 이사가며 카펫을 가져갔기 때문이었다. 오스카에게 가장 인상적이었던 것은 기다란 방의 길이였다. 창문이 겨우 다섯 개였는데 모두 서식스 스트리트 끝을 향하고 있었다. 그래서 빛이 환히 드는 창가의 책상이 주어졌을 때 그는 어리둥절했다. 자갈 깔린 거리를 오가는 쇠바퀴 등 흥미로운 풍경이 펼쳐지는 서식스 스트리트뿐만 아니라, 골목길 두 개를 지나야 나오는 달링 하버의 뒤죽박죽인 조각 그림들까지 창문 너머로 보였다. 루퍼트 왕자의 유리구슬 공장의 굴뚝도 보였다.

책상으로 안내되었을 때 오스카는 지나친 혜택을 받는 것 같아 두려웠다. 너무 쉽게 적을 만들고 싶지 않았다.

"여긴 저한테 너무 과분한 자리인데요?" 그가 제프리스 씨에게 말했다. 방이 워낙 조용해서 나직이 속삭였는데도 심술궂고 왁자한 웃음이 터져나왔다. 의자 끄는 소리, 기침소리, 콧방귀 뀌는 소리, 쌕쌕대는 소리 등 농가 마당에 온 듯했다. 도공이 주걱으로 세게 내려친 진흙처럼 오스카의 뺨이 납작해졌다. 제프리스 씨를 보니 그는 콧수염을 씹고 있었다. 뒤이어 다른 직원들을 보니 이미 웃음을 그친 뒤였다. 아무도 이쪽을 보지 않았다.

그는 생각했다. 이런 무례를 참을 순 없어.

그리고 생각했다. 참아야만 해.

뺨에 가느다란 거미줄처럼 뻗은 모세혈관으로 피가 몰렸다. 그는 책상에 앉았고, 끈적거리는 왁스칠한 표면에서는 손가락이 닿기에도 역겨운 뭔가가 느껴졌다. 양손을 꼭 오므리며 무릎으로 내렸다. 자리에서 일어나 나가버리고 싶은 충동이 여전히 매우 강했다. 복통처럼 연이어 밀려들었다. 제프리스 씨는 가죽 책등이 좀먹고 곰팡내나는 분개장 세 권을 그에게 건넸다. 존힐사의 차변 분개장이었다. 동종요법 약사인 존 벨과, 역시 약사이나 동종요법과는 거리를 둔 그의 아버지가 운영하는 회사였다. 오스카는 상업을 속물적으로 멸시하지는 않았지만 아는 것이 눈곱만치도 없는 문외한이었다. 장부를 보니 하나도 이해하지 못할 것 같았다. 제프리스 씨가 그 회사의 영수증철을 주고는 내역을 장부에 기재하라고 했다. 경마 일지를 열성적으로 쓴 경험이 있으니 생판 낯선 일은 아니겠거니 생각될 수도 있지만, 오스카는 그 둘에서 유사점을 보지 못했다. 삶이 너무도 비천하고 느리고 무의미하게 흘러갈 수도 있다는 절망감만 느꼈다. 제프리스 씨가 펜과 새 펜촉과 잉크병과 분홍색 압지를 주었다. 압지의 색깔 때문인 듯, 아니 색깔 때문이 아닌 듯 동료 직원들 사이에서 기침소리와 의자 끄는 소리가 한바탕 터졌다.

이렇게 오스카는 고용되었다. 그는 감사하는 마음을 가지려고 애썼다. 쿠션도 없는 딱딱한 나무의자와 한쪽 다리가 흔들거리는 책상이 그의 자리였는데, 책상 때문에 잉크가 번지고 여기저기 잉크 방울을 흘렸다. 일은 괴롭고 시간은 너무 더디게 갔다. 헤나컴이나 옥스퍼드, 노팅힐, 랜드윅에서도 이토록 머저리처럼 느껴진 적은 없었다. 사제 시절 그는 책상에서 아침 시간을 즐겼다. 재스민차를 약간 마시며 그주에 해야 할 가장 큰 일을 궁리했다. 설교 말이다. 이토록 지루하고 쩨쩨한 일을 감수할 준비가 그는 전혀 되어 있지 않았다.

그로서는 꿈도 꿀 수 없는 항목들의 이름을 주르르 쓴 뒤, 옆 칸에 그는 엄두도 못 낼 거액의 가격을 기록했다.

그는 적었다. 샤워기.

이동식 욕조.

반신욕조.

족욕기.

그는 기입했다. 당구대.

서랍장.

미세분.

밀플러 파우더.

책상을 가로지르며 내리쬐는 따가운 오후 햇살에 땀이 뻘뻘 흘렀다. 하루하루 지날수록 점점 더 더워졌다. 그는 커튼을 쳐달라고 부탁하지 않았다. 그랬다가 또 무례한 폭소가 터지리라는 걸 알았다. 하루 일을 끝내도 해방감을 느끼기는커녕 무지근한 두통과 불쾌하게 피부에 들러붙는 셔츠만 남을 뿐이었다. 그의 꿈은 점점 작아져 더도 덜도 아니고 그저 커튼 한 장 혹은 개켜진 보송보송한 포플린 셔츠 한 장을 바라게 되었다. 그는 셔츠가 두 벌뿐이었다. 흰색을 이틀 입고, 푸른색을 사흘 입었다. 일주일에 세 번 목욕하고 목깃을 매일 갈았지만 그의 셔츠에서는 헤나컴의 윌리엄스 부인이 부엌 양동이에 넣어둔 걸레 같은 냄새가 풍겼다. 직장 동료들은 말 한마디 없이 그 냄새를 지적했다. 어찌된 일인지 침묵을 지키면서도 그럴 수 있었다. 아무래도 '침묵'은 부적절한 단어 같다. 침묵의 압력이라고 하는 편이 더 정확하다. 침묵의 뚜껑 아래 기이하고 비밀스럽게 소리가 들끓고 있었다.

오스카 홉킨스 신부는 시드니 거리에서 풍기는 똥냄새에 섞인 자신의 악취 속에 앉아 분노와 우울에 번갈아 휩쓸렸다. 햇살이 눈부신 유리창 뒤쪽에 갇힌 검정파리나 피어몬트의 세인트스티븐교회 종소리나 시내에 위치한 세인트앤드루교회 종소리만으로도 그런 강렬한 감정이 촉발되었다.

교무위원회에서 그는 도박에 탐닉하지는 않았지만 처신을 잘못했다고 인정했었다. 그는 위원들의 확신과 권위에 압도되어 초조해졌다. 그들이 생각하는 대로 자신이 타락한 것만 같았다. 꽃무늬 잔으로 차를 마시는 자주색 복장의 주교들 앞에 서자 목소리가 떨려나왔다. 그는 개인적 이익을 위해 도박한 것이 결코 아니라고 말했지만 그들은 전혀 믿지 않았다. 그 결과 그는 내쳐져 침 세례를 받고 파문당했다.

제프리스 씨는 그를 얼룩쟁이 씨라고 불렀다. 직원들은 멋진 농담이라고 여겼다. 그는 잉크 섞는 일을 맡았다. 소맷자락에 얼룩이 지는 지저분한 작업이라 월요일 밤마다 집에 돌아가면 잉크가 피부에까지 깊이 스며들어 속돌로 한참을 고통스레 북북 문질러도 여전히 그림자처럼 푸르스름한 얼룩이 남았다. 그는 루신다에게 이것이 '월요일의 그림자'라고 농담했다.

엘리자베스 르플래스트리어의 딸은 그 지저분한 꼴을 두고 볼 수가 없었다. 푸른색 잉크 자국과 셔츠의 불쾌한 냄새까지. 그를 돕는 것이 기독교인의 의무라고 여겨 토요일 아침마다 그와 함께 구리솥에 옷을 넣고 휘젓는 (우아함과는 거리가 먼) 힘겨운 일을 했다. 그녀의 얼굴은 증기로 축축해졌다. 연기에 눈이 따끔거렸다. 그가 푸른색 셔츠와 흰색 셔츠를 솥에다 철썩 집어넣는 바람에 사방에 펄펄 끓는 물이 튀어 그녀도 그도 아야, 아야 비명을 질러댔다.

그는 손재주가 좋지 않았다. 이것저것 따질 것도 없이 명백했다. 덤벙거리는 통에 일처리가 깔끔하지 못했다. 움직임이 엉성하며 여기저기 부딪혔다. 유리공장에서 일하기라도 했으면 크게 다쳤을 터였다.

루신다는 남자들이 어떤 식으로 일하고 체계를 잡는지에 관심이 있었다. 그래서 손님을 부엌에 앉혀놓고 잉크 제조법에 대해 물었다. 그의 세밀한 묘사에 그녀는 놀랐다. 셔츠를 집어넣다가 뜨거운 물을 튀기는 그와 어울리지 않았다.

잉크를 만들기 위해서는 우선 잉크 가루가 든 갈색 종이봉투와 작은 금속 컵과 커다란 병을 준비해야 했다. 이 도구를 들고 건물을 관통하는 통로로 갔다. 그곳에 수도꼭지가 있었다. 물론 건물의 다른 곳에도 수도꼭지가 있었지만 거기에서 잉크를 만드는 일은 금지되었다. 수도꼭지 위에 잉크 제조를 금지한다는 표지판이 걸려 있었다. 따라서 그는 시건방진 심부름꾼 아이가 켄트 스트리트에서 서식스 스트리트로 갈 때 택하는 지름길이자, 건물 중앙에 자리한 안뜰 여기저기에 물건을 어질러놓는 수레바퀴 제조공의 마차가 지나는 통로로 나가야 했다. 가장 온화한 날씨일 때도 그곳에는 바람이 불어쳤고, 수도꼭지는 주둥이가 넓어 공기가 잔뜩 들어가는 형태라, 지나가던 넝마장수가 그에게 말한 대로 '물은 안 나오고 바람소리'만 나기 일쑤였다. 여기, 지린내나는 벽돌 벽을 등지고 웅크린, 티오필러스 홉킨스의 아들은 이제 스물네 살로, 그 나이에 이미 두 편의 뛰어난 논문을 발표했던 아버지와 달리 납작한 강철 주걱으로 종이봉투에서 잉크 가루를 떠서 양을 가늠해가며 금속 컵에 담고 있었다. 하찮을 뿐만 아니라 쉽지 않은 일이었다. 잉크 가루가 바람에 날렸다. 따끔거리는 색소가 가뜩이나 핏발 서고 분노 어린 눈에 들어갔다. 그는 컵 안의 가루를 개어 반죽해야 했다. 수도꼭지는 쿨럭쿨럭하다 씩씩거리며 물을 흩뿌렸다. 주걱 손잡이가 젖어 푸르스름해졌다. 이제 손과 얼굴까지 퍼렇게 물들었지만 그래도 반죽덩이에 물을 부어야 했다. 그래야 잉크병에 따를 수 있을 만큼 묽어지기 때문이다. 그리고 짬이 난다면, 어린 서머스가 내려와 얼룩쟁이 씨, 어서 서둘러요, 지금 당장 잉크가 필요하다고요, 라고 재촉해대지 않는다면 그는 씻을 것이다.

그의 이야기에 루신다는 웃음을 터뜨렸다. 하지만 시시껄렁한 잡담이 끊기자 그녀의 입안에는 암담한, 살짝 쓴맛이 남았다. 이 같은 장면은 답스 씨에 대해 그녀가 지닌 인상과 맞지 않았다. 아무리 허영심이 강하고 약점이 많은 사람이라 해도 그녀는 늘 그를 친절한 사람으로 여겼다. 설마 다른 사람에게 그런 우스꽝스러운 굴욕을 안길 줄이야.

당시 그녀는 걱정거리가 많았다. 잉크 얼룩투성이의 예민한 하숙인보다 (그녀의 관점에서) 더 중요한 문제들이 산적해 있었다.

하지만 그가 얼룩쟁이 씨로 불리는 일은 참을 수 없었다. 그가 그런

수모를 견디는 것은 잘못되었고, 스스로 그 일을 가지고 농담까지 하는 것은 더 잘못되었다. 쿨럭쿨럭하는 수도꼭지가 뇌리에서 떠나지 않았다. 눈앞에 생생히 그려졌다. 넓은 회색 주둥이, 푸른 녹이 낀 황동 손잡이. 육중한 무게와 달리 부드러운 감촉. 이런 상황을 초래한 장본인이 바로 그녀였기에 마땅하다고 여기는 것보다 더 많은 책임을 감수하기로 했다. 스스로 잘못에 대한 책임을 짊어지는 일이 어리석다는 걸 알면서도. 해결해야 할 훨씬 중대한 문제들이 있는데도 그녀는 자신의 사무실에서(드루이트 스트리트 못 미쳐 서식스 스트리트 약간 아래쪽에 있었다) 나와 마차 제조공의 작업실로 이어지는 통로로 곧장 걸어갔다. 등을 쭉 펴고 사무적인 태도로 씩씩하게 걸어갔다.

수도꼭지는 남쪽 벽에 있었다. 그녀는 북쪽일 거라 상상했었다. 사람의 오줌 냄새인 듯한 지린내가 났다. 평소라면 그 냄새 때문에 걸음을 재촉했으리라. 수도꼭지는 황동이 아니었다. 뚱뚱하고 못생긴 탁한 회색 장치였다. 그 회색에 줄무늬를 더한 잉크 얼룩에서 주정뱅이 냄새 같은 게 풍기는 듯했다.

그녀는 수도꼭지를 돌렸다가 잠그고는 아랫입술을 꽉 깨물었다. 신발에 물이 튀었다. 답스 씨가 시인들과 천문학자들을 이용하는 거라면 그는 자신이 가식적으로 흉내내는 사람의 그림자에도 못 미치는 야만인이었다. 다른 사람들과 다를 바 없었다.

화가 불끈 솟았다. 구두가 젖어서 마뜩잖았다. '미학자' 친구가 메디치 가문처럼 집안에 들인 시인에게 내준 방을 그려보았다. 어쩌면 그곳은 마구간이나 벽장이나 닭장이나 우물 바닥일지도 모른다.

그녀는 사무실을 향해 삼나무 패널을 댄 계단을 올라가다가 앞서가고 있는 답스 씨를 발견했다(그녀가 수도꼭지를 만지작거리고 있을 때 그가 지나쳐간 것이 분명했다). 그는 그녀의 젖은 구두를 보았지만 어쩌다 그리되었는지 묻지 않았다. 사실 그들은 답스 씨의 대기실까지 내내 함께 가면서도 '안녕하세요'라는 인사조차 나누지 않았다. 답스 씨는 허둥댔다. 루신다는 수도꼭지와 어떤 식으로든 관련있는 행동이리라 짐작했다. 하지만 그는 수돗가 앞에 서 있던 그녀를 보지 못했다. 그가 허둥댄 이유는 일상적인 출근 절차를 방해받는 것이 싫어서였다. 르플래스트리어 양을 만나게 될 줄은 몰랐다. 그는 예상 밖의 일을 좋아하지 않았다. 사실상 그가 그녀를 접대하게 되었다. 하지만 손님 접대는 그의 일이 아니었다. 그것은 오래전에 합의한 제프리스 씨의 권리였다. 따라서 답스 씨는 르플래스트리어 양을 대기실에 남겨두고 사무실로 들어가야 할지, 아니면 규칙을 무시하고 같이 들어가야 할지 확신이 서지 않았다. 하지만 보아하니 그녀는 그의 사무실에 들어가고 싶지 않은 듯했다.

그녀는 직원 사무실을 둘러보려고 했다.

오, 아니, 절대 안 될 일이다.

대기실은 매우 좁았다. 그럭저럭 편안한 소파와 재떨이와 황동 타구와 〈일러스트레이티드 런던 뉴스〉 한 부를 구비해두긴 했지만 답스 씨가 시내로 갈 때 몰고 가는 마차보다도 좁았다. 따라서 그들은 서로 바짝 붙어서 있었다. 남녀가 그토록 친밀하게 붙어 있자니 둘 다 불편했다.

"있을 수 없는 일입니다." 그는 우산을 방문객 전용 우산꽂이에 끼우느라 수선을 피우고, 소매를 확인하고, 고객의 어깨 너머로 미소를 던지며 말했다(차분하게 하나씩 하는 게 아니라, 마치 접촉 불량이 생긴 기계가 제조 공정을 무시하고 세 가지 일을 한꺼번에 처리하려는 듯했다). "직원들을 방해하다니 있을 수 없는 일입니다."

루신다는 구실을 지어낼 뻔했지만, 그 순간 생각했다. 아니, 거짓말을 해서 내 품위를 떨어뜨리지 않겠어. 그녀는 어깨를 똑바로 펴고 그의 눈을 응시하려고 했다. 그리고 직원들의 노동 환경을 보고 싶다고 설명했다.

답스 씨는 생각했다. 하!

그는 이 여자가 사랑에 빠졌다고 판단했다. 이 생각에 히죽댔지만 (애인을 보려는 거야, 그뿐이야) 그렇다고 안심이 되지는 않았다.

참견쟁이 그녀가 직원 사무실의 문에 작은 손을 갖다댔다. 문에는 에나멜이 칠해진 작은 표지가 붙어 있었다. '외부인 출입 금지'. '금' 부분이 살짝 벗겨지긴 했지만 의미는 명백했다. 답스 씨가 표지판을 응시했다. 마치 뚫어져라 응시하면 르플래스트리어 양이 표지판의 지시를 따르게 만들 수 있다는 듯. 하지만 그녀는 그를 무시하고 작은 손잡이를 딸깍 돌렸다.

제기랄. 그는 그녀에게 진실을 말하려고 했다. 실제로 그녀의 자비를 빌며 매달릴 생각까지 했다. 여자에게는 그렇게 해도 되었다. 그녀는 제프리스 씨와의 합의를 이해해줄 것이다. 사실 합의라고 할 수도 없었다. 입 밖으로 낸 적은 없으나, 저 문 너머는 제프리스 씨의 영역이라고 동의했던 것이다. 심지어 이 배의 선장인 답스 씨도 그 방에는 들어가지 않았다. 원장元帳을 보고 싶으면 종을 울려 그의 사무실로 가져오게 했다.

"이리 와요, 르플래스트리어 양." 그는 유쾌하게 말하며 사무실 문을 열었다. "어서요. 차라도 한잔해요."

하지만 등뒤에서 '철컥' 소리가 나직이 울렸다.

루신다는 직원 사무실로 발을 내디뎠다. 남자들이 많았고, 책상이 줄지어 있었다. 사무실은 그렇게 형편없지 않았다. 그녀의 사무실보다 나았다. 커다란 난로와 벽지가 눈에 띄었다. 정돈되고 능률적으로 보였지만 약간 어둑했다. 그녀는 자그마한 남자를 보았다. 그녀보다도 크지 않은 남자가 다가왔다. 그녀는 오스카가 어디에 앉아 있는지 궁금했다. 그 작은 남자가 제프리스인 듯했다. 어깨가 떡 벌어졌으며, 그녀가 상상했던 것보다 미남에 근육질이었다. 매력적인 남자지만 그의 매력은 어디까지나 어둡고 불안하다는 것을 그녀는 머리로 생각하기도 전에 즉각적으로 느꼈다. 그는 뽐내듯 걸었다. 구두 밑창에 자그마한 금속판이 달려 있었다. 그가 다가오는 소리가 들렸다. 탁, 탁, 탁. 그녀는 별 이유도 없이 불현듯 겁이 났다. 대문을 열었더니 시커먼 개가 털을 곤두세운 채 무시무시한 목구멍에서 으르렁거리는 소리를 내는 듯했다.

귓가에 답스 씨의 목소리가 들렸다(하지만 이해하지는 못했다). "바로 이 사람이 이 사무실의 대장이랍니다. 사무장이야말로 핵심이자 반석이죠. 무슨 말인지 알 겁니다. 사무장은 현무암이자 화강암이에요. 어쩌면 모르고 있었는지도 모르겠지만요." 단어들이 마른잎처럼 바스락거렸다. 구걸하는 집시처럼 그녀를 잡아채는 그의 손가락이 느껴졌다. 작은 손가락들이 드레스 어깨 부분의 크레이프 장식과 소매의 주름 장식을 세차게 잡아당겼다.

루신다는 제프리스 씨의 표정이 마음에 들지 않았다. 어둡고 적대적인 눈길. 그녀는 사무실 문을 열었다는 이유만으로 그에게 증오를 받았다. 물러서기에는 너무 늦었다. 그녀는 자신을 잡아당기며 간청하는 답스 씨에게서 벗어나 사무실의 책상들 사이로 걸어들어갔다. 직원들은 다 큰 어른이었고, 개중에는 엄격한 군인처럼 생긴 사람도 있었지만 하나같이 발을 이리저리 움직이며 초등학생처럼 책 사이로 숨어들었다.

그녀는 마침내 오스카를 발견했다. 창문으로 햇볕이 어찌나 환하게 내리쬐는지 그는 실루엣으로만 보였다. 삐죽삐죽 엉킨 머리카락 모양으로 그를 알아보았다. 아주 가까이 다가간 후에야 그의 표정이 보였다. 그는 그녀를 부인하지 않을 터였다. 그녀는 그 점을 알았다. 그가 고개를 들어 빙그레 웃었지만 가련하기 짝이 없었다. 오 주여, 저 가엾은 남자는 일어나야 합니다, 그녀는 생각했다. 그리고 몸을 돌렸다. 모든 직원의 시선이 느껴졌다. 골목길 냄새, 시큼한 오줌냄새가 났다. 그녀가 마룻널을 밟는 소리를 들으며 그들이 그녀의 작은 체구를, 여성성을 비웃고 있다는 느낌이 들었다. 그녀는 제프리스 씨에게 고개를 끄덕인 다음 답스 씨에게 고개를 끄덕였다. 답스 씨는 응접실 출입이 금지된 개처럼 열린 문가로 돌아가 있었다. 그에게 이르자 그녀는 돌아섰다. 그러고는 말했다.

"감사합니다. 근무 환경을 무척 보고 싶었거든요."

그녀는 그곳에 머물며 답스 씨와 이야기를 나누지 않았다. 바보가 된 듯했다. 서둘러 자기 사무실로 돌아가며, 남자들의 세계에 대해 얼마나 아는 게 없는지 생각했다.

그날 밤 그녀는 자신이 방문한 후 일어난 곤혹스러운 여파에 대해 들었다. 사무실에 평지풍파가 일어났다. 제프리스 씨가 답스 씨의 사무실로 쿵쾅대며 쳐들어갔다. 고함이 터져나왔다. 직원들은 서로 눈도 마주치지 않으며 책상에 붙박여 있었다.

77
행복

지저분한 앞치마를 두르고 나막신을 신고서 집 바닥을 문지르고, 청과물상에서 푸대접을 받고, 자기 소유의 공장에 들어가지도 못하고, 데니스 해싯에게 버림받고, 삶에서 단절되어 유일한 동무라고는 성직을 박탈당해 오갈 데 없는 신세인데다 손은 퍼렇게 얼룩덜룩하고 땀내까지 풍기는 사제뿐인 상황에서 그녀는 행복을 기대하지 않았다. 이런 희망 없는 현실이 그녀의 관심을 끌고 있는 동안 행복이 어둠 속 밀렵꾼처럼 살금살금 그녀에게로 다가왔다.

그녀는 자신이 행복하다는 것을 몰랐다. 하지만 다른 이들은 말없이 그녀가 행복하다고 평했다. 유리 불기공들이, 답스 씨가, 미니 닭의 알을 선물로 가지고 들른 채스 아헌 씨가, 한결 유해지고 냉소와 빈정거림이 줄어든 그녀를 알아차렸다. 아헌 씨만 해도 너무 냉소적이라고 생각하던 그녀가 그의 뺨에 입을 맞추고 '삼촌'이라고 부르자, 늙은이의 커다랗고 두툼한 귓불이 발갛게 달아올랐다.

하지만 그녀는 자신의 저울판이 '아래'에서 '위'로 올라간 순간을 알아차리지 못했다. 너무 바빠서 알아챌 틈이 없었다. 그러다 재림절을 앞둔 일요일 아침에야 깨달았다. 그녀는 하숙인과 함께 자신의 얼룩덜룩한 오두막집을 지나 걸어가고 있었다(집의 반은 회반죽이 칠해져 있고 나머지 반은 붉은 벽돌이었다). 아침 예배가 시작되기 한 시간쯤 전이라 발메인교회의 종은 아직 조용했다. 매끈한 헤리퍼드종 소들이(파산한 위트필드 농장 소유였다) 새싹이 돋은 봄의 목초지에서 실컷 풀을 뜯고 있었다. 루신다는 자그마한 장미들이 수놓인 기다란 흰 면으로 짠 보일* 소재 옷을 입고 있었다. 한 손에 장갑과 기도서를, 다른 손에는 보닛 모자를 들고 있었다. 롱노즈 포인트의 능선을 따라 난 좁은 오솔길을 걸어갔다. 이슬이 여전히 꽤 맺혀 있어 드레스 자락이 젖어드는 것이 느껴졌다. 그녀는 개의치 않았다. 오스카는 종아리까지 자란 수풀을 헤치며 그녀 곁에서 성큼성큼 걸었다. 아무 일도 일어나지 않았고 아무 말도 오가지 않았지만 그녀는 생각했다—행복해.

그녀는 오스카를 바라보았다. 그는 알아차리지 못했다. 뱀을 조심하느라, 항구를 살피느라 정신없었다. 거친 언덕들이 솟은 바다가 온통 은빛 유리를 뿜어냈다. 그는 고개를 들었다 내리며 모든 것을 동시에 보았다. 높다란 검은 모자의 밴드에는 조그만 푸른 야생화를 꽂아놓았다. 그는 함께 지내기 좋은 사람이라고 그녀는 생각했다. 그들이 처한

* 얇고 짜임이 성겨 비쳐 보이는 직물.

불명예가 고작 교양 없는 발메인 사제가 교회 밖으로 일렬로 나오는 그들을 못 '본' 척하는 게 최선이라고 생각하는 그런 것이라면 더할 나위 없이 훌륭한 불명예였다.

그녀는 그를 너무 경솔하게 판단했다. 나쁜 버릇이었다. 그러다보니 전에도 곤란해진 적이 있었다. 그녀는 그를 데니스 해싯과 비교하며, 그가 찻잔을 쥐는 방식이나 찻주전자를 힘겹게 살짝 탁자에 내려놓는 모습에 입술을 오므리곤 했다. 그가 서둘러 자기 방으로 가 문을 쾅 닫으면 그녀는 무시당한 느낌이 들었다. 하지만—순식간에 이렇게 변했다—그녀는 그들이 같은 집에서 지내며 지키는 예의범절을 자랑스러워하게 되었다. 그들은 신중한 자제심(그녀가 대단히 찬양하는 미덕이었다)에 따라 처신한 끝에 친밀하다고 할 만큼 대단히 가까워진 동시에 적당한 거리를, 타인으로서가 아니라 이웃으로서의 거리를 유지했다. 그들을 무시하고 경멸하는 속물들을 능가하는 도덕적 우위를 확보한 것이다. 세상 만물을 굽어보는 하느님은 그들의 행동을 부적절하게 여기지 않을 것이다.

그들은 도박은 물론 어떤 종류의 주사위놀이도 하지 않았다.

오스카는 여자와 친구가 되어본 적이 없었다. 처음에는 수줍어서 말을 더듬고 발을 헛디디고 그녀 눈에 띄지 않으려고 애썼다. 오직 불경스러운 꿈속에서만 아주 조금 더 친밀한 행동을 했다. 만약 하녀가 있었다면 이런 식으로 계속 지냈을 것이다. 하지만 프라우드 부인이 어떤 사정으로 그만두자 더이상 하녀가 없었다. 누군가는 오두막집을 치우고, 벽난로에 누수 방지제를 바르고, 비누를 만들고, 카펫의 먼지를 떨고, 황동 손잡이를 레몬 조각으로 문질러야 했다. 젊은 주인이 종종걸음치며 싹싹 비질하고 먼지떨이를 흔들고 대걸레를 밀고 양동이를 쨍강거리며 옮기는 등 작은 체구에서 가늠되지 않는 에너지를 발휘하는 모습에 하숙인도 번들대는 재킷을 벗고 소매를 걷어 가느다란 우윳빛 팔을 드러낸 채 곁에서 함께 일했다. 처음에 루신다는 당황했다. 남자답지 못한 행동 같았다.

하지만 이렇게 그들은 친구가 되었다. 부엌 바닥에서 나란히 뒷걸음치며 표면 곳곳에 작은 구멍이 팬 체크무늬 타일을 문질렀다. 서투르게 집안일을 했다. 찻주전자 가득 담긴 차를 마신 후 양탄자 청소에 쓰려고 찻잎을 챙겨두었다. 마침내 일이 끝나면—대개는 자정 무렵이었다—루신다는 신발을 축축한 바닥에 벗어던지고, 오스카는 발을 의자에 올려놓았다. 그는 붉은 누수 방지제나 W. G. 닉시사社 상표의 흑연으로 온통 얼룩덜룩하고, 팔꿈치에는 끈적한 왁스가 엉겨 있곤 했다. 그녀는 그를 '늙은 여자'나 '친절한 사람'이나 '특이한 친구'로 여겼다. 때때로 난생처음 보는 듯 그를 바라보았다—콧노래를 부르고, 뭉뚝한 나이프 끝으로 차를 젓고, 새된 소리로 웃고, 그녀가 당연히 알아들을 거라 여기며 라틴어로 이야기하는 '환영'을 보는 듯했다. 그의 말은 너무나 함축적이고 엉뚱한 방향으로 튀었다. 그 때문에 그녀는 자신이 평범하고 무식하고 세련되지 않다고 느껴졌다. 그녀는 자신이 벗어던진 신발이 '앙증맞다'는 것을, 그의 찬미의 대상이라고는 상상도 못했다.

그녀는 리바이어던에서 봤던 것을 보았다—그는 쉽게 굴복하는 남자가 아니었다. 격정적인 남자이자 열정적인 남자였고, 두려워하기는커녕 성급히(퍽, 철썩, 구리솥 안의 젖은 옷을 보라) 관념의 정글 속으로 뛰어들 뿐만 아니라, 즐거움에 대해서도 마찬가지인 사람이었다.

그는 고향을 대단히 그리워하여 영국에 대해 이야기하기를 좋아했다. 그녀를 실망시켰던 영국과는 다른 나라였다. 사랑스러운 초록 나라. 그녀는 스트래턴 부부의 집이 눅눅하고 춥다거나 침례교도 아이들이 그에게 억지로 돌을 먹인 것까지는 알 수 없었다. 그는 스트래턴 부부를 '후원자'라고 부르며 좋게만 얘기했다. 휴 스트래턴이 오스카의 시스템을 이용해 전 재산을 걸었으나 농장만큼이나 경마에서도 형편없는 성과를 보여 빚더미에 올라앉았고, 이제는 오리얼을 졸업한 후 만난 적도 없는 사람들에게까지 돈을 구걸하기에 이르렀다는 사실을 그는 말하지 않았다.

오스카의 팔꿈치 근처 삼나무 사이드보드에 새하얀 카드 한 벌이 있었다. 그는 회색 털실 한 뭉치와 줄이 엉킨 줄자 옆에 삐뚜름히 놓인 카드를 보았다. 카드는 자주 눈에 띄었다. 매일 저녁, 에뮤가 새겨진 셰리주 병을 꺼내 골무 두 개에 들어가는 양만큼 '밤술'을 따를 때마다 보였다. 그는 이에 대해 아무 말도 하지 않았다. 집안 살림을 이토록 절제력 있게 꾸리는 주인이라면 카드 따위는 문젯거리도 되지 않으리라고 짐작했다. 그는 자신이 카드를 내던져버릴 만큼 강인한 성품을 지녔기를 바랐지만, 리바이어던에서 웃음거리가 되었던 적이 있기에 엄두가 나지 않았다.

그들은 카드에 대해 이야기하지 않았다. 하지만 말을 꺼내지 않는 데서 오는 짜릿한 긴장이 저녁마다 감돌았고, 두 사람은 행복했다, 그랬다, 하지만 침대에서는 잠을 이루지 못했다.

루신다는 한밤중에 집에서 몰래 빠져나와 다른 곳에서 도박을 할지언정 수납장에 든 카드에는 감히 손을 댈 수 없었다. 그가 자신의 '약점' 때문에 얼마나 격앙했는지 그녀는 기억했다. 그 문제에 대한 의견이 바뀌지는 않았는지 감히 물을 수가 없었다. 하지만 아, 그녀는 그 이야기가 하고 싶어 입이 근질근질했다. 회색 모직 담요에 카드를 돌릴 수만 있다면 더이상 바랄 게 없었다. 그러면 두통도 사라지고 오직 달콤한 동료애만이 남을 터였다.

하지만 그녀는 한마디도 하지 않았다. 바닥에 '앙증맞은' 신발을 벗어던지고 맨발이 거의 비쳐 보이는 스타킹 차림으로 있을 수는 있어도, 손에 든 셰리주를 한 모금 마실 수는 있어도, 즉 상당히 급진적으로 보일지라도, 그녀는 스스로를 너무 소심하다고, 쥐 같은 겁쟁이라고 여겨 도박꾼의 마음을 감히 그에게 드러낼 수가 없었다. 이런 쥐새끼 같은 면이 싫었다. 늘 그렇듯 그녀는 자신이 너무 신중하고 너무 억압되어 있다고 느꼈다.

한번은 이렇게 말하기도 했다. "자매 열 명이 있고, 다 함께 웃을 수 있는 커다란 부엌이 있으면 좋겠어요."

하숙인은 이마를 찌푸리며 무릎에서 먼지를 떨어냈다.

그녀는 생각했다. 그는 내가 갖고 싶어하는 자매 같아. 하지만 내 말을 이해하진 못하는구나.

그녀는 서로 머리를 빗어줄 여자 친구가 있었으면 싶었다. 그리고 제발, 이 쨍강거리는 추한 갑옷은 벗어던지고.

그녀는 유리에 대한 꿈을 그에게 말하지 않았다. 심지어 꿈에 대해 말하는 듯 보일 때도 털어놓지 않았다. 그는 이야기를 대단히 잘 들어주었지만, 그녀는 꿈의 불투명한 껍질만 보여주었다—창문 유리, 그것의 운송비, 육 개월이 지나도 구매 대금을 지불하지 않으려고 하는 건축업자와의 갈등. 그는 그게 그녀의 사업이라고 짐작했다. 물론 그랬다. 하지만 그녀가 말한 모든 건 당혹스러워 차마 드러낼 수 없는 웅장한 산맥을 뒤덮고 있는 안개였다. 그녀의 진짜 야망은, 그에게 절대 고백하지 않는 꿈은 유리와 주철로 기발하고 아름다운 무언가를 짓는 것이었다. 수정궁이면서 수정궁이 아닌 것이었다. 또한 온실이면서 온실이 아니었다. 유리는 거미집 모양의 강철로 엮였다—시야의 주변부에서 아이디어가 어른거렸지만 또렷해질 만큼 오래 머무르는 법이 없었다. 스케치를 하려고 들면 아이디어는 쇠락해 김빠지고 볼품없어졌다. 때로는 꿈속에서 그 형태를 알아낸 듯 느껴졌지만, 설령 그랬을지라도 마치 현상을 잘못해서 햇빛에 노출되자 바래버리는 사진처럼 사라졌다. 그것은 중요하지 않다고, 결국에는 형태가 그녀 앞에 스스로 드러나리라고 믿을 만큼 그녀는 영리하거나 혹은 어리석었다.

그 시점에 이르기 전에 반드시 처리해야 할 필수적인 문제들이 있었다. 가장 중요한 것은 그녀가 무엇을 만들려고 하는지 이해할 만큼 충분히 귀기울여줄 주물공을 찾는 일이었다. 그녀는 달링 하버의 해안 지역과 라이카트의 매연투성이 거리를 샅샅이 훑었다. 마침내 자신이 행복하다고 깨달은 그 일요일 아침, 그녀가 그토록 행복할 수 있었던 데에는 적임자를 찾았다는 점도 확실히 한몫했다. 심술궂은 성차별주의자 노인네인 플러드 씨는 비록 무신론자에 취향이나 유머감각이라곤 없었으나, 그녀가 필요로 하는 부품을 주조하고 그것들을 조립할 방법을 찾아낼 능력이 있었다. 실제로 그는 화요일에 '첫번째 모델'을 보내왔다.

그녀는 스네일스 베이의 맹그로브 숲에서 날아오르는 따오기를 오스카에게 가리켜 보였다. 새의 이름을 알려주었지만 자신의 비밀에 대해서는 말을 꺼낼 수 없었다. 이 모든 것을 보트 하버의 교구사제에게만 털어놓을 작정이었다.

오스카는 그녀가 보트 하버에 보내는 편지들을 보아왔다. 두툼하게 부푼 편지가 벽난로 선반에 놓여 있곤 했다. 그는 연애편지일 거라고 짐작했다. 그녀는 그의 생각을 알고 있었다. 그렇게 생각하도록 만들려는 의도였던 것이다. 오해 덕분에 그들은 한집에 살면서도 친구로 지낼 수 있었다. 하지만 이것, 이 가장 중요한 단 하나에 대해 그에게 털어놓으려 하다가도 늘 바로 직전에 그녀는 멈칫거렸다.

자신이 행복하다고 깨달은 아침에 그녀는 친구를 가만히 바라보았다. 하트 모양의 섬세한 얼굴, 새처럼 재빠른 몸놀림, 불타는 듯한 짧은 머리. 지팡이로 수풀을 내리치는 모습. 재킷 주머니에 깊숙이 찔러넣은 오른손. 사랑스러운 친구이자 동무로 보였지만, 또한 살짝 위험하고 쉽게 흥분하고 자기중심적이기까지 한 젊은이로 보였다. 그녀가 (구름처럼 모호하고 여린) 비밀을 털어놓았다가는 그가 그게 무엇인지 모르는 나머지 꿈을 파괴해버릴지도 몰랐다. 아니면 그녀보다 더욱 분명하고 완벽하게 그 꿈을 파악하고는 열광하며 그녀에게서 빼앗아버릴지도 몰랐다.

그래서 그녀는 그에게 박쥐 날개뼈 모양의 유리성에 대해 말하지 않았다. 만약 그녀의 꿈이 구름이라면, 나선형으로 높이 치솟은 기둥과 깊이가 아찔한 협곡을 지닌 적운이었다. 그 생각을 하자 손의 힘줄이 돋았다. 이제 그녀는 롱노즈 포인트에 서서 손가락을 꼼지락거렸다. 눈을 감고 얼굴을 찡그렸다. 감미로운 기분이 들었다—참을 수 없이 긴장되는 따끔따끔한 고통이기도 했다. 시드니 하버는 은빛으로 뒤덮여 있었다. 가마우지가 그 표면을 깨고 날아오르는 모습이 마치 기발한 아이디어가 꿈과 현실 사이의 막을 찢어발기는 듯했다.

78
의식

발메인 보트 경주가 열린 다음주 일요일에 아서 펠프스는 위트필드 농장까지 막내아들을 데리고 3킬로미터를 걸어갔다. 두 사람은 가장 좋은 옷을 차려입었다. 아들은 세일러복을, 아서는 조끼까지 갖춘 트위드 정장을 입고 있었다. 가죽을 보호하기 위해 부츠를 벗어들고 갔는데, 버치그로브 하우스에서 가던 길을 멈추고는 부츠를 다시 신고 정원에서 갓 뽑은 당근과 물을 대접받았다.

아서는 턱수염을 깨끗이 씻고 빗질해두었다. 막 목욕한 개의 털처럼 눈처럼 희고 부드러웠다. 루신다는 그를 거의 못 알아볼 뻔했다. 그는 헨리 파크스*처럼 대단히 위엄 있어 보였다. 그에게서 비누와 좀약 냄

* 19세기 오스트레일리아 정치가.

새가 풍겼다.

그녀는 그에게 집안으로 들어오라고 했지만 그는 한사코 거절했다. 열린 문으로 모기가 들어오는데도 손님은 현관 매트의 회전식 벨트에 부츠 바닥을 문댈 뿐이었다. 그녀는 전에도 이런 '정중함'을 경험한 적이 있었는데, 그럴 때마다 더없이 불편했다.

아서는 할말이 있었다. 그는 똑바로 서서 그의 '풀무'를 집어넣었다. 아들이 모기에 뜯기고 있는데도 아서는 연설을 늘어놓으며 아이의 손을 놓지 않았다. 연설을 듣자하니 루신다는 귀가 뜨겁게 달아올라 꽃처럼 피어오르는 느낌이었다. 아서는 오스카의 이름을 알 뿐만 아니라 그녀의 이름과 연결짓고 있었다. 억측을 하고 있었다. 이 때문에 그녀는 충격을 받았다. 게다가 아서가 두 사람을 공장에 초대하자 그녀는 또다시 충격에 빠졌다. 그들은 커플로서 함께 초대받은 것이다.

모든 면에서 충격적이었지만 그중에서도 가장 충격적인 것은 이 점이다. 사전통보 없이는 그녀 소유의 공장에도 오지 말라고 명령했던 이 남자가, 이 유리 불기공이 이제 그녀를 한 남자와 맺어졌다고 간주하고—그들의 결합이 추문이라는 점은 무시한 채—안식일에 3킬로미터를 걸어와 새 공장 주인에게 새롭게 얻은 영역을 시찰하러 오라고 청한 것이다.

하지만 그녀는 받아들였다. 얼마나 나약한 일인가! 그녀는 그가 3킬로미터를 걸어왔다는 사실에 감동받았고, 자신을 집어삼키려 드는 거대한 분노의 벽이 수치스러웠기에 동의했다. 하물며 비아냥거리지도 않았고 그저 받아들였다. 그녀는 말했다. "알겠습니다."(이런 바보, 바보) 그리고 아서가 여전히 작별인사를 하는 와중에 그녀는 문을 닫았다. 나중에 다른 선약이 있다며 공장으로 연락을 보낼 생각이었지만 차일피일 미루다가 결국 다음주 토요일에 공장을 향해 드루이트 스트리트의 언덕길을 내려가게 되었다. 꼬챙이처럼 말라빠지고 발걸음이 꼬이는 오스카는 대단히 깔끔하게 차려입은 친구 곁에서 걸어가며 그녀의 기분이 좋지 않다는 것을 눈치챘다. 그는 생각했다. 끈을 너무 꽉 졸라맸나봐. 하지만 끈을 졸라매서가 아니라 그저 화가 난 것이었다. 정작 '졸라맨' 것은 그녀의 얼굴이었다. 꾹 다물어 거의 보이지 않는 입술은 넓은 챙이 달린 모자로도 숨길 수 없었다.

모자는 그녀의 키에 비해 너무 컸다. 그러다보니 비율이 안 맞아 그녀를 더 작아 보이게 했다. 그녀도 알았다. 큰길에서 두 번이나 멈춰 서서 모자를 매만졌지만 매무새가 흐트러지기만 했다.

오스카는 그녀의 저기압 상태를 이해하지 못했다. 답스 씨의 사무실에서 벗어난 지 얼마 되지 않았기에 그주의 첫 휴일인 토요일 오후를 공장의 흉한 몰골을 둘러보며 보내는 게 내키지 않았다. 그는 맨리와 왓슨스 베이로 소풍가는 일에 익숙해져 있었다. 하지만 이곳은 어느 공장 때문인지는 몰라도 악취가 진동했다. 제재소에서 새된 소음이 터져나왔다. 그들은 곳곳에 똥이 떨어져 있는 드루이트의 자갈길을 가로질러 마당에 들어섰다. 마당에는 벽이 트인 창고들이 있었다. 그들은 웅덩이를 넘어갔다. 깨진 유리가 두 무더기로(하나는 푸른색이고, 하나는 갈색이었다) 나뉘어 상자에 담겨 있었다.

오스트레일리아는 혐오스러운 나라였다. 그는 괜히 왔다 싶었다. 게다가 가엾은 워들리피시까지 그를 따라 이곳으로 오는 중이었다. 최근에 주교관에서 전해받은, 기름 얼룩이 지고 퀴퀴한 냄새를 풍기는 편지의 내용이었다. 워들리피시가 탄 배는 바다에 있었기에, 이제는 말릴 수도 없었다. 피시가 이 모든 일을 알게 되면 과연 뭐라고 할까?

커프스가 너덜너덜한 양복 차림의 남자가 마당을 가로질러 달려가 녹슨 양철 지붕을 인 둥근 벽돌 건물로 사라졌다. 루신다는 그쪽을, 그를, 그의 커프스를, 그가 들어간 문을 가리켰다. 일본제 우산으로 신경질적으로 휙 찔렀다.

오스카는 그녀의 언짢은 기분이 순전히 자기 때문이라고 생각했다. 갈빗대를 파고드는 우산이 느껴지는 듯했다. 그는 자신이 불청객임을 알았다. 아, 여기에 있고 싶지 않았다! 루신다의 언짢은 얼굴을 보니 정이 떨어졌다. 그는 미소 지으며 눈썹을 치켜올렸다. 실크해트로도 더이상 가려지지 않는 이 기이한 가면을 쓴 채 공장으로 들어갔다.

모든 것이 예상과 달랐다. 지저분하고 축축한 바깥과 달리 내부는 제빵사의 손바닥처럼 유쾌하게 건조하고 대단히 깔끔했다. 지붕 아래 높이 솟은 벽에는 창문이 하나도 없었다. 공장 중앙에 용광로가 여섯 기 있고 나머지 다섯 기는 옆벽을 따라 늘어서 있었다. 현재 사용하지 않는 기계와 손수레도 길게 줄지어 있었다. 그는 유리창 제작용일 거라고 짐작했는데, 그 생각은 옳았다.

하지만 가장 뜻밖인 것은 공장을 장식한 화환들이었다. 수레국화, 라케날리아, 양귀비, 희고 노란 데이지, 프리지어, 창포꽃, 수선화. 지붕을 떠받치는 굵은 기둥들에 꽃이 다발로 묶여 있었다. 또한 벽을 따라 늘어선 커다란 초록 유리 화병들이 꽃으로 장식되어 있었다. 용광로와 출입구 사이에 걸어놓은 그물에 꽃이 꽂혀 있는데, 이 꽃의 현수막 아래 직원들이 튼튼한 휜다리를 양복 차림에 걸맞게 단단히 붙이려고 애쓰며 서 있었다. 오스카와 루신다가 들어서자 그들이 노래를 시작했다.

"오, 무한한 사랑으로 우리의 영혼을 채운 주님이시여."

루신다는 똑바로 앞을 보았다. 그녀는 감동받았다. 물론이다. 저 머저리들이 그녀를 기쁘게 하려고 열심히 애를 쓴 것이었다. 하지만 그녀는 화도 났다. 그녀의 뺨을 타고 흘러내린 눈물은 하숙인의 뺨을 타고 흘러내린 눈물과는 전혀 다른 이유에 기인한 것이었다. 두 사람의 눈물은 분명 똑같이 짭짤했으리라. 일반적인 염도, 즉 1 내지 2퍼센트의 소금을 함유했을 것이다. 하지만 이 설명은 화학의 한계를 드러낼 뿐이다. 루신다의 눈물이 완전히 상반된 감정에서 야기된 반면, 오스카의 눈물은 한 방향에서 오는 감정으로 인해 생겨났다. 외부인이자 추방자인 그를 위해 어색하고 불편한 양복을 차려입고 공개적으로 사랑을 표명하는 일꾼들을 향한 기쁨과 경이, 겸손, 사랑 같은 장엄한 영역에서 비롯된 눈물이었다.

79
냄비와 주전자

그들은 서로에게 타인이었다. 스토브 하나에 올려놓은 두 개의 그릇이었다. 하나는 기쁨의 김을 뭉게뭉게 뿜어내는 주전자였고, 다른 하나는 조용히 타고 있는 스튜 냄비였다. 각자는 서로의 상황을 전혀 몰랐다.

직원들이 유리를 부는 시범을 보여주었다. 루신다는 오스카가 지루한데도 예의를 차리고 있다고 짐작했다. 그는 직원들과 맥주를 마셨다. 아무도 그녀에게 술을 권하지 않았다. 그녀는 얼굴에 미소를 머금은 채 그들 모두를 바보라고 경멸했다.

그녀는 기독교인답지 않게 호전적인 상태였다.

홉킨스 씨의 혀가 술 때문에 삽시간에 부풀어올랐다. 자그마한 치아들이 늘어선 섬세한 입안에 마치 황소의 혀라도 들어 있는 듯했다. 직원들이 그에게 찬송가를 불러달라고 했다. 그는 음치였다. 직원들이 개의치 않는다는 걸 아는데도 그녀는 언짢았다.

그녀는 못난이에 멍청이였다. 그는 꼭두각시처럼 흐느적거렸다. 직원들이 맥주잔 만드는 시범을 여섯 차례 보이는 동안 그는 유심히 지켜보았다. 용광로에 불을 지피는 비용은 아무도 걱정하지 않는 듯했다. 그녀는 한마디할 수도 없었고, 그렇다고 자신을 통제할 수도 없었다. 직원들이 벽돌 바닥에 에일 맥주를 엎지르고 그의 어깨에 팔을 두르고 (마이클 케이시가) 그를 '신부님'이라고 불렀다.

그녀는 싸늘하고 너른 공간의 한가운데에 있었다. 계속 미소 짓다보니 얼굴이 땅겼다. 귀가 찌그러진 빌리에게 아내와 아이들에 대해 물었는데, 그는 아이들의 나이가 몇인지 대답하지 못했다. 그녀는 그가 가난한 것은 신경쓰지 않았다. 술에 취한 그에게 미소를 지었다. 그는 그녀에게 말하면서 어깨를 두드렸다. 그가 가운데 아이의 나이를 계산하느라 골똘히 생각에 잠긴 동안 그녀는 자리를 떴다.

홉킨스 씨는 마당에 나가 있었다. 그녀의 모래와 석탄을 점검하는 것을 자기 임무로 여긴 듯했다. 아서 펠프스와 함께였다.

그녀는 울부짖을 수도 있었다. 마차 바퀴에 치인 개처럼 마당을 빙빙 돌 수도 있었다. 햇빛이 눈부셨다.

그녀는 자신이 어린애처럼 느껴졌다. "홉킨스 씨, 또다른 약속이 있잖아요." 그녀가 말했다.

그가 곧 알아들었다, 혹은 그렇다고 그녀는 생각했다. 칭찬할 만했다. 그는 아서와 악수를 나누었고, 공장으로 다시 들어가 '녀석들'에게 작별인사를 하라는 제안을 사양했다. 아서는 양손으로 그의 손을 꼭 쥐었다.

"정말 기쁩니다." 그는 사제의 여린 손을 놓지 않은 채 말했다. 오스카에게 그 손은 속을 넣어 푹신푹신한 옥양목 장갑처럼 느껴졌다. "우리 아씨가 이런 훌륭한 신사와 함께 있는 모습을 보니 정말 기쁩니다. 뭐든 궁금한 게 있으면, 유리창 제조가 한창일 때도 좋으니 언제든 오십시오. 기꺼이 설명해드리겠습니다."

오스카는 유리 불기공의 손에 꽉 잡힌 채 루신다를 돌아보았다. 아서의 말이 시작되었을 때만 해도 그의 곁에 있던 그녀는 자리를 떴다. 그녀의 어깨는 구부정하고, 고개는 앞으로 빠져 있었다. 그는 뭐가 잘못되었는지 몰랐다. 직원들 사이에서 남자답지 못하게 굴었던 걸까?

"고맙습니다, 아서, 꼭 오겠습니다."

함성이 울렸다. 돌아보니 직원들이 공장에서 우르르 쏟아져나와 맥주잔을 든 채 벽을 따라 늘어서 있었다. 그리고 고개를 숙인 채 걸어가는 고용주를 향해 환호성을 질렀다. 함성이 시작되자 그녀는 우산을 펼쳐 그들로부터 얼굴을 가렸다.

"안녕히 계세요, 아서."

"안녕히 가십시오. 이건 특권입니다, 신부님. 저는 아내와 자식이 있지만 결혼은 안 했죠. 사실입니다. 그렇다고 제가 기독교인이 아닌 건 아닙니다. 어머니는 침례교도고 아버지는 유니테리언 교도였죠. 우리도 이따금 예배에 참석합니다. 이 말은 해야겠죠, 왜냐하면 저한테 위안이 되거든요. 신부님한테도 위안이 될지……"

"감사합니다, 아서."

"홀리스 씨라는 노인네가 있는데, 흔히 말하는 기독교 사회주의자죠.

그 사람 말이, 결혼 제도는—같이 걸으면서 말씀드리죠—녀석들은 걱정하지 마세요. 녀석들한테 손을 흔들어주세요, 신부님, 좋아요. 그 노인네 말이, 아, 그 사람 턱수염이 진짜 죽여주죠, 은빛이 도는 흰색 수염이 허리까지 내려오거든요. 바지춤에 끼워넣을 수도 있어요, 술에 취하면 종종 그러죠. 아무튼 그 노인네 말이, 결혼이라는 제도는 주님의 말씀에 따른 게 아니라 훗날 만들어진 거래요. 물론 교황 중 한 명이 그랬겠죠. 그게 다 재산 때문에 생겨난 거라고요, 예수님이 아니고요. 교회가 기록하는 일을 맡으면서 생겼다나 어쨌다나. 이런, 기억력이 영 신통치 않네요. 녀석들한테 손 좀 흔들어주세요, 신부님을 만나서 기뻐하는군요. 아씨에게 마침내 남자가 생겨 얼마나 다행인지 모릅니다. 그동안 참 힘든 시간을 보내셨죠. 우리 중 일부는 신부님을 구원자로 여긴답니다. 그럼, 안녕히 가세요, 이건 특권이에요."

오스카는 우산이 혹처럼 솟아 있는 검은 형체를 서둘러 쫓아갔다. 그러면서 뒤쪽으로 손을 흔들어주었다. 웅덩이를 껑충 뛰어넘고, 우산을 흔들고, 황소 똥을 피하느라 팔짝 뛰는 내내 모자를 머리에 꾹 누르고 있는 모양새가 여간 우스꽝스럽지 않았다. 직원들이 폭소를 터뜨렸지만 악의가 실려 있지는 않았다. 그들은 싱글벙글 웃고 고개를 저으며 맥주통으로 걸어갔다. 새 주인은 별난 사람이긴 해도 악인은 아니었다.

무슨 약속? 오스카는 약속이 기억나지 않았다. 아마도 그의 약속이 아니라 그녀의 약속이리라. 그는 그녀와의 대화 말고는 아무것도 하고 싶지 않았기에 실망스러웠다. 그는 그녀의 인생에 문을 열고 들어간 듯한 느낌이었다. 어딘가에, 대리석 탁자가 있는 어딘가에 앉고 싶었다. 만약 런던이었다면 리전트 스트리트의 카페 룩스로 갈 텐데. 숙녀를 위해 포트와인 한 잔. 아니면 그냥 중국차. 그리고 그녀의 유리 사업에 대해 이야기할 텐데.

제조과정이 아름다울 수 있다고는 생각지도 못했었다. 한 시간 전에 그에게 무엇이 아름답냐고 물었더라면 그는 자연계에서 답을 찾았을 터다. 데번의 길가에 서식하는 동식물 이름을 대거나, 기억 속 바위 웅덩이 안으로 손을 담가, 아버지가 그림을 그리고 이름을 붙인 말미잘을 건져올렸으리라. 인간과 똑같이 하느님의 손에 의해 창조되었으나 영혼은 없는 아름다운 생명체들. 아니면 스트래턴 부부가 추수하여 쌓아놓은 곡물 가리를 (추수하다가 긁힌 팔이 밤새 따끔거린 일은 잊은 채) 고르거나, 창턱이 60센티미터인 익숙한 창 너머로 굽이치는 위험한 바다를 꼽았을 것이다. 녹슨 골이 진 양철 지붕을 인 건물이나, 유리병을 담은 궤짝이 양쪽에 늘어서 있거나 반짝거리는 유리파편이 널린 통로를 떠올리지는 않았으리라. 이런 곳에서는 불결, 악취, 쓰레기를 떠올리지 결코 경이로움을 생각할 수 없다.

하지만 그가 그곳에서 발견한 것은 경이였다. 눈물로 흐려진 눈으로 느꼈다. 직접 보고 놀라워하기도 전에, 이 깔끔하게 청소된 건조한 장소에 들어서자마자 알아차렸다. 뭔가 특별한 게 있다는 것을.

그들은 그를 유리 가열로로 이끌어 안을 들여다보게 했다. 순수한 열기의 흰색과 도가니의 흰색과 그들이 '금속'이라고 부르는 유리용액의 흰색이 분간되지 않는 변화무쌍한 세계가 있었다. 아서가 '금속'이라고 말했을 때 오스카는 '주석'이나 '은'이나 '금' 같은 것으로 이해했다. 유리용액 수거공이 빼든 물질은 그 모든 것일 수 있었다. 기다란 막대 끝에서 붉은 열기를 발하는 구는 이 사람에게서 저 사람에게로, 이

가열로에서 저 가열로로 옮겨지며 더 많은 금속이 엉기고, 살짝 입바람을 맞고, 흔들리고, 여러 손을 거쳐 그들 중 가장 덩치가 크고 가장 지저분한 이에게로 전해졌다. 자신의 별명이 다름 아닌 그 유명한 기사 '오줌바람 경'이라고 밝힌 그는(오스카의 귀에 은밀히 속삭였다) 기다란 막대를 쥐고 지휘자이자 백파이프 연주자이자 트럼펫 연주자이자 변형하는 사람이 되어 금속을 맥주잔으로 변신시켰다. 그러고는 마침내 나무 왕좌에 앉아 기다란 막대를 팔걸이에 대고 앞뒤로 굴리는 동안 축축한 배나무로 유리 바닥을 다듬자 차와 에일 맥주로 얼룩진 구레나룻 주위로 칙칙거리며 증기 구름이 솟았다. 세번째 수거공에게서 쭉 늘어나는 붉은 유리 뱀을 건네받아 높이 들고—독수리의 발톱에 잡힌 뱀처럼 성나 보였다—화려한 동작으로 물음표 모양으로 만들더니 이음고 손잡이를 빚었다. 동작 하나하나가 대단히 섬세하고 정교했다. 이 기적이 구레나룻을 기르고 배가 남산만한데다 겹겹이 겹쳐 입은, 시큼한 냄새를 풍기는 축축한 삼베 밑으로 지저분한 러닝셔츠가 드러나 보이는 폴스태프*에 의해 이루어지다니 경이로웠다.

"저는 인간 풀무랍니다, 나리." 아서가 그렇게 주장하며 손짓을 해서 누군가에게 자신의 작품을 가져가라고 지시했다. "힘든 노력 끝에 얻은 거죠."

하지만 오스카가 유리에 매혹된 건 제조상의 필요에 따라 몸을 사용하는 사내 때문이 아니라, 누가 봐도 상스럽고 결점 많은 이자가 이토록 아름다운 것을 만들 수 있다는 점 때문이었다.

* 셰익스피어의 희곡 『헨리 4세』에 등장하는 재치 있고 허풍이 심한 뚱보 기사.

유리. 눈이 멀듯한 흰색. 이글대는 붉은색. 나긋나긋한 탄력성. 변화무쌍함. 유동성. 빛을 담는 그릇.

그는 공장 주인을 서둘러 쫓아갔다. 그는 발걸음이 꼬이는 강탈자이자 멋지게 차려입은 도둑이었다. 경이로움이 이끌어내는 것을 쫓아 빠르게 걸어가는 나비 수집가이자 예술품 구매자였다. 어떻게 해서든 이 경이로움의 일부가 되고 싶었다.

소매치기가 따라붙은 것을 감지한 선량한 시민처럼 그녀는 빠른 걸음으로 그에게서 달아났다. 요크 스트리트를 올라가다 방향을 틀어 시장의 군중 속으로 들어갔다. 그는 가판대들 사이로 좁은 골목길을 나아갔다. 화창한 봄날이었지만 이곳은 소시지들 사이에 등불이 걸려 있었다. 그는 그녀의 커다란 검은 모자를 쫓아갔다. 옥양목 두루마리, 두더지 가죽 더미, 무기고의 무기처럼 일렬로 늘어선 푸른 금속 삽 사이에서 그녀는 사람들과 부딪치며 방향을 틀어 조지 스트리트의 눈부신 빛속으로 들어갔다. 어찌나 빨리 걷는지, 다리가 족히 30센티미터는 더 길어 보폭이 60센티미터는 더 클 오스카도 따라잡기가 어려웠다.

하지만 이대로 그녀를 보낼 수는 없었다. 그는 서두르느라 떠밀고 부딪치며 사과했다. 서식스 스트리트까지 그녀를 쫓아갔다. 그의 동료들 다수가 여전히 장부와 씨름하고 있을 건물이 자리한 골목길을 지나갔다. 건물 여섯 채밖에 떨어지지 않은 길의 맞은편에 있던 그녀가 샛노란 사암 창턱이 달린 높다란 벽돌 건물로 들어갔다. 루퍼트 왕자의 유리구슬 (사무실) 5층.

아래 세 층이 인쇄소라서 건물이 인쇄기의 리듬에 맞춰 쿵쿵거렸다. 계단에서는 휘발성 강한 잉크의 매캐한 냄새가 진동했다. 열린 문 안쪽에서 앞치마를 두른 남자들이 활판에 활자를 채우고 있었다. 오스카는 답스 씨 사무실의 자기 자리에 앉아 있을 때처럼 땀을 줄줄 흘렸다.

4층 회사들은 고객이 부족해서인지 혁신적인 운영 때문인지 토요일 오후에 문이 닫혀 있었다. 층계참에는 무릎 꿇은 청소부 외에 아무도 없었다. 그녀는 두번째 파괴자가 자신의 작업 구역을 가로지르자 쯧쯧 혀를 찼다. 까치걸음을 친다고 그녀의 마음이 누그러지지는 않았다.

5층에는 회사 세 곳이 검은 목재 문에 상호를 내걸고 있었다. 제각기 다른 서체로 세심하게 금박을 입혀 칠흑 같은 금빛 그림자를 드리웠다. 그의 눈에 처음 들어온 회사가 루퍼트 왕자의 유리구슬 공장이었다.

그는 살짝 노크하고는 아주 잠깐 기다렸다가 안으로 들어갔다. 달랑 방 한 칸에 책상 하나와 의자 세 개가 몽땅 비스듬한 천장 아래 몰려 있었다. 바닥에 양탄자는 없었지만, 책상 뒷벽에 수정궁을 에칭으로 그린 액자가 걸려 있고 유리창(루신다는 볼품없는 모자를 손에 쥔 채 창 앞에 서 있었다) 맞은편 벽을 뒤덮은 유리 선반에는 마감과 색상이 가지각색인 병들과(초록색, 샛노란색, 남청색) 책만한 크기의 사각 유리판들이 먼지 하나 없이 깔끔하게 진열되어 있었다. 햇살이 선반을 간지럽히면서 유리가 동화에 나오는 장식함 속 물건들처럼 빛을 발하고 피를 흘리고 서로를 씻어내렸다.

오스카는 미소 지으며 생각했다. 바우어새.*

삼나무 책상의 상판도 유리였다. 그 위에는 압지 없이 잉크병과 펜 한 자루가 놓여 있었다. 높다란 푸른색 화병에는 창포꽃 한 송이가 꽂

* 오스트레일리아에 서식하는 새로, 수컷이 암컷의 관심을 얻기 위해 멋진 둥지를 짓는다.

혀 있었는데, 절정을 지나 확연히 시드는 단계에 접어들어 있었다. 꽃잎 한 장과 고운 꽃가루가 책상의 유리 상판에 떨어져 있었다.

르플래스트리어 양의 공장 굴뚝이 그녀의 왼쪽 어깨 위로 솟아 있었다. 그녀는 돌아서지 않았다. 그는 그녀의 목덜미에 부드럽게 굽이치는 머리카락을 보았다. 그녀 뒤에 서자—30센티미터도 채 안 될 만큼 바짝 다가갔다—마당에서 직원들이 줄다리기하는 광경이 보였다. 그들 중 여럿이 얼큰히 취해 있는 건 위에서 봐도 분명했다.

그제야, 그렇게 가까이 다가가서야 그는 그녀의 떨리는 어깨를 알아차렸다. 그러한 감정에 그는 겁이 났다. 예상치 못한 상황이었다. 어떻게 해야 할지 몰랐다. 그는 두 손을 맞잡았다. 자신이 끈적한 땀투성이라는 사실을 깨달았다. 그는 생각했다. 여긴 사적인 장소야. 나한테서 냄새가 날 거야. 그는 그녀의 이름을 불렀다. 그리고 그녀의 어깨에 손을 댔다. 그녀가 돌아섰다. 자부심 강한 얼굴이 무너져내려 마치 쓰레기통에 구겨버린 편지 같았다. 깨끗한 피부에 느닷없이 작은 수로들이 생겨났다—주름과 상처가 삼각형 턱과 코를 뒤덮었다. 커다란 초록 눈은 입구 가장자리까지 가득차서 물방울을 뚝뚝 흘리는, 주정꾼의 손에 들린 유리잔 같았다. 물론 즐거움이 아니라, 외부로 향하는 분노의 물결과 내부로 향하는 고통의 물결에 사로잡혀 꼼짝 못하고 있었다.

그는 사정을 짐작도 못했지만 상체를 살짝 굽히고 양팔을 벌려 그녀를 단단히 안았다. 그녀는 너무나도 작았다.

80
그녀의 피부에 어린 비밀스러운 부드러움

그는 그녀를 다정하게 대했다. 자신의 손수건이 얼마나 더러운지도 모른 채 손수건으로 그녀의 눈꺼풀을 닦았다. 손수건은 잉크로 얼룩지고 구깃구깃하고 한데 뭉쳐 있었다. 그녀의 눈꺼풀은 크고 여렸지만 손수건은 부드럽기는커녕 빳빳했다. 그는 손수건 한쪽에 침을 발랐다. 그녀의 피부에 어린 비밀스러운 부드러움과 눈꺼풀 아래에서 떨리는 눈이 고통스러우리만치 의식되었다. 그는 애정을 담아 꼼꼼하게 눈물을 닦았다. 생전 처음 해보는 일이었다.

그는 책상 뒤에서 의자를 가져왔다. 의자를 들자 등받이가 좌석에서 분리되어 바닥에 덜커덩 떨어졌다.

"오, 이런. 다 무너지고 있어요." 그녀는 코를 훌쩍이며 창턱에 앉았다. 정말로 그녀의 눈에는 사무실이 그렇게 보였다. 오늘만 그런 것도 아니지만, 유난히 더했다. 그녀의 성공과 강인함에 대한 물리적 기념비로 보인 적이 한 번도 없었다. 묵직한 책상, 다양한 서랍장, 장식장, 유리 제품 샘플이 놓여 있었지만, 그녀는 이것들이 견고한 실재가 아니라 보여주기식으로 보였다. 이 사무실은 그녀의 유배지였고, 창문 너머로 줄다리기를 하는 술 취한 남자들이 보일 때 그 점이 극명해졌다. 그녀는 거리에서 커다란 개에게 채워진 목줄에 질질 끌려가는 어린애처럼 무력하고 굴욕적이었다.

책상 서랍에 장도리가 있었다. 오스카는 처음에 기운차게 덤볐다가 실패할 것 같더니, 그럭저럭 의자를 도로 합체하는 데 성공했다. 그녀는 순순히 의자에 앉았다. 그녀의 등이 오후 햇살에 담뿍 젖어 있었다.

"내 꼴이 정말 우스꽝스러워 보이죠." 그녀가 말했다.

"오, 아닙니다, 전혀 아니에요." 그가 말했다.

그녀는 한 손을 내밀어 그가 권한 손수건을 받아들고 코를 풀었다. 그녀의 얼굴에 푸른 잉크 얼룩이 묻어났다. 바로 코끝이 얼룩졌다. "우는 이유를 짐작했겠죠?"

하지만 그는 전혀 짐작되지 않았다. 자신이 너무 크고, 너무 길고, 너무 어색하게 느껴졌다. 그녀는 대단히 응축되고 집중되어 있었다. 불필요한 부분이 일절 없었다. 그는 맞은편 벽에 등을 댄 채 쪼그려앉았다. 그의 다리는 너무 길고 가늘고, 톱질하지 않은 장작더미처럼 어수선했다.

"아뇨, 전혀요. 전혀 모르겠습니다."

그녀의 표정이 미묘하게 변했다. 딱 꼬집어 말할 수는 없지만, 아랫입술이 줄어들며 뺨이 홀쭉해지고 눈이 가늘어진 듯했다. 하지만 그녀의 의도에 모호함이란 없었다. 그녀는 돌연 그에 대한 신뢰를 거두어버렸다. "전혀 모른다면, 내가 우스꽝스러워 보이지 않겠어요?"

"당신은 전혀 '우스꽝스러운' 사람이 아니니까요."

서로를 바라보는 그들의 눈길은 호전적인 타인에서 친근한 친구로, 다시 호전적인 타인으로 시시각각 바뀌어 어느 한쪽으로도 확실히 굳지 않았다. 그녀의 벨벳 같은 초록색 홍채는 기이한 아름다움을 지녔다. 흰자에는 붉은 실핏줄이 엉켜 있었다.

"그럼 궁금한가요?" 그녀는 털어놓겠다는 의사를 비치면서도 밀고 당기고 도전하기를 그치지 않았다. "왜 우는지 조금이라도 궁금한가요?"

그는 궁금했다, 당연했다, 하지만 그것은 연인의 호기심이었고 그는 그녀가 무슨 말을 할지 두려웠다. 그녀의 눈물이 대리석 벽난로 선반에 올려놓은 두툼한 편지와 관련있다고 짐작했다. 데니스 해싯 때문에 운 것이라고. 그는 궁금했다. 전혀 궁금하지 않았다. 그것은 연인의 이기심이었다. 눈물을 계기로 친밀감이 형성되어 아주 고마웠지만, 한편으로는 위태로워진 무엇 때문에 원망스럽기도 했다.

그들은 서로를 바라보다 어느덧 응시하게 되었고 둘 다 동시에 기세가 꺾였다.

"네, 물론 궁금합니다."

그는 손수건 모서리를 다시 침으로 적신 뒤 그녀의 코에 묻은 얼룩을 부드럽게 닦아냈다. 그녀는 고개를 살짝 갸웃하며 눈을 감았다.

그녀는 남자들이, 직원들이 자신에게 거부한 동료애를 그에게는 보여준 점에 대해 설명했다. 말하는 동안 그녀의 입이 변했다. 작아졌다.

그는 그녀의 날카로운 아랫니 윗면을 의식했다.

그는 미안해했다. 그는 머저리였고, 커다란 불쾌감을 야기한 당사자였다. 미안하다, 너무나 미안하다. 그가 말했다. 또한 눈물이 데니스 해싯과 무관하다는 사실에 속으로 쾌재를 불렀다. 싱글거리지 않으려고 애썼지만 억누르기가 힘들었다.

"그럼, 내가 왜 그렇게 열심히 쫓아왔는지도 알겠군요."

"눈물을 닦아주기 위해선 아니겠죠."

"궁금한가요?"

"오, 물론 궁금하죠." 그녀는 빙그레 웃었다.

그는 고개를 숙여 그녀의 빈정거림에 답했다. "내 평생 당신의 공장처럼 아름다운 것은 본 적이 없다고 말하기 위해 쫓아갔던 겁니다." 그는 얼굴을 찡그렸다.

루신다는 얼굴을 붉혔지만 이 감정이 무엇인지는 명확하게 알 수 없었다.

그는 두 손을 주먹 쥐어 무릎 아래를 눌렀다.

"오, 이런." 그녀가 말했다.

"네." 그는 한숨을 쉬고 말했다.

"네라니, 뭐가요?"

하지만 그는 '오, 이런'의 의미를 자신의 희망사항에 맞춰 해석하고는 '네'라고 반응한 것뿐이었다. 솔직히 털어놓을 용기가 없었다. 그는 바닥에서 낡은 모자를 집어들며 말했다. "차를 마시며 얘기하죠." 그는 대리석 탁자가 있는 카페 프랑세를 염두에 두고 있었다.

"보여줄 게 있어요." 그녀가 일어나 벨벳 스커트의 매무새를 다듬었다. 그 말이 무슨 뜻인지는 더없이 모호했다.

그는 '어디로' 혹은 '무엇을' 묻지 않은 채 그녀를 좇아 사무실을 나갔다. 그의 마음은 렌즈처럼 가장자리는 초점이 흐렸으나 중심은 또렷했다. 그녀의 걸음걸이는 뜻밖에도 쾌활하고 산뜻했다. 또렷한 발걸음 소리가 메아리쳐 울렸다. 층계참에서 그녀는 '뉴사우스웨일스 풍토순화협회'라고 쓰인 문을 열었다.

오스카는 생각했다. 스미스 씨.

"이사가버렸답니다. 급히 떠났어요. 이제 내 차지죠." 그녀는 명판을 톡톡 치며 말했다. 그리고 자물쇠를 열고 문을 활짝 젖혔다. 그는 그녀가 들어가기를 기다렸지만 그녀는 그러지 않았다. 한쪽으로 비켜서서는 극장 안내원 같은 손짓을 했다. 서로 예의를 지키느라 그들은 충돌하고 뒤엉켰다. "봐요, 어서 봐요." 그녀는 조급해하며 말했다.

그녀가 보라고 한 것은 플러드 씨의 '첫번째 모델'이었다. 불과 몇 초 전까지만 해도 그녀의 유리 인생에서 중심을 차지한 구조물이었다. 하지만 문가에서 홉킨스 씨 곁에 서 있자니, 여기저기 그을린 털투성이 팔로 분할 컴퍼스와 탁자를 이용해 '실제 축소'를 계산한 플러드 씨의 영리함이 더이상 보이지 않았다. 이음고리와 봉으로 이루어진 트러스도 기발해 보이지 않았다. 그저 흔해빠진 별채처럼 경사 지붕을 얹은 땅딸막한 작은 건물로만 보였다.

"가까이 가서 봐도 돼요." 그녀는 건조하게 말했다. "신성한 것도 아니니. 이건 그저……" 플러드 씨의 코가 콱 막힌 소리를 흉내내며 말을 이었다. "……첫번째 모델일 뿐이에요."

하지만 오스카는 루신다의 짐작과는 다른 것을 보았다. 서녘 햇살의 빛나는 터널 속에서 먼지가 춤추는 동안 그는 땅딸막한 작은 건물이나 흔해빠진 별채가 아니라 빛과 얼음, 스펙트럼을 보았다. 유리를 사랑하는 이들이 유리를 인식하듯 유리를 보았다. 유리가 영혼이나 정신과 더없이 유사한(혹은 영혼이나 정신이 어땠으면 하는 그의 소망과 더없이 유사한) 조원료粗原料임을 이해했다. 유리는 결점이, 먼지와 녹이 없으며 영광으로 이르는 길이었다.

그가 본 것은 별채가 아니었다. 그의 눈에는 먼지가 작디작은 천사처럼 주위에서 춤추는 자그마한 교회가 보였다. 맑고 깨끗하고 허영심이라고는 없었다. 너무나 아름다운 동시에…… 정제精製되어 있었다. 투명하고 꾸밈없는 표면을 통과한 빛이 수성 도료를 칠한 사무실 벽에 드리운 색색깔은 대성당의 스테인드글라스처럼 장엄했다.

"오 이런, 오 이런." 그는 말했다.

돌아선 그의 얼굴이 발그레했다. 마치 셔벗가루를 몰래 빨아먹느라 미소를 짓듯, 그의 입이 아주 작아져 있었다.

그가 말했다. "이토록 특별한 행복은 없을 겁니다."

그 말을 하는 그는 더 곧고, 더 커 보였다. 머리카락 가장자리가 타오르는 듯했다.

그녀는 목덜미가 기분좋게 따끔거리는 게 느껴졌다. 그녀는 생각했다. 당신은 지금 위험한 영역에 발을 디디고 있어요.

그는 진중하기보다 가벼웠다. 그녀 앞에 서서 머리를 벅벅 긁으며 싱글거렸고, 그녀도 마주 웃었다.

"하느님의 천사들을 위한 굴을 만들었군요."

우와, 그녀는 생각했다.

악마가 바로 이런 모습일 거야. 사랑스러운 하트 모양 얼굴과 바이올리니스트의 손을 가지고 있지. 그녀가 생각했다.

"천사가 굴에서 살지 않는다는 건 저도 압니다." 그가 말하며 방으로 들어서더니(그녀도 뒤따랐다) 자그마한 유리집 옆에 웅크렸다. 유리벽과 지붕을 모두 합해 1.8미터였고, 바닥만 목재였다. "그래도 천사가 굴에서 산다면 확실히 이런 굴에서 살 겁니다."

"설마요." 그녀가 말했다.

"하지만 여기에 반종교적인 면은 조금도 없습니다. 하느님에게 유머 감각이 없다면 우리가 어떻게 유머 감각을 가질 수 있겠습니까?"

그녀는 미소 지었다. 오 이런. 그녀는 생각했다.

"우리의 주님이 천사들과 함께 껄껄 웃는 모습이 그려지지 않습니까?" 그가 말했다.

나는 사랑에 빠졌어. 이 얼마나 기이한 일인가. 그녀는 생각했다.

"세상 모든 일을 다 아는 하느님이 어떻게 농담의 토대를 이해하지 못하겠습니까? 내 말은, 여기에 울프하운드* 굴 크기만한 게 있는데, 당신의 노력 덕분에 하느님의 천사들이 머물기에 걸맞은 아름다움과 기쁨을 갖추게 되었다는 겁니다."

그렇게 말하면서 그는 자그마한 유리 건물 주위를 브롤가**처럼 춤추며 돌다가 가만히 멈추었다. 그녀를 포옹하려듯 두 팔을 내밀었다가 도로 거둬들여 가슴에서 교차해 자신을 감싸안고는 등을 살짝 굽혔다.

그는 나한테 청혼할 거야, 지금은 아니지만 나중에 청혼할 거야. 그

---

* 늑대 사냥에 쓰던 대형견.

** 두루미속의 한 종으로 오스트레일리아에 서식한다.

녀는 생각했다.

"뭔가를 찾았군요. 삶을 바칠 뭔가를 찾았어요. 솔직히 고백하자면 정말 부럽습니다." 그가 말했다.

노을빛이 옆 건물 창고의 붉은 벽돌 벽에 반사되었다. 그 결과 이 자그마한 방이 분홍빛으로 물들었다. 바닥의 유리 구조물을 통과하며 굴절된 빛이 두 사람 사이에 멋진 스펙트럼의 혜성을 빚어냈다. 루신다는 저도 모르게 그의 자세를 흉내냈다. 양팔로 자신의 몸을 단단히 감쌌다. 두 사람 사이의 공간이 살아 있는 생명체처럼 느껴졌다.

81
산책

이건 전부 엄마한테서 물려받은 거야, 루신다는 생각했다. 지나치게 비판적이고, 좋아하는 화제를 지겹도록 되풀이하고, 욱하는 성미에다, 긴장을 푼 채 잠자코 있지 못하고, 그러다보니 나한테 호감을 가진 사람들을 밀어내버리지. 아버지가 항상 그랬던 것과 달리, 누구에게도 단순히 '좋은 친구'가 되도록 허용하지 않지. 어째서 나는 그를 사랑하면서도 가장 단순한 신뢰도 할 수 없는 걸까?

이런 생각은 캐슬레이를 향해 드루이트 스트리트를 걸어갈 때 오스카가 팔을 잡으려고 시도하자 그녀가 보인 반응에서 야기된 것이었다. 그녀는 반사적으로 팔을 휙 뺐다. 그러고 나서 즉시 스스로에게 화가 났다. 가스등 불빛이 수채화물감인 양 눈물로 흐릿해졌다. 울지 마. 울지 않을 거야. 그의 팔을 잡아. 못해. 잡아. 못해. 잡아야 해.

그의 팔을 잡고 앞을 똑바로 보는 그녀의 심장이 두방망이질했다.

하늘은 파랗고, 상점 램프는 노랗게 빛나는 저녁시간이었다. 그들은 팔짱을 끼고 캐슬레이 방향을 향해 언덕을 오르며 산책했다. 그는 어떤 '생각'이 있지만 그녀에게 말해주지 않겠다고 선언했다. 그 생각으로 인해 그의 입은 장미 봉오리 같은 미소를 머금었다. 그는 저녁식사 때—그녀를 대접할 생각이었다—말해주겠다고 했다. 그는 그 주제에 대해 침묵함으로써 그녀를 멋지게 놀렸다. 위로 잡아늘인 것같이 키가 큰 그는 기다란 목을 옆으로 돌린 채였고 높다란 검은 모자에 구속된 머리카락이 삐져나와 있었다. 그녀는 자그마했다. 거대한 모자챙이 그의 어깨에 닿을락 말락 했다. 그는 급작스럽게 홱홱 움직였고, 그녀는 절도 있게 걸었다. 그녀는 그의 옷차림에 대해 아무 반감도 없었다. 무릎 부분이 늘어나고 옷깃은 축 늘어지고 단추 주위는 쭈글쭈글했다. 반면 그녀는 치렁거리는 흰 면옷을 입었는데도 풀을 먹여 빳빳하게 다림질해서 마치 승마복 차림의 침례교도 같았다(그녀도 알았지만 그렇게 보이지 않길 빌었다).

그들은 판이하게 달랐다. 그렇다고 어울리지 않는 건 아니었다.

두 사람 다 괴짜에게 쏟아지는 관심에 익숙했다—은밀한 힐긋거림, 미소, 속삭임, 그리고 더 심한 짓거리들. 루신다는 평소 거리에서 아무도 쳐다보지 않았다. 도시는 모자를 살짝 들어올리는 남자들로 넘쳐났지만 그녀는 예사롭게 흘려보냈다.

하지만 이날 밤은 거리가 두 사람을 받아들이는 듯했다. 그녀는 생각했다. 우리가 둘일 때는 사람들이 우리를 주목하지 않아. 우리를 잘 어울리는 한 쌍으로 여겨. 군중은 어떻게 판단을 내리는 걸까? 저들은 히드라*이고 유기체야. 군중은 대개 어리석거나 위험하게 행동하지만, 그럼에도 구성원들이 서로 잘 맞는지 아닌지는 적절히 판단을 내릴 수 있는 걸까?

리본과 보석을 주렁주렁 단 대담한 눈길의 여자들을, 허리를 꽉 조인 처녀들을, 튀어나온 배로 조끼가 터질 듯한 나머지 셔츠가 바지 위로 훤히 드러난 자기만족에 빠진 상인들을 지나쳤다. 루신다는 행복했다. 그녀의 팔은 오스카의 팔에 걸쳐 있었다.

내가 울었던 걸 누구나 알아차릴 거야. 그녀는 생각했다. 겨울잠쥐처럼 눈이 빨갛겠지. 하지만 그녀는 정말로 개의치 않았다.

---

* 그리스신화에 나오는 뱀으로 머리가 여럿 달렸다.

82
사랑에 빠진 오스카

나의 증조부는 사랑에 빠졌다. 절망으로 가득한 마음을 루신다에게 그럭저럭 숨기긴 했지만 비참했다. 그는 체크무늬 조끼 차림의 세련된 신사들에 대해 농담하고는 깔깔 웃으며 그녀의 팔을 두드렸다. 하지만 그가 어떤 행복을 느낀들 모든 게 그에게는 자신이 거부당할 조짐으로만 보였다.

이게 다 그의 머릿속에 있는 생각 때문이었다. 저녁식사 때 루신다에게 털어놓겠다고 약속한 생각을 말하는 게 아니다. 또다른, 완전히 별개의 생각이었다. 실제로 문제를 야기한 이 생각은 바로 루신다가 그의 머릿속에 심어둔 것이었다—그녀는 데니스 해싯을 사랑한다. 루신다는 그 오해가 확고해지도록 가능한 모든 방법을 썼다. 한번 벽난로 선반에 두툼한 편지들을 올려놓으면 며칠씩 내버려두었다. 사랑하는 사람이 있다고 본인 입으로 그에게 말했다. 일요일에는 몇 시간씩 자신의 작은 책상에 앉아 있었다. 편지가 어찌나 불룩한지 제대로 봉인하려면 붉은 밀랍이 엄청나게 들 터였다.

일단 오스카가 그 생각을 받아들이자 그것은 그의 마음속에서 단단히 굳어버렸다. 그래서 그녀가 그의 팔짱을 낀 일은 중요하지 않았다. 그의 마음에는 팔을 휙 빼버린 그녀의 앞선 행동만 남았다. 여기에 진실이 담겨 있는 듯했고, 그의 팔을 잡은 두번째 행동은 그저 동정심 때문이라고 보았다.

오스카는 데니스 해싯을 좋아하지 않았다. 만난 적도 없지만 호감이 가지 않았다. 형편없는 인간이라고 상상한 것은 아니었다. 오히려 반대였다. 선량하고 영리하고 미남이고 관대하고 여인의 마음을 끌 만큼 남자다운 매력이 있으리라 상상했다. 자신에게는 경쟁에서 유리한 이점이 하나도 없는 듯했다. 과도한 선량함과 이타심을 보여주는 일 외에는 이런 행동, 사랑하는 사람을 향한 자제만이 그에게 이기심이 줄 수 없는 보상을 줄 것 같았다.

오리엔탈호텔의 레스토랑에서 그가 감행하기로 계획한 위험한 도박에는 그런 생각이 깔려 있었다.

흑백 타일이 깔린 휑뎅그렁한 레스토랑은 두 테이블에만 손님이 있었다. 세로 홈 기둥에 품위 없이 바짝 붙인 테이블에는 농부 가족이 앉아 있었다. 창가 자리에 앉은 프록코트 차림의 신사는 식사를 하면서 소책자를 읽었다.

루신다는 배가 고프지 않았다. 그녀는 오스카와 같은 음식을 주문했다. 데니스 해싯과 관련해 교묘하게 엮어놓은 거짓말을 어떻게 섬세하게 풀어내야 할까라는 문제에 온통 정신이 쏠려 있었다. 음식 같은 일상적인 것에 집중할 수가 없었다.

남자를 사랑한다는 건 이런 거구나. 그녀는 생각했다. 그녀는 그가 빵에 버터를 바른 뒤 자그마한 사각형 아홉 개로 자르는 모습을 바라보았다. 지금껏 별스럽게만 보이던 행동이 이제는 사랑스럽게 보인다 해도 그게 무슨 잘못이겠는가?

"당신한테 부러운 점이 뭔지 알아요? 전혀 구속받지 않는 거랍니다."

그녀가 의미한 바는 이랬다. 여기로 들어서는 당신의 걸음걸이, 옷차림, 웨이터나 식당 손님이 자신을 어떻게 보든 개의치 않는 태도.

엄지와 검지로 빵조각을 집은 채 그가 미소 지었다.

"당신은 누가 보든 듣든, 어떤 식으로 생각하든 조금도 신경쓰지 않죠. 자신의 가치를 잘 알고 있어서겠죠, 덕분에 당당할 수 있는 거고요."

"당신은요?"

"아, 전 너무 조심스러워요." 그녀는 머리의 작은 핀을 다시 바로 꽂았다.

그는 빵을 씹으며 이 말에 대해 잠시 생각했다. 서른두 번씩 씹는 습관 때문에 대단히 현명한 사람처럼 보였지만, 속으로는 그저 씹는 횟수를 세며 그녀의 자기 평가에 반박하기 위해 파카푸를 예로 들며, 정말 그렇다면 르플래스트리어 양, 그게 조심스러운 여성이 가질 만한 취미일까요? 라고 물을까 말까 고민하고 있었다.

하지만 대신 이렇게 말했다. "조심스럽다고 해서 무슨 해가 되겠습니까?"

그들은 침묵 속에 앉아 있었다. 그래도 그는 불편하지 않은 듯했다. 그녀는 불편했다. 침묵은 이른바 데니스 해싯을 향한 루신다의 사랑을, 너무나 거대하여 도저히 넘을 수 없는 장애물로 만들었다. 그녀가 무지근한 느낌이 들도록, 그들을 쳐다보는 웨이터들을 지나치게 의식하도록 만들었다. 그녀는 굽실거리며 부를 찬양하는 오리엔탈호텔을 좋아하지 않았다. 식당에 원망이 생기기 시작하며 그녀가 자발적으로 이곳에 오는 일이 결코 없었던 이유가 생각났다.

"참으로 멋진 곳이군요." 그는 주위를 둘러보며 말했다.

짜증내지 말고 비판하지 말자. 그녀는 생각했다. 그는 그들이 아니야. 네가 아니라고. 그는 그이기에 이토록 독특한 것이다. 그가 감탄한다면 이런 사치를 누릴 만한 재력이 없어서 감탄을 하는 것이지, 이 사치가 당연하다는 생각에 감탄하는 게 아니다. 세로 홈 기둥이 어떻게 만들어지는지, 저런 사람은 어떤 종류의 생선을 먹는지, 생선은 어디에서 잡은 건지, 맛이 좋은지 나쁜지 궁금해하던 우리 아버지처럼 말이다.

"아까 말한 생각이 뭔지 알려줄까요?" 그가 물었다.

"아, 네, 어서 알고 싶어요."

"유리와 관련된 겁니다."

"제 마음 깊이 자리하고 있는 주제로군요."

"우리는 때때로 마음 깊은 곳에 있는 걸 보호해야 하죠."

그녀는 그를 보지 않은 채 말했다. "저와 있을 때는 그렇게 에둘러 말할 필요 없어요."

"네." 그는 서글프게 대꾸했다. 그 말에 깃든 친밀함을 전혀 알아채지 못했다. 선입견으로 인해 그렇게 해석하기가 불가능했다. 그래서 그는 그 말을 오히려 거꾸로 이해했다.

루신다는 그의 어조를 알아차리고는 생각했다. 내가 너무 거침없었던 거야. 난 늘 너무 서둘러서 탈이란 말이야.

"그런데," 그녀는 점점 차올라 기분을 사로잡을 게 자명한 우울의 물결에 맞서며 말했다. "유리와 관련된 생각이라는 건 뭐죠?"

웨이터가 콩소메 수프를 수프 그릇이 아니라 오목한 볼에 담아 왔다. 그는 늘 콩소메를 먹는 걸까? 지금껏 그녀가 환자용이라고 여겨온 음식이었다.

"유리로 온실을 지을 수 있죠."

"생각이라는 게 그거였나요?" 그녀는 무거운 마음으로 물었다.

"아, 아뇨." 그가 씩 웃었다.

"온실을 짓는 건 질색이거든요." 그녀가 빙그레 웃으며 말했다.

그들은 수프용 스푼을 그릇 위에 든 채 서로를 바라보았다. 그 순간 그녀는 우스꽝스러울 정도로 행복했다. 루신다는 그가 어쨌든 그녀를 사랑한다고 느꼈다. 웃음을 멈출 수가 없었다. 그녀는 깔깔대며 물었다. "그럼 당신의 생각이라는 건 뭐죠?"

그는 수프를 홀짝였다. 홀짝이기에 알맞은 입이었다. 입과 스푼이 만나는 방식이 그녀의 마음에 들었다. 그녀는 그 입을 갈망했다. 그러고는 매우 나직이 숨을 내쉬었다.

"어서 말해줘요."

"그러죠."

하지만 그는 말하지 않았다. 대신 수프 그릇 위로 상체를 숙이고 서둘러 먹었다. 반쯤 먹었을 때 그가 고개를 들며 한쪽 눈썹을 치켜올렸다. 루신다는 워들리피시가 익히 경험했던, 짜증과 애정이 뒤섞인 감정을 느꼈다.

고급 냅킨의 질감을 즐기느라 그런지 그가 꼼꼼하게 입가를 닦으며 말했다. "이제 말하는 동안 수프가 식는 일은 없겠군요."

"정말 실용적이네요." 그녀가 깔깔 웃었다. 눈 뒤쪽이 울리는 듯한 약간 비현실적인 느낌이 들었다.

"어떤 면에서는 그렇죠. 보트 하버의 친구는 잘 지내고 있나요?"

그녀는 따귀를 후려갈기는 것 같은 그 질문에 눈을 감았다. 그의 말에 어린 차가운 적대감은 충격적이었다. 비록 의도한 바는 아닐지언정 그녀는 그것을 놓치지 않고 감지했다.

그녀는 나이프와 포크를 똑바로 하고 말했다. "네, 그럼요."

"아직 교회를 짓지 않았죠?"

바보, 바보, 해싯 따위를 내가 좋아한다고 생각해요? 그녀는 생각했다.

"신발 수선집 2층에서 예배를 드려요. 거기 사람들이 전임 사제를 강에다 내던져버렸죠." 그녀가 대답했다.

"아, 저런."

"아마 이번에도 그러지 않을까 싶어요."

오스카가 고개를 휙 들었지만 루신다는 수프를 마저 먹고 있었다. 마침내 그가 그녀의 표정을 보게 되었을 때 그것은 의미를 깨끗이 쓸어낸 방 같은 얼굴이었다.

웨이터가 수프 그릇을 치웠다.

"해싯 씨는 교회를 지어야 합니다." 오스카가 말했다.

그녀는 해싯 이야기는 하고 싶지 않았다. 그래서 아무 대꾸도 하지 않았다.

오스카 역시 해싯에 대해 생각하고 싶지 않았다. 그가 그 이름을 소리 내어 말한 것은 이때가 처음이었다. 이름을 입 밖에 내는 순간 괭이랄지 곡괭이가 떠올랐는데, 둘 다 그가 전혀 좋아하지 않는 농기구였다. 하지만 이름을 말해야 했다. 그것과 관련된 생각을 말해야 하기 때문이다. 그의 마음을 갈가리 찢어놓는 생각이어서 도무지 인정하기 힘들었다. 하지만 이 모두가 기독교 신앙에 의해 형성된 사고방식의 산물이었다. 자기 자신을 희생하면 어떻게든 원하는 바를 얻게 되리라는 믿음이었다. 이는 칼과 같은 믿음이다. 그러나 희생이라는 잔인한 도구에는 아름답게 굽이치는 은빛 날과, 빛의 음악에 따라 춤을 추는 반짝임이 있었다. 확률은 확실히 그에게 불리했다. 여인의 마음이 아니라 경마였다면 결코 베팅하지 않았을 것이다. 설령 연승식 베팅*일지라도.

"해싯 씨가 어느 날 아침 일어났더니 창문 밖으로 교회가 보인다면 기분이 어떨지 상상해봐요."

그의 말에 루신다가 대꾸하려고 입을 벌렸다.

"유리로 만들어진 교회를요." 나의 증조부가 말했다. (봐요! 나는 바로 이런 남자랍니다!)

바로 그 순간 웨이터가 가자미를 가져왔다. 그들은 타르타르소스가 필요하냐는 질문에 그렇다거나 혹은 괜찮다는 대답을 했고, 웨이터가

* 1~3등 중 한 마리만 맞히면 되는 베팅으로, 우승 확률이 높다.

채소를 접시에 덜어주는 모습을 지켜보며 시금치는 달라고 하고 호박은 사양했다. 그들은 자신들이 무엇을 하는지 거의 의식하지 못했다. 그들의 마음은 보일 리 없는 것—경이, 기쁨, 춤추는 천사들로 장식된 투명한 창문 격자—이 보이는 유리의 환상 속에서 온갖 감정으로 뒤죽박죽 섞여 있었다. 두 사람은 거의 야하다 싶은 미소를 서로에게 지었고, 요리사는 웨이터에게 전해들은 바를 직접 확인하려고 문밖으로 고개를 비쭉 내밀었다.

생선살은 하얗고 촉촉했다. 그녀는 살을 조심스레 발라낸 뒤 도로 뼈 위에 내려놓았다.

"하지만 어떤 의도로 보일까요? 그런 선물을 준다면 말이에요." 그녀는 대단히 침착하고 신중한 목소리로 물었다.

그는 자신의 의도가 무엇인지 거의 알지도 못했다. 그녀에게 완벽한 친구가 되기, 질투하지 않음을 보여주기, 그녀 밑에서 일하기, 완전무결한 건축물을 짓도록 그녀를 돕기, 어떤 면에서는 그 교회를 자기 소유로 만들기, 프리즘을, 하느님을 향한 기도를, 유리로 만든 기도를 빚는 무리 속에 자신도 끼어들기, 그래서 결국에는 그녀의 사랑을 얻기. 유리 교회를 떠올리기만 하면 절로 웃음이 났다. 독자적 힘을 갖고 있는 것이었다. 언젠가 내가 목격했던, 시드니 예술과학박물관의 바닥이 반짝반짝 빛나는 복도에서 유리 상자 안의 도자기 잔을 응시하던 아버지처럼 그는 유리 교회를 바라보았다.

"매혹적일 겁니다." 그는 말했다.

"네, 그럴 것 같아요."

그는 그녀의 눈을 마주보지 않으려 했다.

"그런 선물이 혹여 개인적으로 여겨지진 않겠죠?" 그녀가 말한 '개인적'은 그녀와 해싯의 관계를 의미했다. 그녀는 이 문제에 너무 몰입한 나머지 자신의 말이 모호하게 해석될 가능성은 상상조차 못했다.

"아, 아뇨, 개인적인 것은 아니죠." 그는 '개인적'을 그 자신과 그녀의 관계를 가리킨다고 생각했다. 그는 속내를 들킨 것 같아 당황했다. "아, 아닙니다, 결코 아니에요."

"우리가 서로 이해한 거 맞죠?"

"그럼요." 그는 그녀의 눈을 똑바로 응시했고, 그 순간 그녀는 그에게서 강인함을 보았다. 그의 몸은 너무도 마르고 연약하며, 태도는 너무도 부드러워 그의 영혼을 덮고 있는 강철 갑옷을 볼 때면 항상 놀라웠다. 그에게 키스할까 생각도 했지만 그 마음을 단호히 밀어냈다. 그를 겁주어 내쫓아선 안 되었다.

"네, 정말 매혹적일 것 같아요." 그녀는 상업적으로 이토록 터무니없는 일을 감히 상상해본 적이 없었다. 종교계와 사업계의 구레나룻 기른 현자들이 너 나 할 것 없이 그녀를 비웃을 터였다. 그녀는 생각했다. 그는 미쳤어. 나도 미쳤고. 하지만 그녀가 반대했을 때 말과는 달리 그녀의 영혼은 강물 표면을 튀면서 거침없이 나아가는 조약돌처럼 성급하게 폴짝폴짝 달려가고 있었다.

"하지만 실용적인 건 아닌데요, 홉킨스 씨."

"그건 위험한 단어죠." 그는 그녀의 윗입술에 매혹된 채 웃으며 말했다.

"어느 단어가요?"

"실용적 말입니다. 시드니에서는 영혼에 위험한 일을 하려고 할 때면 그 단어를 쓰죠. 제가 무례했다면 죄송합니다."

"아뇨, 아뇨, 시드니가 이렇게 된 게 제 탓이라고 여기지만 마세요."

"고향에서는 그 말을 많이 듣지 않았죠. 하지만 여기서는, 아시다시피 어리석은 사람들이 상상력의 결핍을 감추려고 그 단어를 들먹이죠. 하지만 찬송가를 부르는 것을, 하느님께 영광을 바치는 것을, 기도하는 것을, 금식하는 것을 '실용적'이라고 말하겠습니까? 교회의 실용적 목적은 무엇일까요? 교회가 기독교인에게 쉼터를 제공할 뿐이라면, 제 아버지도 그렇게 생각하는데요, 신발 수선집 2층에서 예배를 드리는 것으로도 충분하죠. 하지만 교회가 규모야 어쨌든 하느님을 찬미하기 위한 곳이라고 한다면, 르플래스트리어 양이 지난 일 년간 만난 사람 중 저야말로 가장 실용적이라고 단언하는 바입니다."

"거기에는 어떤 개인적 의도도 없고요?"

"제가 악당처럼 보이나요?"

"아뇨, 그렇지 않죠." 그녀는 빙그레 웃었다. 웃는 데 정신이 팔려 그의 대답이 엉뚱하다는 생각은 하지 못했다. "생선이……" 그녀는 그가 아까부터 나이프와 포크를 그대로 들고 있는 바람에 손도 대지 않은 생선 요리가 차갑게 식어버렸다고 이야기하려 했다.

"생선은 중요하지 않아요. 이미 죽은걸요. 하지만 우리는 살아 있죠. 우리는 고귀한 의미에서 도박사입니다. 다가올 내세를 믿죠. 교회를 궤짝에 담아 수레로 운반할 수 있을 것 같은데, 맞습니까? 도서관 계단처럼요. 조립식이라고 하던가요. 부품 형태로 운반해 너트랑 볼트로 합체한다면서요."

"아니면 배로 운반할 수도 있어요."

"대성당 전체를 산 너머로 싣고 가 조립할 수 있어요. 유리 대성당이라니 상상이 되나요?"

그녀는 그 장면이 하나하나 그려졌다. 첨탑, 돔, 버팀벽, 빛살 속 먼지들. "홉킨스 씨, 그런 생각을 하다니 우린 미친 거예요."

"미친 게 아닙니다, 전혀. 하지만 생각만 해도 미칠 듯한 기쁨이 솟구쳐 오르는 건 억누르기 힘들군요."

그녀는 생각했다. 사랑과 유리를 분리할 수가 없어. 나는 약간 미친 게 분명해.

그가 말했다. "이런 감정을 광기라고 부르기 쉽다는 건 알지만, 더욱 정확한 표현이 있습니다…… 하지만 당혹스러운 단어라……"

"저를 만만히 보시는군요."

"아뇨, 제가 당혹스러워서요. 그래도 말씀드리자면…… 우리 기분은 황홀함이라고 할 수 있죠."

그녀는 미소 지으며 고개를 끄덕이고 눈알을 굴렸다. "그리고 광기이기도 하죠."

"아뇨, 아뇨, 아뇨." 그가 주먹으로 탁자를 내리쳤다. 나이프와 포크가 튀어올랐다. 소책자를 읽던 신사가 일어나 나갔다. 그 사람은 최소 세 단어, 최대 스무 단어로 뭔가 말했는데 무슨 말이었는지는 중요하지 않고, 당시에도 중요하지 않았다.

"그리고 제가 그런 시도를 하도록 돕는 게 기쁘고요?" 루신다가 말했다.

"저는 실용적인 사람입니다." 오스카가 낄낄대며 말했다.

그녀는 그 말이 반어법인지 아닌지 알 수 없어 잠시 말을 멈추었다.

"그래도 나를 도울 거죠?"

"기꺼이." 오스카는 원하던 바의 일부를 얻고 나자 이제 죄책감과 불안감을 느꼈다. 마치 그녀에게서 뭔가를 훔친 듯했다.

"해싯의 얼굴이 상상이 되나요?"

그녀가 상상한 얼굴은 경악하여 입이 딱 벌어진 한편, 그런 기적을 만드는 데 함께하지 못해 슬퍼하는 표정이었다. 하지만 오스카가 떠올린 것은 다시금 사랑이 타오르고 있는 남자의 얼굴이었다. 이 도박에 내재된 위험이었다.

"하지만 그를 만나야 하는 사람은 르플래스트리어 양입니다. 직접 교회를 가지고 그에게로 가야죠."

"아, 아니에요."

"아니, 그래야 해요." 이미 마음을 비운 그가 고집했다.

"아니, 아니에요, 공장을 떠날 순 없어요."

"그렇지만……"

"그건 불가능해요. 지난번에 오래 자리를 비우면서 생긴 타격을 이제 간신히 회복하고 있는걸요." 그녀는 단호히 말했다.

"그럼, 제가 대신 가겠습니다." 오스카가 외쳤다.

루신다는 그가 이토록 기뻐하는 영문을 몰랐다. 그녀는 얼굴을 찡그리며 걱정했다. 혹시 풍선처럼 부푼 그들의 꿈이 이제 곧 팡 터지는 것은 아닐까.

"교회는 배로 운반할 거예요." 그녀는 리바이어던이 폭풍을 만났을 때 그가 보인 행동을 기억하기 싫었지만 떠올릴 수밖에 없었다.

"그럼, 저는 육로로 가겠습니다." 그가 싱글대며 흐뭇하게 두 손을 맞잡아 무릎에 내려놓았다.

"하지만 홉킨스 씨, 제대로 이해를 못한 듯한데요."

그는 생각했다. 쉬운 일이 아니야, 그래, 그리고 위험하지. 이번 도박은 성공할 가능성이 지극히 낮아. 하지만 승부사 기질을 발휘한다면 나한테 승산이 있어.

그의 웃는 얼굴에 루신다는 그가 두려워졌다. 그는 너무도 여리고 파리했다. 그가 손가락을 모아 뾰족한 턱 아래에서 근육을 풀었다. 그는 오지가 어떤 곳인지 상상도 못했다. 루신다는 그 점을 눈치챘다. 그는 개울, 시골길, 잡목림 같은 말랑한 단어들을 늘어놓았다. 톱날 모양으로 이를 간 야만인은 상상도 못했다.

"제가 배달원이 되어드리겠습니다."

"홉킨스 씨, 그러실 것 없어요."

"제 능력 밖의 일이라고 보시나요?" 오스카는 기분이 상하지 않았다. 그의 영혼에 그럴 만한 여유가 없었기 때문이다. 그의 몸은 지금껏 경마장에서만 느꼈던 온갖 화학물질로 넘쳐났다.

"말해요, 제 능력 밖이라고요."

"그건 전혀 부끄러운 일이 아니에요." 그녀는 팔을 뻗어 그의 소매를 다독였다.

"또한 진실이 아니기도 하고요." 그는 그녀의 다정한 손길에 의기양양해져 말을 이었다. "할 수 있다는 데 내기를 걸죠. 날짜만 정해요."

그의 얼굴은 아주 파리하면서도 환히 빛났다. 피부가 팽팽했고, 반짝거리는 눈이 그녀의 눈을 응시했다. 그녀는 손을 거두는 편이 나을 듯하다고 생각했다.

"홉킨스 씨, 소중한 사람이 다치는 걸 보고 싶지 않아요."

"하지만 저는 가야 합니다."

"이런, 제발, 그건 미친 짓이에요."

"가야 합니다. 그건 제게 대단히 의미 있는 일입니다." 그가 나직이 말했다.

바로 그 순간, 그녀는 그가 자신을 사랑한다는 것을 알았다.

"저를 위해 하겠다는 건가요?"

그가 피하고 싶은 질문이었다. 침묵하는 동안 귀에서 윙윙 울리는 소리가 들렸다. 그는 그녀의 시선을 피했다.

"네." 그가 말했다.

"당신이 죽기를 제가 바란다고 생각해요?"

"죽기를 바라기에는 저는 너무 행복합니다. 죽을 생각은 눈곱만큼도 없어요. 예를 들어, 저드 씨는—르플래스트리어 양이 그 사람을 탐탁지 않아한다는 건 압니다만……"

"탐탁지 않아한다고요?"

"예로 든 것뿐입니다. 저드 씨는 언제나 그런 여행을 하잖아요. 저는 유리 교회를 보트 하버로 운반한다는 데 내기를 걸 준비가 돼 있습니다. 음, 성금요일까지요."

그는 아무런 근거 없이 날짜를 골랐다. 즉흥적인 선택이었지만 적절해 보였다. 교회를 제작하는 데 얼마나 걸리는지는 알지도 못했다. 그는 이 내기의 재정적 측면을 깡그리 무시했다.

"그럼 뭘 걸 건가요?" 그녀가 물었다.

그는 그 말을 하면서 그녀의 표정이 변하는 것을 보았다. 졸린 듯 눈꺼풀이 내려오고 아랫입술이 삐죽 나왔다.

"10기니요."

"그걸로는 안 돼요."

"얼마면 되겠습니까?"

그녀는 입을 벌렸다가 다물었다. 레스토랑은 쥐죽은듯 조용해 오스카는 그녀의 입술이 벌어지면서 나는 소리까지 들을 수 있었다.

그는 손바닥을 탁자에 얹어놓고는 다시 물었다. "얼마면 되겠습니까?"

"당신의 유산요." 루신다는 나직이 대답했다. 이 주 가까이 도박을 하지 않긴 했지만, 지금 오스카 홉킨스와 하려고 하는 내기는 그녀 평생에 전무후무한 도박이었다.

"제 아버지는 백 살까지도 살 겁니다. 아무튼, 부자도 아니고요."

"상관없어요."

"그럼 당신은 뭘 걸겠습니까?"

"똑같은 거요."

"똑같은 금액 말입니까?"

"아뇨, 똑같은 거요. 내 유산요."

"이미 유산을 받았잖습니까?"

"네."

"공장이잖습니까?"

"네. 제가 가진 것 전부."

"그걸 전부 내기에 걸겠다고요?"

"네."

"그렇다면 당신이야말로 미친 겁니다. 제가 아니라 당신이 미친 거죠. 하느님 맙소사." 그는 머리를 긁으며 레스토랑을 둘러보다가 텅 비어 있어 놀랐다. 그는 그녀의 열정이 향하는 대상이 자신임을 느꼈지만 아직 그 의미를 이해하지 못했다(그녀는 해싯을 사랑하잖아).

그는 말했다. "오 주 동안 푼돈내기 포커도 안 했는데 이제 이런 도박을 하는군요."

루신다는 그를 향해 미소 지었다. 홀가분한 기분이었다. 그가 위험에 처하지 않도록 도와줄 작정이었다. 최고의 길잡이와 탐험가와 측량사를 고용할 것이다. 그들이 그를 안전하게 데리고 갔다가 무사히 데리고 올 것이다. 그가 이길 것이다. 그녀는 질 것이다. 그녀는 그에게 지금껏 자신을 안전하게 지키는 데 사용한 모든 무기를 내줄 것이다. 그녀는 미쳤다. 그리고 미치기를 마다하지 않았다. 그녀는 그를 사랑했다. 그녀는 돌봄을 받을 것이다.

"심사숙고해봐요. 꼭 내기를 받아들일 필요는 없어요." 그녀가 말했다.

"하지만 저는 가야 합니다."

"생각해봐요."

"생각하고 말고 할 것도 없습니다." 그는 그녀에 대한 경외감에 휩싸였다. 그는 그녀를 사랑했다.

"그럼 같이 집으로 가요. 그리고 푼돈내기 포커를 하며 마음을 가라앉혀요."

그녀는 이 남자와 결혼하고 나서도 여전히 자신의 영혼을 지킬 수 있으리라는 것을 알았다.

83
고아들

우리의 역사는 고아들의 역사다. 적어도 나의 어머니는 그렇게 말하기를 좋아했다. 어머니는 글자 그대로의 의미와 감상적 의미 둘 다로 그 단어를 썼다. 오스트레일리아라는 국가 전체로 봤을 때 그렇다는 것이 아니라, 가족사의 세 모퉁이인 오스카와 루신다와 미리엄 채드윅이 고아였다는 뜻이다. 미리엄은 그래프턴호가 벨린전 헤즈에서 모래톱을 지나다 난파당했을 때 어머니를 잃었다.

미리엄 채드윅은 시커먼 염료가 밀려들며 그녀의 고운 복숭아색 실크 드레스를 물들이던 광경을 결코 잊지 못했다. 드레스는 먹물이 담긴 구리솥 속으로 한 송이 장미처럼, '프린스 프라이드'처럼 떨어져내렸다. 번들거리는 새까만 염료에 에워싸이자 일순간 드레스의 색깔이 한층 고귀하고 강렬해졌다. 옷이 제 의지를 갖고 죽음의 암시에 저항하는 듯했다. 그러고는 꽃이 시들듯, 하지만 훨씬 빠른 속도로 드레스가 검은색을 빨아들였다. 처음에는 고운 주름을 따라 흐릿한 선들이 이어지더니 확 번지는 잿빛에 뒤이어 검은 담요가 펼쳐졌다. 트레비스 부인이 빨래용 막대를 들고 마치 심장에 말뚝을 박듯 옷을 쑤셔 염료 깊이 찔러넣고 휘저었다.

미리엄은 고용주가 옷을 그렇게 찔러댄 일을 결코 용서하지 않았다. 다른 건 모두 용서해도 옷을 염료에 담근 방식만은 용서가 안 되었다. 트레비스 부인은 나직이 투덜거리더니 튼튼한 팔로 휘저었다. 다음해에도 미리엄은 그 광경을 되풀이해서 보게 되었다. 그 손목의 사마귀를, 파리한 팔에 난 검은 털을.

트레비스 부인은 그렇게 어리거나 예쁜 가정교사가 오리라 예상하지는 않았었다. 가정교사가 상복을 휘감게 한 것은 미안하지 않았지만—그 남편이 어떤 작자인지 안다면 누구도 그녀를 탓하지 않으리라—일부러 심술궂게 염색을 함부로 했던 것은 아니었다. 그저 성미가 급해서였다. 트레비스 부인은 미리엄이 옷 때문에 기분이 상했음을 눈치채고는 그녀를 대단히 나쁘게 평가했다. 옷을 염색하도록 원인을 제공한 죽은 사람 때문에 비통한 것만큼이나 옷 때문에 슬픈 듯 보였기 때문이다.

그녀가 옷 때문에 지나치게 슬퍼하고, 사랑하는 엄마의 죽음은—시신이 파도에 실려 벨린전 헤즈 물가로 밀려왔다가 사람들보다 까마귀에게 먼저 발견되었다—충분히 슬퍼하지 않는다는 생각이 당신에게도 든다면 그녀의 입장을 고려해봐야 한다. 고향에서라면 열등하다고 여겼을 사람들로 둘러싸인 거칠고 적대적인 환경에 고립된 고아 신세가 되었을 뿐만 아니라, 아주 빈곤한데다, 성년으로서의 삶을 거의 대부분 상복 차림으로 보내고 스무 살에 또다시 검은색 옷을 입게 생겼던 것이다.

처음에는 외할머니가 돌아가시더니 이어서 친할아버지가 돌아가셨다. 재봉사였던 어머니는 장례 예법에 유독 까다로웠으며, 지대한 호기심을 가지고 왕실 예법을 최대한 많이 알아내 철저히 따랐다. 그 결과 삼 개월 동안 정식 상복을 완벽히 착용하고 손도 얼굴도 검은 천으로 가려야 했다. 일상으로 돌아가는 과정은 마치 심해에서 올라오는 잠수부처럼 점진적인 단계를 거쳤다. 육 개월 후에는 공공장소에서 식사를 할 수 있었고, 구 개월 후에는 극장에 갈 수 있었고, 일 년 후에는 검은 상복을 벗고 운이 좋다면 〈그레너디어 왈츠〉에 맞추어 춤출 수 있었다.

그녀 나이 열여덟, 친할아버지의 죽음을 애도하며 여전히 상복을 입고 있을 때, 역시나 상중이던 아버지가 폐렴으로 쓰러졌다. 때는 겨울이었다. 그녀는 석탄불 때문에 졸음이 밀려오는 방에 앉아 있었다. 아버지를 간호하는 동안에도, 침대 곁을 지키며 숨쉬기가 편해지도록 아버지의 묵직한 몸을 일으켜 앉히다가 온통 얼룩덜룩하고 멍하고 급작스레 노쇠한 얼굴, 감긴 눈, 선교사협회 저금통에 그려진 흑인 아이처럼 부어오른 메마른 입술을 보았을 때도, 심지어 아버지가 쿨럭이고 쌕쌕거리면서 죽음에 이르는 소리를 들으며 잠자코 눈물을 흘릴 때도, 그녀는 또다른 슬픔을, 또다른 절망을, 이기적이지만 강렬하게 치밀어오르는 분노를 느꼈다. 또다시 일 년을 상복 차림으로 지내다가는 싱글로 늙어 죽기 십상일 것이다.

하지만 결과적으로 일 년이나 걸리지는 않았다. 어머니는 장례 예법에 엄격하긴 했지만, 동시에 실용적인 사람이었다. 뉴사우스웨일스에서 입을 일이 없는 옷에 옷상자의 소중한 공간을 낭비할 생각이 없었다.

어머니는 의지가 강한 사람이었다. 이민은 그녀의 생각이었다. 상의도 없이 독단적으로 이민을 선언했다. 보트 하버의 가정교사 일자리를 미리엄에게 찾아준 사람도 바로 어머니였다. 무지했던 그녀는 그곳이 본머스 같은 소도시이겠거니 짐작했다. 건강에 좋고 유쾌한 곳일 거라고 말했다. 그녀는 야단스러우리만치 산뜻한 색의 옷들을 지었는데, 딸이 보기에 새로운 곳과 잘 어울릴 듯했다. 그녀는 호박단과 베이징산 실크를 선택했다. 그들이 수니온호에 오를 때 찬사가 쏟아졌다(낯선 이들로부터 말이다. 가족들과는 해머스미스에서 작별인사를 했다). 어머니와 딸은 가장 연하고 고운 색깔의 드레스를 입고 있었다. 딸은 복숭아색을, 어머니는 물결무늬 회색을. 하지만 둘 다 밝은색 페티코트를 착용하고 있었다. 속치마 버팀살 덕분에 미리엄의 옷은 이국적인 곳에서나 자랄 법한 능소화처럼 부풀어올랐다. 일단 배에 오르고 나서는 당연히 이 화려한 옷들을 옷상자에 넣어두었다. 경제 사정으로 3등급 선실에서 지내야 했기 때문이다. 옷상자로 삼았던, 검은 쇠로 가장자리를 모두 두른 커다란 나무통이 그 모든 사람이 익사한 다음날 옐로 록 해안으로 밀려왔을 때도 옷들은 여전히 그 안에 들어 있었다.

1858년 크리스마스 날이었다. 미리엄은 익사를 면한 서른 명의 승객 중 한 명이었다. 왼팔이 부러져 평생 쑤셔댔지만 어쨌든 살아남았다.

옷상자는 통째로 트레비스 가족의 집으로 배달되었다. 그녀가 가정교사로 일하기로 되어 있는 곳이었기 때문이다. 첫날 아침 트레비스 부인은 구리솥을 검은 염료로 채우고 미리엄의 사랑스러운 새 옷들을 하나씩 하나씩 그 안에 넣었다. 미리엄은 가슴이 미어졌고, 무엇보다도 검은색에 넌더리가 났다. 그 순간을 결코 잊지 못할 터였다. 복숭아색 드레스가 먹물 속으로 꽃처럼 떨어지던 그 순간을.

옷을 염색하고 말리고 다림질하고 나서야 그녀는 입었다. 피부가 검게 물들었다. 습도 때문이었다. 강물이 넘치고 소들이 휩쓸려가는 열대성 폭우나 모래파리나 모기를 어쩔 수 없이 감내해야 하듯 습도도 감내해야 했다. 그녀는 최선을 다해 아이들을 가르쳤다. 교재로 쓸 만한 책이 거의 없었다.

물론 무도회가 열렸다. 그것도 상당히 자주. 하지만 그녀는 갈 수 없었다. 미리엄은 런던에서 가정교사 파견회사를 운영하는 카슨 부인에게 긴 편지를 보냈다. 편지에서 그녀는 자신의 절망을 정확히 알리면서도 기운차거나 낙관적인 태도를 가장했다. 그녀는 교육을 중요시하는 곳으로 보내달라고 사정했다. 불을 지피거나 바닥을 쓸거나 '협력'을 해달라고 요구받는다고 불평했다. 그녀는 그 단어에 냉소적으로 작은 따옴표를 붙였다. 편지 어디에도 트레비스 가족의 계급이나 교육 수준에 대한 언급은 일절 없었지만, 그녀보다 미천한 사람들이라는 점이 어떤 식으로든 명확히 드러났다.

미리엄은 알 리 없었겠지만, 카슨 부인의 일상에는 이런 편지들이 간간이 있었다. 여간 성가시지 않았으나 그래도 두세 통까지는 참다가 네번째 편지에는 강한 질책의 답장을 보내곤 했다.

1862년 1월, 1955년에야 기록이 깨지는 대홍수가 일어난 해에(조지 화이트와 동료 의원들은 개발 허가를 내줄 때마다 홍수 두 건을 잊고 싶어한다) 미리엄 메이슨은 데니스 해싯의 전임 사제, 즉 벨린저강으로 던져졌다는 바로 그 사제의 주례로 조니 채드윅과 결혼했다. 교구 기록에는 이들의 결혼에 대한 언급이 없지만, 조니 채드윅의 사진이 지역 박물관에 전시되어 있다. 그가 통나무집 앞에 서 있는 사진으로, 역사협회에서는 그 건물을 그의 교실로 보고 있다. 사실 그곳은 그의 집이었다. 제자들에게 둘러싸여 있는 그의 사진 아래에 조지 화이트가 타자로 친 작은 메모를 셀로판테이프로 붙여놓았는데, 채드윅이 1863년 뱀에 물려 죽었다고 되어 있다. 학생들이 운동장에 내동댕이친 바람에 뱀이 화가 나 있었다는 사실은 언급되지 않았다. 학생들이 기다란 막대를 갖고 서로를 향해 뱀을 허공으로 던지며 놀았던 것이다. 조니 채드윅은 그 뱀을 죽이려 했던 듯하다.

아무튼 미리엄은 다시 옷을 염색해야 했고, 트레비스 부인 밑에서 일해야 했다. 물론 트레비스 부인은 낡은 상복을 갈가리 찢어 먼지떨이로 쓰는 것에 반대했던 일을 굳이 그녀에게 상기시키지는 않았다.

그때 미리엄은 낙관주의에 빠져 얼마나 열정적으로 아낌없이 검은 옷들을 찢어발겼던가. 그리고 시드니에 아름다운 실크와 호박단을 직접 주문해 시원하고 가벼운 새 드레스들을 지었다. 보트 하버의 아름다움이 서서히 눈에 들어오기 시작했다. 느릿느릿 흘러가는 긴 강, 널따란 푸른 기슭, 그 녹음은 카키색 덤불을 밀어내며 계속해서 넓혀가고 있었다. 조니 채드윅은 과묵하지만 미남에 상냥했다. 그들은 통나무집 앞에 앉아 있곤 했고 그는 랜턴 불빛에 의지해 아내에게 월터 스콧의 작품을 읽어주었다. 그러는 동안 흰개미들이 알을 까고 우글거리다 죽어갔다. 그녀는 그 장면에서 죽음을 피할 수 없는 인간의 운명에 대한 신랄한 상징을 보지 못할 만큼 어리석었다.

그녀는 다시 카슨 부인에게 편지를 썼다. 카슨 부인의 답장은 딱딱한 쪽지라고 하는 편이 차라리 정확했다.

그리하여 데니스 해싯이 보트 하버에 도착했을 때 그녀는 온통 검은색인 정식 상복에 갇힌 채 그를 주시했다. 그녀는 펀마운트에 자리한 트레비스의 집 베란다에 우뚝 서 있었다. 그곳에서는 아래쪽에서 굽이굽이 감아도는 강이 훤히 내려다보였다. 그 경치 속으로 데니스 해싯 신부가 바지선을 타고 들어왔다. 개인 물품으로 둘러싸인 채 적절한 차림으로 앉아 있는 그의 무릎에는 책이 놓여 있었다.

그녀가 바로 그 자리에서, 그와 말 한마디 나누지도 않은 채, 그를 향한 계획을 세우기 시작했다고 말한다면, 그녀를 냉혹한 책략가로 본다는 점에서 부당할 것이다. 대신에 그녀에게 주어진 선택지를 살펴보는 일이 중요하다.

첫번째 가능성은 교육이라고는 받지 않았고, 교육을 그다지 높이 사지도 않으며, 가정교사를 일꾼 정도로 여기고, 독서처럼 쓸데없는 짓을 하고 있는 그녀를 보면 좀더 실용적인 일을 하라고 요구하는 트레비스 가족 밑에서 가난한 가정교사 노릇을 계속하는 것이었다. 그 경우 그녀는 우울하고 단조롭기 짝이 없는 생활을 해야 할 뿐만 아니라 계속 피곤에 절어 있게 된다.

두번째 가능성은 결혼이었다. 두 처지를 모두 겪어본 그녀로서는 후자 쪽으로 상당히 마음이 기울었다. 따라서 트레비스 씨의 침대 옆에서 외알 안경을 가져와 제자들이 서로 머리카락을 잡아당기는 동안 바지선 위의 사제를 살펴보았다. 오스카가 랜드윅 사제관에서 그 유명한 카드 게임을 하기 이 주 전의 일이었다.

84
크리스마스를 앞두고

그 내기는 생명력이 있었다. 그들은 그것을 억눌렀다. 상자에 갇힌 벌이자, 긁기 어려운 부위를 괴롭히는 가려움이었다. 푼돈내기 포커, 크리비지, 솔로 등 계속 종류를 바꾸어가며 게임을 해봤자 잠겨 있는 열정을 전혀 충족시키지 못하고 온 집안에 성냥 한 개(1페니)와 반 개(0.5페니)를 흩뿌릴 뿐이었다. 상자 속의 벌이자 거대한 박쥐, 그것도 유리로 된 박쥐로서 극도의 긴장과 사랑스러운 전류로 가득한 낮과 설렘과 기대에 찬 밤을 그들은 경험했다. 그들은 키스하거나 손을 잡지 않았다. 그 내기는 그들이 간절히 원하는 미래를 보장해주었다.

뉴사우스웨일스주 전체에 가뭄이 들었지만 12월 첫 주에는 빨랫줄에 걸린 깨끗한 푸딩용 모슬린 보자기가 짓궂은 북동풍에 펄럭이는 온화한 날씨가 이어졌다. 맑은 밤하늘에 별들이 총총히 빛났다. 루신다와 오스카는 검은 물이 내려다보이는 함석 탁자에서 차를 마셨다. 협죽도의 옹이진 마디에서 마침내 새싹이 돋았다. 자카란다꽃이 활짝 피었다. 머리 위에서 여우박쥐들이 생각의 그림자인 양 맴돌았다. 세상이 너무나 흐릿해 그들 두 목격자 없이는 존재하지 않을 것 같았다.

그들은 남몰래 하나되어 있었다. 여느 연인처럼 누군가와 비밀을 나누고 싶어 좀이 쑤셨지만 그럴 만한 사람이 없었다. 루신다는 해싯에게 비밀의 어느 부분도 털어놓을 수 없었다. 이성적인 반대를 견딜 수 없었던 것이다. 그러면서도 그에게 비밀을 숨기는 것에 죄책감을 느꼈다. 그녀가 성직을 박탈당한 사제와 한집에서 지내고 있으며, 어디를 가든 그 유별난 신사와 함께하며, 심지어 멀리 떨어진 맨리의 뉴스테인 호텔까지 가서 난생처음으로 어색하게나마 춤을 추었다는 소식이 그에게 곧 닿을 터였다. 루신다는 데니스 해싯에게 세세한 내용을 길고 지루하게 늘어놓은 편지를 써보냈다. 이렇게 차분히 단조로이 말하다보면 그녀 마음속 비밀스러운 속삭임이 차단되기라도 하듯. 당연히 이 편지들 때문에 오스카는 불안과 질투에 휩싸였다. 고통을 나눌 사람이라고는 워들리피시밖에 없었으나, 친구는 스스로가 벌인 추문의 주인공이 되어 수에즈운하를 지나는 중이라 연락이 되지 않았다. 햇볕에 타고 술에 취해 충격적인 이야기를 늘어놓다가 그만 선을 넘어버렸고 기피 인물이 되었다. 승객들은 산책로에서 그의 곁에 앉기를 피했다.

오스카는 소원을 이룬 동화 속 주인공 같았다. 루퍼트 왕자의 유리 공장에 취직했다. 직접 유리 제작에 참여했다. 월요일 아침에 루신다와 함께 공장으로 걸어가서, 챈스 브러더스에서 제작한 유리 롤링기가 번쩍이는 금속 원통에서 고무 같은 커다란 붉은 유리판을 페이스트리처럼 떼어내는 광경을 보았다. 그의 곁에 선 루신다는 분노와 뿌듯함에 동시에 사로잡혔다. 그녀는 생각했다. 다시는 그와 함께 여기 와선 안 돼. 내 열정은 얼음처럼 차가워. 물론 그 의미는 그녀가 거부당한 곳에 그는 선뜻 받아들여졌으며, 그가 알면 충격받겠지만, 그러고는 공장 주인인 양 돌아다닌다는 것이었다.

오스카는 루신다의 감정에 둔하지 않았다. 그녀가 프로젝트에 답스 씨를 끌어들이려고 했을 때 그는 회의적인 반응을 넌지시 드러내며 중얼거렸을 뿐이다. 그랬다가 루신다가 동료라고 여기는 이들을 향한 신의가 얼마나 굳건하고 불가침인지 똑똑히 알게 되었다. 답스 씨가 공장을 돌보거나 다른 주요 업무에 무능하다는 점은 문제되지 않았다. 그녀는 유리 교회의 설계에 관해 그와 논의하려고 했다.

"그에게는 예술적 감각이 있어요. 물론 잘 알겠지만요." 그녀가 말했다.

오스카는 그 말이 언뜻 공격적이라고 느꼈다. 그래서 답스 씨가 소를 돼지처럼 그리는 위유 씨를 미술 선생으로 추천했던 일화를 바로 이틀 전에 그녀가 들려주었다는 점은 굳이 상기시키지 않았다.

그리하여 회사를 그만둔 지 이 주일도 못 되어 오스카는 답스 씨의 사무실을 다시 찾게 되었다. 유리 교회가 나무 궤싹에 포장되기 전까지 그런 경험을 거듭하겠지만, 이때 그는 유리 교회가 대단히 매력적인 아이디어라는 사실을 깨달았다. 열광하지 않는 사람이 거의 없었다. 설령 답스 씨가 그랬듯, 처음에는 시가를 피우거나 코담배를 맡으면서 터무니없는 아이디어라고 단칼에 잘라 말한다 하더라도 끝에는 늘 같은 결론에 이르렀다. 찌는 듯 무더운 12월의 그날 답스 씨가 살짝 바보 같은 미소를 띠고, '세상에나' 하고 말하는 입 모양이 되었듯이. 어쨌든 답스 씨는 유리 교회의 설계도를 그리게 해달라고 간청하기에 이르렀던 것이다(오스카가 보기에는 멋대로 떠맡은 듯했지만).

"시간을 낼 수 있을 것 같군요." 답스 씨는 서랍을 열고 최고급 흰색 본드지 한 장을 꺼냈다. 그리고 책상 중앙에 종이를 내려놓았다. 또다른 서랍을 열고 프랑스제 펜을 꺼내더니 종이에 선을 두세 줄 휙휙 그었다. 그는 고개를 갸웃한 채 선들을 뜯어보더니 "나쁘지 않아, 이 정도면 괜찮아"라고 말하듯 시선을 들었다. 그러고는 자신의 재능에 흡족해하며 종이를 세 번 접어, 계절에 어울리지 않는 모피 양복의 가슴주머니에 넣은 뒤 펜을 도로 서랍에 조심스레 넣었다.

오스카는 웃음을 감추기 위해 입술을 깨물었다. 옆을 힐긋 보니 루신다는 아침 예배에서처럼 엄숙한 표정으로 불편한 의자에 똑바로 앉아 있었다. 오래전 답스 씨를 신뢰하기로 한 이상 그 마음을 쉽게 바꿀성싶지 않았다. 이러한 관찰은 면도날처럼 날카로운 논리적 귀결로 이어졌다. 해싯에 대한 그녀의 마음도 이처럼 변하지 않으리라. 그 생각에 잠긴 오스카는 의자에 앉은 채 꼼지락댔다. 고통을 캐리커처화한 듯한 기괴한 표정이 되었으나 아무도 그를 보고 있지 않았다. 루신다는 답스 씨를 바라보고 있었다. 답스 씨는 이제 또다른 종이를 꺼내고 있었다. 초록 줄이 그어진 노란 종이로, 메모용으로 쓰는 것이었다(그가 '비망록'이라고 부르는 것이었다). 그가 다시 펜을 꺼내 뚜껑을 열고 햇살이 눈부시게 쏟아지는 창문을 향해 펜촉을 살펴보며 입술을 오므리자 가느다란 콧수염이 휘어지고, 분홍색 혀끝이—털이 무성한 껍데기를 뒤집어쓴 자그마한 생물체처럼—살짝 삐져나와 공기를 맛보았다.

"그럼," 그는 초장부터 옛 직원을 무시한 채 루신다에게 말했다. "그럼, 예상 신도 수는 얼마나 됩니까? 교회를 지으려면 그 점부터 생각해야죠. 교회를 지을 때 흔히 저지르는 큰 실수 중 하나예요. 너무 크게 지으면 예배가 형편없다는 느낌을 주게 되죠. 너무 작게 지으면 헌금함에 사제와 그 가족이 먹고살기에 턱없이 모자란 돈만 들어오고요. 또, 시골 소도시에서는 축제니 자선행사니 온갖 어설픈 공연 때문에 교회에 지겹게 버티고 앉아 시간을 날려야 하죠. 기본적인 사항이지만 가늠하기가 어렵죠. 교구의 크기보다 설교의 질이 더 결정적인 영향을 끼치고요."

"그분은 언변이 대단히 뛰어나답니다. 때로는 약간 논쟁적이고요." 루신다는 말했다.

"사백." 답스 씨가 그렇게 말하며 종이에 적었다.

"그곳은 아주 작은 마을입니다." 설교를 하는 일이 늘 고통스러웠던 오스카가 끼어들었다.

"그럼 백." 답스 씨가 말했다.

아무도 반박하지 않았다.

"도리아식과 코린트식 중 특별히 선호하는 게 있나요?"

루신다는 앉은 채로 상체를 내밀며 대답했다. "하지만 답스 씨, 도리아식이나 코린트식은 불가능합니다. 말했다시피, 유리와 주철봉을 이용해 짓거든요. 그런 기둥은 필요 없습니다. 원칙적으로 온실 설계와 똑같다고 할 수 있죠."

"네, 네, 당연하죠." 답스 씨는 잘빠진 귀갑 펜에 뚜껑을 돌려 끼우고 종이 옆에 내려놓았다. "그래도 이 문제는 정해야 합니다. 아마추어이다보니 외적인 면만 보는군요. 양식이 왜 중요한지 당연히 모르겠죠. 이해합니다, 중요하게 여기지 않을 수도 있지요." (오스카는 루신다 입장에서 모욕감을 느꼈다. 마치 아랫사람을 가르치는 듯한 어조였다.) "하지만 저한테는 중요합니다. 대단히 중요하죠. 미학 법칙의 핵심 사항이니 말입니다. 르플래스트리어 양의 눈에는 보이지 않겠지요. 하지만 십계명이 이 방에서 보이지 않는다 해도 엄연히 존재하듯 미학 법칙 또한 마찬가지죠."

"저는 좀 헷갈리는군요." 오스카가 말했다.

답스 씨는 대단히 불쾌해하며 그를 바라보았다. 옛 직원이 지금과 같은 위치에 있어서 당혹스러웠다. 그냥 그를 무시하려다가 르플래스트리어 양이 그의 대답을 고대하고 있음을 알게 되었다.

"이것은 완전성의 문제입니다."

"어떤 면에서요?" 그녀가 물었다.

"어떤 면에서라뇨, 뭐가요?"

"어떤 면에서 그게 완전성에 영향을 주는 건가요?"

답스 씨는 시계를 꺼내 확인했다. 그러고는 펜을 잉크에 담갔다가 노란 종이에 작은 도표를 그렸다. 그는 건축가가 아니었다. 당연히 아니었다. 건축가라고 주장한 적도 없었다. 하지만 그는 이것저것 설계해왔다. 적성에 맞았다. 누가 부동산 양도 수속을 한다 치자. 약간의 융자가 불가피하고, 그러면 땅을 가진 고객은 건물이 필요하게 된다. 멋진 작은 교회가 되리라. 매력적인 교회가. 물론 투시도를 그리는 작업은 화가에게 시킬 것이다. 그는 투시화법을 배운 적이 없지만 그렇다고 시드니 클럽의 새 포르티코*를 설계하지 못할 이유가 없었다. 아, 코린트식으로 지었는데 얼마나 많은 찬탄을 받았던가. 댄서 주교는 그를 크게 칭찬하며 '드렌d'Wren'**이라고 불렀다. 듣는 것으로는 이해하기 어려운 농담인데다 약간 과한 칭찬이었지만 그는 우쭐해졌었다. 이 작은 교회에 돔을 얹지 않을 이유는 없다. 그렇고말고!

"미학적 면에서 영향을 주죠. 저로서는 코린트식을 추천하는 바입니다. 제 충고가 미심쩍다면, 하긴 당연하죠, 저야 그저 회계사일 뿐이니, 캐슬레이 스트리트로 가서 새 시드니 클럽을 보시고 의견을 말해주세요."

오스카는 루신다를 보았다. 그녀는 예수의 죽음과 부활을 찬미하기 위해 이교도의 양식을 쓰는 데 별 반감이 없는 듯했다. 답스 씨의 제안을 받아들인 것 같았다. 그녀가 말했다. "교회 전체가 가로 90센티미터, 세로 45센티미터의 유리판으로 덮일 겁니다. 본기둥은 지름이 최대 13센티미터고요. 각 기둥은 최대 136킬로그램의 하중을 부담합니다, 제가 들은 바로는요."

답스 씨는 빙그레 웃으며 고개를 끄덕였다. 하지만 주물사인 플러드 씨가 늘 캘리퍼스로 계산을 하고 지저분한 수첩에 숫자를 더하고 빼는 것과 달리 그는 아무것도 받아적지 않았다.

사실 그는 펜을 내려놓은 상태였다.

루신다와 오스카는 논란을 불러일으키고 있는 탈것인 피트 스트리

* 건물 입구에 기둥을 받쳐 만든 지붕.

** 영국 건축가 크리스토퍼 렌에 빗댄 말장난.

트의 전차에 탄 승객 같은 모습으로 나란히 앉아 있었다. 그들을 마주 한 답스 씨가 책상 위의 종을 집어 흔들었다. 그리고 종을 내려놓고는 제프리스 씨가 고용주의 부름에 응답하러 올 때까지 그들을 향해 내내 미소를 지었다.

마침내 사무장이 오자 답스 씨가 물었다. "제프리스 씨, 측량사 자격이 있던가?" 마치 직원이 그리스 고전학자, 시집을 출간한 시인, 콘서트 피아니스트, 공작의 사촌임을 (혹은 아님을) 밝혀주길 바라듯이 물었다.

"있습니다." 제프리스 씨는 군대식 쉬어 자세로 서 있었는데, 그의 태도 어디에서도 얼룩쟁이 씨의 지위 상승을 어떻게 보는지 아무런 암시를 풍기지 않았다. 그는 얼룩쟁이 씨를 바라보지 않았다. 그의 곁에 서서 고용주를 마주보고 있었다.

"보트 하버까지 가는 길을 측량한 적이 있지?"

제프리스 씨는 아무 말 하지 않았다. 한숨을 쉬었는데, 다소 화가 난 듯했다. 답스 씨는 그 한숨이야말로 가장 현명한 대답이라는 양 루신다를 향해 자랑스레 미소 지었다. 그러더니 플루트 연주자에게 특정 꾸밈음을 요구하는 오케스트라 지휘자처럼 손가락 하나를 들어올렸다. "보트 하버까지 도로가 나 있나?"

"아뇨, 없는뎁쇼." 제프리스 씨가 대답했다. 오스카는 그를 전혀 좋아하지 않긴 해도 말실수를 한 그를 딱하게 여겼다. 그는 자신의 단점인 그 말투를 없애기 위해 열심히 노력해온 사람이었다.

"하지만 어떻게든 갈 수는 있잖나?" 답스 씨가 살살 구슬렸다.

제프리스 씨는 대답하지 않았다.

"뉴잉글랜드*까지 이어지는 도로를 측량하지 않았던가?"

"네, 그랬지요. 크룩생크 씨의 감독하에 측량했습니다." 제프리스 씨는 얼룩쟁이 씨를 위해 이런 말을 하도록 불려왔다는 점에 분노로 이성을 잃을 지경이었다.

"하지만 보트 하버로 가는 도로는 없다고?"

제프리스 씨는 더이상 감정을 감출 수 없었다. "머저리나 육로로 갈 겁니다. 그건 위선적인 질문이 아닐 수 없군요. 세상에 누가 그런 선택을 하겠습니까? 보트 하버는 육로가 아니라 배로 갑니다. 모래톱을 지나기가 까다롭다는 건 누구나 알지만 그래도 육로보다 모래톱을 택할 겁니다."

"여기 홉킨스 씨가 육로로 가겠다고 한다면 뭐라고 말해주겠나?"

"네?" 제프리스 씨는 진심으로 당황했다.

"홉킨스 씨가 보트 하버까지 육로로 갈 생각이라는군."

"설마요. 정말입니까, 홉킨스 씨?" 제프리스 씨는 너무 놀란 나머지 분노가 사그라들었다. 그리고 오스카를 돌아보았다. 오스카는 처음으로 제프리스 씨가 자신을 제대로 쳐다보고 있다고 느꼈다.

"유감스럽게도 그렇답니다."

"그런데 왜 배를 타지 않죠?" 제프리스 씨의 어조가 바뀌었다. 한결 부드러워졌다. 눈에서도 그 반향이 보였다.

"왜 배를 타지 않습니까?" 그가 다시 물었다.

"나름대로 사정이 있답니다."

---

* 오스트레일리아 뉴사우스웨일스주의 내륙 지역을 일컫는다.

평소 제프리스 씨의 기분은 녹슨 못 위에 위태위태하게 균형 잡고 있는 커다란 바위 같은 성미에 좌우되었다. 직원들은 그의 주위를 지날 때면 발끝으로 걸었다. 하지만 오스카를 바라보고 있는 지금 그는 왠지 상냥하고 차분했다. 바위가 스스로 몸을 낮춰 모래밭으로 내려온 듯했다.

"그 이유라는 게 '탐험'이라는 것 때문입니까?" 그가 친절하게 물었다.

"아, 아닙니다." 오스카가 대답하고는 낄낄거렸다.

제프리스 씨의 이마에 복잡한 주름이 생겼다.

"증기선을 타지 않는다는군." 답스 씨가 말했다.

제프리스 씨는 아예 답스 씨는 쳐다보지도 않았다. "그런데 그곳으로 가야만 하고요?" 어찌나 부드럽게 묻는지 루신다는 금속을 댄 구두를 신고 직원용 사무실을 탁, 탁, 탁 가로질러오는 모습을 보고서 '위험한 개'라고 여겼던 바로 그 남자가 이 사람이 맞나 싶었다.

"나름의 사정 때문에 보트 하버까지 육로로 가야만 한다는 겁니까?" 제프리스 씨가 다시 물었다.

오스카는 그를 향해 빙그레 웃었다. 행복해서 웃는 게 아니었다. 제프리스 씨의 태도를 접하자 자신이 맡기로 한 일이 두려워졌기에 웃는 것이었다. 제프리스 씨의 표정에 어린 심상치 않은 염려를 미소로 누그러뜨리고자 했다. 하지만 제프리스 씨는 응해주지 않았다. 그는 슬픈 눈으로 오스카를 위아래로 훑어보았다. 홈부시*의 가축우리에서 끌어내 훨씬 힘에 부치는 짐을 지워야 하는 짐승을 바라보는 듯했다.

* 시드니의 교외 지역으로, 다른 고장에서 시드니로 몰고 가는 소떼와 양떼의 중간 도착지였다.

"저라면 그야말로 피하고 싶은 일이로군요." 제프리스 씨가 말했다.

오스카는 숨이 콱 막히는 것 같았다. 그는 기다란 목을 쓸며 '미소'를 답스 씨에게 보냈다.

답스 씨는 기뻤다. 자신의 사무실에 쓸모 있는 인재가 있어서 기뻤고, 고객에게 무료로 그 인재의 서비스를 제공할 수 있어서 기뻤다.

"수고했네, 제프리스. 그만 부대로 돌아가보게." 답스 씨가 말했다.

루신다는 참으로 오만하고 시건방진 태도라고 생각했다. 하지만 진짜 오만함이 아니라, 어디까지나 제프리스 씨가 사람들 앞에서만 허용한 오만한 척하기일 뿐이었다.

답스 씨는 펜을 꺼내 매력적인 작은 범선과 그 위를 날아가는 갈매기 한 마리를 그렸다. 그가 무엇을 그리는지 아무에게도 보이지 않았다.

"그럼……"

그가 파도를 그림에 덧붙였다.

"그럼……" 그는 펜을 내려놓았고 말을 이었다. "조립용 부품은 배로 운송하는 게 낫겠군요."

"그 문제는 아무래도 나중에 의논했으면 싶은데요." 루신다는 오스카에게 말했다.

"이런 아가씨, 의논하고 말고 할 게 뭐 있나요?" 답스 씨가 말했다.

오스카가 일어났다. 그러자 답스 씨가 그린 유치한 그림이 보였다. 오스카의 얼굴은 새하얀 삼각형이었다—뼈, 피부, 못박힌 시선. 루신다의 마음은 연민으로 가득찼다. 오스카는 도로 앉았다. 사우샘프턴 항구에서 우리 안에 다시 들어가 앉아 있다 하더라도 이보다 더 끔찍하지는 않을 것이다.

85
기도

찌는 듯이 더운 저녁 여섯시 삼십분이었다. 높이 난 창문으로 들어온 희미한 빛이 계단에 드리웠지만, 낡은 벽지나 카펫의 상태가 충분히 드러날 만큼 밝지는 않았다. 제프리스 씨는 역겨운 무언가를 실수로 만질까봐 걱정되는 듯 장갑 낀 손을 맞잡은 채 계단을 올랐다. 첫번째 계단참에 이르자 어두운 복도로 획 들어가 성큼성큼 걸어갔다. 이 하숙집이 낯설었다면 걸음을 멈추고 성냥을 켜거나 벽을 더듬더듬 짚으며 나아갈 수밖에 없었을 것이다. 그는 계단을 두 단 올라가 왼쪽으로 돈 뒤 맹꽁이자물쇠까지 채워둔 잠긴 문 앞에 멈춰 섰다.

그는 침착하게 열쇠로 문을 열었다. 방문 열쇠가 둔탁한 '철컥' 소리를, 맹꽁이자물쇠가 날카로운 금관악기의 '찰칵' 소리를 냈다. 문손잡이가 달그락거렸다. 제프리스 씨는 집으로 들어갔다.

창문이 하나 있는 자그마한 방이었다. 창문 너머로는 다른 집 창문과 자갈 깔린 좁은 마당이 내다보였다. 마당에 쌓인 잡동사니와 잿빛 넝마 위에 하숙집 요리사가 키우는 커다란 검은 고양이 세 마리가 누워 있었다.

방안은 더웠다. 제프리스 씨는 창문을 열어젖혔다가 냄새에 얼굴을 찡그리며 도로 반쯤 닫았다. 검정파리 두세 마리가 방으로 들어오더니 윙윙거리며 유리에 콩콩 부딪혔지만 제프리스 씨는 신경쓰지 않았다.

그는 프록코트를 벗었다. 어깨가 넓고 허리가 좁은 프록코트는 거의 삼십 년 전에나 유행한 스타일이지만 보풀 상태만 보면 최근에 지은 옷이 분명했다. 제프리스 씨는 코트를 나무 옷걸이에 걸고 솔질한 다음, 기다란 가로대에 걸었다. 가로대는 액자 걸이용 레일에 그가 직접 매단 뒤—힘의 삼각측량을 이용한 복잡한 장치였다—침대 위 허공을 가르는 노끈의 길이만큼 벽에서 튀어나오게 만들었다. 노끈은 침대 머리 위쪽 액자 걸이용 레일에 단단히 연결되어 있었다.

제프리스 씨가 침대에 걸터앉자(부츠를 벗기 위해서였다) 무릎이 묵직한 책장에 거의 닿다시피 했다. 방의 다른 개조된 부분과 마찬가지로 이 책장 역시 그가 깔끔하고 편리하게 만든 것이었다. 모든 것이 임시적이었지만 견고했다. 십 년은 끄떡없었다. 그러면서도 즉각 짐을 쌀 수 있었다. 한마디로, 이곳은 '막사'였다.

침대 발치에는 햇볕에 바랜 양탄자가 깔린 빈 공간이 있었다. 양탄자 한쪽에 놓인 아령 두 개가 비좁은 방에 그토록 사치스럽게 공간을 비워둔 까닭을 보여주고 있었다.

침대 한쪽에 앉아 양 손바닥을 무릎에 얹은 그는 기도할 때 그렇듯 완벽한 고요에 빠져들었다.

사실 그는 격정 때문에 제정신이 아니었다. 꼼짝 않고 앉아 있는 그의 상태는 심연의 가장자리나 기둥 꼭대기 혹은 셋방과 꿈나라 사이에 걸린 곡예용 줄에 앉아 있는 것과 같았다.

책장에 놓인, 무늬가 조각된 상자에는 은거울과 빗이 들어 있었다. 그는 침대에 앉은 채로도 상자에 손이 닿았다. 상체를 숙여 빗과 거울을 꺼내는 모습을 보면 이러기 위해 상자를 여기 두었음을 알 수 있었다. 그가 지금처럼 천천히, 아주 천천히 콧수염을 빗질하는 것은 매일 수행하는 명상이나 기도와 비슷했다. 그는 입술이 길고, 콧수염이 풍성했다. 빗질을 충분히 했다 싶자 이발사용 가위를 집어들었다. 은거울을 들고 여기저기 콧수염을 살짝 다듬었다. 떡 벌어진 가슴의 움직임만이 그가 동요했음을 드러냈다.

어른이 된 후 그는 삶을 미탐사 지역을 측량하고 기록으로 남겨 지도를 발간하는 날을 준비하는 데 송두리째 바쳤다. 그는 탐험대에 세 번 고용되었고, 탐험대가 짐말을 구입하기 전에 세 번 사임했다. 그에게는 기준이 있었는데, 바로 그의 영웅인 미첼 소령이었다. 자신이 지구상의 어느 지점에 있는지도 모르면서—어떤 이름을 붙이고 지도를 그리든 간에—무작정 걸음을 내딛는 무능한 인간이나 머저리와 함께 오지를 헤맬 마음은 전혀 없었다. 흄, 호블, 버크, 에어 모두 지도를 형편없이 그렸다. 그 지도들은 정착용으로든 탐험용으로든 쓸모없었다. 하지만 그따위 지도를 그린 작자들은 영웅이 되었고, 제프리스 씨는 시드니의 사무직원이 되었다.

가망이 없고 상식에 반하는데도, 제프리스 씨는 토머스 미첼 소령이

시켰을 법한 방식으로 스스로 준비했다. 미첼이 『회고록』에서 자신을 따르는 이들에게 주는 자조적인 충고를 베껴 적었다. 그리고 그 문구를 동판에 아름답게 새긴 액자로 만들어 침대 머리맡에 걸었다.

> 약간의 수학적 지식은 문체를 강화하고 명료함을 더해줄 것이다. 위인들의 글을 연구하라. 나라면 카이사르의 『갈리아 전기』를 어떤 목록에서든 1순위로 꼽겠지만 플리니우스, 플루타르코스, 살루스티우스, 세네카도 빼놓지 말라고 충고하는 바이다. 이들 작품의 주제만이 아니라 주제를 다루는 방식도 연구하라. 배치는 역사물만큼이나 항해 기록에서도 중요한 지점이다. 이 부분에서 나는 정말로 자신이 없다. 늘 장황하게 글을 쓰는지라 해군답지 않은 내용이 포함될까봐 걱정이다. 마침표를 잘 찍고, 뛰어난 통찰력을 발휘해 문장을 잘 배치하는 것은 내게 너무도 버거운 일이다. 좋은 해군이 되는 것과 좋은 작가가 되는 것은 너무나 다른 일이다.

종이에 여백이 충분했더라면 그는 더 많이 베꼈을 것이다. 제프리스 씨에게는 배우 같은 면모가 있었기 때문이다. 영웅의 글을 종이에 베끼다보니 자신이 그 글의 저자가 된 듯했다. 영웅이 입고 있던 프록코트는(1835년에 새겨진 판화에 나온) 제프리스 씨가 1864년에 수분한 프록코트와 충격적일 만큼 비슷했다.

미첼 소령의 충고를 따르다보니 제프리스 씨는 행상의 아들이 보통 멀리할 법한 영역으로 들어섰다. 그는 필독서들을 읽기 위해 독학으로 라틴어를 공부했다. 신대륙의 풍경을 기록하기 위해 수채화 기법을 익혔다. 미첼이 무엇보다도 강조한 과학인 측량을 배우기 위해 무능한 천식환자인 크룩생크 씨 밑에서 아첨쟁이, 굽실거리는 수습생, 조수, 잔심부름꾼 노릇을 오 년간 감내했다. 마틴 씨(유화 화가)에게서 그림을 배우려고 시드니로 왔고, 결국 마틴 씨의 친구인 답스 씨에게서 일자리를 얻었다.

제프리스 씨는 무능을 참을 수 없었다. 그의 견해를 뒷받침하는 성경 구절을 인용할 수도 있었다. 그는 무능을 나태와 같다고 여겼다. 당신의 형상을 본떠 인간을 창조하신 하느님에게 무능은 신성모독이었다. 하지만 사방에 무능이 넘쳐났고, 먼지처럼 흔해빠졌다. 그가 모셨던 사람 중에 그러한 비판에서 자유로운 이는 단 한 명도 없었다.

답스 씨는 무능했다. 그가 사업체를 꾸리고 있다는 것 자체가 기적이었다. 술에 얼근히 취해 자기도취적인 우정을 쌓는 저녁식사 자리를 마련하려고 부엌과 지하 저장고를 내놓지 않았더라면 불가능했을 터였다. 순전히 인맥이었다. 그 점은 명백했다. 그는 만찬을 대접하고, 그들은 포도주를 진탕 마시며 서로 어깨에 팔을 둘렀다. 자기네가 철학이니 중대사니 하는 것에 대해 토론하고 있다고 생각했지만, 인용도 틀리면서 저자의 이름도 제대로 발음하지 못했다. 그는 '좋은 친구 지미 답스'였으나 술주정뱅이에다 무능했다. 덧셈도 못했고 굳이 하려고 들지도 않았다. 제프리스 씨는 그런 작자 밑에서 일해야 하는 상황에 처해 있었다. 그래서 화가 났다. 사무실에 있는 일 분 일 초마다 화가 치밀었다. 하루하루를 줄에 매여 속박된 채 보냈다. 거기에 있는 것이 좀처럼 견딜 수 없었지만 그럼에도 자리를 지켜야 했다. 하지만 언젠가는 떠날 것이다. 언젠가는 일이 제대로 돌아가는지 확인하기 위해 그곳에 있지 않아도 되는 날이 오리라. 그때는 지금껏 머저리를 믿고 성장해온 이류 회사들이 끔찍한 문제에 직면했음을 깨닫게 될 것이다. 답스는 유능한 사무장을 두 번 다시 구하지 못할 것이다. 다른 유능한 사람이 없어서가 아니라, 답스에게는 인재를 알아볼 눈이 없기 때문이었다.

제프리스는 답스에 대한 망상을 품고 있었다. 그의 뺨을 찰싹 갈기고 새가슴을 쿡쿡 찌르고 싶었다.

하지만 하느님이 당나귀에게 싣고 갈 유황을 내렸듯, 답스는 지금 제프리스에게 선물을 주었다. 지도도 없는 내륙을 가로질러 보트 하버로 가겠다는 생각을 품은, 아무짝에 쓸모없는 직원 말이다. 약해빠진 놈, 허여멀거니 생겨서 도박을 한다는 약점까지 지닌 자식이었다.

그리고 그자를 애지중지 감싸는 후원자가 있었다.

제프리스 씨는 미동도 없이 앉아 있었다. 신중해야 했다. 소심한 동물이나 작은 새를 잡으려고 덫을 놓을 때처럼 이 일에 접근해야 했다. 아니, 덫이라니. 그는 스스로를 포식자로 여길 만큼 충분히 강하지 않았다. 따라서 구슬리고, 설득하고, 호소해야 했다.

제프리스 씨는 일어나 무릎을 꿇었다. 책장과 침대 사이에 비집고 들어갈 공간이 빠듯했다. 크리스마스를 일주일 앞둔 날이었다. 그는 하느님에게 제발 이 위대한 여정을 선물해달라고 간청했다.

86
크리스마스

크리스마스 날 밤늦게 양팔에 선물을 가득 안고, 미지근한 식민지산 백포도주를 겨드랑이에 낀 채 초대도 없이 뒷문에 나타난 제프리스 씨를 루신다가 그토록 열렬히 반기고 손가락이 뭉툭한 네모난 손을 잡아 악수하고 응접실로 안내하며, 거미와 사나운 개에 빗댔던 예전의 직감을 깡그리 무시해버린 것은 그저 그날 아침 다이트 신부의 충격적인 설교가 끌어낸 여러 결과 중 하나였다.

신부가 논쟁적인 설교를 하겠다고 미리 계획했던 건 아니었다. 교구위원회 위원장인 차머스 씨는 "소동을 일으키는 것을 두려워하지 말라"라는 말로 늘 그를 성가시게 했지만, 가게를 운영하는(유리창에 가격을 흰색으로 적은 정육점 세 곳이었다) 차머스 씨가 번번이 교인을 늘리는 것을 번화가에서 단골을 늘리는 것과 마찬가지로 여긴다고 다이트 신부는 생각하곤 했다.

다이트 신부는 위원장이 설교에 흡족해한다는 것을 알았다. 열정적으로 설교하던 도중 신도석을 내려다보았다가 진지하게 귀기울이는 이백 명의 얼굴 가운데에서 미소 가득한 차머스 씨의 번들거리는 둥근 얼굴을 보았던 것이다. 차머스 씨는 소동을 두려워 말라는 잔소리가 마침내 먹혔다고 짐작했지만, 다이트 신부가 의도한 바는 아니었다. 땀으로 축축한 등에 달라붙은 검정파리처럼 저도 모르게 마음속에 그런 설교를 품고 있었을 수는 있다. 하지만 그가 설교단에 서서—성경에 끼워둔 서표들을 들추기 직전이었다—그들(간음자이자 도박꾼인)이 더없이 신성한 날에 감히 그 뻔뻔한 얼굴을 들이밀었다는 사실을 안 순간 검정파리들이 분노에 차 날아올랐다. 그는 미리 표시해둔 복음이 아니라 마태복음 5장 27절에서 30절까지 인용하기로 했다. "'간음하지 말라' 하신 말씀을 너희는 들었다."

그러고 나서 고심하여 준비한 설교로는 결코 얻지 못하는 효과를 즉흥적인 설교가 발휘하는 모습을 기쁘게 바라보았다. 바람이 연못 표면을 스치듯 신자들 사이로 전율이, 파문이 퍼져나갔다. 그의 말에 신도들이 얼어붙었다. 어찌나 조용한지 신도들은 감히 팔짱을 풀거나 다리를 꼰 방향을 바꿀 수도 없었다. 신도석에 뻣뻣하게 앉은 채 붉어진 목으로 죄를 시인하는 두 간음자 주위에서 신도들이 인간 사슬을 형성하고 있었다.

크리스마스 날 하늘은 짙은 코발트블루색을 띠었다. 황금색으로 물든 위트필드 농장의 풀이 (가축이 적은 덕에) 길게 자라 발밑에서 사각거렸다.

그날은 어느 하나 예외 없이 루신다에게 완벽해 보였다. 그녀는 오스카와 정원에 식탁을 차린 뒤 교회로 출발했다. 자카란다꽃은 지고 없었지만 솜털 같은 신록이 돋아 우산 모양을 하고 있었다. 부드러운 북동풍이 항구에서 불어왔다. 그들은 선물을 응접실 벽난롯가에 놓고 위트필드 농장의 당혹스러우리만치 무성한 황금빛 풀밭 사이를 걸어 교회로 향했다(뉴사우스웨일스 전역이 가뭄에 시달리는 중이라 시드니와 배서스트 사이의 풀이 죄다 뿌리까지 뜯어먹혔다). 오스카는 풍경의 색깔이 크리스마스에 어울리지 않는다고 말했다. 루신다는 베들레헴의 색깔도 분명 이와 비슷했을 거라고 대답했다. 아찔할 만큼 푸른 하늘, 밀짚 같은 금빛으로 물든 지상, 춥고 칙칙한 갈색으로 물든 이교도의 영국이 아닌 곳.

그녀를 향해 웃고 있는 오스카의 눈이 반짝였다.

그녀는 생각했다. 그는 나를 사랑해. 그가 늘 점잖게 행동한다고 해서 내가 짜증내는 건 옳지 않아. 답스 씨나 팩스턴 씨처럼 내 무릎에 손을 올리면서 부적절하게 굴었더라면 나는 그를 존경할 수 없었을 거야.

그녀는 그의 눈시울에서 금방이라도 쏟아질 듯 반짝이는 액체를 키스와 똑같은 것으로 받아들이고는 감동하고 흥분해서 고개를 숙이고 쓸데없이 보닛 모자를 매만졌다. 그러다 어느새 발메인의 새 집들 사이를 지났다.

그리고 그 설교를 들었다.

그녀는 따귀를 맞고 침세례를 받은 듯한 기분이었다. 삼십 분 전만 해도 의기양양하게 찬양했던 풍경이—새며 나무의 이름을 동행에게 줄줄이 늘어놓으며 걸어왔다—이제는 증오스럽게 바뀐 것 같았다. 위험천만한 수풀 사이에 시커먼 뱀들이 똬리를 틀고 있는, 건조하고 황량하며 불붙기 쉬운 곳으로.

터질 듯한 눈물을 참기 위해 온몸으로 맞서야 했다. 입술을 깨물고 잇새로 숨을 쉬었다. 교회 마당을 가득 메운 신도들 사이를 벌게진 얼굴로 뚫고 지나가야 했다. 그녀는 생각했다. 저들은 나를 증오해. 남자들만 그런 게 아니라 여자들까지.

오스카가 말했다. "우리를 잘 알지도 못하면서." 하지만 목소리는 새되고 초조했다. 그런 말투는 하등 도움이 되지 않았다. 그녀는 그에게서 떨어져 걸었다.

"기가 막혀 말이 안 나와요." 그녀는 가까스로 말했다. 동요한 그녀가 보닛 모자를 벗어 기도서를 감쌌을 때도 그들은 여전히 교회가 보이는 곳에 있었다.

"더없이 기독교적이지 않은 설교였어요." 오스카는 대꾸했다. 격동과 심란의 와중에도 아주 단순한 생각이 떠올랐다. 그녀의 명예를 구하는 것이 내 의무야. 두말할 것 없이 난 그녀에게 청혼해야 해. 신사답고 훌륭한 생각이었지만, 그의 욕망과 너무나 깔끔하게 맞아떨어지는 나머지 아무래도 순수하게 느껴지지 않았다. "더없이 기독교적이지 않아요." 그는 되풀이해 말했다.

"아, 마음 상할 것 없어요." 그녀가 톡 쏘았다.

"르플래스트리어 양 입장을 고려해 이러는 겁니다."

"그건 감사하지만, 내 입장에서는 더이상 이 문제를 거론하지 않는 게 최선일 것 같군요."

루신다는 이러는 자신이 싫었다. 잘못하고 있다는 것을 알았다. 가증스러운 설교가 내뱉은 노골성과 편협성, 남성적 힘에 대한 확신에 오염된 탓이었다. 그 결과 의심할 여지 없이 유일하게 선하고 친절한 인물에게 톡 쏘고 비아냥대고 있었다. 버릇없는 어린애같이 굴다니. 자신이 싫어했던 어머니의 모습과 똑같았다. 이 모든 것을 알면서도 그녀는 자제할 수가 없었다. 계속해서 크리스마스를 갈기갈기 찢어발겨댔다.

이날 그녀는 사랑하는 친구를 위해 정성껏 고른 하늘색 포플린 셔츠 두 벌과 칠면조를 비롯해 잔뜩 준비해놓았다. 지금껏 서로 말 못한 것을 마침내 허심탄회하게 나누게 되리라고 상상했다. 응접실 안락의자의 빛바랜 다마스크 직물 위에 셔츠가 펼쳐져 있고, 구겨진 포장지와 금빛 리본이 새빨간 터키 양탄자에 버려져 있으리라. 그리고 날카롭고 선명하진 않으나 수채화처럼 가장자리가 부드럽고 흐릿한 키스를 나누게 되리라.

하지만 지금 이 순간 그녀는 자기 목소리를 견딜 수가 없었다. 누가 이런 사람을 사랑하겠나 싶었다. 그녀는 스스로에 대한 생각에 깊이 빠져들었다. 오두막에 들어섰을 때는 열성을 다해 꾸며놓은 식탁에 아예 눈길도 주지 않았다. 그녀는 생각했다. 편견에 가득찬 인간들이 뭐라고 생각하든 신경쓸 거 없어.

하지만 신경쓰였다. 이토록 미움을 받다니 견딜 수가 없었다.

그녀는 갈색 유약을 바른 이 빠진 찻주전자를 내렸다. 물주전자를 스토브에 올리고 쇠살대를 흔들었다. 그러다 눈물이 안에서 차오르는 느낌에 부랴부랴 방으로 올라갔다.

오스카는 부풀어오른 윗입술을 보고 그녀가 왜 그러는지 알아차렸다. 울려고 방으로 가는 거였다.

하지만 그는 그녀에게 청혼할 것이다.

나중으로 미루었다간 용기가 사라질 것 같았다. 그는 그녀를 뒤쫓아 카펫이 깔리지 않아 시끄러운 소리를 내는 계단을 한 번에 두 단씩 올라갔다. 계단참에서 그녀를 붙잡았지만 아래층의 좀더 괜찮은 장소로 가자고 감히 청할 수가 없었다. 그가 왜 그러는지 영문을 모른 채 미친 듯이 노려보는 것으로 보건대 거절할 게 거의 확실했다. 그래서 오두막에서 가장 음울한 장소이자, 프루실라 투페니가 언젠가 여주인의 아침 식사 쟁반을 들고 가다가 꿀단지를 쏟아 찐득찐득해진 이곳에서 오스카는 루신다 르플래스트리어에게 청혼했다.

벗겨진 벽지가 루신다의 목을 간질였다. 거미라고 생각한 그녀는 벽지를 쳤다. 오스카는 한 손을 주머니에 넣어 동전을 만지작거렸는데 1페니와 3페니짜리 동전 몇 개가 전부였다. 원칙대로 하고 싶었다. 기독교적이고 신사적인 행동이 그의 개인적 욕망에 이토록 부합되는 상황을 이용하고 싶지는 않았다. 그러다보니 진심에서 우러나오는 선함과 고귀함이 숨가쁘게 내뱉는 그의 말에서 완전히 빠져버렸다. 그는 동전을 만지작거렸다. 한쪽 발을 달달 떨었다. 그는 "발메인에서 당신의 명예를 지키기 위해" 청혼한다고 했다.

"아, 아뇨. 굳이 그럴 필요 없어요." 그녀는 말했다.

그리고 방으로 달아났다. 그곳에서 격렬히 울었다. 중산층 큰 소리로 꺽꺽대며 추하게 울었다. 멈출 수가 없었다. 방 앞 복도를 걸어다니는 그의 발소리가 들렸다. 이리저리 서성이고 있었다.

"들어와요. 오, 제발, 어서 들어와요." 그녀는 간청했다.

하지만 그는 들어오지 않았다. 들어오려고 하지 않았다. 이런 남자에게 그녀는 사실상 전 재산을 내주려고 한 것이다. 그는 호의로 청혼해 놓고서는 그녀의 방으로 들어오려고 하지도 않았다.

시간이 지나자 그가 점심으로 팬케이크를 굽는 달달한 냄새가 풍겼다. 이 판국에 식사를 하다니 유치할 뿐만 아니라 이기적이라고 그녀는 생각했다. 그가 신사라면 응당 그녀의 방으로 와서 어리석음 탓에 스스로 만든 감옥에서 그녀를 구출해주었을 것이다. 하지만 그는 오지 않았다. 그가 자기 방에서 서성이는 소리가 들렸다.

이런 상황에서 제프리스 씨가 백포도주와 꼼꼼히 포장된 작은 선물들을 들고 나타났던 것이다. 루신다에게 줄 엘름 건포도와, 오스카에게 줄 황동 나침반을 들고. 그는 유쾌한 사람이라고 할 수는 없었다. 사실 대체로 화가 나 있으며 그렇지 않을 때는 약간 음울한 사람이지만, 동기가 있으면 얼마든지 매력을 발휘할 수 있는 사람이기도 했다. 다부진 체격에 윤기가 흐르는 검은 머리는 숱이 많고, 풍성한 콧수염 아래 새하얗고 고른 이가 보였다. 대화를 나눌 때면 상대의 시선을 붙들어매는 요령이 있었다. 그의 강박적인 정신이 실제로 무슨 생각을 하고 있든, 상대가 하는 말이야말로 그에게 더없이 중요하다는 인상을 주었다. 나중에 답스 씨가 주장하듯, 그는 배우였다. 정상적인 상황에서는 루신다를 속여넘길 만큼 그리 뛰어난 배우가 아니었지만.

하지만 정상적인 상황이 아니었고, 엉망이 된 크리스마스가 빚은 그들의 당혹감과 거리감을 해소해줄 역할을 제프리스 씨가 떠맡았다. 그가 가져온 백포도주는 미지근하고 신맛이 꽤 강했지만 그들은 갈증이 난 듯 들이켰다. 그가 가져온 건포도와 그들이 준비한 쇼트브레드를 나눠 먹고 그의 농담에 기꺼이 웃음을 터뜨리고, 수줍어하며 머뭇머뭇 보트 하버로의 여행에 대해 이야기했다. 그 일의 개인적 사정을 모르는 제프리스 씨는 혹시 지난번에 자기가 했던 말 때문에 그들이 단념한 건 아닌지 슬슬 두려워졌다.

"서식스 스트리트에서 제가 했던 말을 너무 새겨들을 필요는 없습니다." 그는 속마음을 마저 털어놓을지 말지 고민하듯 콧수염을 잡아당기며 미소를 지었다. "솔직히 말하죠. 제가 직장에 매인 몸이라는 건 아시죠? 뭐, 현재로서는 그렇죠. 돈 주는 사람이 시키는 대로 따를 수밖에 없지 않겠습니까, 르플래스트리어 양?"

"답스 씨가 그렇게 답하라고 요구했다는 건가요?" 루신다가 물었다.

제프리스 씨는 자신이 그녀의 주의를 완전히 사로잡지 못했음을 알아챘다. 하지만 그녀가 램프에 정신을 팔고 있다는 것은 몰랐다. 그녀는 붉은 눈시울의 흔적이 보이지 않도록 불빛을 낮추었는지 신경쓰고 있었다. 제프리스 씨는 탐험이 송두리째 무산될 위기에 처해 있다고 짐작했다.

"구체적으로 지시한 건 아닙니다, 르플래스트리어 양. 그저 제가 고용주의 마음을 잘 헤아렸던 거지요. 제가 대답했을 때 그 작자가 얼마나 좋아하는지 보셨잖습니까?" (그는 일부러 '그 작자'라는 표현을 썼다. 둘 사이의 복잡한 관계를 드러내기 위해 계산된 것이었다.) "그러고 나서 내내 양심에 걸렸답니다. 그러니까, 제가 속인 셈이니까요. 편지를 보낼까도 싶었지만 그런 계획은 자꾸 미루게 되기 마련이니. 미루는 건 딱 질색이거든요. 미루기를 방지할 방법은 아주 많죠. 사업만이 아니라 여행도 마찬가지죠. 그래서 생각했답니다, 이렇게 질질 끌 필요 없어. 게다가……" 제프리스 씨는 그들에게, 먼저 오스카에게, 다음에 루신다에게 미소 지었다. "오늘은 크리스마스잖습니까? 그래서 제가 직접 여기로 온 거죠."

"참으로 친절하시군요." 오스카는 자리에서 꼼지락대며 대꾸하고는 루신다를 향해 용기 내어 미소 지었다. 그로서는 루신다의 기분이나 동기가 중요했지 제프리스는 안중에도 없었다. 사무장이 유쾌하게 돌변해서 어리둥절하긴 했지만 그에 대한 관심은 루신다 르플래스트리어 양에 대한 관심에 비하며 한참 후순위였다. 지금 그녀는 램프 불빛 속에서 그를 향해 달콤한 미소를 보내주었다. 덮어놓고 무례하게 청혼한 잘못을 용서받은 게 분명했다. 아직은 사랑받지 못하지만, 그래도 그 끔찍한 오후 내내 두려워했던 바와는 달리 증오받는 것도 아니었다. 때마침 제프리스 씨가 열광적으로 이야기하고 있는 여행을 완수할 때까지는 다시 청혼하지 않기로 했다. 제프리스 씨는 답스 씨의 사무실에서와는 달리 보트 하버까지 가는 안전한 길이 있다고 말했다.

"그저," 제프리스 씨가 쇼트브레드에 버터를 바르며 말하자 루신다의 한쪽 눈썹이 올라갔다. "조심조심 돌아가기만 하면 됩니다."

이런 말이 미루는 것을 못 참는다는 그의 신조와 맞지 않는다는 사실이 오스카에게는 떠오르지 않았다. 오스카는 쇼트브레드에 발린 버터에 더 관심을 보이며 한쪽 눈썹을 치켜올렸는데—아!—르플래스트리어 양이 그 모습을 보고 웃는 게 아닌가.

"북부 원주민들이 도륙하는 습성은 아마 들어봤을 겁니다." 제프리스 씨가 말했다.

알고 있는 바였다. 그들은 더이상 눈썹을 치켜올리지 않고 제프리스 씨에게 오롯이 관심을 집중했다.

"그건 다 사람들이 무턱대고 몰려갔기 때문에 일어난 일입니다. 무능하기 짝이 없죠. 원주민 영토 한복판으로 곧장 들어갔으니. 맨손을 벌집에 찔러넣었으니 미친듯이 팔짝팔짝 뛰는 게 당연하죠. 시간이 걸리더라도 경계를 따라 돌아가십시오. 저라면 그러겠습니다." 전체적으로 그의 태도가 변했다. 눈에 띄게 어깨가 편안히 늘어지고 손짓이 부드러워졌다. "짐작하시겠지만, 원주민이 그냥 내버려둘 겁니다."

그녀는 정신이 번쩍 들며 생각에 잠겼다. 그러고는 물었다. "원주민 영토의 경계에 대해 누가 잘 알죠?"

그가 대답했다. "접니다."

그는 총알 같은 자기 대답이 마음에 들었다.

거짓말이었다. 버로스 부인의 사망한 남편(영리한 사람은 아니었다)이 일지에다 이 문제에 대해 쓴 생각을 읽은 게 전부였다. 그는 생애 마지막 몇 달을 타오르는 횃불을 들고 벌집 사이를 돌아다니듯 보냈다. 제프리스 씨는 이 사색을(이론이라고 부를 수는 없었다) 빌려와 말하면서 점점 발전시켰다. 거짓말을 하고 있다고 생각하지 않았다. 자신이 무슨 짓을 하고 있는지 잠시 멈춰 생각해보았다고 해도 거짓말임을 부인하지 않았을 것이다. 하지만 지금 그는 탐험대 대장이 되기 위해서라면 뭐든 내뱉을 기세였다. 식민지에서 결코 본 적이 없는 기록을 남길 작정이었다. 정확한 고도가 측량된 모든 산 정상과 안부鞍部, 아름답게 그려진 들쭉날쭉한 산맥. 그의 산문은 강철 같은 뼈대에 제비꽃 같은 섬세한 묘사력을 갖추고 있을 것이다.

제프리스 씨는 행상의 아들이었다. 지금의 그는 영업인을 경멸하지만 그에게는 영업인의 자질이 있었다. 그는 빈번히 루신다에게 직접적으로 말했다. 여자의 의견을 높이 사기 때문이 아니라(그런 사람이 아니었다), 그의 훌륭한 기록이 탄생하느냐 마느냐를 가름하는 결정에 그녀의 의견이 적어도 얼룩쟁이 씨의 의견만큼이나 중요하리라 판단했기 때문이다. 추파를 던지지는 않았다. 그런다고 상대방이 좋아할 것 같지 않아서였다. 만약 상대방이 좋아했더라면 오스카 몰래 그녀에게 기꺼이 추파를 던졌으리라.

루신다는 점심때 마시려고 했던 적포도주 병을 땄다. 크리스마스 이튿날로 접어든 한밤중에 마침내 제프리스 씨가 떠나자, 루신다와 오스카는 모기를 쫓느라 얼굴과 팔에 바른 시트로넬라의 짙은 향 속에서 정원 탁자에 앉아 차갑고 퍽퍽한 칠면조를 먹고 진한 홍차를 마셨다.

그들은 계단참에서 일어난 일에 대해서는 일절 언급하지 않았다. 하지만 거의 그 생각뿐이었다. 그 모든 부드러운 감정, 수줍음, 당혹감, 상처, 날카롭고 초조하고 때로는 분노가 일렁이는 사랑이—단단하게 짜인 카펫의 날실에 군데군데 값비싼 실 도막이 들어가 있듯—대화 속에 섞여들어 있었다. 대화는 결국 두 가지 고민으로 끝맺었다. 제프리스 씨가 보트 하버 탐험을 이끌도록 답스 씨에게 휴가를 달라고 설득하는 일이 (a)가능한가, (b)윤리적인가.

87
고마움

커다란 낫 모양 햇살이 카펫을 가로지르며 칙칙한 올리브색을 베어내고 그 자리에 파릇파릇 빛나는 초록색을 남겨놓았다. 답스 씨의 무릎에 떨어진 햇살이 겨자색 격자무늬를 그리는 가운데 그의 얼굴은 그림자에 묻혀 있었다. 표정을 읽기 힘들었으나, 속으로는 사무장을 채간다고 얼마나 격분했는지 몰라도 목소리만은 스스로도 대단히 만족스러운 듯했다. 불청객들 때문에 화가 났을지라도 내색하지 않았다.

루신다는 답스 씨를 마주보는, 보통은 '버로스 부인의 의자'인 자리에 엉덩이만 살짝 걸치고 앉아 있었다. 돌돌 말린 설계도를 펼쳤지만 계속 다시 말리는 바람에 오스카가 한쪽 가장자리를 잡아주었다. 설계도는 아름다웠다. 오스카는 이토록 날렵하고 기발한 설계가 답스 씨의 금반지 낀 손가락에서 나올 줄은 상상도 못했었다. 흑연으로 그은 섬세한 선, 살짝 주글주글한 노란 박엽지. 그는 마치 엄지와 검지 사이에 생각의 설계도를 쥐고 있는 듯했다.

"답스 씨, 설계도를 완성하는 데 팔 주나 걸리다뇨." 루신다가 말했다.

오스카는 생각했다. 절대로 안 그러겠다고 맹세한 지 삼십 분도 안 지났는데 벌써 이러는군. 심지어 칭찬조차 안 했어.

답스 씨의 몸이 살짝 뻣뻣해졌다. 그는 다리를 꼬았다. 앙증맞은 발과 가느다란 발목이 보였다. 그가 말했다. "로마도 하루아침에 만들어지지 않았죠."

오스카는 동정심에 덩달아 다리를 꼬았다. 오른쪽 무릎이 삐걱거렸다. 무릎 때문에 걱정이었다. 조만간 제프리스 씨가 지휘하는 짐마차들 곁에서 몇 날 몇 주를 걸어가야 할 텐데. 이런 이유로 그는 매일 밤 발을 변성알코올에 담그고, 낮에는 발에 심한 고통을 야기하는 별난 부츠를 신고 다녔다.

"그리고 설계상 유리판의 크기가 어떻게 되죠?" 루신다가 물었다. 미소를 지었지만, 그녀는 배우가 아니었다. 기분이 안 좋을 때면 늘 그렇듯 그녀의 뺨이 홀쭉하니 사라진 듯 보였다. 미소는 집 벽에 휘갈긴 암호처럼 삭막했다.

"아." (답스 씨의 반지들이 햇살을 가르며 반짝이다 어둠 속으로 물러났다.) "아, 그건 르플래스트리어 양의 재량에 맡기지요."

"하지만 답스 씨, 저는 유리판 크기를 구체적으로 명시했는데요." 그녀는 '답-스-씨'라고 발음했다.

오스카가 놀라서 쳐다보니 루신다는 화를 참으려 안간힘을 쓰고 있었다. 코가 눈에 띄게 부풀고 콧구멍이 벌름거렸다. 살짝 주글주글한 노란 종이에 그녀의 손이 닿은 곳마다 축축한 얼룩이 생겨나고 있었다. 그녀가 말했다. "그거야말로 가장 중요한 핵심이에요."

"르플래스트리어 양의 핵심이겠죠." 답스 씨가 다리를 풀더니 다시 반대쪽으로 꼬았다.

"네, 제 핵심이지요."

"하지만 내 핵심은 아닙니다."

"이 일에는 제 인생이 걸려 있어요. 답스 씨 인생에는 지극히 미미한 영향만 끼치겠지만요. 따라서 대단히 죄송하지만, 답스 씨의 핵심은 중요하지 않아요."

"별로 죄송한 것 같지 않은데요, 르플래스트리어 양. 그저 '죄송하다'라고 말하는 것만으로는 전달이 안 되네요."

심상찮은 침묵이 드리워졌다. 오스카는 루신다의 씩씩대는 숨소리를 들었다. 이런 행동은 그녀 자신에게 하등 득이 될 게 없어서 그는 걱정되었다. 사실 왜 저렇게 화를 내는지 이해할 수가 없었다. 교회는 독창적이고 아름다웠다. 그에게는 그렇게 보였다. 약간 이교도적인 면도 있었지만, 그 점은 확실히 문제의 원인이 아니었다. 그는 기도했다. 하느님 아버지, 그녀에게 인내심과 자비심을 주소서.

하지만 루신다의 눈에는 온통 비종교적인 악몽이, 지식과 취향의 부재로 이것저것 잔뜩 욱여넣기만 한 기념물이 보였다. 둥그런 차양, 무어 양식 덧창, 튜더식 박공, 일본의 '영향'. 그것은 가로가 30미터나 되는 괴물이기도 했다.

"예술가가 대장장이의 통제를 받을 순 없는 법이죠." 답스 씨가 말했다.

"하지만 답스 씨, 모르겠어요? 팔 주나 기다렸는데 제가 지을 수 없는 설계도를 줬잖아요."

"르플래스트리어 양." (답스 씨의 목소리가 떨렸다.) "팔 주는 아무것도 아닙니다." 그가 눈부신 아침햇살 속으로 걸어들어왔다. 악의에 찬 눈이었다. 턱이 바르르 떨고 있었다. 아까는 그토록 자유롭게 움직이던 두 손이 이제 등뒤에서 꽉 맞잡아 서로 옥죄고 있었다. 그는 의자에 앉아 풍경화가 빽빽이 걸려 있는 벽을 둘러보았다. 그리고 미소 지었다. 그의 눈은 호소했다. "백 년은 서 있을 건물에 비하면 팔 주는 아무것도 아니죠."

답스 씨가 말하는 동안 그 천박한 교회를 바라보던 루신다는 숨막힐 듯 가슴이 답답해졌다. 내기의 대상인 교회가 이제 허영에 차고 그저 그런 아류로 보일 것이라는 사실과, 어쨌든 간에 건축 자체가 어렵게 되었다는 사실이 그녀의 영혼 속에서 촉매제 역할을 하여 그녀가 이번 내기에 대해 어렴풋이 품어온 꺼림칙함을 모조리 부각시켰고, 지금껏 억누르고 있던 두려운 생각이 이제 의식 전면에서 습지 가스인 양 부글부글 끓어올라 터지며 악취를 내뿜었다. 가슴을 옥죄는 느낌이 낯설지 않았다. 보통은 도박판에서 밤을 보내고 나면 찾아왔다. 전 재산을 잃을지도 모른다는 두려움에서 야기되는 공포였다. 그녀는 팔뚝으로 배를 눌렀다. 그리고 오스카가 미소로 공포를 쫓아주기만을 바라며 돌아보았다.

오스카는 다리를 바로 했다. 무릎이 다시 삐걱거렸다. 팔짱을 끼자 제프리스 씨의 추천대로 아령 운동을 한 탓에 팔이 쑤셨다.

답스 씨가 상체를 내밀었다. 마치 맨체스터 백화점의 판매원이라도 되는 양, 설계도가 팔려고 마음먹은 직물이라도 되는 양 그는 노란 박엽지를 문질렀다. "설계도에 들인 공이 보이지 않나보군요."

"아." 루신다는 한숨을 쉬었다. "보여요, 답스 씨, 정말로요." 하지만 그녀는 답스 씨가 아니라, 자신을 사랑한다고 지금껏 믿고 있었던 초록 눈의 남자를 바라보고 있었다. 그러나 그는 보이지 않았다. 다른 남자가, 괴상한 낯선 이가 사마귀처럼 양손을 비비고 있는 모습이 보였다. 그녀는 그와 내기를 했고, 그뿐이었다. 그 내기가 약혼을 나타내는 암호이자 사랑의 징표라고 우길 수도 있겠지만, 제정신인 사람이라면 그러지 않을 것이다. 그것은 내기였고, 미친 여자만이 달리 생각할 것이다.

"대단히 죄송하지만, 전혀 못 보고 있어요. 그건 여기 있는 게 아니라, 그 모든 초안과 메모와 낙서, 폐기된 설계도에 있답니다. 아침마다 일찍 일어났죠. 여러 예술가 친구들과 얘기를 나누었고. 더없이 부지런히 이 일을 했죠, 르플래스트리어 양. 돈이 되는 일도 아닌데."

"정말 깊이 감사드리고 있어요." 루신다가 말했다.

"전혀 감사해하지 않잖아요." 그의 목소리가 높아지며 확연히 떨렸다. 오스카는 그 갈색 눈이 분노로 꽉 닫혀 있는 와중에도 얼마나 애절히 간청하고 있는지를 보았다. "그저 일의 즐거움을 바라며 기꺼이 무료로 봉사하는 건 영혼의 문제를……"

루신다의 넓은 이마에 세로로 작은 주름이 생겼다.

"……이 도시의 누구보다도 소중히 여기기 때문이죠. 잘 알겠지만요. 그리고 내 견해로는," 창가의 모어턴 베이 무화과나무에서 하얀 앵무새 무리가 깍깍대자 그의 목소리가 더욱 높아졌다. "이런 식의 비난은 지극히 비문명적인 것 같군요. 내가 언제 돈을 요구하던가요?" (오스카는 다시 다리를 꼬았다.) "내가 걱정한 대가를, 시간을 들인 대가를 달라고 하던가요? 르플래스트리어 양이 처음 시드니에 왔을 때 누가 나서서 이익을 보호해줬죠? 대낮에 크게 뜯기지 않은 걸 행운으로 알아요. 누가 집에 초대해 친구를 사귀게 해줬죠? 여기 이 방에서 나한테 자주 고맙다고 말하지 않았나요?"

"제발요, 제발, 답스 씨……" 오스카는 이 자그마한 사내의 고통을 견딜 수가 없어 끼어들었다.

"그 입 다물지?" 답스 씨가 갑자기 벌떡 일어났다. 그리고 방을 성큼성큼 돌아 가죽 장정 장부들을 가져와 쿵 내려놓았다. 오래된 베이컨 기름 같은 냄새가 풍겼다. 분노의 발산 외에는 아무 의미 없는 행동 같았다. "모두가 당신을 멀리할 때 나는 당신을 받아줬어. 신발끈만도 못한 당신을. 당신은 얼룩이었어. 불명예를 일으켜 추방된 작은 얼룩. 당신은 내 장부를 엉망으로 만들었지. 나는 늘 이 장부를 보면서 그 형편없는 글씨를 기억할 테고. 그러니," 그가 소리를 빽 질렀다. "나한테 설계도를 어떻게 그려야 한다는 둥 말할 생각은 하지 마."

"그럴 마음 없습니다." 오스카는 대답했다.

"그럼, 하지 마." 답스 씨는 다시 차분히 말하고는, 숨을 들이쉬고 내쉬었다. 그러고는 루신다를 돌아보고 말을 이어가며 간밤의 파티 때 사람들이 소반과 소파와 탁자와 발받침에 내버려둔 책들을 주섬주섬 주웠다. "나는 투시도를 그리는 재주는 없어요, 르플래스트리어 양. 나만 그런 건축가인 것도 아니고. 피그 씨 말로는, 그린웨이도 마찬가지였다죠. 하지만 나는 사비를 들여 힐 씨에게 투시도 제작을 의뢰했어요." (이제 그는 책을 여섯 권이나 끌어안고 있었다.) "사비를 들여서 당신 눈앞의 투시도를 만들었단 말입니다. 서명이 보이죠?" (되는대로 포개어 안고 있는 책더미가 떨어질 듯했다.) "정 마음에 들지 않는다면," (두꺼운 갈색 책이 바닥에 떨어지자 그는 굽도리널 쪽으로 팍 걷어찼다.) "정 마음에 들지 않는다면, 로슨에 가져가서 10기니에 팔아버리든가요."

오스카는 여전히 설계도 한 귀퉁이를 엄지와 검지로 쥐고 있었다. 이제는 섀덕 양의 나지막한 재봉용 캔버스 의자에서 엉덩이를 든 채 엉거주춤 쭈그리고 있었다. 그는 동정심으로 부드러워진 얼굴을 예상하며 루신다를 보았지만, 그녀는 오히려 정반대의 표정을 띠고 있었다.

"답스 씨." 그녀가 설계도를 잡고 있던 손을 놓아 오스카 쪽으로 말리게 내버려둔 채 말했다. "생각할 수 있는 가장 심각한 문제를 제쳐두고 있군요. 양식이야 그렇다 치고, 이 교회는 제작 자체가 불가능합니다. 제가 말한 정보를 완전히 무시했어요. 유리판은 가로 90센티미터, 세로 45센티미터여야 합니다. 그 생각을 하기는 했나요?" 그녀는 떨리는 목소리로 부르짖었다. "스스로 제 친구라고 나서면서 이 일에 뭐가 걸려 있는지 생각해본 적이 있긴 한가요?"

답스 씨는 자신의 감정에 너무 취해 있어서 루신다의 괴로움을 받아들이거나 왜 저러는지 생각해볼 여유가 없었다. 그는 무대 위에서 칼에 찔린 배우처럼 보였다. 입을 열었다가 다물었다. 손에서 막 미끄러지려고 하는 책을 잡았다.

"이 일에는 내기가 걸려 있어요, 답스 씨. 저는 지금 전 재산을 잃을

판이라고요."

루신다는 내심 이 폭로가 답스 씨에게 영향을 끼치리라고 기대했다. 페티스호텔 데스크에 꽃양배추를 놓았을 때부터 품어온 기대였다.

하지만 그녀는 어린애가 아니었고, 답스 씨는 그녀의 보호자가 아니었다. "내기에 대해 대체 뭘 알아요?" 그가 씩씩거렸다.

루신다는 생각했다. 그래! 이자는 나를 미워해. 그러라고 해. 미워하면 안 되는 이유가 없잖아?

"철딱서니 없기는. 당신은 돈이 무슨 과수원에 굴러다니는 낙과인 양 함부로 쓰잖아. 사업에 대해 뭘 알아?"

이 모욕은 루신다에게 더없이 효과적이었다. 공포를 날려버린 것이다. 자신이 답스 씨보다 낫다는 적지 않은 생각들이 한꺼번에 풀려나왔다. 그녀는 몸을 쭉 일으키며 틀어쥔 주먹을 펴더니 손바닥을 맞비볐다.

"가르치려 들지 말아요, 답스 씨. 그저 애호가에 불과하면서. 당신들은 하나같이 전문가하고는 거리가 멀어요." 그녀는 오스카 홉킨스와 하나가 된 것이 느껴졌다. 그들은 사회 규범에서 벗어나, 합심하여, 함께 서 있었다. "당신들은 어린애예요."

"우리가 어린애라고?"

"아, 네, 그렇죠. 그렇고말고요." 루신다는 이렇게 폭발한 일을 후회할 날이 오리라는 것을 예상하면서도 말했다.

"우리가?"

"당신들 모두." 루신다는 텅 빈 의자들을 향해 팔을 저어 맬컴 양, 토마세티 씨, 피그 씨, 버러데일 씨, 거기다 헨리 파크스 씨의 모습까지 불러냈다가 떨쳐버렸다. 그리하여 엘리자베스 르플래스트리어가 했을 법한 경멸을 내비치며 루신다는 시드니에 마지막으로 남은 사교의 다리를 불살라버렸다.

답스 씨는 충격으로 말을 더듬었다. "그럼 당신들은 어른인가?"

"우리는 전부를 걸어요. 스스로를 위험에 노출하죠."

"아, 참으로 고귀하군그래. 고매하기 그지없어." 격분한 답스 씨가 일그러진 얼굴로 소리쳤다.

"우리는 살아 있어요." 그 순간 그녀는 자기 말대로 정말로 살아 있다는 느낌이 들었다. "영원의 가장자리 바로 그 끝에서 살아 있죠."

루신다는 오스카에게서 설계도를 가져와 의자 옆 낮은 호두나무 탁자에 살며시 내려놓았다.

"내 집에서 나가." 답스 씨가 설계도를 잡아채며 말했다. 만약 그 말에 따르지 않으면 울기라도 할 듯한 얼굴이었다. "당신, 얼룩쟁이 씨, 당장 나가."

"이 사람을 얼룩쟁이 씨라고 부르지 마세요."

"여긴 내 집이니 내 마음대로 부르겠어."

일순간 오스카는 루신다가 답스 씨의 뺨을 갈기려 한다고 생각했다. 답스 씨도 마찬가지로 예상했다. 그가 얼굴을 찡그리자 그의 증오에 애처로움이 슬쩍 깃들었다.

루신다의 뺨이 상기되었고, 여태껏 입을 꾹 다물어 보이지 않던 입술이 긴장이 풀리며 살짝 벌어졌다. 그녀는 경멸기가 있긴 하지만 그보다 살짝 부드러운 표정으로 답스 씨를 응시했다. 입술과 콧구멍에서, 그 크고 묘한 초록 눈에서 격정이 혈관을 따라 거세게 (그러나 복잡하게 엉키지 않고) 내달리고 있었다. 오스카는 생각했다. 얼마나 아름다운가.

"사업이 뭔지 눈곱만큼도 모르는 주제에." 답스 씨가 말했다.

오스카는 팔을 내밀었다. 루신다가 그 팔을 잡았다. 오스카는 생각했다. 나는 그녀를 사랑해.

답스 씨가 씩씩거렸다. "여자가 남자의 팔을 잡았군. 저 문으로는 가지 말라고. 침실을 찾는 게 아니라면. 사업이 뭔지도 모르는데다 안목도 없는 인간들 같으니라고."

그들은 복도로 나갔다. 오스카는 어떤 여자가(답스 부인이었다) 현관문을 열어 잡고 있는 모습을 보았다. 컬이 말린 금발에 뺨이 홍조로 동그랗게 물든 그녀가 입을 벌린 채 빛나는 눈으로 그들을 바라보았다. 그들이 문을 지나가자 그녀가 오스카의 손에 오렌지를 꼭 쥐여주었다.

"도둑이 문으로 걸어나가고 있군. 아이디어를 훔치고는 감사인사도 없이." 답스 씨가 복도로 달려나오며 소리쳤다.

예쁘장한 아내 곁에 서서 그는 오스카와 루신다가 팔짱을 끼고 마차를 향해 정원 계단을 올라가는 모습을 지켜보았다.

"당신은 하녀가 아냐, 헤니. 저런 쓰레기 같은 인간들한테 직접 문을 열고 닫아주다니 적절치 않아." 그러나 말뜻처럼 가차없는 어투는 아니었다. 말하는 내내 그의 눈은 그녀에게 전혀 다른 주제에 대해 묻고 있었다. 그녀가 얼마나 들었는지, 그 결과 그를 어떻게 생각하는지.

그동안 헤니 답스는 오렌지를 상상하고 있었다. 오렌지 껍질이 벗겨지고 여러 조각으로 나뉘는 모습을 그리며, 곧장 완전히 다른 세계로 들어갈 수 있으니 오렌지는 얼마나 좋을까 하고 생각했다.

88
우화에 기초한 강연

아헌 씨가 피트 스트리트의 호텔에서 위트필드 농장까지 6킬로미터를 걸어가기로 한 것은 부분적으로는 일찍 일어나는 습관 때문이었다. 스토브에 불을 지피고, 닭에게 모이를 주고, 신문을 읽고도 직원들보다 삼십 분 일찍 사무실에 도착할 수 있다는 점에서 이는 좋은 습관이었다. 하지만 시간도 많이 걸리고 느린 걷기는 일종의 효과를 노린 것이었다. 풀에 맺힌 이슬에 신발이 젖고, 사람보다 소가 더 자주 지나다니며 생긴 폭 30센티미터의 구불구불한 오솔길을 걸어가는 일이란 아헌 씨의 생각에 일종의 정직하다는 증거였다. 이 점은 그의 충고를(지금 걸어가서 전할 참이었다) 이륜마차나 사륜마차나 쌍두마차를 타고 신나게 달려가 요란하게 세우고서 늘어놓는 사람의 충고와 차별화시켰다. 그는 마음의 눈으로 높은 곳에서 자신을 내려다보았다. 지팡이를 짚고 길 위에 선 남자, 우화 속 여행자.

아헌 씨는 자신의 외모를 상당히 의식하는지라 만약 미남으로 태어났더라면 대단히 허영심이 강했을 터였다. 하지만 그는 미남이 아니었고, 본인도 그 점을 알았다. 다만, 자신의 외모에 대해 너무나 잘 알았는데, 거울 하나가 아니라 두 개로 비추어보고, 때로 세 개까지도—아내의 은거울을 이용해서—비추어보는 덕분이었다.

패러매타 부두에서 솔 마이어의 배에 탄 루신다를 본 후 칠 년이 흐른 지금 아헌 씨의 얼굴은 더욱 추해져 있었다. 피부는 더 얼룩덜룩하고 가죽 같아졌다. 뺨은 푹 꺼지고, 목울대는 불거지고, 텅 빈 정수리를 가로지르는 기다란 머리도 숱이 줄어들어 가는 머리칼이 까맣게 도드라졌다. 코끝이 삐죽 굽어 있고, 배가 툭 튀어나와 카디건 안에 입은 옷의 단추 하나는 채우지 않았다. 어깨는 좁지만 팔은 길고 강하며, 엉덩이는 펑퍼짐했다. 추한 외모라고 그에게 굳이 말할 필요도 없었다. 본인이 익히 알고 있었다. 그는 자신을 거북 같다고 여겼다. 의외겠지만 이러한 인식을 통해 그는 강력한 힘을 얻었다. 두세 개의 거울로 자신을 비추어보기란 그저 허영심 강한 남자의 행동을 모방한 게 아니었다. 사실 그는 허영심이 강했다. 대부분의 세상 사람들이 그를 완벽한 추남으로 분류하리라는 것을 더할 나위 없이 잘 알면서도 그랬다.

아헌 씨는 성인의 외모는 스스로 하기에 달렸다고 믿었다. 즉, 생활습관에 따라 얼굴과 태도가 만들어진다는 것이다. 그는 선량함과 예의범절을 닦아왔다. 가난한 점원으로 시작해 이만큼 출세한 것을 행운으로 여겼다. 어머니는 넝마장수였고 아버지도 마찬가지였지만 그들은 대개 취해 있거나 어딘가에 가고 없었다. 열두 살 때 그는 달란트 우화를 흰 종이 쪼가리에 베껴 적었다. 필체가 좋았고, 다행히도 유행하던 장식체는 아니었다. 마태복음 25장 14절에서 30절까지 엽서 크기의 종이에 베꼈다. 그리고 두 번 접어 지갑에 넣고 다녔다. 오십 년이 지난 지금도 발메인 초입(요즘은 멀런스 스트리트라고 부른다)의 흔들거리는 나무판자 다리를 건너가는 그의 지갑에는 그 우화가 들어 있었다. 나무판자는 달랑 하나 깔려 있었는데, 종종 도난당하기 일쑤였다. 그 점에서 발메인은 별로 바뀐 것이 없었다. 하지만 여기서 핵심은 발메인이 아니라 가로 15센티미터, 세로 10센티미터짜리 종이였다. 물론 맨 처음 우화를 베껴 적은 그 종이는 아니었다. 자식과 손자와 커피숍의 낯선 이에게 꺼내고, 보여주고, 접은 끝에 원래 종이는 닳아버렸다. 최고급 종이라 해도 견뎌내지 못할 것이다. 그래서 아헌 씨는 매년 신년 맞이로 새 종이에 우화를 베껴 적는 습관을 긴 세월 지켜왔다. 성경 구절은 이렇게 시작되었다. "천국은 이렇게 비유할 수 있다. 어떤 사람이 먼길을 떠나면서……" 천천히 공들여 적었다. 그러다 아내가 구운 감자를 갈색 종이에 늘어놓았다가 쿠커버러 오븐에 다시 넣으며 쾅 소리를 낼 때쯤에야 만족스레 마무리지었다. "이 쓸모없는 종을 바깥 어두운 곳에 내쫓아라. 거기에서 가슴을 치며 통곡할 것이다." 그리고 두 손가락 사이에 종이를 잡고 손톱으로 꼭 눌러 두 번 접으면 새해가 시작되는 것이다.

그는 자신에게 주어진 달란트를 적극 활용했다. 그는 자산가이지만 신중한 사람이고 기독교인이었다. 하느님이 그가 평생 일해서 번 돈에 맞먹는 재산을 루신다 르플래스트리어에게 주겠다고 정했을지라도 그는 분개하지 않았다.

하지만 그는 그녀를 지켜보아왔다. 조심스레 살펴보았다. 때로는 가까이서 보기도 했지만, 대개는 소문과 풍문을 통해 멀리서 보았다. 낯선 이의 아이가 크리스털 유리를 갖고 노는 모습을 지켜보듯 그녀를 지켜보았다. 뭐라고 할 권리가 그에게는 없지만, 혹여 사고가 나면 손에서 미끄러진 유리가 바닥에 닿기 전에 낚아채려고 마음 졸이며 앉아 있느라 맘 편히 쉬지도, 신문을 읽지도 못했던 것이다.

그는 유리공장의 인수에 찬성하지 않았다. 충동적이고 무분별한 결정이라고 생각했다. 하지만 유리 교회에 대해 들었을 때는 이성을 잃었다. 화가 치밀었다. 화를 참을 수가 없었다. 그러나 지금 이렇게 길을 나선 것은 그녀를 꾸짖거나 분노를 터뜨리기 위해서가 아니라 사고를 막기 위해서였다. 기독교도로서의 의무였다.

마침내 바위투성이 능선으로 들어서며 버치그로브 하우스를 지났다. 그녀가 현명하게 판단해 구입했더라면 든든한 자산이 되었을 것이다. 사 년 전 그는 그녀에게 매입을 권했었다. 돼지우리의 진창에 무릎까지 빠진 농장 일꾼에게 방향을 물었다. 일꾼은 과수원 너머, 반도 서쪽 편에 있는, 페인트를 반쯤 칠하다 만 작은 오두막을 가리켰다.

채스 아헌의 양말과 바지에 가시가 들러붙었다. 신발끈도 가시투성이였다. 목초지의 상태는 말이 아니었다. 그는 가시와 창고와 울타리와 얼룩덜룩한 오두막을 관찰하며 저도 모르게 자산 가치를 평가하고 있었다. 만약 이곳이 그의 소유였더라면 측량용 말뚝을 크리비지 보드의 핀처럼 과수원 여기저기에 박아넣게 했을 텐데.

대문은 오두막 울타리에서 거의 떨어져나갈 지경이었다. 무엇을 지키거나 막는 구실을 할 수 있는지 확실치 않았다. 앞뜰에는 암소 한 마리가 묶여 있었다. 아현 씨는 금 회중시계를 확인했다. 시계는 그가 이십 년간 회장직을 역임했던 패러매타 자선협회에서 받은 선물이었다. 그는 카디건 위로 재킷 단추를 채우고 요란하게 현관문을 두드렸다.

하인은 괴상망측한 몰골이었다. 하인이 하나 걸러 한 명꼴로 살인자인 패러매타에서도 저런 이는 본 적이 없었다. 손과 얼굴에 석탄재가 묻었고, 제멋대로인 머리카락은 사방으로 뻗쳤다. 헤즈 방향에서 내리쬐는 이른아침 햇살에 숱이 많지는 않지만 까슬까슬 돋은 턱수염이 보였다. 눈은 벌겋고 왼쪽 눈가에 검댕이 번져 있었다.

"여주인은 댁에 있나?"

여주인은 아직 일어나지 않았다는 대답을 들었다. 이 사실을 알리는 하인의 교양 넘치는 음성에 아현 씨는 어리둥절했지만 그리 오래가지는 않았다. 배우 출신이라고 넘겨짚고는 더이상 의심하지 않았다.

아현 씨는 하인에게 기다리겠다고 말했다. 그가 복도로 들어서지 않았다면 과연 집안으로 안내되기는 했을까 싶었다. 하인은 부엌이 '안락'하다며 그를 그곳으로 이끌었다. 불쾌하게 덥고 습한 날씨였기에 아현 씨에게는 '안락'하기는커녕 영락없이 교묘하게 무례를 범하는 수법으로만 보였다. 영국인들이 식민지 방문담을 쓸 때 잘난 척하며 묘사하는 바로 그런 녀석들인 것이다. 이곳을 보았더라면 한바탕 조롱이 퍼부어졌으리라. 집은 깨끗하지 않았다. 부엌은 물건을 죄다 끄집어낸 듯했고, 바닥이 탄 빈 냄비들이 널려 있었다. 루신다에게는 무모함과 기쁨의 상징으로 보였을지 몰라도 아현 씨는 그렇게 생각하지 않았다. 여자 옷 한 벌이 의자 위에 어부의 그물처럼 펼쳐져 있었다. 브랜디 병이 자그마한 화분 곁에 놓여 있었다. 반짝이는 깨끗한 유리창에 장식무늬처럼 거미집 하나가 지어져 있었다. 작업대 위에 화판이 기대 세워져 있었는데, 작업대는 얼마 전까지만 해도 더 어울리는 장소인 정원 창고에 있던 것이었다. 그는 화판에서 자신이 막기 위해 온 어리석음의 증거를 보았다.

아헌 씨는 지친 기색으로 앉아 상체를 숙이고 왼손에 모자를 쥔 채 오른손으로 머리를 쓸어넘겨 다듬었다.

손님을 맞이하러 아래층으로 내려간 루신다는 자신이 주의깊게 고정해둔 그림을 그가 멋대로 뺀 것을 보았다. 아헌 씨가 그림을 유리창에 대보고 있었는데, 세발 의자에 무릎을 꿇고 올라가 땀투성이 코(철테 안경이 간당간당 걸려 있었다)를 그림에 바짝 들이대고 있었다. 현행범으로 딱 걸렸다. 표정을 가다듬을 겨를이 없었다. 입은 벌어져 있지만 주름 잡힌 이마는 마치 경탄과 비판이 줄지어 싸움을 벌이는 듯했다.

그는 격식을 차려 인사하지 않았다. 사실상 그녀가 좀전에 그가 설계도를 살펴보도록 내버려둔 것처럼 굴었다. 이토록 이른 시간에 찾아온 것을 사과하기는커녕 다 쓴 냅킨인 양 설계도를 그녀에게 내밀었다. 그녀가 빨래 말고 달리 할일이 없는 여자인 것처럼.

오스카가 문가에 서서 지켜보고 있었다. 그는 아헌 씨의 무례가 눈에 들어오지도 않았다. 그저 아헌 씨가 눈치챘으리라 확신하며 전전긍긍했다. 두 시간 전 바로 이 부엌에서 그는 르플래스트리어 양의 보드랍고 유연한 입술에 키스했던 것이다. 욕정이 뻔히 보였다. 아헌 씨가 알아차릴 게 틀림없었다.

“신부님이 어디서 제의를 갈아입겠니?” 아헌 씨가 따져 물었다. “어디서 몰래 코를 풀고? 늦으면 허둥대는 꼴이 훤히 보일 게 아니냐, 수족관의 물고기처럼. 게다가……" 그는 세발 의자에 앉으며 말을 이었다. "열기는 어떻게 할 거니?"

루신다는 가운 차림으로 늙은 거위를 맞이하는 것이 예의에 어긋남을 알았지만 오히려 그 점을 똑똑히 보기를 바랐다. 그녀는 자유로운 여인이었다. 방문객 앞에 탄 냄비와 씻지 않은 접시에 둘러싸여 코르셋도 입지 않고 당당히 서 있었다. 그녀는 하숙인의 입에 키스하고 그를 자신의 음부에 단단히 밀착시켰다. 그러므로 채스 아헌 씨 앞에서 부끄러워하기를 거부했다.

"치명적 단점이야. 심각한 실수이고." 아헌 씨가 감정 없이 진지한 어조로 말했다.

루신다는 오스카를 보며 얼굴을 찌푸렸다. 오스카의 얼굴이 달아올랐다. 그녀는 그가 왜 그러는지 알았다. 점점 짜증이 솟구치는 와중에도 열기로 몸이 달아올랐다. 그녀는 아헌 씨에게 미소 지었다. 그녀의 얼굴에 어린 몽롱한 만족감을 보았지만 상황을 파악하지 못한 그는 어리둥절하다못해 약간 당황했다.

"그 이유로 이 교회가 현실성이 없다는 거야." 아헌 씨는 망할 하인이 그가 하는 말 한마디 한마디를 귀기울여 듣고 있음을 알아차렸다. "오스트레일리아의 태양이 교회를 달궈 신도들이 지옥에 있는 기분을 맛보게 될걸."

"그 말을 하려고 이렇게 일찌감치 찾아오다니 친절하시네요." 루신다가 말했다.

"르플래스트리어 양은 무척 냉소적이 되었고 말이지."

그녀는 냉소적이었다. 사실이었다. 매력적인 자질이 아니었지만, 그가 설계에서 흠을 찾아내며 흡족해하는 꼴을 그녀는 견딜 수가 없었다. 바로 얼마 전 그녀가 답스 씨의 설계를 비난할 때처럼 격분해서 그가 그녀의 작업을 비판하고 있었다. 설령 그의 말이 옳다 하더라도 그녀는 견딜 수가 없었다.

하지만 그의 말이 옳을 리 없었다.

그가 옳기에는 이미 너무 늦었다.

오스카가 앞으로 나와 손가락 두 개를 집게처럼 사용해 브랜디의 길쭉한 병목을 집었다. 그리고 부엌에서 가지고 나갔다. 루신다는 해명을 하려는 듯 입을 열었다가 도로 다물었다.

하지만 아헌 씨는 오스카나 병을 알아차리지도 못한 듯했다.

"누가 이걸 주문했니?"

"주문요?" 루신다는 그가 더 많은 흠을 찾으려 들지 않기를 바라는 동시에, 설계에 결함이 많을까봐 두려워하며 되물었다.

"이걸 제작해달라고 의뢰하거나 요청하거나 부탁한 사람이 누구냔 말이다."

그는 대답이 '아무도 없다'라는 것을 알고 있었다. 하지만 루신다는 말했다. "주 예수그리스도입니다."

아헌 씨가 쉬 하는 소리를 내며 비난했다.

"하느님의 영광을 기리기 위해서죠." 루신다가 말하며 가운을 좀더 단단히 여몄다.

"어리석음으로 하느님의 영광을 기릴 수는 없단다."

"어리석음이 현명함이 되는 경우도 있죠."

“지금 말장난할 때가 아냐. 이 건물은 실용적이지 않아. 너무 더워서 앉아 있지도 못할 게다. 어떤 신도도 여기에 돈을 대지 않을 거야.”

그녀는 대신 옹호해주지 않을까 싶어 오스카를 보았지만 그는 컵과 접시를 개수대로 옮기고 있었다. “교회는 나무 그늘 아래 지을 거예요.”

“아, 당치도 않은 소리 마라.” 채스 아헌이 일어났다. 기다란 회색 재킷의 단추를 채우더니 시드니의 어떤 강도도 찾지 못할 비밀 주머니에서 지갑을 꺼냈다. 그리고 우화를 꺼냈는데, 연말인지라 종이 가장자리가 너덜너덜했다.

“천국은 이렇게 비유할 수 있다. 어떤 사람이 여행을 떠나면서……” 루신다가 읊었다.

“‘먼길을 떠나면서’야.”

“알아요.”

그래도 그녀는 그가 내민 종이를 받아들었다. 전에 이미 읽은 적이 있었다. 종이에서 패러매타의 지루한 오후 냄새가 배어났다.

“아니, 너는 몰라. 아는 척하지 마라.”

“네, 네. 내 재산은 내가 힘들게 번 것이 아니죠. 다 아헌 씨가 현명하게 토지를 분할해서 이룬 성과죠. 그 토지는 우리 어머니와 아버지의 땀과 더룩 원주민의 피로 얻은 거고요. 나는 아무 권리가 없죠.”

“이 구절은 전혀 그런 의미가 아니야.”

“아마도 이 구절에 부족한 게 바로 그게 아닐까 싶네요.”

“교회는 더울 거야.” 그는 우화를 되돌려받으며 대꾸했다. “지옥처럼 뜨거울걸. 신도들은 안에서 튀겨질 거고. 그러면 너를 저주하고 하느님의 이름을 저주할 거야.”

"아헌 씨, 제발 흥분하지 마세요." 루신다 본인이 흥분하고 있었다. "홉킨스 씨, 아헌 씨에게 브랜디 한 잔 갖다주면 좋겠네요."

아헌 씨는 생각했다. 홉킨스 씨라니? 하인한테 씨를 붙이다니. 그의 입가에 작은 흰 거품이 일었다. 우화가 지갑에 제대로 들어가지 않아 애를 먹었다.

"내 고객이었던 네 어머니의 바람을 말해주려고 여기 온 거다. 너는 인생을 시작할 좋은 기회를 얻었어. 그리고 나는 네가 옳은 방향으로 나아가도록 최선을 다해왔고." 하지만 그의 태도는 말과 달랐다. 화난 목소리였다. 그의 내면에서 자신이 이해하지 못하는 어떤 일이 일어나고 있었다. 분노가 너무나 격렬해 손이 덜덜 떨릴 정도였다. 저도 모르게 우화를 갈기갈기 찢고 있었다. 상징적인 행위가 아니었다. 기계적인 행위였다—분노와 동요의 힘이 작용하는 중이었다. 그는 이 유리 교회를 참을 수가 없었다. 하지만 왜인지는 설명할 수 없었다. 지금 가슴속에서 들끓는 뜨거운 감정들 중 어느 것도. 멀찍이 떨어져서 자신을 보니, 거북목인 사내가 부들부들 떨리는 목소리로 말하고 있었다. 자신의 고함소리가 귓가에 들렸다. 하인이 그를 부드럽게 이끌어 나태의 집 밖으로 데려갔다. 나중에야 그는 그자가 하인이 아니라 성직을 박탈당한 사제이자 탕녀의 애인임을 알게 되었다.

89
악마의 짓

정욕은 벌레이고 딱정벌레이며 애벌레였다. 스트래턴 부부의 돼지 창자에서 우글대던 기다란 분홍색 기생충 같은 것이 그의 뱃속을 갉아먹고 있었다. 그는 수조의 맑은 물을 벌컥벌컥 들이켜고, 성서를 읽고, 지옥에 대해 묵상해 벌레를 퇴치하려고 했다.

요한은 말했다. "죄를 짓는 자는 악마에게 속해 있습니다. 사실 죄는 처음부터 악마의 짓입니다."

갈라디아서에는 이렇게 나와 있다. "성령께서 우리에게 생명을 주셨으니 우리는 성령의 지도를 따라서 살아가야 합니다."

하지만 영국에서 온 편지는 스트래턴 신부가 교회 서까래에 목을 매어 자살했다고 전했다. 그러는 동안 그를 타락시킨 장본인이자 소위 하느님의 종이라는 오스카 홉킨스는 정직한 여인을 유혹해 달콤한 차와 같은 그녀의 입술에 입술을 부딪고, 그녀의 부드럽게 굴곡진 배에 국부를 들이댔던 것이다.

새벽 세시였다. 그는 물을 더 마시려고 내려갔다가 중국식 가운 차림의 그녀를 발견했다. 그의 성기가 단단한 막대가 되어 그녀의 부드러운 배를 찔러댔다. 유연한 가지에 달린 푹 익은 복숭아 같은 그의 영혼을 사탄이 가져가는 것이 느껴졌다.

그는 그녀의 사랑스럽고 보드라운 입술에 키스했다. 그녀의 길고 하얀 목에 얼굴을 묻고 코를 비볐다. 그는 더듬고 떨어졌다가 더듬고 떨어지며 탄식과 함께 하느님의 용서를 빌었다. 바로 그때 부엌 시계가 울리며 시간을 알렸다.

그녀에게서 물러난 그는 그들의 욕정이 둘 사이에 자리한 비단결 같이 보드라운 짐승이라 다독이고 달래면 유순해질 수 있다는 듯 기다란 손가락을 뻗어 허공을 쓰다듬었다.

그들은 부엌으로 가서 차를 마셨고, 그 일에 대해서는 말하지 않았다. 남달리 자기중심적인 오스카는 자기 때문이라고 여겼다. 그녀가 그를 사랑한다는 생각은 들지 않았다. 오히려 자신이 그녀를 유혹했다고 생각했다.

그들은 유리 교회에 대해 진지하게 이야기를 나누었지만, 교회의 결함이나 비실용성은 언급하지 않았다. 오스카는 불경스러운 욕정을 가라앉히기 위해 두려운 생각을 떠올렸다. 제프리스 씨의 지시로 모트 베이에서 건조되고 있는 보트 운반차를 생각했다. 제프리스 씨가 바로 이 식탁에서 운반차에 대해 아주 세밀한 부분까지 묘사했을 때 오스카는 보트가 아니라 교수대나 형틀을 싣고 갈 차량 이야기라도 들은 양 속이 울렁거렸었다. 제프리스 씨는 꼼꼼하고 세심했다. 그는 보트 운반차를 설계하면서 자신의 그런 면을 발휘하게 되어 기뻐했다. 보트 두 척이 숟가락 두 개처럼 포개져 운반된다. 각 보트가 질긴 천으로 고정되어 서로 닿아 마찰할 일이 없다는 점이 기발했다.

제프리스 씨가 대단히 자랑스러워한 운반차는 오스카를 마비시킬 뿐이었다.

배를 타게 생겼다.

하느님, 제발 제게 단단하고 험준한 땅을 내려주소서. 제가 죄를 짓지 않도록 돌투성이 길을 내려주소서.

제프리스 씨는 강, 산, 삼각법에 대해 이야기하기를 즐겼다. 그러면서 보트 하버까지 무사히 데려다줄 테니 두려워 말라고 장담했다. 물에 빠질 위험은 전혀 없다고.

오스카는 육로로 여행할 때 강을 건너게 되리라고는 생각도 못했다. 헤이스팅스강, 클래런스강, 매클레이강이 꿈속에서 뱀처럼 기어다녔다. 폭이 몇 킬로미터에 달하고, 비 때문에 멍들고 불어나 있었다.

그는 자신이 시작한 일 때문에 두려워서 미칠 것 같았다. 잠에서 깨어나면 죽음처럼 무자비한 두려움이 그를 맞이했다.

그는 생각했다. 나는 물에 빠져 죽을 거야.

그는 생각했다. 하느님 아버지, 부디 제 영혼을 보호해주소서.

그는 생각했다. 그녀를 사랑해. 그는 생각했다. 나는 불결해. 부엌에서 그들은 서로를 물고 얼굴을 더듬었다. 두 개의 옷걸이용 못처럼 문설주에 몸을 단단히 밀어붙였다.

스트래턴 신부는 설교단 바로 위의 서까래에 목을 맸다. 워들리피시는 진즉 시드니에 도착해 친구를 찾고 있었지만, 오스카는 수치스러워 몸을 숨겼다.

그는 다른 이를 사랑하는 여인을 향해 정욕을 품었다.

그는 생각했다. 하느님, 제가 이 여인을 죄악으로 이끌지 않도록 하소서.

그는 생각했다. 하느님은 없어. 아무것도 없어. 굳이 강을 여섯 개나 건널 필요는 없어. 나침반과 일지와 훈련받은 죄수와 아령과 곡괭이와 목수와 마구 제조인과 황동 크로노미터 세 대까지 거느린 미치광이 제프리스와 함께 여행할 필요는 없어. 말에 거꾸로 올라타 덤불 사이로 행진하며 웃음거리가 되는 것과 마찬가지야. 그는 짐이었다. 르플래스트리어 양이 비용을 대고 제프리스가 운반해주는 짐.

하지만 그는 하느님에게 이 일을 하겠노라고 약속했다.

바로 루신다의 사랑을 얻기 위해서였다.

그녀가 그를 사랑하는가?

그렇게 말하는가?

아니, 아니다. 그녀는 키스로 그의 입술을 잉크처럼 푸르게 물들여놓았지만, 그가 크리스마스에 청혼했을 때는 방으로 달아나 울음을 터뜨렸다.

왜 그랬을까?

그녀는 해싯을 사랑하기 때문이었다.

그렇다면 왜 이런 아찔한 위험과 온몸을 마비시키는 두려움을 감당해야 한단 말인가?

그래야 그녀의 사랑을 얻을 테니까.

하느님에게 그렇게 하겠다고 약속했으니까. 그래야만 지옥으로 떨어지지 않을 테니까.

하지만 만약 신이 없다면?

하지만 그는 신이 있다는 데 내기를 걸었다. 선의의 힘에 내기를 걸었다. 천국으로 가는 보상을 받게 된다고 내기를 걸었다. 진저리나는 덤불을 헤치고 부활절까지 보트 하버에 보석 같은 이 교회를 운반하겠노라고 내기를 걸었다.

그의 인생은 죄악과 타협이라는 구멍이 숭숭 뚫려 있었다. 스트래턴 씨는 목에 밧줄을 감아 자살하는 죄악을 저질렀다. 신이여, 그를 용서하소서. 그는 오스카 홉킨스의 시스템에 의해 살해당했다.

오스카는 워들리피시에게 성자인 척했다. 그리고 보터니 베이로 오라고 꾀어낸 뒤 숨은 채 나타나지 않았다.

그는 아버지를 충분히 사랑할 수 없었다. '사랑하는 아버지'라고 편지에 썼지만, 아버지와 멀리 떨어져 있을 때 가장 행복했다. 그 선하고 거룩한 사람을 문맹인 신자들밖에 없는 곳에서 사랑받지 못한 채 죽어가도록 내버려두었다.

저에게 힘겨운 여행을 주소서, 하느님 아버지. 저를 악으로부터 구하소서. 제가 유혹에 빠지지 않도록 하소서.

그리고 아침식사 때 부엌에서 그는 멍들고 부푼 입술을 르플래스트리어 양에게 내민 채 악마의 장단에 놀아났다. 바로 그때 마음 한구석에서 유리 교회가 그저 악마의 속임수일 가능성이 떠올랐다. 아헌 씨가 옳았다. 유리 교회는 너무 더울 것이다. 신도들은 하느님의 이름을 저주할 것이다.

90
화해

답스 씨는 르플래스트리어 양의 사무실에 네 번이나 헛걸음한 끝에 마침내 그녀를 만났다. 널따란 계단 세 개를 네 번이나 오르며 연설을 네 차례 연습했지만, 막상 다섯번째에 그녀를 마주하자 만남은 그의 연습대로 흘러가지 않았다.

그의 머릿속에 떠오른 첫번째 생각은 이랬다. 폐결핵이야.

그녀의 피부는 매우 창백하고 팽팽했다. 살짝 푸른빛이 도는 반투명한 살결이 빛났다. 눈이 지나치게 커 보였는데, 흰자는 흰색이 아니라 특정 도자기에서나 볼 수 있는 푸르스름한 회색을 띠었다. 햇볕이 내리쬐는 덥고 환한 사무실은 창문이 죄다 열려 있어 종잇장들이 초록색 펠트 판 위에서 맞부딪치거나 유리병 문진 아래에서 파닥거렸다. 그녀가 속사포로, 정신 사납게 응대하는 바람에 답스 씨는 순식간에 연설을 잊어버렸다. 원래 내용은 우정의 영원한 가치에 대한 것으로, 단순한 오해 때문에 우정을 저버려선 안 되며, 자신은 삶에서 무엇보다도 우정을 중시한다고 말할 생각이었다. 그가 '우정'이라고 말할 때 사실은 '동료애'를 의미하는 게 아닐까 하는 느낌을 받을 수는 있겠지만, 어쨌든 그의 말은 진심이었다. 그는 크리비지 보드와 친구 힐이 직접 사인한 피트워터 판화를 가지고 갔더랬다. 연설을 한 후 선물로 줄 생각이었지만 그녀의 모습을 보자 그만 그녀가 죽을지도 모른다는 생각에 압도된 나머지 자신의 감정을 적절히 설명하지도 않고 그녀에게 선물부터 안겼다.

그는 멋진 크림색 리넨 양복과 하얀 밀짚모자를 세심하게 차려입었다. 색의 상징성을 적어도 반쯤 의식하며 옷을 골랐다. 흰 종이, 새 출발. 만약 제프리스 씨에 대해 뭔가를 말할 생각이었더라도 어디까지나 '그건 그렇고' 정도에 불과했다. 하지만 지금 르플래스트리어 양의 지나치게 투명한 외모에 당황한 그는 그녀가 아직 선물 포장을 풀고 있을 때 제프리스에 대한 말을 꺼냈다.

"아, 그건 그렇고, 르플래스트리어 양." 그는 무의식적으로 창문을 닫으며 말을 이었다. (사무실에서 종이가 파닥이는 것을 참을 수가 없었다.) "제프리스 씨의 열정에 대해 알고는 있겠죠? 어쩌면 모를 수도 있겠다 싶어서요. 우리가 오랜 친구 사이가 아니었더라면 이런 얘기를 하는 게 부적절했을 겁니다."

이런 식의 대화는 위험했고, 그도 그것을 알았다. 그녀의 프로젝트를 훼방놓으려고 하며, 여기에 온 것도 친구인 척하면서 그녀의 믿음직한 길잡이의 인격을 공격하기 위해서라는 인상을 주기 십상이었다. 하지만 그녀에게 말하지 않고는 우정을 지킬 수 없었다. 제프리스는 위험한 인간이었다. 사무실에서야 목줄을 맨 경비견처럼 무시무시한 동시에 쓸모가 있겠지만 그의 야망에 자기 인생을 건다는 것은 완전히 다른 이야기였다.

제프리스 씨의 열정을 언급하는 순간 루신다가 긴장하는 게 느껴졌다. 그는 다시 그녀를 '폭발'시킬까봐 두려웠다.

"아, 답스 씨." 루신다는 한숨을 쉬더니 미소 지었다(답스 씨는 생각했다. 팔이 가늘군, 전에는 저렇게 마르지 않았는데). "제프리스 씨에 대해 말해보세요. 그의 '열정'에 대해 말하려고 저를 찾아온 것 같으니." 그녀가 매우 활짝, 너무나 활짝 웃자 답스 씨는 어쩐지 자신이 꼭 아랫사람이 된 듯 느껴졌다. 그녀는 책상 뒤에 앉아 가슴 앞에 팔짱을 꼈다.

"사실," 답스 씨는 대꾸했다. "그건 아니랍니다." 그는 앉을 의자가 없었다. 두번째 창문을 닫을까 싶었지만, 오해를 살 수도 있다고 판단했다. "정반대죠. 오히려 나는 그걸 비밀로 할 생각으로 여기에 왔습니다. 생각했죠. '내가 상관할 일이 아니야. 창문을 몇 개 열든 본인 마음이라고. 괜히 무례한 인간으로 오해받는다면 정말 마음이 아플 거야.'"

"제가 결례를 저질렀군요."

"결례는 무슨, 말썽쟁이 아가씨. 관습적인 죄악에 대한 인식이 전혀 없잖습니까. 맹세하는데, 르플래스트리어 양은 정말 그래요."

"정말요?" 루신다는 이런 특정한 방식으로 오해받는 것이 꽤 유쾌했다.

"그래요, 르플래스트리어 양은 수치심이 전혀 없죠. 순수한 의지 그

자체예요. 처음 우리 사무실에서 봤을 때부터 알아챘답니다. 당신은 턱을 치켜들고 당당하죠." (그는 생각했다. 목에 혈관이 다 비치는군. 아랫입술은 눈에 띄게 파랗고. 좋지 않은 징조야.) "피그에게 말했죠. 소문이 어떻든 중요하지 않아, 그녀는 소문을 뛰어넘거든."

아, 이것은 사실이었다.

"그럼, 제프리스 씨에 대한 소문은 어떻죠?"

"봐요," 답스 씨는 진정으로 감탄하며 대답했다. "이게 바로 내가 르플래스트리어 양에 대해 늘 말하는 또다른 점이죠. 절대 관심을 다른 데로 돌릴 수가 없다니까."

"그렇군요." 루신다는 기분이 좋은 한편으로, 거짓말을 한껏 즐기고 있는 스스로에게 놀랐다.

"그런데 이건 소문이 아닙니다. 하지만 제발, 진심으로 하는 말이에요." 그는 그녀 앞에 서 있으려니 어리석게 느껴졌다. 책상 가장자리에 걸터앉으려고 했지만 책상이 그의 궁둥이보다 약간 높았기에 한두 번 조심스레 팔짝 뛰어 앉으려다가는 우리에 갇힌 구관조 꼴이 될 터였다. 그는 책상에 기대는 것으로 만족했다. "정말로, 꼭 명심해야 합니다. 그는 당신을 이용할 겁니다."

"나도 그를 이용하고요." 루신다는 단언하면서도 일종의 공포와 분노를 느꼈는데, 아헌 씨가 유리 교회를 '어리석은 짓'이라고 평했을 때 받는 기분과 유사했다.

"그는 삼각법과 탐험으로 명성을 얻을 생각뿐이죠. 버로스 부인에게 구애했었는데—참 대단한 한 쌍이지 않습니까, 상상해봐요, 네?—맬컴 양 말로는, 버로스 부인의 남편이 남긴 일지를 모두 베껴쓴 뒤에는 그녀를 거들떠보지도 않았다지 뭐예요."

"버로스 부인이 그렇게 호락호락할 것 같지는 않은데요."

"버로스 부인은 겉보기와 달리 강한 사람이 아니에요. 희미한 미소는 무슨 의미죠? 아니, 됐어요. 어쨌든 핵심은, 홉킨스 씨가 안전하게 도착하는 것이겠죠."

그녀에게는 잔인한 말이었다. 그녀는 대꾸했다. "제프리스 씨의 삼각법과 탐험 실력은 완벽한 자질인 것 같은데요."

답스 씨는 마침내 엉덩이를 책상에 얹고는 말했다. "제프리스 씨는 위험과 사랑에 빠진 남자죠."

"답스 씨, 제가 제프리스 씨와 상당 시간 얘기해보았다는 점을 명심하세요. 우리는 이 프로젝트에 대단히 열심이에요." 그녀는 초록색 펠트 판에 벽을 쌓은 벽돌처럼 규칙적으로 고정되어 있는 종이들을 가리켰다. "아주 꼼꼼한 사람이더군요."

"당신이 꼼꼼한 거죠. 따라서 그도 꼼꼼한 거고. 그는 배우예요. 관객에 따라 연기가 바뀌죠. 나만큼 그에 대해 잘 알고 싶다면, 그가 남자들과 있을 때 말하는 걸 들어봐요. 여자랑 있을 때는 완전히 다른 사람이랍니다. 같은 남자들이랑 있을 때 그가 하는 얘기는 모두, 용감한 제프리스가 뼈가 부러지거나 피를 흘리는 모습을 본 어떤 녀석이 기절하거나 공포에 질려 소리치는 것으로 끝나죠. 그리고 이제 당신이 그에게 자금을 대서 작은 부대를 갖게 해줬죠. 그는 자신의 이름을 떨치기 위해 탐험을 가는 거랍니다."

"답스 씨, 인정하세요. 저를 겁주려고 여기 왔다는걸요."

"절대 아니라고 맹세합니다."

"답스 씨의 직원을 채간 건 정말 비열한 짓이었어요. 하지만 채간 게 아니에요. 그럴 의도는 없었어요. 하지만 저를 벌주고 싶어하는 답스 씨의 마음은 이해합니다. 그래서 이런 식으로 얘기하는 거죠?"

"아뇨." 그는 손을 마구 내저으며 대꾸했다. "아뇨, 아뇨, 아뇨. 그건 다 지난 일이에요. 다른 게 아니라 난 그저 화해를 하려고 온 건데, 입 다물고 있자니 위선자처럼 느껴져서 말한 것뿐입니다."

"그럼 제가 어떻게 하면 좋겠어요?"

"아, 제발 부탁이니 그 망할 일을 그만둬요. 말도 못하게 어리석은 짓이에요. 스스로를 웃음거리로 만들지 말고요."

그 순간 그는 너무 멀리 갔음을 깨달았다. 그녀의 얼굴에 반감이 일고 있었다. 순식간에 그는 공격을 계속할 용기를 잃었다.

"물론 내가 회의적이긴 해요. 이 나이에는 당연하죠." 그가 말했다.

"네."

"물론 좋은 직원을 잃어서 짜증나는 것도 사실이고. 충분히 이해할 만하지 않나요?"

"이해해요." 루신다는 얼마간 안도하며 대답했다.

"하지만 그 외에는 우리 우정을 다시 회복하고자 하는 마음뿐이에요. 집사람이 르플래스트리어 양과 진즉에 더 친하게 지내지 않은 게 안타깝다고 하더군요. 무척 마음에 들었다며. 그러니 서로 그만 화해하라고 간청하더군요."

"우리는 이미 화해했어요." 루신다는 말했다. 일이 분 후 작별인사를 하며 그의 뺨에 살짝 키스를 했다. 전에는 결코 하지 않던 행동이었다.

답스 씨의 방문 결과 루신다는 제프리스 씨에 대한 비난이 거짓이라고 믿기로 했다. 그녀를 감동시킨 것은 답스 씨가 거짓말이라는 악마와 씨름하는 모습이었다. 그녀는 이를 어떻게 받아들여야 할지 몰랐지만 어쨌든 감동받았다. 여행을 떠날 준비를 하던 그 3월, 그녀는 거의 모든 것에 감동받는 듯했다. 여린 잔가지나 푸른 하늘에 떠 있는 한 조각 구름 같은 아주 사소한 것에도 가슴이 저미고 타오르는 사랑으로 가득한 감정 상태였다. 그 타오르는 사랑은 상실의 조짐에 대한 불안이었다. 그녀는 어디에서나 선함을 보았다. 아마도 상당 부분 그녀 자신의 성격이나 갈망을 다른 대상에 투사한 것이리라. 따라서 답스 씨가 자신의 거짓에 대해 '자인'한 것이야말로 그 성격의 핵심이자 그가 했던 말의 요지로 판단했다.

루신다가 답스 씨의 비난을 대부분 흘려들었으면서도 제프리스 씨가 위험을 사랑한다는 말만은 믿기로 했던 것은 기이한 일이다. 이 때문에 그녀는 제프리스 씨를 더욱 좋아하게 되었다. 그녀는 그가 앓는 병을 잘 알며, 자신 역시 위험을 사랑한다고 믿었다. 물론 피와 부상 같은 게 아니라 삶이라는 보다 일반적인 면에서. 그녀에게 활기를 불어넣은 것은 위험뿐만이 아니라 실질적인 상실이었다. 답스 씨와 사무실에서 마주친 날 그녀는 피트 스트리트의 변호사에게 다녀온 참이었다. 강력한 반대를 무릅쓰고 내기를 공식적으로 문서화했다. 그날 밤 그녀는 먼지냄새 나는 삼나무 책상 안에 서류를 넣었다.

오스카에게는 말하지 않았다. 하지만 이 문서라는 매개를 통해 오스카가 마법처럼 여행에서 승리하게 되리라고 그녀는 믿었다. 그렇게 믿는다고 의식적으로 생각하지는 않았다. 그러나 돌돌 말린 문서를 만질 때(종종 그랬는데, 적어도 하루에 두 번은 했다) 느껴지는 자신감은 그저 단순한 미신에 기초한 것이었다. 만약 그녀가 이 내기에서 어떻게든 지기만 하면 오스카 홉킨스는 죽지 않으리라.

그녀는 철저한 성격이었다. 세부사항을 검토할 능력이 넘쳤다. 따라서 사랑하는 이의 안전을 단지 삼나무 상자 속 부적에만 의존하지는 않았다. 그녀는 제프리스 씨의 처음 예상보다도 훨씬 자주 그와 회의를 했다. 그녀는 그의 구입 목록과 장부를 살펴보았다. 제프리스 씨는 여자에게 이토록 감독받는 것에 처음에는 분개했을지 몰라도, 후원자가—그의 처음 상상과 달리 인색한 하숙집 여주인과는 꽤 거리가 멀었다—안전에 관련된 비용에는 일절 토를 달지 않는다는 것을 이내 깨달았다. 하지만 처음에는 그녀를 이해하지 못했다. 그녀는 위험의 속성에 대해 철학적으로 말했다. 그가 그녀에게 히죽대지 않기란 어려웠다. 실크모자를 쓴 원숭이나 남자처럼 행동하는 여자처럼 우스꽝스러웠다. 하지만 철학적인 이야기가 끝나자, 그녀가 위험을 줄일 수만 있다면 무엇이든 비용을 댈 용의가 있다는 것을 그는 알아차렸다. 그리고 그녀는 어떤 위험이 있는지 말해달라고 그에게 간청했다. 그는 그녀의 부탁을 들어주며 큰 기쁨을 누렸다. 이야기를 하다보니 신이 났다. 그녀를 아주 겁에 질리게 한 것이다.

루신다는 사랑에 빠진 나머지 남자들 간에 서열이 어떻게 정해지는지에 생각이 미치지 못했지만, 오스카가 없는 자리에서 그런 회의를 자주 한 것은 실수였다. 이로 인해 제프리스 씨는 오스카를 더욱 경멸하게 되었다.

루신다는 그를 사랑하며, 그의 안전을 확실히 해야 한다는 생각뿐이었다.

그녀는 '사랑'을 상상할 때면 늘 어깨가 딱 벌어지고 다부진 누군가를 떠올렸었다. 심지어 해싯 씨조차도 이 같은 편안한 이상형에 비해 키가 컸다. 미래의 남편을 상상할 때면 그녀는 강한 손과 검은 사각형 턱수염을 떠올렸다. 설마 호리호리하고 하얀 남자에게 불타는 열정을 품게 되어, (입 밖으로 내지는 않더라도) '내 달콤한 대천사'라고 부르게 될 줄은 상상도 못했었다.

"그이는 용감해요. 나나 당신보다도 훨씬 더." 그녀는 제프리스 씨에게 말했다.

"아주 남다른 친구죠." 제프리스는 대답했다.

"당신은 산과 강과 씨름하겠지만, 그이는 악마와 전투를 치를 거예요."

"누구라도 그를 존경할 수밖에 없지 않겠습니까."

제프리스 씨의 눈은 자상한 공감의 빛을 띠고 있었지만, 속마음은 당장의 염원이 충족된다는 생각에 빠져 있었다. 20파운드 수표를 얻어내 업저버토리 힐의 덜위치 씨에게 황동 크로노미터 세 개를 사는 거야.

91
대장

긴 가뭄 탓에 말과 거세 수송아지가 부족해졌다. 제프리스 씨가 직접 패러매타의 시장까지 가서 쓸 만한 놈을 구해야 하는 것은 아니었지만 가축 걱정이 무겁게 가슴을 짓눌렀다. 가장 우수한 대원들이 복장을 완벽히 갖추고 와이즈먼스 페리까지 육로로 간다 한들 식민지 어디에나 있는, 축 처진 가죽 위로 앙상한 등뼈가 드러난 가축으로 탐험을 계속 하기란 불가능했다.

그는 대장이 되었다. 답스 씨의 하찮은 구속에서 드디어 벗어나 자유를 누렸다. 다른 이에게 가라고 하면 가고, 오라고 하면 오는 그런 사람이 된 것이다. 그는 의식적으로 더 똑바로 몸을 세웠다. 가슴이 부풀며 셔츠 단추를 압박하는 것이 느껴졌다. 그는 시선만으로도 부릴 수 있는 키 큰 사람들을 고용했다. 부하들을 미소 없이 엄격하게 대했다.

탐험대 부대장과 송아지 몰이꾼을 파견하면서 두 사람 모두 가축이 좋다고 의견이 일치하지 않으면 절대 구입하지 말라고 지시했다. 그들은 이 때문에 무척 골치가 아팠지만 어쨌든 명령을 순순히 따랐다. 송아지 몰이꾼이 그를 '대위'라고 불렀는데, 훗날 이 오해가 널리 퍼졌다.

제프리스 씨는 보급관 한 명, 대장장이 두 명, 보조의 한 명, 조류수집가 한 명과 식물수집가 한 명(두 사람은 나중에 장부에 소총수라고 기재되었다), 마부 한 명, 나팔수 한 명, 목수 두 명, 제화공 한 명, 요리사 한 명을 고용했다.

르플래스트리어 양은 의문을 단 하나도 제기하지 않았다.

그는 등산용 기압계를 두 개 대여해서 조류수집가와 식물수집가에게 하나씩 준 다음 그들의 주된 임무는 탐험하는 동안 기압계를 안전히 지키는 것이라고 지시했다. 삼각법 전문가답게 여행할 때 자신이 어디에 있는지 언제나 정확히 파악해야 했다. 벨파스트* 출신의 목이 붉은 식물수집가에게 말하기를, 그는 웜뱃처럼 덤불을 헤치며 돌아다니는 머저리 아일랜드인 꼴이 되지는 않겠다고 했다.

두 사람은 도끼를 지니고 다니며 방해물을 예리하게 쳐내야 할 터였다. 측량사에게 삼각점을 찾기 힘들게 가로막는 나무보다 더 경멸스러운 것은 없기 때문이다.

르플래스트리어 양은 일을 보러 돌아다니기 편하게 그에게 말과 마차를 내주었다. 똑바로 선 채 불쌍한 말에게 채찍질을 하며 모트 베이를 향해 달리는 그의 모습은 이내 익숙한 풍경이 되었다. 해리슨 조선

* 북아일랜드의 중심 도시.

소로 갔는데, 거구에 안짱다리이고 왼쪽 눈이 백내장에 걸린 늙은 올리버 크롤리가 경량 보트 두 척을 건조하는 곳이었다. 보트 한 척은 이동중에는 좌석을 뺀 다른 보트 안에 딱 맞게 포개질 수 있도록 더 작게 설계되었다. 그런 다음 큰 보트는 벨트와 캔버스로 이루어진 틀에 매달 것이므로 보트에 직접 닿는 캔버스에는 양가죽과 기름 먹인 가죽을 덧댔다. 물론 그것 전체는 보트 운반차에 들어맞았다. 운반차는 오스카 홉킨스의 악몽 속에서 소리 없이 길을 따라 나아갔다.

제프리스 씨는 미리 계약해둔 앤서니 호던의 가게로 부하들을 데려가 르플래스트리어 양의 비용으로 새 옷을 한 벌씩 맞추었다. 튼튼한 회색 능직 바지와 빨간색 모직 셔츠에 하얀 멜빵을 걸치면 군복 같은 인상을 주었다. 제프리스 씨의 계산대로였다. 그는 절대복종을 요구했고, 처음부터 이 점을 분명히 했다.

오스카 홉킨스에게도 이 옷을 입힐 생각이었다. 말하자면, 그 자식이 규율을 무시하지 못하도록 막는 게 중요했다. 이 사안에 직접적으로 접근할 수는 없었다. 그런 요구를 하기란 거의 불가능했다. 그렇다고 그의 규칙에 어떤 예외도 용납할 수는 없었다. 르플래스트리어 양에게 어렵게 이야기를 꺼냈지만, 그녀는 그저 깔깔대며 홉킨스 씨와 직접 의논할 문제라고 말했다. 그렇게 웃는 모습을 보자 그녀를 침대에 눕히고 싶어졌다. 그는 절도 있게 고개를 끄덕일 뿐 아무 대꾸도 안 했지만, 호던의 가게로 가서 장작같이 마른 얼룩쟁이 씨에게 맞으리라 짐작되는 사이즈로 옷을 구입했다. 그리고 구보로 말을 몰며 도시를 가로질러 달링 하버의 유리공장으로 향했다. 그곳에서 홉킨스 씨가 '준비 작업'중이라는 이야기를 들었던 것이다.

얼룩쟁이 씨가 뭐라도 준비를 하고 있다니 그 자체로 우스웠다. 정신적으로든 신체적으로든 그토록 인생에 준비가 안 된 사람은 평생 처음 보았다. 제프리스 씨가 '진짜 세계'라고 부르는 곳은 의회도 공장도 없는 상상 속의 장소로, 얼룩쟁이 씨는 간단히 죽을 터였다. '준비를 하고 있다'는 말을 들었을 때 헐렁한 속옷 차림에 연필처럼 가느다란 팔로 아령을 들고 있는 모습이 떠올랐다. 그래서 그는 잘생긴 검은 눈을 싱글거리고, 커튼 같은 콧수염 아래로 이빨을 드러낸 채 한껏 익살스러운 기분으로 공장에 도착했다. 어깨가 넓은 박스 플리츠 코트와 하얀 면장갑 차림이었다. 별나 보일지라도 그는 인식하지 못했다. 바로 그 순간, 시드니에서는 그의 꿈을 현실로 만들기 위해 열여섯 명이 일하고 있었다.

나는 대장이야. 내가 가라고 하면 가고, 오라고 하면 와야 되는 거야.

하지만 공장에 들어섰을 때 그는 기쁘지 않았다(기쁘지 않았다고? 분노가 치밀었다). 노동자들은 또다시 유리 교회를 궤짝에서 꺼내는 중이었다. 지난밤 여섯시에 나사를 단단히 조여놓았던 상자들은 이제 뚜껑들(A, B, C, D 등)이 벽에 포개진 채 기대어져 있었다. 주둥이를 꽉 묶어 나란히 늘어놓았던 포대들은 이제 도살장 바닥의 방광처럼 텅 비어 있었다. 용광로는 식어 있고, 유리 불기공들은 크리스마스 아침의 아이들처럼 궤짝에 달라붙어 있었다. 한편, 그중 가장 큰 아이인 얼룩쟁이 씨는 파리한 얼굴로 신이 나서 합창단 소년처럼 높은 목소리로 지시 사항을 외치고 있었다.

그리고 그들이 그 말을 따르고 있었다! 오, 하느님, 이건 참을 수 없어, 제프리스 씨는 생각했다.

자연법칙에 위배된다고. 저런 놈이 명령을 내리는데 이 남자들이 그냥 따르는 것도 아니라 기꺼이 따르다니.

"아뇨, 아뇨, 해리, 아니에요." 머저리가 라이카트 출신의 주물공 플러드에게 소리쳤다. "내가 혼자 힘으로 직접 해야 해요."

머저리는 무능했다. 눈에 빤히 보였다. 그는 'B1'이라고 새겨진 작은 포대에서, 지붕마루에 나란히 늘어놓을 주철 장식을 빼내고 있었다. 왜 저러는 걸까? 벽 부분을 조립하는 중 아니었나?

제프리스 씨는 그가 정말로 마지못해 '유능'하다고 인정한 사람을 돌아보았다. 이 모든 것에 반대해야 마땅한 그녀는 유리 불기공의 나무 왕좌에 앉아 흐뭇해하고 있었다. 앙증맞은 발과 가느다란 발목을 가진 아름다운 작은 여인이었다. 제프리스 씨는 저런 여자가 저런 별난 어린애와 잠자리에 드는 것을 선택했다는 사실에 화가 치밀었다.

교회만 보더라도 세상에 이런 머저리 짓이 있을까 싶었다. 그녀가 주물공의 꾐에 넘어가 이런 일을 벌인 것 같았다. 그자는 늘 자와 캘리퍼스로 이런저런 것을 재며 웅얼거렸다. 저 자잘한 여분의 장식과 성가신 문장과 작고 화려한 '끝머리장식'과 꾸미는 난간으로 그녀에게서 돈을 얼마나 우려냈을까. 하나같이—제프리스 씨가 짐작건대—'특별 제작품'이었고, 따라서 추가금을 받아냈을 터였다.

제프리스 씨는 전부 포장되어 눈앞에서 치워졌을 때조차 교회가 마음에 들지 않았다. 하지만 르플래스트리어 양이 사기당한 물품들을 꼼꼼히 살펴보는 태도에는 감탄하지 않을 수 없었다. 그녀는 목록 작성에 어마어마한 재능이 있었다. 그도 마찬가지였다. 현재 그의 인생 전체는 일련의 목록으로 이루어진 것이었다. 그는 루신다 르플래스트리어에게서 자신과 똑같은 꼼꼼한 체계성을 보았다. 하지만 그녀가 직접 목록을 확인하는 것은 그의 위신을 떨어뜨리는 짓이라고 생각했다. 화물 포장을 감독할 권리는 탐험대 대장인 그에게 있어야 마땅했다. 하지만 그녀는 그의 시선을 맞받아 눈을 똑바로 뜬 채 쳐다보며 화물 포장이 자신의 소관이라고 명확히 말했다. 그녀가 각 짐마차의 포장법에 대해 힘있고 또렷한 글씨로 적어서 건넨 서류에는 화물 목록이 첨부되어 있었다. 그 망할 것 전부가 퍼즐 맞추기 같았다. 포대용 천으로 휘감긴 기다란 '꽈배기' 기둥은 우측에 놓여야 하고, 상자 'H'와 'B'는—무게의 균형을 맞추기 위해—좌측에 놓여야 한다. 첨자 '2'가 붙은 상자들(A_2, B_2)은 절대 마차의 차축 위에 놓아서는 안 된다 등등. 짐을 싣는 데 하루종일 걸렸다. 그런데 골칫거리를 캔버스로 싸고 단단히 묶어두어 모두가 행복해하는 이때 올빼미처럼 울어대는 녀석이 짐을 몽땅 꺼낸 뒤 다시 싸야 한다고 결론내린 것이다. 장난감을 가만히 내버려두지 못하는 어린애 같았다.

제프리스 씨가 '준비'라는 말을 들었을 때 상상했던 모습과 달리 속옷 차림은 아니었다. 하지만 그 상상은 실제와 대단히 유사했다. 오스카 홉킨스는 작업복을 입고 있었다. 얼굴은 포장용 기름으로 얼룩졌다. 그가 손을 맞비비더니, 배우처럼 거짓 웃음을 띤 제프리스 씨를 돌아보았다.

"연습중이에요, 보시다시피. 보트 하버에서 당연히 도움을 받아야겠지만 꼭 전문가를 쓸 필요는 없어요. 제가 직접 유리를 끼울 수 있어요. 보시고 놀랐겠네요."

"물론입니다." 제프리스 씨가 대답했다.

"장담하는데, 라틴어 동사 활용보다도 훨씬 어려워요."

제프리스 씨는 분노를 말끔히 감추었다. 오스카의 제복을 싼 꾸러미를 겨드랑이에 끼운 채 뒷짐을 지었다. 발가락과 발꿈치에 번갈아 몸무게를 실어 앞뒤로 몸을 흔들었다. 오스카가 사다리를 위태위태 올라가 유리 건물 지붕의 텅 빈 거미줄에 기어오르는 동안, 제프리스 씨는 피트 스트리트의 라이시엄극장에서 본 연극에 대해 르플래스트리어 양과 잡담을 나누었다. 그는 교회에 감탄하고, 삼각법 지식을 활용해 디자인에 대한 칭찬을 늘어놓았다. 그러는 내내 진심으로 바란 것은 저걸 어서 포장해 치워버려였다.

제프리스 씨는 그 교회가 마음에 들지 않았지만, 역사적 감각은 확실히 있었다. 지금껏 유리가 단 한 번도 존재한 적 없는 지역으로 가져가는 것이다. 이것은 역사에 새로운 길을 닦으리라. 지리학 책 표지에 앉은 하얀 먼지를 가르며 그 안의 지도를, 강과 산맥과 이름들을 드러내리라. 그의 고향인 브롬리의 거리 이름들을 미개한 오스트레일리아의 강들에 붙여주리라.

이 여행에는 고통이 따를 터였다. 죽을 가능성도 컸다. 제프리스 씨는 그 점을 알고 있었다. 손에 쥔 도끼와, 베어낸 관목과, 경위의가 정확한 위도를 측정해주기를 기다리고 있는 들쑥날쑥하고 험준한 산들이 생생히 느껴졌다. 꿀피부에 여자 같은 저 녀석은 그런 고통은 꿈에도 상상하지 못하리라. 물을 두려워한다면 엉뚱해도 한참 엉뚱한 걸 두려워하는 것이다.

92
야훼는 나의 목자

루신다는 생각했다. 끔찍한 일은 늘 맑은 날에 일어나. 지금껏 나한테 나쁜 일이 비 오는 날에 일어난 적은 없어. 아버지가 양말 신은 발을 드러낸 채 집으로 실려왔을 때 울타리를 따라 때까치들이 지저귀고, 에메랄드색 가슴 물총새가 개울물에서 5센티미터 높이로 날고 있었지. 하늘은 얼마나 푸르렀는지.

어머니가 죽었을 때도, 해싯이 배를 타고 떠났을 때도 하늘은 푸르렀다. 그리고 세미서큘러부두를 향해 짐마차를 따라가고 있는 지금, 하늘은 구름 한 점 없이 맑고 푸르렀다—그녀는 하얀 모자와 베일 차림이었고, 그는 제프리스 씨의 바람대로 우스꽝스러운 제복 차림이었다.

제복은 그의 가슴과 어깨에 비해 너무 컸다. 그러다보니 품이 남아 돌아 주름이 졌다. 멜빵마저 헐렁했다. 그녀는 시드니 정신병원 앞에서 보았던 가엾은 사람이 떠올랐다. 간호사들이 양쪽에서 그 사람을 부축하고 있었는데, 드러난 하얀 목이 어찌나 긴지 저절로 칼이 떠올랐다.

그녀의 모든 열정과, 지성과, 자제심과 사랑이 어리석은 짓을 벌이는 데 동원되었다. 굴욕적인 복장을 한 그를 보고 나서야 깨달았다. 그도 아는 듯했다. 그의 눈에 공포가 어려 있었지만 이제 짐마차는 멈추지 않을 것이다. 짐마차가 시드니의 도로를 사형수 호송차처럼 나아가자 개구쟁이들이 길가에서 행렬을 따라 달리며 환호했다. 애들은 제프리스 씨를 '대위님'이라고 부르며 스튜어트 대위냐고 물었다. 제프리스 씨는 품위 없게 그런 질문에 대꾸하지 않았다. 그의 등은 꼿꼿하고 입술은 번들거렸다. 그의 말이 허공으로 치닫고 싶어 조바심쳤다. 루신다는 잘생긴 적갈색 말에게 적대감을 느꼈지만, 말을 탄 사람에게는 아직 그런 감정을 느끼지 않았다.

> 야훼는 나의 목자,
> 아쉬울 것 없어라.
> 푸른 풀밭에 누워 놀게 하시고
> 물가로 이끌어 쉬게 하시니.*

탐험대에는 원주민이 한 명도 없었는데, 루신다의 지시를 따르지 않은 것이었다. 제프리스는 그녀 곁에서 달가닥달가닥 말을 몰며 시드니 길바닥을 떠도는 불행한 자를 고용하는 건 무의미하다고 큰 소리로 말

---

* 시편 23장 1~2절.

했다. 오지로 들어가 현지 원주민을 고용할 생각이었다.

"보너스를 드리죠." 루신다는 핸드백을 뒤지며 소리쳤다.

그들은 이제 조지 스트리트 아래쪽 끝을 따라 이동하고 있었다. 짐마차 뒤에 타고 있던 나팔수가 악기로 요란한 불협화음을 뱉었다.

"트럼펫 중지." 제프리스가 방향을 획 돌리자 말이 앞발을 쳐들었다.

그럼 왜 나팔수를 고용한 거지? 루신다는 생각했다. "보너스요." 그녀는 고함치며 구깃구깃한 흰 봉투를 제프리스 씨에게 흔들었다. 그녀는 너무나 약하고 절망적으로 행동하고 있다는 것을 알았다. 그가 그녀를 얼마나 경멸하는지 뻔히 보였다. 그녀는 자신이 한 짓 때문에 겁이 났다.

홉킨스 씨가 무사히 도착하면 이 돈을 줄 거라고 그녀는 제프리스에게 말하고는 오스카에게 봉투를 건넸다. 그리고 그제야 친구의 마음을 상하게 하고 굴욕감을 주었음을 깨달았다. 잘난 척 윗사람 행세를 한 것이다. 눈물이 날 것 같았다. 그녀는 생각했다. 저자들은 사람의 목을 따고 돈을 훔쳐갈 거야.

지쳤던 이 몸에 생기가 넘친다. 그 이름 목자이시니 인도하시는 길, 언제나 곧은 길이요.*

세미서큘러부두로 들어선 루신다는 한자리에 집결한 탐험대를 처음 보았다. 방대한 규모가 가히 충격적이었다. 그녀는 생각했다. 저 망할 악당이 나를 등쳐먹었군. 아 주님, 제가 이 도시의 빈민으로 사는 일은 없게 하소서.

---

* 시편 23장 3절.

공기 중에는 긴장한 가축들이 싸지른 똥의 시큼한 냄새가 진동했다. 검정파리들이 그녀의 베일 주위에서 춤을 추었다. 그녀는 좌석에 놓인 오스카의 손을 보고 꼭 쥐었다.

그는 아파 보였다.

"그럼……" 그는 입을 열었지만 더이상 덧붙일 말이 없었다.

그녀는 기다렸다. "그럼?"

"그럼……" 그는 손수건을 꺼내 이마를 닦았다. 눈빛이 흐렸고, 웃긴 했지만 얼굴에 생기가 없었다. "그럼, 승선은 어떤 순서로 하지요?"

높은 돛대가 달린 범선 옆에 너벅선과 바지선이 주르르 늘어서 있었다. 사방에서 사람들이 밀려들며 태연히 그들을 쳐다봤다.

"홉킨스 씨." 제프리스 씨가 외쳤다. "홉킨스 씨, 먼저 타시죠."

제프리스 씨는 종마를 군중 사이로 몰고 들어갔다. 그녀는 생각했다. 검까지 차고 있네. "홉킨스 씨, 맨 앞의 바지선에 타야 해요."

"오, 이런." 오스카가 말했다.

"시간은 많으니 천천히 타요." 하지만 루신다의 목소리는 작아서 들리지 않았다. 남성용 모자가 와글와글 몰려들어 바다를 이룬 곳에서 한 여자가 내는 목소리였다.

그가 마차에서 내리기 시작하며 그녀의 손을 꼭 쥐고 발판에 발을 디뎠다.

그녀는 그의 손목을 쥐었다.

그녀는 그를 붙잡고 그에게 키스했다. 베일이 두 사람의 입안으로 들어갔다. 군중이 휘파람을 불었다.

원수들 보라는 듯 상을 차려주시고, 기름 부어 내 머리에 발라주시니.*

"주님께서 지켜주실 거예요."

그녀는 내기를 공식적으로 문서화한 서류를 그에게 건넸다. 그도 그녀에게 봉투를 내밀었다. 그러고는 땅에 내려 그녀에게서 멀어져갔다. 텅 빈 껍데기라도 된 듯 그녀의 팔과 가슴에 잔인한 공허감이 엄습했다. 바로 조금 전 그의 몸이 꼭 닿았던 부분에서 고통이 일었다. 그녀는 손끝으로 어깨를 더듬었다. 그라는 존재의 메아리를 포옹했다. 춥지도 않은데 무릎덮개로 몸을 감쌌다.

주위의 인부들이 모두 상자가 더럽게 무겁다며 욕설을 퍼부어댔다. 그 안에 담긴 물건은 그녀가 꿈꾸었던 박쥐 날개형 크리스털 건축물과는 일절 거리가 멀었다. 납처럼 무거운 어리석음이 주철봉 150킬로그램, 각 1킬로그램인 유리판 562장, 볼트와 너트 240다스, 퍼티 30킬로그램, 아마씨 기름 20리터라는 형태로 들어 있었다.

그녀는 걸어간 그가 옆의 바지선으로 안내되는 모습을 바라보았다. 사람들이 양쪽에서 그를 부축하고 있었다.

---

* 시편 23장 5절.

93
운이 안 맞는 시

오스카가 루신다에게 준 봉투는 반으로 접힌 뒤 다시 접히고 또다시 접혀 있었다. 어찌나 접고 또 접었는지 때묻고 닳은데다 봉투에 쓰인 이름은 얼룩지고, 모서리마다 꺾여 그녀의 비참함에 대한 조잡한 기념품이 되었다.

그녀가 봉투를 열어보지 않은 것은 잊어서가 아니었다. 반대로, 롱노즈 포인트로 천천히 돌아가는 내내 무엇보다도 그것을 의식하고 있었다. 그녀는 봉투를 식탁 위, 갈색 유약을 바른 찻주전자에 기대 세웠다. 찻주전자에는 그들이 마지막으로 마신 차의 찌꺼기가 차갑게 젖은 채 여전히 남아 있었다. 여기에도 검정파리가 돌아다녔다. 다 마시지 않은 두 찻잔의 우윳빛 테두리를 엉금엉금 기어다녔다. 그녀는 봉투를 집어 들었지만 열어보지는 않았다.

울고 싶지 않았기 때문이다. 텅 빈 집에 꺽꺽 우는 소리가 울리는 것이 두려웠다. 그런 소음은 그녀가 상상하기에 생생한 악몽이었다. 그래서 봉투를 열지 않기로 했다. 두 사람이 그토록 열정적으로 암시했던 그 모든 섬세한 감정이 편지에 담겨 있으리라 여겼던 것이다.

그리하여 탐험대가 떠나고 엿새 후인 3월 15일 화요일이 되어서야 루신다는 봉투를 열었다.

그녀의 손에는 운이 안 맞는 단순한 시가 들려 있었다.

감히 바라지 못하나
그럼에도 바랄 수밖에 없나니
이 모험을 통해
그대의 신뢰를 얻게 되기를.

"아, 내 사랑." 그녀는 부엌을 향해 소리쳤다. 그가 부엌에 있을 때는 한 번도 그런 적이 없었다. "당신은 이미 내 신뢰를 얻었어요."

등받이에 가로대를 댄 의자에 털썩 주저앉았다가 부르르 전율하는 격정에 얼굴을 일그러뜨리며 도로 벌떡 일어나 목덜미에 흘러내린 머리카락을 움켜쥐었다.

"이런, 바보."

그녀는 창가로 걸어갔다. 머리핀을 뺐다가 다시 꽂았다. 항구의 불빛은 깨진 유릿조각처럼 냉혹하고 차가웠다. 그녀는 손마디를 깨물었다. 눈을 감고 탄식했다. 아아아.

그녀는 교회에 아무 관심도 없었다. 열정에 들떠 구상한 것이었다.

신성한 사랑을 기리기 위해서가 아니라 그들의 사랑을 기리기 위해 설계된 것이었다. 마찬가지로 이 내기는—그녀는 머리를 유리판에 단단히 대고서 눈을 꼭 감은 채 지금에야 깨달았다—그저 도박판에서는 결코 해내지 못했던 일을 마침내 저지르기 위해서였다. 바로 상속 재산으로 인한 무거운 죄책감을 불필요한 녹슨 갑옷처럼 벗어던져 새털처럼 가벼워지고, 텅 빈 지갑처럼 순결해져 아무런 거치적거리는 방해물 없이 자신의 얼굴을 그의 우아한 목 아랫부분 부드럽고 비밀스러운 장소에 파묻기 위해서였다.

이 반지로 결혼을 서약할지니, 온몸을 바쳐 그대를 받들지니, 내 전 재산을 그대에게 바칠지니.

"내 마음을 알면서, 알면서 어떻게 이리도 나를 오해할 수 있죠?" 그녀는 거실로 걸어가 계단을 올랐다.

바로 그날 심부름꾼을 보내 탐험대를 찾아보게 했지만, 그들은 이미 싱글턴에서 워나루아 부족민 둘과 함께 지도에도 나와 있지 않은 오지로 예정대로 탐험을 떠난 뒤였다.

94
스미스 씨

스미스 씨, 퍼시 스미스 씨, 버러데일 씨의 친구이자 모래색 머리에 온화한 눈을 깜빡깜빡하며 바지에서 쉴새없이 라마의 털을 집어내던 바로 그 스미스 씨는 탐험대에 동물수집가로 고용되었다. 그는 사비를 털어 100쪽짜리 8절판 노트 일곱 권을 구입해 발견사항을 기록하려고 했다. 또한 빈병, 코르크 마개, 종이, 왁스 등이 담긴 상자 열여섯 개를 장만했다. 포름알데히드 한 통과 증류주 한 통 외에도 여러 도구를 갖추었는데, 그중 상당수는 삼나무 벌목꾼들이 흔히 '대형 관목'이라고 부르는 비옥한 아열대 지역으로 들어가리라는 예상에 이번 탐험을 위해 특별히 구입한 것이었다.

하지만 세미서큘러부두에서 20미터도 채 못 갔을 때 탐험대 대장이 두 사람의 친분을 모른 채 스미스 씨를 오스카 씨의 보호자로 임명하면서, 이 임무가 제일 중요하며 다른 모든 임무는 부차적으로 여기라고 선언했다. 그동안 다른 대원들은 정박지로 들어가던 소브레이언의 갑판에서 뛰어내린 승객에게 온통 관심이 쏠려 있었다. 물에 빠져 죽을 생각이었던 모양인데, 수로 안내선이 그를 건져올렸다. 수로 안내선의 갑판원이 헤엄치는 남자의 바지를 갈고리 장대로 꿰는 동안, 스미스 씨는 제프리스 씨가 오스카 홉킨스의 악다문 잇새로 금속 깔때기를 꽂는 것을 거들었다. 지난번에 죽어가는 더비종 돼지의 주둥이에 꽂혔던 깔때기였다. 그후 살균 소독하지 않았지만 제프리스 씨는 그런 자잘한 부분에 아랑곳하지 않았다. 그는 이 용도로 4리터들이 병을 구입했다며 아편팅크*의 첫번째 복용을 이미 지시하고 있었다. 당밀 같은 초록색 액체가 홉킨스 씨의 뾰족한 턱을 따라 흘러내리고, 소브레이언의 돛 그림자가 그의 묘하게 열정적인 얼굴에 드리울 때 제프리스 씨는—특정 지역에 서식하는 동물상動物相의 전문적 수집의 중요성에 대해 대단히 헌신적인, 아니 광적이었던 그가—사과 한마디 없이 침착하게 스미스 씨의 임무를 수정했다. 그는 이렇게 설명했다. "이 사람을 24시간 감독하게. 한시도 눈을 떼지 않도록. 똥구멍을 닦을 때도 한 눈으로 그를 살피고. 성기를 만지작댈 때도 다른 손으로는 그의 발목을 잡아야 하네. 강을 건너야 하면 가능한 한 미리 알려줄 테니 아편팅크 150밀리리터를 투약하도록."

퍼시 스미스는 생각했다. 이런 일에 동의하다니 난 약해빠졌어. 어떻게 사람들은 항상 나를 찾아내고, 나는 왜 늘 웃으며 고개를 끄덕이는

* 아편으로 만든 진통제, 지사제.

걸까?

그는 명령을 수행하겠느냐는 질문에 바지선 위 제프리스 씨의 얼굴을 응시했다. 시선을 견딜 수가 없었다. 그의 영혼이 소금을 뿌린 거머리처럼 쪼글쪼글해졌다.

첫번째 야영 때 제프리스 씨는 모닥불 앞에서 연설을 했었다. 그는 대원들에게 말했다. "밤에는 미친놈처럼 날뛰어도 좋지만, 낮에는 하느님께 맹세코 반드시 군인이어야 한다." 그들은 그대로 따랐다.

와이즈먼스 페리에서 맞은 두번째 밤에 대원들은 술에 취해 미친듯이 고함을 질러댔다. 스미스 씨는 저들 중 하나가 총이나 도끼나 칼을 들고 대장이 일지를 기록하고 있는 불 밝힌 텐트로 뛰어들지는 않을까 반쯤 기대했다. 그들이 그러지 않는 것은 제프리스 씨가 자신의 성격대로 특정한 유형의 남자들을 고른 덕분이었다. 그들은 아무리 노려보고 욕설을 뱉을지언정 '군인'이 된다는 사실에 기뻐하고 있었다. 게다가 제프리스 씨의 지도력은 강력해 불복종한 부하를 살해하고도 남을 듯했다. 권총과 검에서 손이 멀리 떨어지는 법이 없었고, 실제로 그날 개울을 가로지를 때는 검을 빼들었다. 무성한 수풀 사이로 15센티미터 깊이의 맑은 물이 흐르는 모래 바닥의 작은 개울이었다. 그곳에서 그는 목수의 손을 잘라 개에게 먹이겠다고 선언했다. 그저 목수가 화물이 '충분히 안전하다'는 견해를 피력했기 때문이었다. 제프리스 씨는 답스 씨의 사무실에서 줄무늬 바지를 입고 있을 때와 별반 다르지 않게 행동했다. 본래 모습이 보다 부각되었을 뿐이다. 그는 골동품 검을 빼들고 그 남자를—모래색 머리에 코가 막 햇볕에 탄 사실상 어린애였다—'빌어먹을 식민지의 빌어먹을 개, 빌어먹을 레몬이나 핥는 머저리'라고 불렀다. 정말로 손을 자를 기세였다. 하느님에게 맹세코 그랬다. 그를 잘 봐라. 저녁식사로 잘라낸 손을 먹으라고 주고도 남을 사람이다.

스미스 씨는 젊은 사제와 나란히 통나무에 걸터앉아 모닥불을 응시했다. 여러 차례 탐험에 참여한 그는 항상 하루 중 이 시간을 즐겼다. 이곳에는 물이 부족하지 않기에 주간용 제복을 빨아, 오스카와 함께 타고 가는 짐마차에 임시로 빨랫줄을 설치하고 걸었다—이 짐마차는 캔버스 차양이 드리워져 있다는 이유로 부대장에 의해 이미 '숙녀용 마차'라는 별명을 얻었다. 스미스 씨는 깨끗한 옷으로 갈아입었다. 피부에 시원하게 닿는 천에서는 여전히 아내의 다림질대 냄새가 풍겼다.

그의 동행은 옷을 빨지도, 갈아입지도 않은 상태였다. 너무 수줍어해 다른 사람들 앞에서 벌거벗고 씻을 수가 없었다. 그러니 지금 어지간히 불쾌한 상태일 터였다. 스미스 씨는 피부에 닿는 깨끗한 리넨의 감촉을 대단히 즐기는지라 오스카 홉킨스의 땀으로 꿉꿉한 옷을 생각하는 것만으로도 불쾌감이 느껴졌다. 더위 속에서 이동하는 중이었다. 일대는 여전히 매우 건조했고, 땅을 일군 곳에서 먼지가 뭉게뭉게 일었다. 산불로 연기가 피어오르는 산등성이를 따라 한나절을 이동해왔다. 나무뿌리가 여태 불타고 있고, 불붙은 나뭇가지가 탐험대를 위험에 빠뜨릴 만큼 가까이 두 번이나 떨어졌다. 스미스 씨와 홉킨스 씨는 젖은 손수건을 얼굴에 둘렀지만 당연히 피부는 연기와 재로 얼룩졌다. 퍼시 스미스는 지저분한 꼴의 동료를 참을 수가 없었다.

"목욕하기 좋은 때랍니다. 달이 물위에 떠 있어요. 이렇게 즐거운 일도 없을 것 같군요. 사실 저는 또 목욕을 할까 생각중이랍니다. 태초의

밤은…… 우리에게 엷은 커튼을 드리우네요."

오스카는 대꾸가 없었다.

스코틀랜드인 두 명이 보트 운반차 근처에서 노래를 불러댔다.

> 베그스라는 천사의 이야기를 들려주지.
> 지상으로 내려온 그의 가랑이에는 비단 지갑이 달려 있었네.

퍼시 스미스는 사제를 비꼰 노래에 당황했다. 그는 물을 탄 럼주를 홀짝이며 모닥불을 응시했다.

"목구멍이 아직도 아픕니까?"

"아, 그리 심하지는 않아요."

퍼시 스미스가 파이프와 담배 주머니를 꺼내며 말했다. "생각해봤는데, 깔때기에 왁스를 바르면 고통이 꽤 줄어들 겁니다. 하지만 발작 때문에 깔때기를 깨물기라도 하면 왁스 조각이 떨어져 기도가 막힐 수도 있다는 점이 마음에 걸리는군요."

"발작은 한 번도 일으킨 적 없어요."

"하지만 물 공포증이 있잖습니까?"

"평생 그랬죠. 하지만 바지선에 올랐을 때는 괜찮았어요. 그저 그토록 사랑하는 이를 떠나는 게 슬펐을 뿐이죠."

"홉킨스 씨." 스미스 씨는 푸른 연기를 뭉게뭉게 밤하늘로 보내며 말을 이었다. "홉킨스 씨, 아편팅크 때문에 기억상실에 걸렸나요?" 그는 비꼬려는 의도가 아님을 보여주기 위해 껄껄 웃었다. "다 잊었나보군요."

"제가 뭘 잊었는데요, 스미스 씨?" 그 목소리는 냉담하고 쌀쌀맞았다.

스미스 씨는 생각했다. 내가 자기한테 해야 하는 짓을 쉽사리 용서하지 않을 거야. 하지만 이 사람 역시 그 미치광이의 손아귀에 있어. 우리 둘 다 같은 배를 탄 거지. 그러니 나를 용서해야 해. 용서하지 않으면 견디기 힘들 거야.

스미스 씨가 말했다. "발작을 일으켰다는 사실을 잊은 것 같군요. 이빨이 악물렸어요. 얼굴은 정육점 고기처럼 시뻘겠고요. 눈이 돌아가고, 이마에 튀어나온 혈관이 꼭 벌레 같았죠."

"그러니까 당신도 우리가 어리석게도 화물의 운반을 맡긴 '자'의 눈으로 나를 보았군요." 오스카가 씩씩거렸다. "나를 공격하고 때려눕히고 그 '약'을 억지로 먹인 건 바로 그자예요."

"그는 많은 책임을 지고 있어요. 홉킨스 씨가 혹여 물로 뛰어들까봐 걱정하고 있죠."

"보너스를 날릴까봐 걱정하는 거겠죠. 하지만 내가 죽는 일은 없을 거예요. 절대로. 살아야 할 이유가 너무 많거든요."

"그녀를 우리 식탁에 소개한 게 나라는 걸 잊었나요?"

"죄송……"

"그 '살아야 할 이유' 말예요. 누가 그녀를 버러데일의 식탁에 애써 초대했는지 기억합니까?"

"아, 그럼요." 오스카가 마침내 밝아진 목소리로 대답하자 스미스 씨는 기뻤다.

"그 점에 대해 나한테 감사해야 합니다."

"당연하죠."

잠시 후 오스카가 말했다. "나는 이런 식으로 행동하는 남자들을 본 적이 없어요."

그가 정확히 누구를 가리키는 것인지 모호했다. 제프리스 씨인지, 아니면 모닥불 가장자리에서 씨름하는 이들인지, 그도 아니면 부대장의 회색 텐트 주위에서 술에 취해 지그 춤을 추는 사람들인지. 물론 밤에는 불경한 행위도 많이 벌어졌지만, 원래 그런 법이었다.

"내가 이런 생활에 적응할 수 있을지 걱정이에요." 신부가 말했다. "내게는 잔인하게 느껴져요. 사실, 살면서 인생에 대해 아는 것이 거의 없다니 참 기이해요. 삶의 많은 부분이 이렇겠죠."

"아, 예, 그렇지요." 퍼시 스미스는 한숨을 쉬며 말했다.

"내일은 약을 안 줘도 됩니다. 나한테 맞지 않아요."

퍼시 스미스는 아무 대꾸도 하지 않았다.

"엄밀히 말하자면, 제프리스 씨는 내 고용인입니다." 오스카가 일어났다. 잠시 제프리스 씨의 텐트로 걸어가려는 듯 보였다. 랜턴 세 개가 환히 빛나는 텐트 쪽으로 정말로 한 걸음을 떼었다. 하지만 우뚝 멈춰 섰고, 왜 그러는지 보려고 퍼시 스미스도 일어났다. 손목을 잘라버리겠다고 위협받은 바로 그 목수 때문이었다. 모닥불의 바깥쪽 원에 무릎 꿇은 채 금발머리를 땅에 박고서 쳐든 그의 엉덩이에 부대장이 박아대고 있었다.

"하느님 맙소사." 오스카가 높고 또렷한 목소리로 말했다. 그 말은 숲이 울창한 오지에서 들리는 채찍새* 울음처럼 청아하게 야영지를 갈

* 오스트레일리아에 서식하는, 울음소리가 채찍소리와 비슷한 새.

랐다.

삽시간에 야영지 전체에서 폭소가 터져나왔다. 추한 소음의 혼란 속에 문이 쾅 닫히는 소리, 당나귀가 울어대는 소리가 섞여 있었다. 하지만 일순 모든 것이 고요해졌다.

95
워들리피시의 도착 (1)

고향을 떠나고 사 주 후 이언 워들리피시는 은거울을 들여다보며 티 없이 새하얀 성직자용 칼라 위로 물기 어리고 핏발 선 나약한 눈에 입술이 두툼한 역겨운 얼굴을 보았다. 자신의 양심이라는 재판관 앞 피고의 자리에 서서도 어릿광대는 활짝 웃고 농담을 던지며 환심을 사려 했지만, 그래 봐야 소용없었다. 워들리피시는 거울을 세면대에 놓고는 침대와 세면대 사이에 육중한 몸을 끼워넣고 객실 바닥에 무릎을 꿇었다. 앞으로 도박과 술과 지저분한 농담을 멀리할 뿐만 아니라 품위 있게 처신하고, 클라크슨과 매과이어 씨를 피하겠노라고 하느님에게 맹세했다. 불과 세 시간 전만 해도 그는 그 두 '신사'와 「에스키모 넬」*의

* 작자 미상의 외설적인 시.

제16연을 암송하며 희희낙락했었다.

머리가 지독하게 아팠다. 시드니에서 무슨 대리인으로 일한다는 클라크슨이 '스쿼터스 펀치'라고 알려준 술을 마신 탓이었다. 석류즙과 샴페인과 대단히 역겨운 식민지산 럼주를 섞어 만든 것인데, 클라크슨은 그것에 중독되어 런던까지 가져갔을 정도다. 세상에 자기가 못 마실 술은 없다고 큰소리치던 벨파스트 출신의 매과이어도 스쿼터스 펀치에는 두 손을 들었다. 워들리피시는 '현대적인 신부' 역할을 하는 중이었다. 지난밤에는 전에 없이 잘해냈다.

그는 또다시 옛 약혼녀의 무릎에 대해 노골적인 말을 늘어놓았다. 전에도 그런 적이 있었다. 서펀타인에서 우연히 힐긋 본 무릎의 모양 때문에 도저히 결혼할 수 없었다고 말했다. 사실이 아니었다. 그런데도 술 몇 잔에 흥에 겨워 매과이어와 클라크슨에게 추하게 생긴 무릎을 묘사했다. 그들은 그를 대단히 현대적이라고 여겼지만, 그는 두 번 다시 그러지 않으리라 결심했다. 선실 안 요강 냄새에 울렁거리는 속을 부여잡고 앞으로 기독교인이자 신사답게 행동하겠다고 하느님에게 맹세했다.

맹세할 때조차도 자신이 과연 그 맹세를 지킬 수 있을지 미심쩍어했다. 하지만 메스꺼움이 사라지고 나서도 그는 맹세대로 행동했다.

초기에 그가 저지른 '허튼짓'은 아주 많은 관심을 끌었다. 그러다 개과천선하는 모습을 보이자 효과가 꽤 눈부셨다. 실제로 소브레이언이 시드니 항구를 향해 마지막 긴 직선 침로를 나아갈 무렵에는 파월 부부와 하프스미스 부부와 심지어 매스터슨 양까지 돌아온 탕아에게 보여줄 법한 특별한 친밀감을 담아 그에게 인사와 미소를 보냈다.

하지만 시드니 항구로 통하는 길목을 지키는 높다란 거친 절벽과 세미서큘러부두의 잔잔한 바다 사이의 거리에서 한 사람이 얼마나 큰 피해를 야기할 수 있는지 안다면 놀랄 것이다. 3해리도 채 되지 않는 그 짧은 거리에서 말이다.

문제는 워들리피시가 다른 이의 호감을 사고 싶어한다는 것이었다. 그도 자신의 약점을 알았지만, 아무 설명도 없이 클라크슨과 매과이어를 멀리하고 몇 주 동안이나 완전히 무시하고 지냈으면서도 화해하고 싶어했다.

클라크슨이 권하는 럼주를 거절하고서는 도저히 화해를 이룰 수 없었다. 럼주는 클라크슨에겐 개인적으로 무척 소중한 것이었다. 술병을 승무원에게 맡기지 않을 정도였다. 반드시 은색 휴대용 술병으로 럼주를 따른 뒤 점안병으로 소량의 정향 주스를 타야 했다. 당시 워들리피시는 튼튼한 허벅다리와 육중한 엉덩이가 꼭 견고한 도자기 병처럼 보이는 덩치 큰 사내였다. 보통 때 그는 술에 강했다. 하지만 이 경우, 소브레이언의 난간에서 럼을 마시니 겨우 두 잔 만에 혀가 막 꼬였다. 아마도 이처럼 하늘이 눈부시게 푸른 날 마침내 시드니에 도착했다는 흥분 때문이거나 클라크슨(새침한 붉은 코와 까다로운 작은 입을 가진)이 기꺼이 그를 다시 친구로 받아들여줄 듯하다는 안도감 때문이었으리라. 워들리피시는 곧 랜드윅 '따떼간'에서 저녁을 먹고 있을 것이라고 말했다.

"취했군." 클라크슨이 유쾌하지 않은 어조로 말했다. "취했어. 세상에, 나는 왜 사나 몰라. 당신네 사제라는 인간들이 좀 재밌겠다 싶은 건 죄다 금지하는데. 그나저나 부두에서 주교가 기다리고 있을지도 모르는

데, 누가 알겠나, 이렇게 진창 마시다니."

"주교는 없어."

"랜드윅 사제관도 없지요." 클라크슨은 스스로 권위를 부여하려고 할 때면 늘 그러듯 금시계를 확인했다. "랜드윅 사제관은 완전히 잿더미가 되었거든."

"설마." 워들리피시는 입을 쩍 벌리며 대꾸했다.

"금방 거길 배가 지나쳐왔다네."

"농담 말라고."

"아니, 맹세해." 클라크슨은 신참내기를 상대로 초기 이주자의 위세를 이미 만끽하고 있었다. "분명 봤을 텐데." 그러면서 그는 랜드윅에서 10킬로미터는 족히 떨어진 왓슨스 베이를 가리켰다.

"자네 얼굴을 좀 보라고." 매과이어가 말했다.

"자네 얼굴이나 봐, 이 악당아. 내가 농담도 구분 못할까봐." 그러면서 워들리피시는 또 럼주를 잔에 받았다. 정향 주스가 몇 방울 더해지는 동안 잔을 똑바로 들고 있었다. 왜 저 거짓말에 심장이 이리도 두근대는지 이해할 수 없었다. 그는 생각했다. 오늘밤 사랑스러운 이상한 녀석을 만날 수 있겠지, 아니 만나야지. 이런저런 명령을 내리고 식사 전에 식탁에 똑바로 앉으라고 잔소리하는 윌리엄스 부인 같은 아주머니와 함께 녀석은 사제관에서 잘 지내고 있겠지. 오늘은 토요일이니 내일까지 기다려야겠군. 기다리지. 교회로 가서 녀석의 설교를 들어야지. 신도들을 내려다보다 앉아 있는 나를 발견하겠지. 그래, 그래, 그래야겠어.

항구에 바람이 세찼지만 캔버스 돛이 반쯤 묶여 있어 배는 느릿느릿 나아갔다. 워들리피시는 별안간 조바심이 일었다. 어서 육지에 오르고 싶었다. 어서 자고 싶었다. 눈을 뜨면 아침에 랜드윅교회에 앉아 있고 싶었다. 그는 술을 네잔째 받아들었다. 정향 덕분에 맛이 깊었다, 의문의 여지가 없었다. 그는 옆쪽을 내려다보다가, 헤즈 바깥에서 소브레이언에 합류했던 수로 안내인이 부두에 닿기도 전에 떠나는 것을 알아차렸다. 안내선이 그를 태우러 소브레이언 뱃전에 바짝 붙었다. 강인한 체구와 회색 턱수염이 인상적인 수로 안내인이 자신의 배로 돌아가자 워들리피시는 고개를 들었다가 그 배에서 20미터도 채 떨어지지 않은 선창에 주르르 묶여 있는 바지선들을 보았다. 탐험대가 떠나는 모양이었다. 말, 수레, 군인처럼 차려입은 사람들, 기다란 예복용 검을 허리에 찬 모습이 꼭 길버트와 설리번의 희곡에 나올 법한 작달막한 사나이. 그리고 그 곁에 끔찍하고 황당한 모습이 보였다. 자신이 그토록 만나고 싶어 조바심치는 바로 그 이상한 녀석의 닭 같은 모가지가 끔찍한 붉은 셔츠 위로 불쑥 솟아 있고, 우스꽝스러운 멜빵이 좁은 가슴에 엇갈려 지나고 있었다.

"아, 안 돼. 내 친구가 저기 있어." 클라크슨이 고개를 끄덕였지만 무슨 말인지 알아들은 것 같지는 않았다. "내 친구라고." 작고 통통한 매과이어에게 말했지만, 그는 음식이 있다든가 없다든가 하는 말이라도 들은 양 배를 문질렀다. 하지만 워들리피시가 한 말의 뜻은 이랬다. 검은 성직자복을 입고 설교대에 서 있어야 할 사람이 지금 눈앞의 바지선에 올라타 있다고.

"홉킨스." 워들리피시가 소리쳤다. 두 손을 모아 손나발을 만들고 다시 소리쳤다. "오스카 홉킨스."

"뭐하는 인간들이지?" 매과이어가 말했다. 그리고 갑판에 나올 때마다 지참하는 작은 황동 망원경을 꺼내들어 바지선에 초점을 맞췄다.

"내 친구야, 랜드윅 사제관의 홉킨스 신부." 워들리피시가 말했다.

"그럼 손을 흔들어야지." 클라크슨이 말하며 직접 시범을 보였다. 그는 여자 목소리를 흉내내어 외쳤다. "이봐요, 이봐요, 랜드윅 씨." 그가 워들리피시에게로 돌아섰다. "손을 흔들라고, 친구가 오지로 탐험을 떠나는데. 손을 흔들어, 일 년은 못 볼 테니."

워들리피시는 클라크슨을 쳐다보고는 그가 자신을 좋아하지 않으며, 용서하지 않았고, 앞으로도 용서하지 않으리라는 것을 알았다.

"거짓말쟁이." 워들리피시가 말했다.

"뭐라고 했어?"

"엉터리." 워들리피시는 말을 바꾸었다. 시시한 말다툼에 허비할 시간이 없었다. 그가 장난을 치는 건지 아닌지 어서 빨리 알아내야 했다.

"누구 유명한 사람이라도 있나?" 매과이어가 물으며 안경을 벗고 작은 망원경을 다시 조정했다.

"정말인가?" 워들리피시는 나직하고 공손하게 물었다.

클라크슨은 잔에 럼을 부었지만 아무에게도 권하지 않았다. "저기 마차 보이지?" 그가 점안기로 가리키며 말했다. "보트 두 척을 포개어 실은 마차 말이야. 보이나? 그럼 말해봐, 피시, 탐험을 할 게 아니라면 대체 왜 저런 마차를 가져가겠어? 이것참, 저 사람들을 봐. 저렇게 많은 양철 병정을 본 적 있어?"

자그마한 증기선이 바지선들을 당겨 강으로 끌어내고 있었다. 워들리피시는 재킷을 벗어 난간에 대충 걸쳤다. 성직자용 칼라를 벗어 재킷에 걸쳐놓았다. 칼라용 단추는 주머니에 넣었다.

아무도 그를 주목하지 않았다. 심지어 그가 고함을 쳤을 때도. "오스카 홉킨스."

클라크슨은 정향을 탄 럼주를 홀짝였다. 매과이어는 배를 난간에 붙인 채 망원경의 초점을 맞추고 있었다. 워들리피시는 난간으로 기어올라가서 하프스미스 부부, 매스터슨 양 등이 다 보는 가운데 먼저 신발을 벗고 시드니 하버를 향해 머리부터 물에 뛰어들었다.

그가 바로 갈고리 장대로 바지를 꿰어 끌어낸 '물에 빠져 죽으려는 남자'였던 것이다.

96
워들리피시의 도착(2)

물에서 건져낸 남자는 엉덩이가 말만큼 크고 몸이 육중해서 끌어내다가 하마터면 탈장을 일으킬 뻔했다고 갑판원 앨프리드는 주장했다. 어쨌든 그는 갈고리를 아주 요령 있게 걸어 신사의 부드러운 흰 엉덩이에 긁힌 흔적 하나 남기지 않았다. 그러나 그자는 익사를 면하고도 사례금을 주려 하지 않았다. 가식적으로 고상한 척하는 신참내기 이주민은 주머니에 땡전 한 푼 없고 입에서 싸구려 럼주 냄새를 풍기는 것으로 보아 본국의 송금에 의지해 살아가려는 게으름뱅이가 분명했다.

구조 작업을 마친 앨프리드 스핑크스는 조타실에서 한쪽 발에 힘을 실어 몸을 단단히 받치고 서서 타륜을 오른쪽으로 돌렸다. 배가 한 바퀴 도는 동안 사팔눈 시먼스 선장—쭈글쭈글한 거죽 같은 피부에 은빛 수염을 기른 수로 안내인이었다—이 질문자 역할을 맡았다. 보기

드문 구닥다리 볼거리가 한바탕 벌어질 터였다. 누구나 그렇듯 시먼스 선장은 보상을 좋아했다. 또한 신참내기를 무척 싫어했고, 하물며 명령을 받는 것은 극도로 싫어했다. 그는 사팔눈은 피구조자를 향한 채, 기대에 차서 지켜보는 앨프리드 스핑크스에게 다른 쪽 눈을 찡긋했다.

피구조자는 금니가 하나 있고, 금발 턱수염 가장자리에 얼핏 진드기처럼 보이는 사마귀가 있었다. "다시 한번 부탁하는 바이네." 영국인이 말했다. 빌어먹을 치안판사라도 되는 듯한 말투였다. "탐험대 바지선이 묶여 있는 곳으로 데려다주길 다시금 부탁하네."

그는 우라지게 예의바르고 품위 있었다. 셔츠에 젖꼭지가 비치다니, 쯧쯧. 쿨럭대며 냄새나는 물을 막 토해내다니, 어이쿠.

시먼스 선장은 물이 뚝뚝 떨어지는 그 옆에 스스럼없이 앉았다. 머리 위로 굴뚝이 하늘을 향해 검댕을 뱉어내고 있었다. "당신한테 계급이 있는지는 몰랐소."

"계급이라니?"

"그래요, 계급. 제독이나 중장같이 특정한 상황에서 안내선 선장에게 명령을 내릴 권한이 있는 사람 말이지."

"이 천한 놈, 나는 신사야." 워들리피시가 말했다.

"나를 천것이라고 부르면 곤란하지. 엄연히 이 배의 선장인데."

이 대답에 워들리피시는 눈을 가늘게 떴다. 뉴사우스웨일스에서는 모든 게 이런 식이라면 도저히 견딜 수 없을 터였다. 뭐 하나도 제대로 될 리 없었다. 천것인지 아닌지 상대방과 입씨름을 해봐야 소용없었다.

"나는 신사네." 워들리피시는 말했다.

"난 선장이고, 내가 당신을 넘겨주어야 할 사람도 선장이고. 당신을 위해 항구를 가로지를 게 아니라."

"다른 선장이라니?"

"소브레이언의 선장이지. 댁이 달아나 피하려고 한 그 사람 말이야."

워들리피시는 벌떡 일어났지만, 그 축복받은 배는 어찌나 작은지 달리 갈 곳이 없었다. 두 걸음 만에 조타실이었고, 그곳에는 아서 스핑크스의 눈이 주머니쥐처럼 빛나고 있었다. 소브레이언을 올려다보니 그의 공개적 망신을 주의깊게 지켜보고 있는 얼굴들로 갑판이 붐볐다.

"이보게, 내가 정중히 부탁하네." 그는 시먼스 선장에게 씩씩대며 말했다.

시먼스 선장의 은색 턱수염 안쪽 깊숙이 웃음이 스멀스멀 피어올랐다.

"부탁하는 태도가 아니구먼." 시먼스 선장은 커다란 시커먼 엄지로 담배를 다져넣기 시작했다.

워들리피시는 소브레이언의 갑판을 다시 올려다보았다. 매스터슨 양과 시선이 마주쳤다. 오 주 전까지만 해도 설마 자신이 사랑하게 될 줄은 상상도 못했던 여인이었다. 그녀는 시선을 피하지는 않았지만 웃지도 않았다. 무슨 쥐새끼라도 되는 양 그를 내려다보고 있었다.

바지선은 이제 사백 미터가량 떨어져 있었다. 워들리피시는 헤엄쳐서 갈까도 싶었지만 그러기에는 너무 취했다.

"왜 이렇게 몰인정하게 구는 건가?" 그는 선장에게 물었다.

시먼스 선장은 가소로운 소리라고 생각했다. 인정이라니. 하지만 아무 대답도 하지 않았다.

"자네가 선장이라면 바다에서 가장 아둔해빠진 선장이 분명해. 자네한테 한 번 말했고, 여기 부하에게도 두 번 말했어. 나는 그저 친구를 만나고 싶을 뿐일세. 친구가 저기 있어. 곧 출발하지. 나는 그 친구를 보러 런던에서 여기까지 온 거야. 그가 저기 있다고, 이런 젠장, 그런데도 날 데려다주지 않다니. 제발 부탁이니 데려다주게." 워들리피시가 소리쳤다. 하지만 선장이 앞서 지적했던 대로 부탁하는 사람의 태도가 아니었다.

"그러니까 저치가 친구를 만나려 했다는군. 과연 그럴까?" 시먼스 선장이 갑판원에게 소리쳤다.

"내 말이 진실임을 알잖나." 워들리피시가 말했다.

"근데 말이지, 내 육감으로는 당신이 뒤쪽 친구랑 뭔가 문제가 있는 것 같거든. 도박을 하다 빚을 좀 졌다거나 소브레이언 사무장하고 뭔 일이 있었다거나. 그래서 바지선에 탄 '친구'가 긴급히 만나야 할 녀석처럼 보였던 거지. 내 말 뜻 알겠지?"

"아, 머릿속에 그런 비열하고 야만적인 생각밖에 없나." 워들리피시가 으르렁거렸다. "돈을 원해? 나를 저기 바지선 출발지로 데려다주면 5파운드를 주지."

시먼스 선장이 천천히 일어났다. 그리고 바지 주머니에 담배 파이프를 쑤셔넣은 뒤 말했다. "10파운드."

워들리피시의 마음속에서 여러 격렬한 감정이 서로 다투었다. 10파운드를 강탈당하는 데 대한 격분, 지금 돈이 하나도 없으며 돈은 배 위의 재킷 안에 있다는 자각, 이 매부리코 녀석이 외상을 거절하며 통쾌해하리라는 인식, 배의 모든 사람이 보는 앞에서 망신을 당했다는 치욕, 친구를 보지 못한다는 슬픔, 우스꽝스러운 셔츠와 멜빵을 착용한 모양새가 마치 솥에 넣기 위해 끈으로 묶어놓은 닭처럼 보이는 이상한 녀석에게 무슨 나쁜 일이 일어났을 거라는 걱정. 그가 곰 같은 팔로 선장을 번쩍 들어 소브레이언에서도 다 들릴 만큼 무시무시한 포효를 지르며 바다로 처넣은 것은 수로 안내인의 교활한 공격에 대한 단순한 반감 때문이 아니라 이 모든 감정이 뒤엉킨 결과였다.

이 일로 문제가 복잡해져 그는 시드니에서 이틀간 구속되었다. 사흘째 되던 날 그는 제프리스 씨의 탐험대를 찾아나섰다.

97
아편팅크

그는 퍼시 스미스의 간청에 사흘간 아편팅크를 먹었지만 이제는 더 이상 먹지 않겠다고 결심을 굳혔다. 아편팅크는 그에게 맞지 않았다. 그 약 때문에 꿈자리가 뒤숭숭했다. 속이 메스껍고 초조했다. 또한 심한 변비에 시달렸고 그 탓에 치질에 걸려 항문이 계속 따갑고 피가 났다. 치질에 걸리기는 처음이어서 대단히 심각한 병인 줄 알았다. 똥과 피, 비역질을 하는 목수, 시드니로부터 뻗어나와 끝도 없이 이어지는 산등성이 길이 등장하는 꿈에 시달렸다. 도살당한 짐승의 쭉 펼쳐진 창자처럼 그 길이 그의 환상을 하나로 꿰었다.

다른 이들은 모두 몸을 씻었다. 그는 씻지 않았다. 다른 사람들 앞에서 벌거벗을 수는 없었다. 얼굴과 팔뚝과 종아리에 물을 끼얹었지만 몸의 나머지 부분은 끈적이는 지저분한 막으로 뒤덮인 듯했다. 그의 수줍음은 대원들에게 어째서인지 모욕적으로 느껴졌다. 제프리스 씨는 "대원들에게 당신이 적절히 준비되어 있다는 확신을 주는 게" 오스카에게 유리할 거라고 제안했다.

오스카는 여태 누구도 미워한 적이 없었지만(심지어 그에게 돌을 먹이거나 오리얼대학의 기숙사 방에 쥐를 풀어놓은 이들조차도 미워하지 않았다), 탐험 나흘째 아침에 이슬이 마르지 않은 시든 갈색 풀밭을 거들먹거리며 돌아다니면서 '군인들'을 트집 잡고 마차의 결함을 지적하는 제프리스 씨를 증오했다.

오스카와 스미스 씨는 그들의 짐마차 옆에 서 있었다. 스미스 씨는 철제 계단에 아편팅크 병을 내려놓고 깔때기는 능직 바지의 주머니에 넣어두었다.

"나한테는 저자를 거역할 만한 힘이 없어요." 그는 모래색 털로 덮인 강인한 팔로 팔짱을 끼며 말했다.

"그러면 먹은 척하도록 하죠. 붓는 척해요. 나는 먹는 척할 테니."

"안 돼요, 저자가 알아차릴 겁니다."

퍼시 스미스의 얼굴은 다정하고 번듯했다. 누구라도 저절로 세상 끝까지 믿게 만드는 그런 얼굴이었다. 하지만 제프리스 씨는 그에게 막강한 영향력을 발휘했기에, 그의 얼굴을 본 오스카는 실험대 위에서 볼타 전지의 전류로 고통받는 토끼가 떠올랐다.

"저 사람은 내 고용주예요." 퍼시 스미스가 눈을 깜박이며 간청했다. "저자를 봐요. 너무 바빠서 이런 일에 신경쓸 겨를도 없어요."

제프리스 씨가 선두 마차의 밧줄을 당기자 크고 울룩불룩한 캔버스 봇짐이 바닥으로 툭 떨어졌다.

"정히 명령대로 못하겠다면 저자랑 얘기해서 해결해봐요."

"오, 하느님. 내가 그러려고 했을 때 같이 있었잖아요." 오스카는 절망적으로 소리쳤다.

"그리고 저자는 르플래스트리어 양만이 그 명령을 거둬들일 수 있다고 했고요. 저자는 당신의 권위를 인정하지 않아요. 하지만 나는 저자의 권위를 인정해야 해요. 홉킨스 씨, 당신은 좋은 사람이고—"

"화가 난 사람이죠."

"좋은 사람이니, 제발 부탁이에요." 퍼시 스미스의 손이 오스카의 어깨 근처로 슬며시 올라오더니 그의 턱을 와락 움켜쥐었다. "제발 날 용서해요."

"안 돼." 오스카의 뒤통수가 스미스 씨의 하얀 멜빵 버클에 단단히 고정되었다. 그는 짐마차의 그림자 밖으로 끌려가고 있었다. 태양이 그의 격노한 얼굴에 줄무늬를 드리웠다. 검정파리가 코에 앉았다. 그는 파리를 쫓으려고 했다. 스미스 씨가 다른 한 손으로 그의 손목을 단단히 잡았다. 목수의 마차를 끄는 수송아지 두 마리가 동시에 똥을 쌌다. 제프리스 씨는 요리사를 소리쳐 부르며, 부츠 없이 맨발로 걷게 하겠다고 을러댔다. 퍼시 스미스의 손에 턱이 단단히 잡힌 이 순간, 오스카는 생각했다. 나는 심지어 지금 내가 어디에 있는지도 몰라.

퍼시 스미스가 깔때기를 꺼내 그의 입술에 대고 세게 밀었다. 오스카가 입을 벌렸다. 깔때기가 이에 부딪혔다. 그는 입을 더 벌렸다. 벌써 어딘가가 베였다. 피맛이 났다. 퍼시 스미스의 입냄새는 지독했다. 그가 무릎으로 오스카의 오금을 눌러 뒤쪽으로 몸을 젖히게 했다.

"안 돼." 오스카는 말했다, 아니 말하려고 했다. 하지만 말을 하려고 하자 헛구역질이 났다.

퍼시 스미스가 그를 바닥에 눕혔다. 오스카는 몸부림치지 않았다. 친구라는 인간이 한쪽 무릎으로 그의 가슴을 눌렀다. 가운데에 갈색으로 '제약사'라고 적힌 둥근 석병을 집어들었다. 이로 코르크 마개를 열었다. 약을 붓기에 앞서 병을 내려놓았다. 그리고 손등으로 오스카의 뺨을 쓰다듬었다. 의외이고 다정한, 연인의 다독임 같은 것이었다. "무엇을 준대도 당신한테 이런 짓을 하고 싶지 않아요." 퍼시 스미스는 말했다.

그리고 깔때기에 그 더러운 것을 부었다.

오스카는 발을 버둥거렸다. 아무것도 닿지 않았다. 퍼시 스미스가 증오스러웠다.

98
탐험가

유리 교회를 상상하고 어쩔 수 없이 이 여행을 떠나는 불운을 겪기 전까지만 해도 오스카는 세상사에 대해 극도로 제한된 지식을 갖고 있었다. 타고난 성격상 굴과 우리에 적합했다. 그래서 일반적으로 문명화되고 안전하다고 여겨지는 오리얼에서도 수많은 미탐험지를 내버려두고 정해진 길로만 다녔다. 두려워하거나 일절 관심이 없었다.

헤나컴에 대한 그의 지식은 두 집안과 폭이 30센티미터도 안 되는 붉은 흙길에 국한되어 있었다. 고향으로 편지를 보낼 때 시드니라면 훤히 꿰고 있는 척하고 누구나 다 아는 뻔한 이야기를 늘어놓으며(예를 들어, 이곳이 노동자의 천국이라든가) 즐거워했지만 사실 아무것도 몰랐다.

이제 그는 제 스스로 늪에 처박힌 듯했다. 영문을 몰라 당혹한 친구

워들리피시가 헐떡이며 말을 타느라 온몸이 뻐근해진 채, 탐험대가 남긴 배설물 흔적을 따라 뒤를 쫓고 있을 줄은 상상도 못했다. 스스로가 무슨 기이한 동물의 피투성이 창자 속 딱정벌레라도 되는 양 느껴졌다. 〈시드니 메일〉에 실린 판화처럼, 개간되지 않은 땅이 양치식물과 폭포로 이루어진 순수한 천연의 장소일 거라는 예상은 이제 착각으로 드러났다. 물론 양치식물도 폭포도 있고 화려한 새들이 구름처럼 몰려다녔지만, 그 점은 중요하지 않았다.

메이틀랜드에서 워들리피시는 탐험대에 겨우 하루 뒤처져 있었다. 그런데 일명 그랜드호텔이라는 곳에서 무단 점유자들이 카드판을 벌였다. 그는 떠나려고 했지만, 너무 많이 딴 바람에 무리가 놔주지 않았다. 카드판이 마침내 마무리되었을 때는 제프리스 씨의 다그치는 고함과 채찍질 소리로 소란스러운 탐험대가 훨씬 앞서고 있었다. 싱글턴 북쪽 어디쯤 불타는 산등성이를 따라 행군하는 중이었다. 이상한 녀석의 눈에서 눈물이 줄줄 흘러내렸다. 폐가 반항을 해댔다. 딱딱한 짐마차는 돌투성이 길에서 덜컹덜컹 부딪히고 휘청대거나, 방귀처럼 독한 냄새를 풍기는 진창에서 질벅거렸다. 이상한 녀석은 모기와 햇볕을 피해 셔츠의 긴소매를 내려 단추를 채운 채 나무 좌석에 앉아 있었다. 그는 건장한 퍼시 스미스를 위로했다. 다 용서했다고 장담했다. 공기 중에 상스러운 말이 난무했다. 하느님에 대한 그런 증오는 오스카 생각에 지옥에서나 적합할 듯했다. 그들은 보급관의 마차 뒤를 따랐는데, 그래서 그들의 식사거리가 될 썩은 고기 냄새를 내내 맡아야 했다. 하루빨리 첫 곡식을 심고 싶은 정착민들이 베어 쌓아둔 거대한 나무들이 흉하게 줄지은 곳을 탐험대는 지나쳐갔다.

몸통이 하얗고 껍질이 종잇장 같은 나무들 옆의 아름다운 공터에서 오스카는 한 남자가 나무에 묶여 채찍질당하는 현장을 보았다. 그의 하얀 어깨가 빛나는 붉은 망토로 덮이고 앤서니 호던 상점에서 산 능직 바지에서 갈색 물이 뚝뚝 떨어졌다. '동료'들이 모두 그 모습을 지켜보았다. 오스카는 하느님에게 기도했지만 어떤 기도도 그자의 똥냄새를 막을 수는 없었다.

그는 스미스 씨를 용서했다. 어찌 용서하지 않을 수 있겠는가? 자신이 당하는 것보다 훨씬 더 큰 범죄를 목격하고 있는데. 그는 아편팅크를 받아들였다. 얌전히 풀밭에 누워 깔때기를 입에 꽂도록 내버려두었다. 아편팅크로 인해 기묘한 꿈을 꾸었고, 깔끔하게 이름 붙일 수 없는 생각들이 떠올랐다.

사람에게서 장기를 빼내듯 지구상에서 시드니를 뽑아낸다면 이 모든 길과 강이 뿌리처럼, 창자처럼, 혈관처럼 뽑혀나올 텐데. 살점까지 통째로 뜯긴 거대한 머리 다발이 보였는데, 바로 시드니였다. 강물이 콸콸 흘러가고 드러난 질퍽거리는 기나긴 노란 강바닥이 마치 정육점의 소시지용 재료 같았다.

이 모든 광경이 보이는 한편, 파이프의 까매진 짧은 손잡이를 만지작대며 불행하고 흐리멍덩한 눈을 깜박이는 퍼시 스미스가 보였다.

아버지가 나방 눈에 구리 핀을 꽂아 죽이는 광경이 보였다.

거대한 조가비들이 데번 해안가에 쓸려와 있는 꿈을 꾸었다—여성용 누빔 재킷처럼 폭신폭신하고 연분홍빛과 라일락색과 유록색을 띤.

물과 관련된 황홀한 꿈을 여럿 꾸었는데, 한번은 자신의 몸이 강이 되어 있었다.

항문이 따끔거렸다. 머리가 이리저리 흔들리다가 앞으로 푹 떨어졌다. 갖은 육체적 불편을 뚫고 꿈들이 찾아왔다. 쐐기풀 침대에 누워 있는 사람이 연주하는 복잡미묘한 멜로디 같았다.

어찌된 영문인지 아버지의 수족관 안에 들어가 있는 꿈을 꾸었다. 시원한 물이 따끔거리는 피부를 달래주었다. 아버지의 지혜로운 얼굴이 미소 지으며 그를 응시했다. 어렴풋이 바깥세상이 보였는데, 아버지의 서재에 의자와 작업대가 있고 창문으로 빛줄기가 쏟아졌다. 그는 생각했다. 저 창은 북향인데. 창문에 해가 든다는 것은 아버지가 지금 남반구에 있다는 뜻이므로 그는 매우 행복해졌다.

하지만 남반구에 있는 사람은 워들리피시였다. 그는 말을 빨리 몬다면 탐험대를 하루 만에 따라잡을 거리에 있었다. 말이 지치긴 했지만 새 말로 바꿀 돈은 충분했다. 그는 매클레이강을 따라 위쪽에 난 평평한 모랫길을 옆구리가 검은 말을 타고 터벅터벅 나아갔다. 양쪽 길가에 호주차나무가 늘어서 있었다. 길굽이를 돌자 얼굴을 손수건으로 가린 남자가 보였다. 그자가 권총을 내미는 순간, 색깔이 화려한 새들이 요란한 소리를 내며 어깨 뒤쪽 길을 가로질러 날아갔다.

오스카는 가뭄으로 쩍쩍 갈라진 진흙에 말발굽이 박히듯 실제 세계의 일부분이 요동치는 꿈을 꾸었다. 여기에 하늘을 등지고 실루엣만 보이는 거대한 나무들의 줄무늬가, 턱수염이, 욕설이, 식물수집가의 독일어 노래가 파고들었다.

하지만 가장 길고 아름다운 꿈만은 마차의 덜컹대는 박자를 초월했다. 이음매 없는 눈물방울 모양의 유리 집에 대한 꿈이었다. 눈물방울은 철망에 매달려 있었다. 철망은 바다 위로 솟은 절벽에 박힌 주철 봉으로 고정되어 있었다. 아래쪽 모래밭에는 그의 다른 꿈에 나왔던 것들이 놓여 있었다. 거대한 분홍색 조가비, 어머니의 단추, 셰리주 병.

꿈속에서 한 가지 생각이 빛나는 강철 코르크 마개 따개처럼 제자리에서 뱅뱅 돌았다. 그 생각이란 바로 이것이었다. 나는 두렵지 않아.

워들리피시는 이국적 혈통의 포목상과 함께 시드니로 돌아갔다. 그가 입은 바지는 포목상에게서 빌린 것이었다.

99
원주민 노인

우리 유리공장에서 쓰는 모래는 벨린전이 아니라 옐로 록에서 온 것이었다. 그곳은 제프리스 씨의 탐험대가 마침내 미개간지에서 빠져나온 지역과 그리 멀지 않은 해변이다.

옐로 록의 모래는 데니스 해싯과, 그에 앞서 다른 이들이 런던과 시드니에서 홍보했던 보터니의 모래만큼은 아니더라도 충분히 쓸 만하다. 그 모래를 쓰면 유리에 언뜻 노란색이 감도는데, 그 결과 벨린저 계곡의 오래된 농가 창문으로 키쿠유 목초지를 보면 아찔할 만큼 매혹적인 초록색으로 빛난다.

모래는 커다란 골함석 호퍼에 담아두었다. 모래가 다 떨어져가면 아버지는 사람들을 한 무리 고용했다. 우리는 짐마차 세 대에 나누어 타고 옐로 록으로 가서 모래를 마차에 실었다. 내가 '우리'라고 말한 까닭은 나도 갔기 때문이다. 어쩌다 그리되었는지는 모르겠지만 학교까지 빼먹고 갔던 건 확실하다. 우리는 올드 블랙스 캠프에서 밤새 머물렀다.

올드 블랙스 캠프에는 비막이판자를 댄 오두막 일곱 채가 일렬로 늘어서 있었다. 일명 '주거용 창고'라고 부르는 양식인데, 이는 여전히 오스트레일리아 학교 운동장의 특색으로 자리잡고 있다. '방' 하나, 문 하나, 세 단짜리 계단, 창문 하나로 이루어진 황량한 건물이다. 이런 오두막에서 쿰바인기리 부족의 생존자들이 살아가고, 또 죽어갔다.

내가 기억하는 유일한 부족민은 쿰바인기리 빌리라고 불리던 사람이었다. 그는 '와서 받아가 빌리'라는 이름으로 더 잘 알려져 있었다. 그의 본명도 심지어 나이도 나는 모른다.

아버지는 쿰바인기리 빌리를 좋아했다. 그래서 늘 그에게 베이컨을 갖다주었다. 내 생각에 두 사람은 친구였던 것 같다. 참된 친구. 그들은 함께 차를 마셨다. 아버지는 그에 대해서는 결코 농담을 하지 않았다. 언젠가 이렇게 말했다. "쿰바인기리 빌리의 코에는 주의회를 전부 합친 것보다도 더 많은 뇌가 있지."

내가 열 살이었을 때 쿰바인기리 빌리가 '하느님이 오래전 어떻게 벨린전으로 오게 되었나' 하는 이야기를 들려주었다. 그후 나는 그 이야기에 대해 잘난 척 농담을 했다가 아버지에게 전기 포트의 전선으로 다리를 맞았다. 나는 두 번 다시 그것을 농담거리로 삼지 않았지만, 그 이야기를 셀 수 없이 들었다. 쿰바인기리 빌리가 처음 그 이야기를 들었을 때는 분명 아주 어린 나이였으리라. 지금 와서 생각해보면, 그 이야기는 쿰바인기리 부족에서 나온 것이 아니라, 제프리스 씨가 캠프시에서 여행 마지막 구간의 길잡이로 삼았던 나르쿠 원주민에게서 나왔을 가능성이 크다. 하지만 어쩌면 아예 다른 이야기일 수도 있다. "우리 부족이 처음으로 백인을 보았다"라는 주장으로 미루어 보건대, 1866년보다 시기적으로 앞서는데다 유래도 훨씬 복잡해 내가 추적하기에는 역부족이다.

100
유리는 벤다

백인들이 마운트 달링의 구름을 뚫고 나타났다. 우리 부족은 그때 처음으로 백인을 보았다. 우리는 그들을 정령으로 여겼다. 그들은 상자를 끌고 고함을 치며 차나무 사이로 나아갔다. 새들이 지저귀기 시작했다. 얼마나 소란스럽던지. 큰도마뱀 스무 마리가 동시에 새 둥지들을 공격하기라도 한 듯했다. 아무튼 그때는 둥지를 치는 시기가 아니었다.

우리는 그들을 유령으로 여겼다. 그들은 언덕을 오르고 나무를 베었다. 설탕 자루 때문에 벤 것은 아니었다. 그들이 벤 나무에는 설탕 자루가 하나도 없었다. 그들은 쓰러진 나무를 그대로 두고 떠났다. 나무를 벤 것은 지도를 만들기 위해서였다. 그들은 사슬과 경위의로 측량을 했지만, 우리는 그들이 무슨 짓을 하는지 이해할 수 없었다. 우리는 죽은 나무들을 보았다. 곧 다른 백인들이 와서 나무껍질을 고리 모양으로 돌려 벗겼다. 그 당시 우리는 노래를 지었다.

이곳 평원에 살던 벌들은 어디 있는가?
정령들이 벌을 몽땅 몰아내버렸네.
정령들은 우리에게 화가 났다네.
화가 나 장작을 몽땅 쓸어갔다네.
나무는 다시 자라지 않으리.
우리는 울창한 숲을 갈망했으나, 어둠의 정령들은 돌려주지 않으리.
정령들은 우리에게 화가 났다네.

백인들은 나르쿠 부족의 두 사람에게 말을 걸었다. 그 둘은 젊었다. 그들은 백인들에게 커다란 캥거루 한 마리와 코베라*를 주었다. 백인들은 코베라를 먹으려고 하지 않았다. 그들은 나르쿠 사람들에게 쿰바인 기리로 가는 길을 가르쳐달라고 했다. 하지만 나르쿠 사람들은 그 부족을 한 번도 본 적이 없었다. 두 부족은 이웃해 있었지만 서로 방문하지는 않았다.

나르쿠 사람들은 말했다. "여기서 기다려요."

그들은 부족으로 돌아갔고, 장로들은 한바탕 토론을 벌인 뒤 두 젊은이에게 말했다. "그 골칫거리를 어서 빨리 보내버려라."

그래서 젊은이들은 그 말대로 했다. 쉽지는 않았지만 백인들에게 길을 가르쳐주었다. 백인들에게는 마차가 일곱 대 있었다. 때때로 그들의

* 식용 벌레.

대장이 말했다. "여기서 야영한다." 그런 다음 전속력으로 말을 달려서는 나무들을 베어내고 지도를 더 만들었다. 그리고 돌아와 말했다. "자, 이제 출발이다."

야영지에서 두 젊은이는 예수에 대해 배웠다. 생전 처음 들어보는 이야기였다. 그들은 십자가에 못박힌 예수 이야기를 들었다. 홉킨스 신부가 들려주었다. 강을 건널 때마다 그는 우선 바닥에 등을 대고 누워야 했다. 그리고 양철 깔때기를 입에 꽂으면 사람들이 술을 부었다. 그는 취해야만 했다. 하지만 두 젊은이에게는 아무도 그 술을 권하지 않아 그가 마신 게 무엇인지 알 수 없었다.

홉킨스 신부는 나르쿠 젊은이들에게 사자에게 잡아먹힌 성바르나바 이야기를 해주었다. 수레바퀴로 고문을 당해 죽은 성카타리나 이야기를 해주었다. 창에 찔려 죽은 성세바스티아누스 이야기를 해주었다.

자연히 나르쿠 젊은이들은 많은 부분을 오해했지만, 제대로 이해한 부분도 많았다. 그들이 이해하지 못한 한 가지는 짐마차에 실린 상자들이었다. 그들은 상자들이 이야기와 관련 있다고 짐작했다. 따라서 신성한 것으로 여겼다. 상자를 백인들의 꿈이라고 생각했다.

마운트 레든홀을 내려가는데 길이 너무 가팔라 그들은 도르래와 밧줄을 이용해 짐마차를 아래로 내렸다. 나무에 묶은 밧줄을 수송아지로 끌어당기면서 짐마차를 내려보내느라 말도 안 되는 난장판이 벌어졌다. 그러다 사고가 났고 상자 하나가 떨어졌다. 곧바로 백인들이 그 상자를 열었다. 자연스럽게 나르쿠 젊은이들은 안에 무엇이 있는지 너무나 보고 싶었다.

그들이 무엇을 봤는지 아는가? 유리였다. 그때 그들은 유리를 생전 처음 보았다. 켐프시와 포트 매쿼리에는 유리창이 있었지만, 이 친구들은 그곳에 가본 적이 없었다. 그들은 유리가 날카롭다는 것을 알았다. 그들이 제일 먼저 알아차린 점이 바로 그것이었다—유리는 벤다. 나무도 벤다. 부족민의 살도 벤다.

백인들이 마운트 도슨을 건너려고 하자 나르쿠 젊은이들은 꺼렸다. 마운트 도슨은 신성한 곳이었고, 젊은이들은 그곳에 가는 것이 금지되어 있었다. 그들의 법에 어긋났다. 백인들의 지도자가 권총으로 나르쿠 젊은이 하나를 쏘았다. 다른 젊은이의 이름은 오달베리였다. 오달베리는 그들을 마운트 도슨으로 데려간 다음 벨린저 계곡으로 이끌었다. 그는 노래를 지었다.

유리는 벤다네.
우리는 생전 처음 그것을 보았지.
이제 유리가 우리 사이에 있네.
이방인들은 유리를 신성시하지.
유리는 벤다네.
유리는 캥거루를 벤다네.
유리는 반디쿠트를 벤다네.
유리는 나무와 풀을 벤다네.
서둘러라, 이방인들이여.
쿰바인기리로 어서 가라.
선한 정령들이여, 우리는 두고 어서어서 가소서.

오달베리는 그들을 우룽가 해안으로 이끌었다. 그들이 떠날 수 있게 바다로 데려가려고 했다. 하지만 거의 다 도착한 마지막날 밤, 이방인들이 자기네 영토에 들어온 것을 쿰바인기리 부족이 알았다. 부족민들이 밤에 횃불을 들고 찾아왔다. 이방인들과 이야기하기 위해 덤불 사이로 걸어왔다. 하지만 이방인들은 겁을 먹었다. 오달베리 역시 겁을 먹었다. 쿰바인기리 부족은 그를 이해하지 못했다. 이윽고 활과 총알이 빗발쳤다.

홉킨스 신부는 난리법석을 쳤다. 고함을 치고, 마구 뛰어다녔다.

백인의 지도자가 말했다. "저 녀석을 묶어."

그들은 그를 도랑의 나무에 잡아맸다. 두 사람이 그를 안전하게 지켰다. 나머지는 돌아가서 쿰바인기리 사람들에게 소총을 발사하는 데 가세했다. 붉은 머리 남자가 통곡하는 소리가 생생히 들렸다. 어둠 속의 유령 같았다.

다음날 오달베리는 달아나 쿰바인기리 부족을 다시 만났다. 그가 겪은 모든 일을 들려주었다. 직접 자신의 몸을 베었다. 유리를 챙겨 주머니쥐 가죽으로 감싸두었던 것이다. 그는 그토록 많은 사람들이 죽어서 마음 아팠다. 가슴만이 아니라 팔에도 상처를 냈다. 유리로 그렇게 했다.

곧 오달베리는 심하게 아팠다. 아무도 그를 치료할 수 없었다. 오래지 않아 그는 죽었다.

그 유리는 오랫동안 쿰바인기리의 장로들이 보관했지만, 신성한 물건들과 함께는 아니었다. 어딘가 다른 곳에 있었다, 다시는 발견되지 않을 곳에.

101
벨린전 헤즈에 도착한 오스카

벨린저강 기슭에 도착했을 때 오스카 홉킨스는 완전히 달라진 상태였다. 언젠가 워들리피시를 짜증나게 했던 '성스러운' 체하는 맑은 눈은 이제 흐리멍덩하고 재로 뒤덮인 듯 탁한 분노를 띠고 있었다. 얼굴은 시뻘겋게 타서 화끈거렸고, 코는 피부 껍질이 벗어지는 바람에 커지고 살짝 휜 듯한 착각을 일으켰다. 살이라고는 한 점 없이 앙상한데다 산불로 상처투성이인 그를 보노라면 눈물 같은 사치를 부릴 능력이 깡그리 사라진 듯했다. 그는 고향을 찾아 강을 거슬러와 알을 낳고 죽어가는 붉은 연어였다. 은빛도 통통한 살도 잃었지만, 배가 텅 비면서 주둥이는 기다랗게 휘고 몸 전체는 새빨개지며 화려하고도 당당하게 추해지는 연어.

나르쿠 젊은이가 백인이 가할 피해를 최소화할 만한 곳으로 판단한 장소에서 제프리스 씨의 탐험대는 벨린저강을 발견했다. 그곳은 우룽가로, 어쨌든 상처받은 장소였다. 당시 그곳은 벨린전 헤즈로 불렸다.

탐험대가 높다란 하얀 나무들을 향해 자갈투성이의 메마른 산등성이를 내려가자 나르쿠 젊은이는 몰래 달아났다. 제프리스 씨는 대충 한 발을 쏘았는데, 딱히 죽일 의도는 없었다. 총소리에 하얀 앵무새들이 베개가 터지며 쏟아져나오는 깃털처럼 우수수 하늘로 날아오르며 비명을 질렀다.

오스카는 '숙녀용 마차'의 캔버스 차양 아래 스미스 씨와 나란히 앉아 있었다. 스미스 씨는 돌에 도끼날을 갈고 있었다. 아편팅크 병이 그들 사이에 놓여 있었지만, 굴욕적인 깔때기는 어디에도 보이지 않았다. 샌디 크리크에서의 학살 이후 오스카는 스스로 알아서 아편팅크를 마셨다. 커다란 석병 속 약을 자그마한 투명 유리병에 덜어 재킷 주머니에 넣어두고는 이따금 홀짝였다. 그것은 열암 모닥불에 뿌린 물과 같았다—증기가 확 일지만 열기는 사그라들지 않았다. 그는 모자 그림자 속으로 자신의 존재를 모조리 수축시킨 듯한 말없는 스미스 씨 곁의 딱딱한 나무의자에 앉아 있었다. 스미스 씨는 도끼날을 갈았다. 한참 전부터 계속 날을 갈았다. 오스카 홉킨스는 아편팅크에 취해 있었다. 그는 꼼꼼하게 라벨을 붙여놓은, 유리와 철이 든 궤짝들에 등을 기댔다. 손목에 감긴 갈색 얼룩이 진 붕대를 문질렀다. 밧줄에 묶였을 때 생긴 열상이 감염되었다는 것을 알았지만 제프리스 씨에게 이 문제를, 아니 다른 어떤 문제도 말하고 싶지 않았다. 목적지에 거의 다다른 지금 제프리스 씨는 그에 대한 태도를 바꾸기 시작했다. 천천히 말을 몰아 뒤쪽의 그를 향해 언덕을 오르더니 실제로 미소 지으며 사과나 비꼼 없이 그에게 물었다, 살아 있으니 좋지 않냐고.

제프리스 씨는 만족했다. 대단한 탐험을 해내지는 못했다—산악 지대에서 짐마차를 일곱 대나 끌며 탐험을 제대로 하기란 어렵다. 하지만 흡족할 만한 성과는 있었으니 이번 일로 다른 탐험대를 이끌 능력이 충분하다는 것이 입증되었다. 그는 꽤 큰 개울 여럿에 이름을 붙였다. 이전까지 매우 잘못 알려져 있던 여러 산의 높이를 정확히 쟀다. 대단히 위험한 원주민들이 사는 지역으로 탐험대를 이끌고 간 덕분에 용감한 사람이라는 명성을 얻었다. 그의 일지에는 '침 뱉는 부족'에게 '우리는 받은 것보다 더 많이 주었다'고 기록되어 있었다. 또한 야라하피니의 '사기꾼 악당 여섯 명'을 총으로 '처리했다'. 그리고 '살인마 쿰바인기리 부족'에게서 탐험대를 성공적으로 보호했다. 그는 이 모든 내용을 깔끔하고 유려한 필체로 적었는데, 글씨만 봐서는 그의 기벽을 상상할 수 없었다. 시골 지역과 길게 이어진 능선 등을 그린 그림은 미첼의 일지 속 그림 못지않았다.

스미스 씨와 홉킨스 씨를 향해 언덕을 올라갈 때 제프리스 씨는 포트 잭슨을 떠나던 아침처럼 상쾌하고 신선한 기분이었다. 아니, 훨씬 더 좋았다. 그때는 약한 신경과민과 설사를 겪고 있었는데, 약점을 금방 알아채는 부하들의 예리한 눈으로부터 숨기느라 애를 먹었던 것이다.

얼룩쟁이 씨는 그와 '말하지 않으려' 했다. 그래서, 우리는 지금 사소한 일로 다투고 있구나 하고 그는 생각해버렸다. 잘생긴 얼굴에 짐짓 지은 염려하는 부드러운 표정이, 참지 못하고 비어져나온 미소 때문에 흐트러졌다. 얼룩쟁이 씨는 여전히 몸단장을 하지 않았다. 턱에 연한 적갈색 털이 간간이 돋아 있고, 귀에 검댕이 묻은데다 모기에 물려 긁은 자국이 여럿이었다. 동료와 완전히 대조적이었다. 그의 동료는 늘 그렇듯 새로 빤 능직과 면 옷을 깔끔하게 차려입고 있었다. 하지만 이것만 보고서 한 사람에게는 '특성'이 있고, 다른 사람에게는 없다고 결론내릴 수 없으리라. 제프리스의 눈에 그들은 잘 어울리는 한 쌍이었다. '숙녀용 마차'라는 별명이 참으로 적절한 듯했다.

어쩌면 제프리스 씨가 얼룩쟁이 씨에게 지나치게 가혹했을 수도 있다. 하지만 어쨌든 살아 있지 않은가? 요청받은 대로 안전하게 데려다 줄 것이다. 그는 창에 찔리지도 않았고 뱀에 물리지도 않았다. 시드니의 그 어떤 사무원도 감히 꿈꾸지 못한 장면을 보았다. 삶, 죽음, 야만인. 뱀을 먹었고 선교 활동을 했다. 이제 꼬챙이처럼 꼿꼿이 마차에 앉아 있을 게 아니라 허공에 모자를 던지며 보호자들에게 한턱 쏘겠다고 고함을 쳐야 마땅했다. 그들 덕분에 그의 이름이 역사에 남게 된 것이다.

맑고 산뜻한 날씨였으며 산등성이 길은 거의 허매저스티스대로만큼이나 평탄했다. 제프리스 씨는 종마의 속도를 줄여 '숙녀용 마차'와 잠시 나란히 나아갔다. 경치가 눈부셨다. 벨린저강 어귀가 동화 속 삽화처럼 저 아래에서 흘러갔다. 물색과 금색과 청록색이 물결쳤다. 펠리컨 세 마리가 가슴을 부풀린 채 저 아래 허공을 미끄러지듯 날아갔다.

"음, 홉킨스 씨." 제프리스 씨는 피로 잔뜩 부푼 진드기를 종마의 목에서 떼며 말을 이었다. "이것에 대해 뭐라고 말하겠습니까?"

"뭐에 대해서요?" 사제가 불쑥 말을 내뱉으며 오만한 붉은 얼굴을 잠깐 그에게 돌렸다가 휙 바로 했다. 그 옆에서 스미스 씨가 도끼를 갈고 있었는데, 누가 보아도 분노와 혐오가 역력히 드러난 얼굴이었다.

"여기, 이 지역에 대해 뭐라고 말하겠습니까?"

"만약 여기가 내 고향이라면 당신이 오는 걸 보고 두려워할 겁니다."

제프리스 씨가 껄껄 웃었는데, 귀에 거슬리는 짜증 섞인 웃음이었다.

"당신을 용서해달라고, 당신의 탐험대에 속한 우리 모두를 용서해달라고 하느님께 기도드릴 겁니다."

"그동안 좋은 교육이 됐을 겁니다. 나도 이해합니다." 제프리스 씨가 만족스러워하며 말했다.

오스카는 아무 말도 하지 않았다. 항문이 믿을 수 없을 만큼 가려웠다. 그는 생각했다. 내가 건장한 남자였다면 당장 저 인간에게 달려들어 살인의 죄를 저지를 텐데.

"교회를 싣고 가는 건 성가대 소년들이 아니고, 제국을 세운 건 천사들이 아니죠." 그렇게 말한 제프리스 씨는 뭔가 더 말하려고 했다. 제국과 천사는 그가 비밀리에 열정을 품고 있는 주제였던 것이다. 무성한 콧수염으로 손을 올려 변론을 정리하듯 쓰다듬으려던 참이었는데 안짱다리 신사인 식물수집가가 방해했다. 그는 늘 그렇듯 본대에서 벗어나 채집하러 갈 생각인데, 목수를 '경호원'으로 데려가려고 했다. 식물수집가가 그린 세밀화의 판권을 넘기기로 계약이 되어 있기에 제프리스 씨는 기꺼이 그의 요구를 들어주었다.

이어서 그가 신경써야 할 다른 일들 때문에 제국과 천사라는 주제에 대해 말하려던 흐름이 끊기자 결국 그는 단념했다. "한잔하죠." 화려하게 문신한 부대장이 막 말다툼을 벌이기 시작하자 그는 진정시키려고 빠르게 말을 몰고 가며 외쳤다. "샴페인을 마시고, 우편선으로 르플래스트리어 양에게 편지를 보냅시다."

오스카는 고통에 겨워 나직이 앓는 소리를 냈다. 자신은 르플래스트리어 양과의 관계에서 겁쟁이였고, 살인에서는 공모자였다고 느꼈다. 짐마차가 벨린전 헤즈로 이어지는 산등성이를 내려가면서 쿵쿵 부딪히고 충돌하느라 나무 브레이크가 마지막 가파른 비탈에서 끼익끼익 소리를 낼 때 오스카는 말없이 등을 웅크린 동료와 짝을 이루었다. 시커메진 모든 그루터기, 쓰러진 모든 통나무, 카수아리나나 테레빈나무 아래의 모든 그림자에서 오스카는 마찬가지로 쓰러진 검은 시신들을, 인간의 영혼을 담고 있는 연약한 껍데기들을 보았다. 그는 아편팅크를 찾았다. 피냄새가 나는 듯했다. 어쩌면 정말 피냄새가 났을 수도 있다. 붕대에 피가 더께져 있었다.

벨린전 헤즈에는 술집이 두 군데 있었다. 주변 도랑을 따라 색깔이 칙칙하고 이파리가 두툼한 잡초가 나 있는 방치된 회색 텐트들을 제외하면 아무것도 없었다. 두 술집은 모래벌판을 사이에 둔 채 마주보고 있었는데, 그 한가운데 똥으로 둥글게 에워싸인 녹색 물웅덩이가 있었다. 오스카와 스미스 씨가 마차에 그대로 앉아 있는 동안 대원들이 가축을 마차에서 떼어내 웅덩이의 물을 먹였다. 한참이 걸려 그 일이 마침내 끝나자 오스카가 마차에서 내렸다.

"가요, 스미스 씨."

"아, 세상에. 정말 저들과 술을 마시려는 건 아니죠?" 퍼시 스미스가 물었다.

오스카는 대답했다. "이미 저들과 여행도 같이 한 걸요."

술집 안에서 그는 다친 두 손을 거칠거칠한 탁자에 펼쳐 올려놓았다. 공기 중의 짠내만 더해지면 딱 시드니의 냄새일 막힌 하수구 냄새, 그 살짝 상한 냄새가 응축된 듯한 악취가 술집에 진동했다. 사방에 작고 검은 날벌레 천지였다. 날벌레가 그의 붕대와 얼굴과 눈꺼풀 위를 기어다녔다. 그는 뉴사우스웨일스의 심장부로 여행을 다녀온 듯 느껴졌다.

그는 '제복'이 아니라 사제 시절과 사무원 시절에 입었던 닳아빠져 반질거리는 검은 양복을 입었다. 목깃 없는 하얀 셔츠에서 기다란 흰 목이 튀어나와, 불타는 진홍색 얼굴과 화려한 적갈색 머리카락으로 이어졌다. 그는 등을 벽에 똑바로 대고 앉아 두 손을 가슴 앞에 모아 쥐었다. 그러고는 생각했다. 저들 모두를 갈겨버리겠어.

몸이 부르르 떨렸다. 그가 술집을 둘러보며 구레나룻 기른 얼굴들을 노려보자 그들이 마주 응시할 뿐만 아니라 다수가 손가락질하며 깔깔댔다.

그는 말했다. "사회의 기둥들이로군."

그는 생각했다. 하느님은 내가 어떻게 하길 바라실까? 그는 아버지의 얼굴을 떠올리고 한숨을 쉬었다.

그는 상당한 호기심의 대상이었다. 정작 본인은 지금 악의 소굴에 있다고만 느꼈다. 그 이상 아무 호기심도 없었다. 그러나 작은 술집은 호기심거리로 꽉 차 있었다. 바는 1미터 폭의 삼나무 널빤지 한 장으로 만든 것이었다. 벽에 1페니와 2실링 동전들이 15센티미터짜리 못으로 박혀 있었다. 찢어진 커튼 너머에서 두 사람이 섹스를 하는 듯했고, 남자들이 이따금 거기로 드나들었다. 대체로 키가 작고 무성한 턱수염을 삽 모양으로 길렀으며 하나같이 비틀비틀 걸었다.

바깥은 점토 빛깔의 흰빛이 가득했지만, 술집 안은 벽난로 위의 그림처럼 어둡고 거무스름했다. 제프리스 씨 주위에서 사람들이 북적거렸다. 이런 환경에서 보니 그는 초상화를 위해 자세를 취한 장교처럼 피부가 하얗고 태도가 고상해 보였다.

삼나무 벌목꾼들이 제프리스에게 함께 카드를 치자고 말했다. 장난기 섞인 말투였다. 하지만 금방이라도 웃으며 눈을 찡긋할 것 같아도 얼굴에는 잔인함과 이기심이 두드러졌다. 삽시간에 '추악하게' 돌변할 얼굴이었다. 그런 일면이 웃음이라는 건초 더미에 부분만 숨겨져 있는 쇠스랑처럼 훤히 보였다.

제프리스는 정 그래야 한다면 얼마든지 건달 노릇을 할 수 있었지만 그들과 카드 게임을 하고 싶지 않았다. 그는 홉킨스 씨의 탁자에 샴페인을 보내고 대장장이와 나팔수더러 가서 경호하라고 시켰다.

오스카는 이런 흐름을 의식하지 못했다. 그저 악의 물리적 무게에 짓눌려 있었다. 제프리스 씨가 옳았다. 제국은 성가대 소년들이 세우지 않았다.

그 순간에는 그 아버지의 그 아들이었으며 악한들을 응징하려고 했다. 술집을 태워 없애려고 했다. 대화재를 생각하자 그의 눈빛이 강렬해졌다. 대체 왜 15센티미터짜리 못으로 여왕의 은과 구리 얼굴을 못 박았는지는 궁금하지 않았고, 그보다는 동전이 어떻게 녹아내려 재 속에서 뒤틀릴지를 상상했다. 불쏘시개와 재 양동이와 르플래스트리어 양의 벽난로를 생각했다. 아편팅크는 마차에 두고 내려 없었다.

대장장이는 금주를 맹세했었다. 나팔수는(그는 시드니 하버를 가로지르며 딱 한 번 트럼펫을 불었을 뿐, 탐험 내내 제프리스 씨의 다양하고 위험한 명령을 수행해야 했다) 여전히 면도를 하다 살을 베이고 럼주를 레모네이드로 희석해 마시는 나이였다. 그는 겁이 났는데, 그렇다고 해서 구체적으로 두려운 대상이 있는 건 아니었다. 대장장이 역시 초조했다. 세 사람이 말없이 모여앉아 있는 모습이 마치 경매 시장에서 우리 난간에 엉덩이를 붙이고 있는 소들 같았다. 그러다 경매인이 보낸 일꾼이 막대로 쿡쿡 찌르면 구매자와 판매자, 다음주에나 가축을 팔 생각인 신중한 가축업자 앞에서 달리고 펄쩍 뛰고 똥을 지리는 소들.

그때 제프리스 씨가 포커를 치지 않을 핑계로 이렇게 말했다. "여기 이 신사는 성직자입니다. 포커를 치면 이분을 모독하는 것입니다."

제프리스 씨는 성직자가 이 지역에서 얼마나 경멸받는지 몰랐을 수도 있다. 데니스 해싯의 전임자가 벨린저강에 내던져져 익사했다는 사실을 듣지 못했으리라.

오스카는 더러운 피부라는 차갑고 끈적거리는 껍데기 속에 들어앉아 미지근한 샴페인을 홀짝였다. 정서적으로 심각하게 불안정한 상태라 그는 삼나무 벌목꾼이 내뿜는 뜨거운 반감을 느끼면서도 불쾌하지 않았다. 그는 가만히 지켜보았고, 그들도 그를 가만히 지켜보았다. 눈언저리에서 통증이 가시지 않았는데, 아편팅크로만 가라앉힐 수 있을 터였다.

그는 찢어진 커튼 사이로 들어가 '신성한 우물에 자그마한 흰 발가락을 담그라'는 초대를 받았다. 얼굴이 파리하고 여드름이 난, 술집 주인의 아내가 시커먼 액체가 든 유리잔 여러 개를 가져다주며 '씨팔 씨팔 경의 칭찬'이나 '하느님 도살자의 이름으로'라고 전해주었다. 각 술잔이 오스카의 탁자에 놓일 때마다 경건한 침묵이 감돌다가 술을 산

사람의 이름이 발표되는 순간 왁자한 웃음과 휘파람이 터져나왔다.

공기를 짓누르는 압박감이 느껴졌다. 만약 이 술집이 살아 있는 유기체였다면 곧 오심에서 비롯된 전율로 고통스러워하며 똥이 흩뿌려진 초록 물웅덩이에 유독한 내용물을 토해냈으리라. 하지만 술집은 벨린저강가의 테레빈나무로 짠 지름 60센티미터짜리 기둥을 모래흙 속에 1.2미터 깊이로 박아 만든 무생물이었다.

제프리스 씨는 술집에서 싸우다 죽으려고 이 먼 곳까지 오지 않았다. 그는 칼자루를 만지작거렸다. 술집 주인이 장도리를 집어들어 커다란 손의 두툼한 손바닥을 툭툭 때렸다. 바로 그때, 모두가 장도리에 정신이 팔려 있는 듯한 그때, 오스카는 자신이 일어나는 것을 느꼈다. 의도한 바는 아니었다. 그의 몸속 구부러진 파이프가 분노의 압력을 더이상 견디지 못하는 듯했다. 그는 계획 없이 일어났다. 하지만 저 불경한 인간들을 반드시 응징해야 한다는 것만은 똑똑히 알았다. 똑바로 서기 어려워 긴 팔을 뻗어 탁자를 짚고 비스듬히 섰다.

술집에 침묵이 내려앉았다. 찢어진 커튼 뒤쪽에서 여인이 나지막이 울고 있었다.

오스카는 생각했다. 하느님은 내가 어떻게 하길 바라실까?

모두가 매우 천천히 움직이고 숨을 쉬는 듯했다. 기형적으로 덩치가 큰 붉은 턱수염의 사내가 번들대는 입술로 술잔을 가져갔다. 오스카는 생각했다. 시곗바늘 같아.

그는 한 손을 들었다. 너덜너덜한 소매에서 손목이—살아 있는 생명체처럼—쑥 나왔을 때 그도 다른 사람들과 마찬가지로 지켜보고 있었다.

"이 손목은 참으로 얼마나 가는가. 하느님은 내게 이런 손목을 주셨다." 그는 그들에게 말했다.

아무도 대꾸가 없었다.

"내가 어떻게 너희를 갈길 수 있겠는가?"

그는 두렵지 않았다. 정신이 대단히 맑았다. 그는 자신의 손을 보았다. 마음의 눈으로는 그 손이 다섯 장의 꽃잎이 달린 환한 흰 꽃을 쥐고 있는 것으로 보였다. 꽃이 카드 패로 변했다.

"하지만 나는 너희와 포커를 칠 것이며, 이길 것이다. 그 돈은 보트하버에서 하느님의 성전을 짓는 데 바치는 너희의 선물이 될 것이다."

탁자에서 움직임이 느껴져 그가 시선을 내렸다. 나팔수가 술잔을 쏟았던 것이다. 나팔수의 붉은 입술이 달싹이고 있었다. 아이는 기도하고 있었다. 오스카는 생각했다. 나는 아편팅크에 취했어. 또한 생각했다. 아편팅크를 좀 마셔야 해. 그는 늘 병을 두는 재킷주머니에 손을 넣었다가 신성한 약을 마차에 두고 왔다는 것을 기억해냈다. 얼마나 실망스럽고, 얼마나 화가 나는지. 그의 손가락은 대신에 구깃구깃한 봉투를 찾아냈다. 그것은 제프리스 씨에게 보너스로 주라며 루신다가 건넨 것이었다.

하느님이 내 손에 이것을 쥐여주셨어.

그는 봉투를 꺼내 높이 쳐들었다. "내게 100기니가 있다."

"안 돼. 내가 금한다." 혐오스러운 제프리스 씨가 바에서 소리쳤다.

"내 기꺼이 너를 쏘아 죽이리라." 오스카는 온갖 소음을 압도하며 외쳤다. "그리고 그로 인해 지옥에 가리라. 그저 무기가 없기에 구원받을 지니." 그가 탁자를 떠미는 바람에 대장장이의 탄산수 잔이 쓰러졌다.

대장장이와 나팔수가 엉켜버린 의자에서 일어나려고 버둥거렸다. "이 살인자." 오스카가 외쳤다. 손을 주머니에 넣었다. 주머니는 텅 비어 있었다. 제프리스 씨가 검을 뽑아들고 그에게로 다가왔다. 아무도 그를 말리려고 하지 않았다.

"야훼는 나의 목자, 아쉬울 것 없어라." 오스카는 등을 곧게 펴고 눈을 빛내며 말했다. "원수들 보라는 듯 상을 차려주시고, 기름 부어 내 머리에 발라주시니."

제프리스 씨의 손이 오스카의 팔꿈치 위쪽을 잡아 세게 당기자 오스카는 고통으로 울부짖었다. 제프리스 씨의 검푸른 머리는 세심하게 손질되어 있었다. 콧수염은 왁스로 모양이 다듬어져 있었다. 그에게서 이발소 냄새가 났다.

"꺼져, 꺼지라고." 제프리스 씨가 새된 소리로 외쳤다.

"내 경고할지니." 오스카가 소리쳤다. 그는 이빨이 뽑히듯 술집 밖으로 확 내처졌다. 뒤쪽에서 폭소가 터졌지만 그의 귀에는 들리지 않았다. 오직 자신의 분노와 고통, 무기력, 증오만이 느껴졌다. 그는 맨땅에 내던져졌다. 발로 차였다. 몇 번이고. 그를 구해줄 목격자는 없었다. 그는 두려웠다. 그는 암울한 잿빛 모래 위를 종종걸음치는 게였다. 그는 똥개였다. 저기에 짐마차가 있었다. 그는 산패한 차축 아래로 기어들어갔다. 부츠 신은 발이 따라왔다. 검이 바큇살 사이로 찔러댔다.

그는 기도했다. 오 주여, 저에게 당신의 적을 후려칠 수단을 주소서.

102
기독교인

퍼시 스미스는 늘 스스로를 선량한 기독교인으로 여겼다. 그는 기계적으로 기도하지 않았다. 교구 교회의 펠트로 가장자리를 장식한 접시에 그가 놓는 봉투는 관례보다 두툼했는데, 그가 부유해서가 아니라 헌금을 자신의 의무로 보기 때문이었다.

그는 온화한 사람이었다. 돌보는 동물이 되도록 고통을 적게 받도록 남달리 긴 시간을 들여 살피는 등 동물에게도 상냥했다. 아내에게 충실했고, 어린 딸들에게 자애롭고 다정한 아버지였다.

하지만 그가 자신의 성격에서 두려워하는 점이라면 온화함이 순전히 비겁함이 드리운 그림자에 지나지 않는 게 아닐까 하는 것이었다. 고통받는 이들에게 다정하고 친절한 건 자신이 그들과 같은 처지이기에 덩달아 겁이 나서 그런 것이었다.

그는 예수가 십자가에 못박혀 죽은 이야기를 듣노라면 견딜 수가 없었다. 습관적으로 반복되는 이야기인데도 옆구리에 박힌 창이 주는 고통이나 길고 느리며 목마른 죽음의 고통에 좀처럼 둔감해지지 않았다. 전도사가 기독교 순교자의 영광스러운 예를 들 때면 그는 자신이—그런 순간에—하느님을 부인하게 될까봐 두려웠다.

제프리스 씨 지휘하의 여행은 그가 자신에 대해 품은 모든 두려움이 사실임을 확인시켜주었다. 그는 위선자였고 겁쟁이였다. 그는 깔때기로 오스카 홉킨스를 고문했고, 신부를 지켜주려고 나서지 않았다. 시선을 내리깔고 망할 혹독한 원칙주의자에게 "네, 알겠습니다"라고 대답하고는, 그런 짓을 '계속했다'. 아무에게도 해가 되지 않는다며 스스로를 설득했다. 그리고 원주민들이 도살당할 때 가만히 앉아 있었다—얼마나 저주스러운 사건인가. 게다가 홉킨스 씨가 학살을 막으려 했을 때, 그가 해를 끼치지 못하게 하라는 제프리스의 명령에 따라 다른 이들과 함께 그를 나무에 묶었다.

외부로 적절하게 발산되었어야 할 분노와 혐오가 고스란히 그의 내부로 파고들었다. 행복하고 낙관적이고 사랑 넘치는 사람이던 그는 도끼날을 면도날처럼 날카로이 갈고 또 갈았다.

그는 생각하지 않았다. 내 손목을 그을 면도날이라고. 실제로 아무 말도 머릿속에 떠올리지 않았다. 그저 둥근 숫돌에 도끼를 갈고 또 갈며, 자신이 들이마신 거대하고 깊은 악의 우물물을 맛보았다.

도끼를 다 갈자 작은 돌도끼를 갈기 시작했다.

그래서 숙녀용 마차에 앉아 있었는데 비명소리가 나서 보니 제프리스 씨가 검을 높이 쳐들고 홉킨스 씨의 엉덩이와 갈비뼈를 걷어차고 있었다. 홉킨스 씨가 쥐고 있는 봉투를 제프리스 씨가 낚아채려고 했다.

홉킨스 씨가 짐마차 아래로 사라졌다. 그러더니 숙녀용 마차 옆으로 나와 계단을 기어오르려고 했다.

“주여 도와주소서.” 오스카 홉킨스가 말했다.

홉킨스 씨가 거의 마차에 올랐을 때 제프리스 씨가 그의 어깨를 잡았다.

퍼시 스미스가 돌도끼를 번쩍 들어 제프리스 씨의 위팔을 내리쳤다. 무게가 많이 나가는 도끼날은 아니었다. 하지만 스미스 씨는 강인한 사람이었다. 뼈가 잘려나가는 것이 느껴졌다. 강렬한 만족감과 더불어, 쾌락과 아주 유사한—달리 부르기 어려운—느낌에 온몸이 전율했다.

제프리스 씨가 마차에서 비틀비틀 물러서자, 새파란 코트를 뚫고 피가 뿜어져나왔다. 스미스 씨는 도끼를 드는 홉킨스 씨를 보았다.

홉킨스 씨는 다리를 벌리고 서서 도끼를 잘못 잡고 있었다. 하얀 두 손의 위치가 너무 가까웠다. 얼굴이 타오르듯 붉었다. 입이 벌어져 있었다. 사제가 도끼를 머리 위로 들어올리자 스미스 씨는 생각했다. 저러다 자기가 다치겠어. 완전히 잘못 잡고 있잖아.

“어이.” 오스카 홉킨스가 소리쳤다.

그리고 증오로 번뜩이는 도끼로 머릿기름을 발라 반짝이는 제프리스 씨의 머리 정중앙을 내리쳤다. 양손이 자루에서 튕기듯 떨어졌다. 바들바들 떨며 손뼉을 쳤다. 제프리스 씨가 쿵 하고 무릎을 꿇더니 물푸레나무로 된 도끼 자루 방향인 앞으로 상체를 기울였다. 도끼날이 두개골에 7.5센티미터 깊이로 박히며 왼쪽 눈구멍 근처까지 쩍 갈라졌다.

술을 마시는 이들은 모두 술집 안에 있었다. 스미스 씨는 우선 이 점을 확인한 다음 조치를 취했다. 마부석에서 담요를 가져와 부들부들 떨고 있는 홉킨스에게 둘러주었다. 그리고 억지로 바닥에 눕혔다. 왜 그러는지, 무엇을 하려는 건지도 모른 채 홉킨스를 어린아이처럼 단단히 감쌌다. 버둥대는 팔다리를 완력으로 잠재웠다. 온몸으로 홉킨스의 무릎을 누르며 다독였다.

103
내가 사람을 죽였죠?

"스미스 씨, 내가 사람을 죽였죠?"

"우리가 그랬어요, 우리가."

"그럼 말해줘요, 제발. 왜 이런 끔찍하고 경솔한 짓을 한 건가요? 왜 여기 있는 건가요? 탐험대는 어디 있죠?"

오스카는 스미스 씨가 담요로 감싸준 다음날 아침에 깨어났다. 땀투성이 포대기에서 빠져나오느라 꽤 애를 먹었다. 친숙한 얼룩진 캔버스 텐트의 장벽에서 벗어나자 그의 눈에 들어온 것은 악몽 속 장면이 아니라 시원하고 푸르른 벨린저강과 드넓고 잔잔한 수면 한쪽에 있는 작고 조잡한 선착장이었다. 그곳에는 바지선 혹은 (뱃전이 사각형 모양으로 톱질된 길쭉한 배인 것으로 보아) 거룻배 두 척이 묶여 있었다. 배 위에서 퍼시 스미스가 깨끗한 흰 셔츠를 등에 걸친 채 분주히 망치질하고 톱질하고 있었다. 두 거룻배 위에는 이미 대가 완성되어 가로놓여 있었다.

"우리 '탐험대'는 이 순간 제프리스 씨를 쫓아 남쪽으로 가고 있죠." 퍼시 스미스가 소리쳤다. 그러면서 오스카를 향해 쾌활하게 싱글대며 손으로 짧은 뒷머리를 쓸어 수탉의 볏처럼 일으켜 세웠다. "이제 그들은 그자를 사기꾼으로나 여기고 있죠. 급료를 원하니 그자에게서 돈을 받아내려고 가버렸죠."

"오, 하느님." 오스카는 신음하며 양손으로 머리를 감싸쥐었다.

스미스 씨가 허리띠에 망치를 꽂고는 어린나무를 엮어 만든 사다리를 잽싸게 올라 선착장으로 들어섰다.

"워, 워." 그가 말했다.

"오, 하느님." 오스카는 어디가 어딘지도 모른 채 정신없이 걷다가 발치에 쌓여 있던 짐더미에 발이 걸렸다. "오, 하느님, 우리가 무슨 짓을 한 거죠?"

"쉿." 퍼시 스미스는 어지러이 널린 삼베 포대와 기둥 사이로 친구를 이끌어 선착장에서 단단한 땅으로 다시 데려갔다. "쉿, 두려워할 것 없어요."

"내가 사람을 죽이다니."

"당신의 조물주께서 용서해주실 겁니다."

전율이 오스카의 앙상하고 허연 몸뚱이를 뚫고 지나갔다. 퍼시 스미스도 그것을 느꼈고, 무엇인지 알았다. 그도 같은 종류의 증상을 겪었지만 그가 느낀 건 대체로—하느님에게 용서를 빌었다—유쾌한 흥분이었다.

너무도 후련했다. 오스카를 향해 선착장을 걸어갈 때 깡충깡충 뛰고 싶을 정도였다.

"하느님은 그의 조물주이기도 해요." 오스카가 준엄하게 말했다.

"이봐요, 우리는 살아 있어요. 그자는 죽었고. 우리가 해방된 데 대해 하느님께 감사드리자고요."

퍼시 스미스는 오스카의 팔을 잡고 연기만 피어오르는 모닥불 옆 통나무로 이끌었다. 잔가지와 잎을 찾아내 순식간에 불을 피웠다. "친절하게도 놈들이 우리한테 차와 설탕, 주전자를 남겨줬어요. 서둘러 가느라 다른 것들은 안 남겨줬지만."

"내 교회." 오스카가 외치며 일어나려고 했다.

"교회도 두고 갔어요."

오스카가 미친듯이 둘러보았고 퍼시 스미스는 웃음을 참을 수 없었다.

"아, 당신은 미쳤어요." 오스카의 하얀 얼굴이 구겨지면서 짜증이 고스란히 드러났다.

"교회는 여기 있어요. 여기에요, 우리 신부님. 정말이라니까." 스미스 씨는 다정하게 속삭였다.

"내가 여기 있는 건 좋지 않아요, 바보 같으니." 오스카가 외치며 통나무에서 일어났다. 그리고 작은 모닥불을 들쑤시던, 가느다랗기가 손가락만한 나뭇가지를 휘둘렀다. "교회는 보트 하버로 가야 해요. 나는 교회를 거기로 날라줄 사람을 죽였고요. 그리고 당신, 당신은……" 그는 한숨을 쉬었다. "오, 이런." 그리고 다시 주저앉았다. "당신을 탓하진 않아요, 스미스 씨, 체포될 마당에 그게 다 무슨 소용이겠어요?"

"친애하는 홉킨스 씨, 기운 좀 내요."

"기운 내라고요!" 오스카가 새된 소리로 외쳤다.

"꼭 작은 로셀라 같군요. 보라고요. 영락없이 나무 꼭대기에서 날카롭게 울어대는 불타는 붉은색 앵무새예요. 군대가 여기 있다면야 곧 우리를 찾아내겠죠. 하지만 이 지역에는 군대가 없어요."

"경찰도?"

"아무리 시드니에 경찰이 한 떼거리가 있다 해도, 신부님의 아편팅크 병을 걸고 장담하는데, 이 퍼시 스미스를 잡기에는 너무 느려터졌죠. 나를 알게 된 걸 자랑스럽게 여겨요."

"오, 나는 더 나쁜 인간이에요."

"나를 '더 나쁜' 인간으로 만들지 말아요, 홉킨스. 그 악당은 누가 별을 쐬러 나오기 전에 이미 처리했어요. 나한테 고마워해요."

"아, 죄송해요, 스미스 씨, 그렇지만 그럴 순 없어요."

"그러면 옥수수빵이나 좀 들어요. 따뜻할 때 깨어나지 않아 안타깝군요."

스미스 씨가 가만히 바라보는 동안 오스카는 차를 홀짝였다. "내가 살인자라는 걸 누가 알았을까요? 나도 몰랐는데. 우리 가엾은 어머니를 생각해봐요, 내게 젖을 물릴 때……" 그는 말을 멈추고 연기를 응시했다.

"그런 생각은 하지 말아요."

오스카는 한 손으로 찻잔을 감싸쥐고 야영지를 둘러보았다. 퍼시 스미스는 그를 유심히 살폈다.

"괜히 곱씹을 것 없어요."

"그렇게나 많은 피를 흘리게 한 교회는 어디 있나요?"

"교회는 다 여기 있어요. 유리판을 못 알아보겠어요?" 정말로 유리와 철 부품이 그곳에 있었다. 작은 이름표를 마닐라지 책장처럼 펄럭대며 야영지 주위와 선착장 여기저기에 깔끔하게 무더기져 있었다.

"아까 발이 걸려 넘어질 뻔한 게 아마 문설주였죠."

"오, 이를 어째." 오스카는 나직이 말했다.

"어쩌긴 뭘 어째요."

"오, 하느님."

"오, 걱정은."

"궤짝은 다 어디에 있어요? 어떻게 우리가……?"

"'투쟁이 헛되다 말하지 말지어니. 우리의 투쟁과 희망은 본디 헛된 것이니.'* 어떤 것 같아요? 궤짝이 보이나요?"

"스미스, 진심으로 부탁하는데, 지금 난 수수께끼를 풀 만한 상태가 아니에요."

"그럼 내 말 잘 듣고, 괜히 그 일은 곱씹지 마요. 선착장의 저 거룻배 두 척을 빌렸죠. 하지만 저것만으로는, 그러니까 각각의 배는 교회를 운반하기엔 너무 작아요. 그래서 신부님이 자는 사이에 궤짝의 판자를 이용해 단을 만들었죠. 계산을 해봤어요. 교회는 길이가 15미터에 폭이 7.5미터죠."

"6.85미터요."

"좋아요. 신부님이 곧잘 말하기를, 부품들이 전부 합쳐 12톤이라고

---

* 19세기 영국 시인 아서 휴 클러프의 시를 패러디한 것.

했죠. 12톤을 물에 띄우려면 6.796세제곱미터를 지탱할 바지선이 필요해요. 두 배를 저렇게 이으면 그 정도 무게는 충분히 감당할 수 있죠. 그리고 물살을 잘 타면 교회를 상류로 옮길 수 있고. 일손을 도울 사람들도 구해놨어요. 두 사람이 장대와 노를 이용해 바지선이 강 가운데로만 가도록 조종해줄 겁니다. 이틀이면 그곳에 도착할 수 있어요."

"그러고 나서 교회를 지어야 해요."

"꼭 거기서 지을 필요는 없죠." 퍼시 스미스가 일어나 모닥불 주위를 성큼성큼 걷기 시작했다. "거기서가 아니라 지금 여기서 지어야 해요. 바지선 위에다. 내가 다 계획을 짜뒀죠. 보트 하버에 영광스럽게 입성하는 거예요. 상상이 되나요? 그 불경한 얼굴들에 어떤 표정이 떠오를까? 수정 건물이라니. 오, 하느님, 오. 상상이 되나요, 홉킨스 씨? 하느님의 성전이 강을 거슬러 그들에게로 오다니, 얼마나 멋진 장관일까."

"스미스 씨, 난 지쳤어요."

"그러지 말아요, 우리 멋진 신부님. 나한테 맡겨요. 나는 실용적인 사람이거든요. 교회를 놓을 단은 이미 물위에 준비해뒀어요. 그쯤이야 식은 죽 먹기니."

"하지만 그쪽에 도착해서는 어떡해요?"

"이런, 홉킨스 씨, 내 말 잘 들어요. 나도 같은 질문을 나 자신에게 했죠. 유리 교회를 물위에 짓는 건 쉽지만, 목적지에 도착하면 어떡할 것인가? 대답은 이거였죠. 두 배 위로 나무 들보 열두 개를 가로질러놨어요. 신부님도 봤어야 했는데. 하지만 못 봤죠. 당연하죠. 꿈속에서 맥베스가 되어 있었으니. 나는 장대 열두 개를 놓느라 바쁘게 일했죠. 그래서 보트 하버에 도착하면 스물네 명이 들보를 짊어지고 교회를 뭍으로 옮기면 돼요. 나한테 감사하라고요."

"스물네 명으로는 어림도 없어요. 각자 0.5톤을 짊어져야 하잖아요."

"그러면 마흔여덟 명, 아니 아흔여섯 명으로 하죠. 그건 중요하지 않아요. 그런 동네에는 힘자랑을 하고 싶어하는 인간들이 늘 바글대니까. 퍼레이드를 하듯 교회를 짊어지고 대로를 걸어가는 거예요."

"스미스 씨, 이 판국에 어쩜 이럴 수가 있죠?"

"내 대답이 마음에 안 들 텐데요."

"어쨌든 말해봐요."

"왜냐하면 우리가 사악한 인간을 죽였기 때문이죠. 그 덕에 선한 힘을 얻었어요. 뭐라고 정확히 말할 순 없지만."

"수치스럽지는 않나요?"

"아, 네, 물론이죠. 죄책감도 들고요. 하지만 솔직히 말하자면, 가축을 죽일 때 더 큰 슬픔을 느낀답니다. 그건 절대 익숙해지지 않죠. 칼을 날카롭게 갈아 고통 없이 빠르게 죽이려 하지만, 그 가엾은 짐승의 눈을 봐야 하는 순간이 항상 오기 마련이죠. 다른 농부들한테도 똑같이 물어봐요. 정직하다면 사실대로 말해줄 겁니다. 정말 끔찍하다고. 하지만 그 작자는 잔인한 인간이었어요. 나는 우리가 그자를 죽여서 기뻐요. 더이상 겁쟁이로 사는 건 단 하루도 견딜 수 없었거든요."

"우리가 십계명을 어긴 건요?"

"설마 하느님이 철도회사 직원처럼 융통성이 없을까?"

"그게 무슨 뜻이에요?"

"하느님은 교만한 두꺼비 같은 정부 관료가 아니에요. 신부님이 나쁜 사람이 아니라는 건 하느님도 압니다."

오스카는 주머니로 손을 뻗었다가 제자리에 있는 아편팅크를 발견했다.

“좀 씻도록 해요. 비누를 가져오죠.” 퍼시 스미스가 권했다.

“네.” 오스카는 대답했다. 그러나 퍼시 스미스가 하느님에 대해 한 말은 전혀 믿지 않았다.

104
마리아 막달레나

쿰바인기리 빌리는 그 술집은 고사하고 어떤 술집도 가본 적이 없었다. 하지만 찢어진 커튼 너머의 여자는 그의 고모였다. 그녀는 오스카가 거기 도착하기 일 년 전 삼나무 벌목꾼에게 납치되어 인간이 놓일 수 있는 가장 비참하고 처참한 처지로 전락했다. 쿰바인기리 빌리의 고모는 당시 스무 살가량이었다. 그녀에 의하면, 오스카가 연설을 했을 때 술집은 고요했다. 그의 얼굴은 벨린저 근방의 늪지에서 자라는 페이퍼바크나무 몸통처럼 피부가 갈라지고 벗겨지고 있었다. 그녀는 그 얼굴에서 깊은 불행을 보았다고 했지만, 그녀 자신의 감정이 투영된 것이었으리라고 쿰바인기리 빌리는 짐작했다.

그 젊은 여인은 살인사건을 목격했다. 퍼시 스미스에게 제프리스 씨의 마지막 안식처가 될 오물통을 알려준 사람이 바로 그녀였다. 그리고 강가를 따라 그를 매크래컨의 무너져가는 농가로 데려간 뒤 가늘고 긴 다리를 긁으며 바깥에 서 있었다. 그동안 퍼시 스미스는 물이 새는 거룻배를 빌리기에 타당한 가격을 놓고 매크래컨과 흥정을 했다.

그녀는 오스카가 깨어나는 것을 보았다. 그리고 살인에 대한 논쟁을 모두 들었다. 그녀는 그들로부터 5미터 떨어진 덤불숲에 웅크리고 있었다. 그녀는 오스카가 마음에 들었다. 좋은 사람인 것 같았다. 그가 소다빵을 다 먹자 그녀는 덤불숲에서 나와 교회를 짓도록 도울 두 사람을 데려오겠다고 말했다.

그녀는 거룻배 위에 교회가 세워지는 모습을 보았다.

쿰바인기리 빌리는 그 이야기를 알았다. 그는 말했다. "얼굴과 머리가 붉은 남자는 빠르게 움직였지. 붉게 타오르는 스스로의 불빛 속에서 춤추며 바지선 여기저기를 뛰어다니는 그를 보고 우리 고모는 '들불'이라는 이름을 붙여주었어. 첫날에 기둥을 세웠어. 기둥은 깡통따개에 달린 코르크 마개 따개나 밧줄처럼 배배 꼬여 있었지. 검은색에다 기름투성이였는데, 기름도 검은색이었어. 그래서 백인들이 원주민처럼 시커메졌지. 어린나무를 이용해 기둥을 고정했어. 당연히 못은 쓰지 않았어. 어린나무에다 밧줄로 기둥을 붙들어맸어. 그런 다음 선착장에서 트러스를 조립했지. 트러스에는 예쁜 게 전혀 없었어. 예쁜 것들이 많았는데, 그건 나중에야 나왔지. 로슨 스트리트의 집들처럼 예쁜 철 장식은 전부 벽의 아래쪽에 놓였지. 지붕에는 다른 게 놓였는데, 진짜 수탉의 볏처럼 보였어. 하지만 트러스는 지극히 평범했지. 선착장에서 트러스를 조립한 다음 썰물이 되어 수위가 낮아지기를 기다려야 했지. 그들은 기다렸어. 담배를 피우며. 점심시간쯤에 수위가 내려갔어. 벽 꼭대기가 선착장과 같은 높이가 되자 홉킨스 씨가 외쳤어. '지금이에요.' 그들이 트러스를 밀어 벽 위에 고정했지. 홉킨스 씨는 지붕 쪽으로 나가려 하지 않았어. 하지만 세상에, 사람들에게 거침없이 명령을 내렸지. 이렇게 해, 저렇게 해, 조심해, 그걸 떨어뜨려 깨는 일이 없어야 한다고. 종려주일 이틀 전에 조립 작업을 시작했어. 안식일에도 계속했지. 바로 그날 철로 된 틀에 유리를 끼웠어. 그 일에는 내기가 걸려 있었어. 나중에 내가 듣기로는 그랬지. 그 때문에 안식일도 어겼다고. 바닥부터 시작해 왼쪽에서 오른쪽으로 옮겨가며 톡, 톡 끼워댔지. 내 생각엔, 유리를 고정하는 데 금속 클립 같은 걸 썼을걸. 그때 우리 고모는 유리를 본 거야. 세상에, 고모는 그걸 보고 재미있어했어. 술병 말고는 유리를 본 게 그때가 처음이었지. 고모는 유리가 좋은 것일 수도 있겠다 싶었어. 그전까지는 그런 생각을 안 했지. 하지만 유리 교회가 세워지는 모습을 보고는 기독교도가 되었어. 그때가 바로 예수님이 최초로 벨린저에 강림하신 날이었지. 고모는 예수와 마리아와 요셉과 바울과 요나를 보았어. 전에는 듣도 보도 못한 사람들이었지. 고모는 너희 증조부를 용감한 사람으로 여겼어. 성인들처럼 머리 뒤에서 후광이 빛났다고 했지. 밤에 몸을 부르르 떠는 그를 봤는데, 추위 때문이 아니라 일종의 신성한 행복 때문이었어. 그가 고모에게 말했지. '당신은 천국에서 살게 될 겁니다.' 그리고 막달레나에서 이름을 따 마리아라는 세례명을 주었지. 쿰바인기리 사람에게는 참 우스꽝스러운 이름이야. 밥, 만약 내 의견이 궁금하다면 말이야, 우리 쿠리*에게 그런 식으로 말한 건 무지하기 짝이 없는 짓이었어."

* 오스트레일리아의 원주민이 스스로를 부르는 명칭.

105
미리엄

미리엄 채드윅은 상중이 아니었다. 그녀가 다시 한번 상복을 내버리자 입술이 얼룩진 고용주 트레비스 부인은 신의 뜻을 거역하는 짓이라고 대놓고 말했다.

"내가 또 누구를 위해 상복을 입겠어요?" 그 대화를 나눌 때 미리엄 채드윅은 트레비스 부인의 갓난아기를 안고 있었다. 성질이 고약하고 늘 '우거지상'에다 자그마한 머리를 가정교사의 어깨에 쾅쾅 박아대는 녀석이었다.

"나나 우리 남편 때문에 필요할지도 모르잖아." 트레비스 부인이 대꾸했다.

"아, 설마요." 미리엄 채드윅은 머리카락을 어깨 너머로 쓸어넘겼다. 흑단처럼 검고 윤기가 흐르는 아름다운 머리카락이었지만, 마크스 힐에 누가 있어 이 검푸른 빛깔을 보겠는가? 열이 뻗친 미리엄은 아기를 흔들며 되도록 모호하게 말을 매듭지었다. "두 분 다 이렇게 건강하신데요."

"이리 줘." 트레비스 부인이 아기를 향해 손을 내밀다가, 식탁 위의 냄비를 잡으려 드는 작은 남자아이를 살짝 때렸다. "이리 줘, 아기는 내가 볼게. 자네는 다른 일을 해."

'다른 일'이란 버터 만들기로, 고문기 같은 나무 손잡이를 가정교사에게 떠넘긴 것이다.

"자네가 그 젊은 해싯 신부를 낚았더라면……" 트레비스 부인이 말문을 떼었다. 애도나 상복과 무관한 발언이었지만 시건방진 가정교사에게(그녀는 자기 같은 사람이 불을 지피거나 우유 들통을 닦다니 말도 안 된다고 여겼다) 처지를 제대로 깨우쳐줄 생각이었다.

"부인의 표현을 빌리자면, 그 가엾은 사람을 '낚을' 생각일랑 없었어요. 그럴 마음만 있었다면 무슨 일이 벌어지는지 알아채기도 전에 그를 완전히 '낚았을' 테지만요."

"질투가 고양이를 죽이지." 트레비스 부인이 손가락을 버터 단지에 담갔다가 아기의 못생긴 입에 넣었다.

미리엄 채드윅은 잘생긴 코를 찡그리며 지켜보았다. "호기심이에요."

"뭐?"

"고양이를 죽인 건 호기심이라고요."

"처음엔 호기심이지만, 결국엔 질투가 되지. 상복을 버리는 건 불운을 가져와."

무더운 목요일 오후, 트레비스 가족이 다 함께 부활절 파티용 음식을 사러 보트 하버로 가고 없을 때 미리엄 채드윅의 마음속에는 그 대화가 자리하고 있었다. 그녀는 나무 계단에 앉아 고독을 음미하며 굽이진 벨린저강을 내려다보고 있었다. 마뜩잖거나 짜증나거나 상스러운 구혼자들의 목록을 쭉 훑고 있는데, 커다란 밀짚모자를 쓴 두 사람이 유리로 만들어진 교회를 싣고 오는 광경이 그녀의 시야에 들어왔다.

맨 처음 머릿속에 든 생각은 실망이었다. 트레비스 부인이 여기서 저 장관을 함께 목격하지 못하다니, 자신이 텅 빈 허공에 대고 탄성을 뱉어야 하다니. "오, 세상에. 저걸 놓치다니. 저기 좀 봐. 저기 좀 봐." 그렇게 말하면서 그녀는 야릇한 승리감을 느낄 기회를 얼마간 놓쳤다고 느꼈다.

강을 거슬러올라오는, 빛을 내뿜는 얼음 같은 유리 교회 벽은 문명 그 자체처럼 세련되고 우아했다.

"누구지? 누구지? 대체 누굴까?" 진흙투성이 부츠밖에 없는 이런 계곡에서 누가 저런 일을 할 수 있을까? 단순히 유리로 만드는 데 그치지 않고 멋진 비율과 아름다운 장식을 적용한, 가파른 지붕을 얹은 그 작은 교회는 말하자면 바이에른의 왕자에게나 어울릴 법했다.

지붕마루에는 장식용 테두리가 있어 장식들이 늘어서 있었다. 정확한 모양은 보이지 않았지만 백합 문장인 듯했다. 벽을 이룬 유리판은 유리창처럼 따분한 사각형이 아니라 높고 가늘었으며, 위쪽 유리는 삼각형이었다. 메달(아니면 문장?) 무늬를 그리는 매력적인 주철 프리즈가 벽의 맨 아래를 두르며 반복되었다. 프리즈는 높이가 거의 1미터쯤 되었고, 대성당의 칸막이처럼 화려했다.

플러드 씨가 그토록 자랑스러워한 특별 제작품인, 꽈배기처럼 꼬아 만든 주철 기둥을 그녀는 보지도 알아보지도 못했다. 사실 일 분도 채 지나지 않아 그녀는 기적과 같은 건물을 완전히 잊었다. 그것은 예쁜 포장지나 다름없었다. 거룻배가 강을 미끄러져 돌자 유리가 다시 투명해지고 교회 안 의자에 앉아 있는 검은 양복을 입은 사람이 보였다.

그 순간 그녀의 경이감은 실제적 관심사에 송두리째 밀려났다. 만약 이 멋진 건물이 교회라면—지붕마루 끝에 있는 것은 십자가가 아닌가?—저 검은 양복을 입은 사람은 거의 사제가 틀림없었다.

그녀에게는 청록색 물결무늬 실크 승마복이 있었는데, 보트 하버에서는 그 옷을 '부적절'하다고 여겼다. 그녀는 그 옷을 입었다. 베일이 달린 작은 모자를 썼다. 그리고 기다란 핀으로 모자를 고정했다. 목욕할 시간은 없었다. 그녀는 마구간으로 가서, 집에 남아 있던 셰틀랜드를 붙잡았다. 성질이 사납고 덩치가 작은 녀석이었다. 말이 물려고 하자 그녀는 주둥이를 세게 갈겼다. 말이 머리를 젖혔다. 눈이 미쳐 있긴 했지만 평소만큼은 아니었다. 미리엄 채드윅은 생각했다. '그래, 너도 다른 작자들처럼 나를 괴롭히는구나.' 조랑말이 당겨댔다. 미리엄은 펀마운트에서의 삶이 안겨준 처참한 결과를 쓰라리게 곱씹으며 말을 다시 갈겼다.

조랑말은 속도를 늦추지 않았다. 무른 이판암에 바큇자국이 팬 언덕길을 거의 질주하듯 내려가 강으로 향했다. 그녀는 대문에서 작고 예쁜 채찍을 잃어버렸지만 조랑말은 재갈을 무시하고 계속 내달렸다. 벨린저강을 따라 이어진 오솔길에 들어섰다. 바지선 위의 유리 교회와 노젓는 사람과 나란히 나아갔다.

"오 하느님, 제발 제가 바보처럼 보이지 않게 하소서." 그녀는 기도했다. 강기슭이 허물어진 곳에서 조랑말이 발을 헛딛자 그녀가 놀라 울부짖었으나 말은 다시 균형을 잡고는 교회를 뒤로하고 보트 하버의 부두로 달려갔다.

그녀가 무슨 의도로 이러는지 모두가 뻔히 알리라는 생각에 수치심이 들었다.

보트 하버에서 그녀는 고용주나 그 집 아이들 눈에 띄지 않도록 한두 시간 숨어 있어야 했다. 포목상마다 모퉁이마다 그들이 있는 듯했다. 그녀는 신발 수선집 2층의 기도실에 앉아 처음에는 기도하는 척했으나 나중에는 진심으로 기도하게 되었다.

106
대성당 통로

당시 벨린저강가는 새파란 들판이 물밀듯 드넓게 펼쳐진 오늘날과는 딴판이었다. 실을 늘어뜨린 거대한 뜨개바늘 같은 수목이 곳곳에 꽂혀 있고 양치식물과 덩굴식물이 얼기설기 자라며 뒤덮인, 초목으로 모습을 감춘 절벽이었다. 풍경은 이미 삼나무 벌목꾼의 칼질과 도끼질로 피 흘리고 있었지만, 상처받은 곳은 덤불숲 깊은 곳, 내부에 국한되었다. 퍼시 스미스와 두 일꾼이 물에 떠다니는 삼나무 통나무를 피하기 위해 상앗대를 들고 이리 뛰고 저리 찌르는 모습을 보면서도 오스카는 그 통나무들이 어떤 연유로 떠내려왔는지 궁금해하지 않았다. 그저 교회가 다가가자 정글 벽에서 날개를 활짝 펴고 새된 비명을 지르며 튀어나오는 새들만 보았다.

아편팅크를 먹든 안 먹든 마음이 편안해지지 않았다. 오스카는 퍼시 스미스에게 문을 잠가달라고 소리쳤다. 그리고 교회 정중앙에 딱딱한 나무의자를 놓았다. 기도를 하자 목소리가 교회 안에서 쩌렁쩌렁 울렸다. 그는 말했다. "오 하느님, 저는 지금 주님의 무시무시한 강 가운데에 있나이다. 주님의 영광이 저를 에워싸고 있사오나 저는 두려움을 떨치지 못하나이다."

벽 바깥에서 '럼고'라는 이름의 남자가 낄낄대는 소리가 들렸다. 오스카에게 그 웃음소리는 야만적 새들의 울부짖음만큼이나 하등 중요하지 않았다.

나의 증조부는 노트르담대성당의 중앙 통로를 걸어가는 눈먼 사람처럼 벨린저강을 거슬러올라갔다. 그는 아무것도 보지 않았다. 그의 땀으로 미끈대는 가죽 성경에 담긴 이야기보다 더욱 오래된 성스러운 이야기들이 그 고장에는 무수히 많았다. 하지만 그는 그런 사실을 상상조차 못 했다. 이 이야기들 중 일부는 강가의 카수아리나 아래 웅덩이에 사는 투명 절지동물만큼이나 작디작았다. 벼룩이나 총채벌레처럼 자잘한 이야기인지라 나중에 그가 보지도 않고 걸어서 지나갈 장소(풀씨 귀퉁이)에 살지도 모를 터였다. 이 고장에서는 모든 바위마다 이름이 있었고, 대부분의 이름은 정령이나 유령이나 의미를 담고 있었다.

그는 쿰바인기리 빌리의 고모에게 모자를 주었다. 그때는 성금요일을 앞둔 수요일로, 그 무렵이면 시드니는 선선하지만 그가 있던 위도에서는 여전히 더웠다. 유리 돔 안이 찌는 듯 무더웠다. 개 뒷다리처럼 확 꺾인 펀마운트의 강굽이 기슭에서만 그림자가 드리웠다.

쿰바인기리 빌리는 그 유리 교회를 보았다. 당시 그는 겨우 일 년 전에 성인식을 치른 어린애였다. 현재 마크스 힐이라고 불리는 곳에서 어른들과 함께 사냥을 하던 중이었다. 그러다 멀리서 유리 교회를 보았다—프리즘, 정육면체, 빛의 첨탑으로 모양이 바뀌면서 펀마운트의 초록 그림자 속으로 미끄러져들어갔다. 그곳에는 푸른 셔츠와 챙이 넓은 모자 차림을 한 사람들이 있었다. 그들은 기다란 장대를 쥐고 교회를 빙 둘러서 있었다. 그 중앙에 한 남자가 있었다. 쿰바인기리 빌리가 내 아버지에게 말한 바에 따르면, 심지어 그림자 속에서도 그 남자의 머리 둘레에서는 불이 춤추고 있었다.

오스카는 자신을 바라보는 원주민들을 볼 수 없었다. 그는 원주민을 두려워하지 않았다. 다른 것을 두려워했다. 발아래 나무 단은 H. M. 매크래컨의 거룻배 두 척에 걸쳐 있었는데, 온갖 못과 널빤지와 밧줄에도 불구하고 배들은 여전히 별개의 독립체였다. 따라서 배들은 제각각 들썩였고, 그 결과 연약한 새장과 같은 교회의 토대가 비틀리고 벌어졌다. 유리는 아무리 커다란 압력을 가해도 견디지만 이런 종류의 뒤틀림에는 취약하다.

유리판 세 장에 금이 갔다. 지붕 쪽 유리판이었다. 유리가 쩍쩍 갈라지며 얼음칼처럼 매달렸다. 삐죽삐죽한 가장자리가 증조부의 꼭 모아쥔 두 손 위로 무지개를 드리웠다. 그는 수척하고 추한 몰골인데다 목울대와 붉은 매부리코가 환하게 빛났다. 더없이 무시무시한 칼뱅주의자의 모습이었다. 눈 주위는 햇볕에 타지 않아 하얀 고리를 이루고 있었다. 초록 홍채는 가느다란 붉은 강들로 엮인 누리끼리한 흰자에 박혀 있었다.

퍼시 스미스가 장대를 진흙에 박았다. 힘의 벡터들이 해답을 찾아 이리저리 밀렸다. 오스카의 발아래 단이 비틀렸다. 또다른 유리판이 갈라졌다. 이번에는 꽈배기 모양 기둥 발치의 작은 성단소에 파편이 떨어졌다. "오, 주님. 저에게 이 같은 날을 주셔서 감사합니다." 기도하는 그의 이마를 따라 땀이 흘러내려 눈으로 들어갔다.

그 응답으로 유리판 세 장에 더 금이 갔다. 과학 법칙에 따르면 유리 조각이 떨어져야 마땅했다. 철사로 보강되어 있지 않았기에, 쩍쩍 갈라진 가장자리가 서로 지지하고 있을 뿐인데도 유리는 제자리를 유지하고 있었다. 그것은 하늘에 생긴 흠집이었다. 유백색의, 쭈글쭈글한 셀로판지 같은 응고된 무엇이었다.

교회 안의 남자가 손을 흔들었는데, 마크스 힐에서는 그 모습이 신비롭고 심지어 마술적으로 보였으나, 교회의 수정 용광로 안에서는 그저 그곳에 갇힌 커다랗고 무섭게 생긴 벌레들을 쫓는 행위일 뿐이었다.

교회 안에는 똥파리들이 있었다. 파리는 유리가 무엇인지 이해하지 못했다. 또한 배가 푸른 잠자리도 세 마리 있었다. 십만 년 동안 그들의 조상은 유리와 한 번도 마주치지 않고 그 계곡에서 살아왔다. 그런데 부드러워야 할 공기가 별안간 단단해진 것이다. 단단한 황갈색 껍질의 물방개처럼, 다리가 늘어진 말벌처럼. 벌레들은 겁에 질려 유리에 마구 부딪쳐댔다. 유리의 속성을 잘못 파악하고 있었다. 벌레들은 '무無'를 향해 돌진했다. 마치 오스카 자신이 지닌 이해력의 한계, 신에 대한 무지, 그리고 이처럼 상상을 초월하고 모순적이고 불가능한 무엇으로 만들어졌을 지옥의 벽을 그에게 일깨워주기 위해 창조된 것 같았다.

세 남자가 길쭉한 어린나무로 만든 상앗대로 주위에서 일하고 있는 동안, 오스카는 손으로 귀를 가리거나 허공을 저어댔다. 금이 간 유리판이 그의 이마에 불타는 듯한 무지개색 스펙트럼을 드리웠다. "오, 하느님, 당신을 찬양하나이다. 당신의 끔찍한 강을 찬양하나이다. 저는 두렵지 않사옵니다." 하지만 그의 손은 주머니 속 끈적끈적한 아편팅크 병을 단단히 쥐고 있었다.

그는 생각했다. 곧 끝날 거야.

하지만 가뜩이나 햇볕에 탄 피부가 교회 때문에 화상을 입고, 정교한 보석 같은 푸른색 잠자리가 유리에 부딪치는 모습을 지켜보게 되었다. 2등급 정보에 의지해 내기를 했다는 경악이 확 찌르듯이 덮쳤다. 그를 설득한 것은 하느님이 아니라 '다른 목소리'였던 것이다.

그는 재킷을 벗어 머리와 어깨에 뒤집어썼다. 유리에 금이 간 교회가 마침내 보트 하버의 부두로 예인되었을 때, 이런 연유로 근시인 정부 감독관은 그를 머릿수건을 쓴 수녀로 오인했다.

107
보트 하버에 도착한 성공회 교회

데니스 해싯 신부는 양말 속에서 거머리 한 마리를 발견했다. 그래서 떼어내려고 집으로 힘겹게 걸어가고 있었다. 사실 거머리는 한 마리가 아니라 두 마리였다. 두 마리가 거의 같은 지점에 달라붙어 있었기에 한 마리는 통통하니 부풀었지만 다른 한 마리는 그대로 비쩍 말라 있었다. 하지만 꼬리가 둘 달린 번들대는 검은 거머리로 본 그는 속이 울렁거렸다. 뛰어가고 싶었으나, 뭔가로부터 달아나는 꼴을 보였다가는 술 취한 소몰이꾼이 공격하거나 매그니 집안이나 월 집안 코흘리개 아이들이 감자를 던져댈 터였다.

유리 교회에 대해 듣고 그의 머릿속에 든 생각이라곤 집에 가서 거머리를 떼기는 글렀구나 하는 것뿐이었다. 루신다와는 전혀 연결짓지 못했다. 사실 그는 소식을 알려준 관청 사무원의 말을 곧이곧대로 믿지 않았다. 그가 아는 사실은 어떤 구조물이 있다는 것이었고, 사무원은 교회라고 상상했지만 결국 헤즈의 난파선에서 건져낸 짜부라진 쌍두마차나 구명정이나 증기톱으로 판명되겠거니 싶었다.

거머리를 떼어내려면 소금이 필요했다. 해먼드 앤드 휘틀리에서 반 페니어치를 사면 될 듯했다. 그래서 그는 발목을 다른 발목에 비비고 싶은 충동을 꾹 참은 채 한쪽 발을 조심하며 트레비스 부인 뒤에서 기다렸다. 그녀는 밀가루와 베이컨을 구입하는 사이에도 여왕 폐하에게 그림을 가르쳤던 할아버지 도슨에 대해 떠벌리고 있었다. 관청 사무원이 두 번이나 그를 데려가려고 달려왔다. 정부 감독관이 신부를 '어서 빨리' 부두로 데려오라고 명령했으니 그에게 얼른 물건을 주라고 해먼드 씨에게 간청한 이도 바로 그 관청 사무원이었다.

데니스 해싯 신부는 소금을 샀다. 그는 물건을 구입하는 데 익숙하지 않았다. 반 페니에 그렇게 많은 소금을 주어서 놀랐다. 주머니에 들어가지도 않았다. 불룩한 봉지는 겨드랑이에 끼우는 수밖에 없었다. 그래서 그 상태로 하이드 스트리트를 내려갔다. 덩치도 크고 손도 두툼하지만 주눅들어 있는 탓에 구부정하니 목이 굽은 관청 사무원은 그 기이한 유리 교회에 대해 호들갑을 떨며 이런저런 가정을 해댔다.

소금을 거머리에 뿌릴 묘책을 궁리하던 해싯 신부는 부두에 모인 군중을 보자 낙담하고 말았다. 거머리를 처리하기가 더더욱 곤란해진 것이다.

그는 사무원의 이야기를 들으면서 사람들을 헤치고 강으로 향했다. 늘 그렇듯 군중은 대부분 취해 있었다. 혐오스러운 냄새가 풍겼다. 빨지 않은 옷, 럼주, 구토물. 지옥도 이보다 냄새가 지독하지는 않을 것이다. 데니스 해싯은 봉지를 찢어 소금을 한 움큼 집었다.

바로 그 순간 교회가 시야에 들어왔다. 한꺼번에 너무 많은 생각이 들었다. 저건 기적이야, 거미집이야, 부서진 거야, 비극이야, 조지 3세를 위해 건축되었다가 분노의 습격을 받은 꿈이야. 그는 생각했다. 우박을 맞아서 저리된 거야. 그는 생각했다. 헤즈의 난파선에서 건져낸 거야. 그는 생각했다. 저 기다란 유리판을 세모꼴로 만들다니 실수야, 반원형 아치였다면 더 우아할 텐데. 그는 생각했다. 루신다.

마지막 생각에 등의 사마귀가 화끈거리며 근질근질했다. 지금껏 보낸 편지들에서 자신이 결혼했으며 조만간 아이가 태어난다는 소식을 전하지 않았던 것이다.

루신다의 열정이 빚은 금이 쩍쩍 간 유리 건물을 접하자 그는 공포로 마비되었다.

사마귀가 간지러워 미칠 지경이었다. 그는 소금을 쥐었다. 거머리가 없는 발에 몸무게를 대부분 실었다. 그리고 루신다가 꽈배기 모양 기둥 사이에서 나타나기를 기다렸다. 유리 너머는 보이지 않았다. 유리판이 온통 쪼개져 불투명해지다시피 했던 것이다. 그는 소금 봉지를 겨드랑이에 끼우고 얼굴에 미소를 머금었다. 하지만 H. M. 매크래컨의 물이 새는 낡은 거룻배가 부두의 말뚝에 묶이고 나서 교회 나무문으로 나온 사람은 루신다 르플래스트리어가 아니라, 목깃도 착용하지 않고 얼굴은 수척하니 화상을 입은 유령이었다. 유령은 모자 상자 같은 자그마한 가방을 들고 그에게로 다가왔다.

"반갑습니다." 오스카가 한 손을 내밀었다.

데니스 해싯의 손에는, 이런, 소금이 쥐여 있었다. 그는 설명을 하려고 손을 펴 보였다. 화상 입은 남자는 소금을 응시하더니 웃었다. 정상적인 웃음이 아니라 기침처럼 마른 소음이었다.

"해싯 신부님입니까?"

데니스 해싯을 응시하는 이 남자에게서 위험한 뭔가가 느껴졌다. 그의 초록 눈은 너무나 강렬했다. 단 일 초도 데니스 해싯의 눈에서 시선을 떼지 않았다.

"네." 데니스 해싯이 대답했다.

"그렇다면 이 아름다운 교회를 당신에게 선사할 수 있게 되어 참으로 기쁘군요. 이것은 뉴사우스웨일스의 가장 경이로운 여인이 보트 하버의 기독교인들에게 보내는 선물입니다." 유령은 교회가 쩍쩍 갈라져 있다는 사실을 의식하지 못하는 듯했다. 유령이 소리를 높였다. "거리낌없이 솔직히 말씀드리죠. 당신이 대단히 부럽습니다. 그 여인의 사랑을 받을 수 있다니."

데니스 해싯은 속이 울렁거렸다. 달아나고 싶었다. 보트 하버의 모든 불신자들이 굵은 목과 싸움으로 뭉개진 귀를 앞으로 바짝 들이대고 있었다. 그는 몸을 굽혀 손에 쥔 소금을 양말 속에 부었다.

미치광이는 이제 울부짖고 있었다. 그의 얼굴은 손목에 감긴 붕대만큼이나 지저분하고 너덜거렸다.

"르플래스트리어 양이 시드니에서 애타게 그리워하고 있는데 어떻게 여기 가만히 있을 수 있습니까? 도저히 이해가 안 되는군요."

양말 속의 소금은 유리 가루만큼이나 고통스러웠다. 그는 생각했다. 오 주여, 과거에 저지른 어리석음이 다시 저에게 돌아와 고통을 주는 일이 언제쯤에야 멈추겠나이까?

그는 눈물을 흘리는 남자의 어깨에 한 손을 얹었다. 기독교적 자비심을 베풀 생각이었지만 갑옷만큼이나 단단하고 앙상한, 이질적인 몸이 느껴질 따름이었다. 바로 그때였다. 벌써부터 그의 주위에서 증식되고 있는 추문의 세균을 어떻게 막을 수 있을까 고민하는 그의 눈에 미리엄 채드윅의 밝은 초록색 승마복이 들어왔다.

"채드윅 부인, 좀 도와주시겠습니까?"

그리하여, 퍼시 스미스가 정부 감독관의 지시에 따라 배의 계류삭을 옮기느라 바쁜 사이에 데니스 해싯과 미리엄 채드윅은 오스카 홉킨스를 부축해 바퀴자국이 팬 길을 따라 하이드 스트리트로 향했다. 두 남자 모두 조금씩 절뚝거렸는데, 한 명은 여행에서 얻은 부상 때문이고, 다른 한 명은 핏빛 소금이 발바닥 장심으로 들어가 깔끄러웠기 때문이다.

하이드 스트리트 모퉁이에서 데니스 해싯은 오스카에게 잠시만 기다려달라고 부탁했다. 여전히 울고 있는 그를 우체국 대기실에 세워두고는 채드윅 부인과 상의했다. 그녀의 커다란 짙은 갈색 눈이 훌쩍이는 남자를 향한 연민으로 가득한 모습에 그는 깊이 감동받았다.

"미리엄, 제발 도와줘요. 소문이 눈처럼 불어나 아내 귀에 들어가기 전에 내가 어서 가서 사정을 설명해야 합니다. 선한 사마리아인이 돼주겠습니까? 여기 1크라운이 있으니 이걸로 붕대와 머큐로크롬을 사요. 이건 기도실 열쇠예요. 문을 잠가서 참견쟁이들이 못 들어오게 하고, 저 사람을 좀 돌봐줘요. 가엾게도 아주 심각한 상태예요. 할 수 있겠습니까? 트레비스 부인이 허락할까요?"

"존경하는 신부님." 미리엄 채드윅은 내심 바라는 대로 되어 기쁜 동시에, 자신을 잔인하게 퇴짜놓은(오래전 일도 아니었다) 작자가 이렇게 부탁을 한다는 사실에 분개하며 말을 이었다. "존경하는 신부님, 어서 엘리자베스에게 가보세요. 저 상처받은 영혼은 나한테 맡겨두고요."

그녀는 커다란 황동 열쇠와 1크라운, 데니스 해싯이 그녀의 가슴 앞으로 쑥 내민 찢어진 소금 봉지를 받아들었다. 그리고 나의 증조모는 오스카 홉킨스의 팔을 잡고, 다른 사람들이 쳐다보든 말든 아주 천천히 걸어 신발 수선집 2층의 기도실로 향했다. 그곳에서 그녀는 문을 잠근 뒤 그를 보살피기 시작했다.

108
오스카와 미리엄

오스카 홉킨스와 미리엄 채드윅이 신발 수선집 2층에서 마침내 내려온 것은 임박한 그들의 결혼을 발표하기 위해서였다.

내 증조모의 초록색 실크 승마복 뒤쪽에 작은 젖은 얼룩이 져 있었다. 이를 두고 말들이 무성했으나—어찌 안 그러겠나—대놓고 입 밖에 내는 사람은 없었다. 어쨌든 미리엄은 해먼드 씨의 값비싼 피부 크림과 톡 쏘는 아이오딘과 자주색 머큐로크롬, 샛노란 '치료 연고'로 젊은 여행자를 열심히 치료했다. 치료용 염색제를 너무 여러 종류 바른 탓에 이내 그는 아버지의 수족관에 있던 열대어처럼 변했다. 그렇게 많은 액체와 기름 약제가 있었으니 미리엄의 옷에 조그맣게 한 방울 흘렸다 해서 놀랄 일은 아니었다.

마침내 신발 수선집 2층의 육중한 삼나무 문을 열었을 때 오스카는 불타는 집에서 구조된 사람들에게서 흔히 보이는, 망연자실하고 약간 공허한 분위기를 풍겼다.

그는 카펫이 깔리지 않은 계단을 쿵쿵 내려오며 자신의 죄악이 온 세계에 선포되는 것을 느꼈다.

나는 루신다 르플래스트리어를 사랑해.

신발 수선공이 작업대에서 일하고 있었다. 오스카는 그와 눈을 마주치지 못했다. 대신 문에 걸린 채 살랑살랑 흔들리는 펌프스 한 켤레를 보았다. 그리고 그것을 향해 고개를 끄덕였다.

하느님의 성전에서 사통을 했던 것이다. 우룽가에서 삼나무 벌목꾼들을 심판했던 그가.

그는 생각했다, 나는 평생 악마의 속삭임을 좇고 도박이 성스럽다는 꼬임에 넘어가 아버지를 버리고 가엾은 스트래턴을 늪으로 이끌고 시종일관 자만심으로 스스로를 방어한 거야. 나는 성인인 척했지. 르플래스트리어 양과 더없는 열정에 빠져 있을 때 우리 두 사람을 죄악에서 구한 것이 바로 나라고 상상했지. 그녀가 나의 진심을 깨닫고, 하느님 앞에서 신랑신부로 서자는 나의 제안을 받아들일 그 행복한 날까지 (오늘, 바로 오늘 나는 승리에 차서 그녀에게 편지를 쓸 수도 있었어) 순결을 지켜야 한다고 나는 단언했지. 하지만 나는 그런 인간이 아니었어. 여기 바로 증거가 있잖아. 도움을 주는 손길이 내 몸의 그곳에 놓이자마자, 내 생애 처음으로 그곳에 손이 닿는 즉시 나는 시험에 실패했어. 나의 신심이 그토록 쉽게 털어낼 수 있는 거미집이나 다름없었다니. 나는 짐승 같은 본성에게 주도권을 내주기 위해 마차 바퀴에 뭉개질 준비가 되어 있는 거리의 개야. "사랑, 사랑, 사랑을 위해서 그랬소"

라고 외치며 정당화할 수조차 없는 짓을 저질렀어.

그에게 내려진 벌은 그가 명예를 더럽힌 여인과 결혼하는 것이었다. 그녀가 그의 명예를 더럽혔다는 생각은 들지 않았다. 그저 그녀와 결혼해야 한다는 생각뿐이었다. 그는 주머니에서 아편팅크를 꺼내 신발 수선집의 짙은 그늘에 잠긴 문가에서 홀짝였다. 거리에는 덩치 큰 장정 넷을 합친 듯한 굵은 통나무를 높이 쌓아올린, 거세된 수송아지가 끄는 마차들이 줄지어 지나갔다. 대기는 달콤한 수액과 오줌과 브랜디로 두툼하고 미지근하고 끈적거렸다. 노란 개들이 있었고, 노란 진흙 바닥에 부슬부슬한 나무껍질이 흩어져 있었다.

오스카의 눈은 근거리에 고정되어 있었다. 뺨을 빨아들여 자신도 모르게 세게 깨물었다. 그는 나의 증조모 곁에서 절룩거리며 걸어갔다. 이 일을 적절하게 처리하겠노라고 똑같이 마음먹고 걸어가는데도 둘 사이에는 명확한 거리가 있었다. 마치 함께 사업을 하기로 한 동업자나 크리켓 시합을 하는 상대팀 주장 같았다. 그들은 결혼 예고를 했다. 십오 분도 걸리지 않았다. 버니 러벌로 가서 각자 서약서를 다시 썼다. 삼십 분이 걸렸다. 그리고 〈쿠리어 선〉 신문사로 가서 약혼 광고문을 쓰는 작은 서식을 작성했다.

그가 약혼 발표에 '사제'라는 명칭을 쓰지 않자 나의 증조모는 그가 성직자가 아닐지도 모른다고 의심했다. 그에게 시드니의 유리공장과 일만 파운드에 달하는 재산이 있을 줄은 꿈에도 상상하지 못했다.

오스카 자신도 그것을 잊고 있었다. 자신이 잃어버린 것에, 다시는 찾을 수 없는 것에 사로잡힌 채 마음 아파하고 있었다. 그의 머리는 유리 교회가 악마의 작품이며, 살인과 사통의 매개물이라는 생각으로 꽉

차 있었다. 머릿속에 선명하게 떠오르는 유일한 생각은, 격분해서 내달리는 심장박동 너머로 들리는 유일한 소리는, 그 가증스러운 건물을 파괴할 방법이었다.

막 다섯시가 되어 관청 사무원들이 이미 업무를 마감하고 있을 때 그는 그녀에게 작별인사를 했다. 그녀는 일하러 돌아가야 했다. 결혼 예고와 서약서에 그녀가 쓴 '가정교사'라는 단어를 보았어야 마땅한데도 그는 보지 못했다. 그래서 그녀가 무슨 일을 하는지 몰랐다. 그들은 신문 광고의 중개로 같이 일하게 된 두 명의 타인이라도 되듯 다음날 열시에 우체국에서 만나기로 약속했다. 그는 그녀가 관청 방목장에 묶어두었던 조랑말에 오르는 모습을 보았다. 법적인 의무감 외에 아내를 도저히 사랑할 수 없으리라는 점을 그는 이미 알았던 게 분명하다. 그녀가 말을 다루는 태도를 보고도 그는 아주 약간 당혹했을 뿐이었다. 그는 그녀를 향해 모자를 들어올리려 했지만 모자가 없었다. 모자는 쿰바인기리 빌리의 고모에게 주었던 것이다. 그는 관청 방목장의 문을 열어 잡고 있다가 조랑말과 기수가 지나가자 생각에 잠겨 강으로 향했다. 막대를 뒤로 땅에 대고 끌어 메마른 진흙길에 가늘고도 불규칙한 선을 종적으로 남기고는 그는 내 증조모의 인생에서 영원히 사라졌다.

109
페티코트 사이의 수표

나이든 미리엄은 기다란 검은 드레스와 강렬한 색상의 페티코트를 (진홍색, 자주색, 현란한 노란색) 입었는데, 당시에는 그런 모습이 빅토리아시대의 새장에 갇힌 늙고 못생긴 앵무새처럼 보이기 십상이었다. 하지만 데니스 해싯의 작은 서재에—사실 서재라고 보기 어려운 게 벨린전에서는 쾌적한 뒤쪽 베란다를 임시로 막아 만든 그런 곳을 야영지라고 불렀다—서 있던 그녀는 등이 곧고 젊고 눈에 띄게 아름다웠다. 곧은 코, 긴 턱, 도드라진 광대뼈 위에 박힌 커다란 갈색 눈 등 이목구비가 또렷했다. 엄해 보일 수도 있지만 아직까지는 그렇지 않았다. 그녀의 강박적 기질은 심지어 격분할 때조차도 살짝 교태를 부리는 습관으로 인해—그녀도 어쩔 수 없는 듯했다—가려져 있었다. 따라서 그녀가 눈을 내리깔거나 특정한 방식으로 상체를 숙이거나 심지어 옷이 슬쩍 상대방에게 스치게 할 때면 부드럽다못해 유혹적이기까지 했지만, 당신에게 보는 눈이 있다면 그녀의 슬며시 악다문 입을 놓치지 않을 것이다.

그녀는 오스카의 상중이었다. 교태를 부리는 버릇은 조만간 버리게 되지만 이 특별한 상복의 스타일은 결코 포기하지 않았다. 유행하던 상복도 아니었다. 자신의 모순적인 욕구를 충족시키기 위해 그녀가 직접 고안해낸 것으로, 그 스타일은 결과적으로—앞서 말했듯이—괴상하고, 빅토리아풍이고, 그냥 미친 듯 보였으나 그녀와 마주한 데니스 해싯의 눈에는 전혀 그렇게 비치지 않았다.

그녀의 기다란 검은색 물결무늬 실크 드레스는 어여쁜 가슴 부분이 꽉 조이고, 허리받이 주위에 값비싼 주름들이 흘러내렸다. 검은 베일과, 깃털을 꽂은 검은 모자를 쓰고 있었다. 페티코트가 여기저기 드러나 있었다. 선홍색이었다. 페티코트는 말하고 있었다. 당신이 뭐라든, 난 내가 하고 싶은 대로 하겠어.

데니스 해싯이 그녀와 결혼하지 않은 걸 후회한 적이 있는지는 몰라도 이제는 더이상 그러지 않았다. 그는 그녀를 위험한 여자로 간주했다. 어서 서재에서 나가주길 바랐다. 그녀는 그에게 미소 지었다. 그는 우연이라고 생각했지만, 단추 달린 작은 부츠 끝이 그의 바짓자락을 두 번 스쳤다.

데니스 해싯이 찾아와 재산 상속을 포기해달라고 간청할 때까지만 해도 그녀는 오스카에게 얼마만한 재산이 있는지 꿈에도 몰랐다. 잘생기고 교육받았으며, 불경한 삼나무 벌목꾼들 앞에서 여자처럼 몸을 부르르 떠는 이 남자가 '권리포기 각서'에 서명하도록 그녀를 속여넘기려고 했던 것이다. 그제야 비로소 그녀는 죽은 남편의 작은 가방 안에 돌돌 말려 있던 서류에 적힌 내기를 서서히 이해하기 시작했다.

바로 그때가 '최선의 충고'랍시고 주어지는 명령에 반해 행동하는 그녀의 평생 습관이 처음으로 시작된 순간이었다. 최선의 충고를 따랐다면 그녀는 여전히 가정교사, 아니 트레비스가의 막내가 토해낸 허연 우유 토사물을 뒤집어쓴 가정교사만도 못한 신세였을 것이다. 최선의 충고는 유리공장을 달링 하버에 남겨두라고, 보트 하버처럼 외진 곳으로 공장을 옮기는 것은 비실용적이라고 설득하려 들었다. 그녀는 말했다(아주, 아주 자주). "나는 보트 하버를 사랑해요. 여긴 내 집이에요. 어떻게 여길 떠나겠어요?" 그녀는 달링 하버의 부지를 팔아넘긴 뒤, 유리 불기공들과 그 가족을 비롯해 옮길 수 있는 모든 것을 옮겼다. 그들을 직접 찾아가 선물을 주고, 뇌물을 주고, 보너스를 약속함으로써 북쪽으로의 위험한 바다 여행을 감행하도록 설득했다.

그녀는 보트 하버를 눈곱만치도 사랑하지 않았다. 혐오했다. 하지만 이제 그녀는 부자였고, 자신을 무시했던 사람들에게 되갚아줄 수 있었다. 그녀는 모욕의 계급을 거의 봉건적 구조에 따라 신중하게 분류했는데, 이 사제는 삼각형의 꼭대기 근처에 있었고, 트레비스 부인은 정점에 자리했다.

그 작은 서재에는 여유 공간이 없었다. 등받이가 곧은 의자에 몸을 구겨넣다시피 앉으면 사제의 어깨 너머로, 베란다의 벽이 없는 쪽에 쌓여 있는 책 궤짝들이 보였다. 그의 현재 사정으로 인해 짐을 풀 수 없는 궤짝들은 남풍이 불 때마다 새로 얼룩이 추가되며 점점 회색으로 변해갔다. 또는 목에 약간 쥐가 나는 것을 감수하면, 길고 좁은 땅에서 짧은 겨울 풀이나마 뜯고 있는 사제의 저지종 소 너머로 유리 교회의 검은 뼈대가 내려다보였는데, 유리판은 대부분 쩍쩍 갈라지거나 부서지고 지붕에는 메마른 수초 가닥이 길게 들러붙어 있었다.

그 교회는 미리엄의 소유였다. 아니 시드니 법정이 그렇게 판결했다. 데니스 해싯은 교회를 자신의 것으로 여겼었다. 그에게 주는 선물로 만들어진 것이고, 그가 직접 집 뒤쪽 방목지로 옮겨오도록 조치했기 때문이다.

미리엄은 의자에 앉아 치마를 매만졌다. 양손을 무릎에 얹었는데 확연히 부푼 배를 전혀 감추려 하지 않았다. 데니스 해싯이 보기에는 오히려 드러내려는 듯했다. 그녀가 다리를 꼬아 페티코트를 살짝 내보이고는 그를 응시했는데, 그 시선을 그는 마주보기가 어려웠다.

"글레니퍼의 필드 씨와 얘기를 나눴어요." 미리엄이 검은 장갑을 벗어 시드니에서 그녀의 예쁜 손까지 먼길을 찾아온 최고급 결혼반지를 드러냈다. "거기에는 일요일마다 기꺼이 헌금함을 채워줄 성공회 신도가 열다섯 가구 있다고 하더군요."

데니스 해싯은 생각했다. 헌금함을 채우다니. 초록색 펠트천 위의 구리 동전과 3페니가 얼마나 쓸쓸해 보이는지 본 적도 없는 주제에 당당하게도 말하는군. 필드 씨가 '헌금함'을 채우겠다고 말할 때는 엄지를 멜빵에 걸고 의기양양하게 굴겠지만, 실상은 달라. 일요일에 두 번 글레니퍼까지 말을 타고 와서 하느님의 사랑과 2.5페니를 위해 설교해달라고 하겠지.

미리엄이 생긋 웃으며 말했다. "그 말을 듣는 순간 내 사랑스러운 작은 교회를 그들에게 선물로 주면 좋겠다는 생각이 들더군요. 필드 씨

말이, 골함석이 부족하지 않게 있대요. 벽에는 비막이판자를 대면 된다며, 그 방법까지 자세히 설명해주더군요."

"아주 영리한 사람이군요." 데니스 해싯은 심술궂게 대꾸했다.

"네, 정말 그렇죠. 그냥 못으로 주철 프레임에 판자를 댈 순 없으니까요."

"나는 생각도 못했네요." 데니스 해싯은 짐짓 가장하며 말했다. 유리로도 가능한 것처럼, 비막이판자는 나무 문설주에다 고정하면 되었다.

"지혜를 좀 나눠주세요, 신부님. 그런 세속적인 일에 대해 잘 아신다면, 비막이판자를 저 교회 벽에 어떻게 고정시킬 수 있을지 말씀해주세요."

데니스 해싯은 다른 상황이었다면 상냥하다고 여겨질 만한 미소를 그녀에게 지었다.

"울타리 철사를 쓰는 거예요." 미리엄이 말을 이었다. "가축우리처럼. 하지만 이곳 지역을 잘 안다면 어떻게 하는지도 아시겠죠. 하지만, 아니 그거야 어쨌든, 신부님이 굳이 알 필요는 없어요. 내일 글레니퍼의 성공회 교도들이 여기로 오니까. 그곳에서는 흰개미 때문에 워낙 골치를 썩는지라 주철 프레임 건축물을 얻게 되어 다들 기뻐한답니다. 뭐, 신부님은 실망한 듯하지만요."

"알다시피 나는 마침내 이곳에 교회를 갖게 되겠구나 기대했었죠."

"그럼, 바자회를 열어 기금을 모아야겠네요. 하지만 저더러 남편 무덤에서 예배를 드리라고 하는 건 너무나 잔인하죠."

"그래도 실망스럽긴 하군요."

"일요일이면 신부님이 매우 바빠지실 것 같군요."

"하느님의 일에 불평하지는 않습니다. 다만 그 교회는 원래 내게 주어진 선물이라는 것뿐이지요. 하지만, 하지만……" 그는 화를 억누르려는 듯 한 손을 번쩍 들었다. "법정은 다르게 판결했지요."

"르플래스트리어 양이 신부님을 대단히 좋아했나봐요."

"우리는 친구였지요, 네."

"내 남편을 좋아한 것처럼요."

남편이라니? 어떻게 그가 남편일 수 있지?

"르플래스트리어 양과 다시 편지를 주고받는답니다. 그녀의 솔직함이 존경스럽다고 말하지 않을 수 없네요."

"그래요?"

"우리가 편지를 주고받는 걸 몰랐나요? 신부님에겐 알리지 않았나보죠? 하지만 시드니 법원 밖에서 만났을 때 르플래스트리어 양 말로는 신부님과 아주 세세한 내용까지 서신 왕래를 했다던데요. 정말로, 우리 작은 마을에 대해 아주 잘 알고 있더군요."

"이봐요, 미리엄, 르플래스트리어 양이 뭐라고 했는데요?" 그는 미리엄이 펼치고 있는 편지를 향해 손을 내밀었다.

"젊은 숙녀들이 주고받은 사적인 편지를 엿보려 하다니 신사답지 않군요. 하지만 일부를 읽어드리죠. 그녀가 쓰기를, '나는 내 사랑을 안전하게 지키기 위해 내기를 했어요.' 그 부분을 읽고 속이 상했답니다, 데니스. 그이를 '내 사랑'이라고 부르다니. 정말 품위도 없지. 뭐라고요?"

"그녀가 그를 좋아했나요?"

"그녀는 거의 모두를 좋아하는 것 같은데요. 하지만 좀더 읽어드리죠. '여자 대 여자로서 부탁드립니다, 제발 내게 이러지 마세요. 내 펜

끝에서 이런 단어들이 흘러나오다니 충격적이지만, 어쩔 수가 없네요. 두려움이 우리를 탐욕스럽게 만들게 하지 말아요.' 두려움이 우리를 탐욕스럽게 만들다니, 무슨 뜻인지 모르겠네요. '시드니의 거리를 걸을 때면 이곳에서 가난한 여인으로는 도저히 못 살겠다고 깨닫습니다. 제발 채드윅 부인, 기독교도로서 자비심이 있다면 내 재산의 아주 일부라도 지키게 해주세요.'" 미리엄이 편지를 접어 가방에 넣었다.

"이만하죠." 그녀가 말했다.

데니스 해싯의 입술이 벌어지며 눈이 살짝 가늘어졌다.

"그럼, 뭐라고 답할 겁니까?"

"물론 동정적으로 답했어요. 어떻게 안 그럴 수 있겠어요. 인생의 반을 상복 차림으로 보낸 뒤 또다시 상복을 입게 된 내가, 가난한 여인의 처지를 누구보다도 잘 아는 내가 말이에요. 이 마을로 오게 된 것도 난파라는 불운을 통해서였죠. 가정교사인데도 아일랜드인 하인에게나 걸맞을 모욕적 삶으로 고통당했던 나야말로 그녀 자신보다 그녀의 처지를 더 잘 알죠."

"그럼 어떻게 답할 거죠?"

"나는 하인처럼 일했죠. 불을 지피고 소젖을 짜고. 아이들한테 셰익스피어와 밀턴을 가르쳐야 할 때 말이에요."

"그리고 그녀도 똑같이 하길 바라는군요."

"데니스, 내가 독하다고 생각하는군요."

"채드윅 부인."

"홉킨스예요." 그녀가 정정했다.

"홉킨스 부인, 우리 서로 적이 되지 맙시다."

"해싯 씨, 친구가 되고 싶은 마음만 급하다보니 내 발을 막 밟아 뭉개고 있잖아요. 내 작은 교회를 글레니퍼의 성공회 교도들에게 기부하겠다고 말하지 않았던가요?"

"네, 말했죠."

"그런데 왜 그러나요? 오늘 르플래스트리어 양에게 수표를 보낼 거예요. 거액은 아니지만, 현재 처지에선 약간이나마 도움이 될 거예요."

이것이 바로 루신다가 미리엄에게 짧은 편지를 보내는 계기가 된 수표다. 거의 반세기 후 미리엄의 해지고 기운 페티코트 틈새에서 발굴되었을 때 그 편지는 오래전 죽은 잠자리 시체처럼 바스러지기 쉬운 상태였다. 바삭하게 말라 역사가 되어 있었다. 루신다는 신경이 예민한 사제에 대한 열정보다 더 중요한 일들로 이름을 떨쳤다. 그녀는 유명했다. 적어도 오스트레일리아 노동운동을 공부하는 학생들 사이에서는 유명했다. 이 편지를 본다면 그 안에 내재된 공포와 고통이 그녀의 길고도 보람찬 인생 여정에서 그저 날카로운 잽에 불과했다고 여기리라. 그리고 그 일을 그녀의 진짜 인생이 시작되기 전 마지막 사건으로 분류하리라. 하지만 1866년 당시 루신다는 그렇게 여유롭게 볼 수가 없었다. 물떼새 알처럼 여기저기 점이 박히고, 게걸스럽게 잉크를 빨아들여 짙푸른 얼룩이 밴 싸구려 종이에 그녀는 열정적으로 써내려갔다. 그것은 에드워드 제이슨의 드루이트 스트리트 피클 공장에서 일하다 팔이 데고 눈이 충혈된 피곤에 찌든 여인이 쓴 편지였다.

"친애하는 채드윅 부인, 당신이 도둑이라는 점은 논쟁의 여지가 없습니다. 하지만 도둑이 된 게 두려움과 약함 때문이라고 나는 믿습니다. 뉴사우스웨일스에서 홀로 사는 여인의 삶을 고려하면 당신의 영혼에 깃든 공포를 나 역시 이해할 수 있기에 기꺼이 당신을 용서합니다."

그리고 미리엄의 10기니 수표가 동봉되어 있었다.

루신다는 봉투에 발신인 주소를 쓰지 않았지만, 1866년 6월 워들리피시가 이상한 녀석을 찾아 위트필드 농장에 갔을 때 그녀가 롱노즈 포인트에서 더이상 살지 않은 것은 확실하다. 그 작은 오두막은 담요나 단추 하나 없이 버려져 있었기에 친구가 왜 이런 눅눅하고 초라한 곳에서 살았는지 워들리피시는 알 길이 없었다. 스네일스 베이를 가로질러 남풍이 불어오고 짙게 드리운 구름에서 비가 내렸다. 워들리피시는 바위등성이에 서 있었다. 턱수염이 젖어들었다. 비바람에 눈을 가늘게 떴다. 그 기다란 반도에서 유일하게 빛나는 것이라고는 크리비지 보드의 핀처럼 땅에 일정하게 박혀 있는, 버러데일의 반짝이는 붉은 측량용 말뚝뿐이었다.

110
엉겅퀴에 대한 노래

불과 백이십 년 후 그 교회는, 내 어머니가 〈거룩하신 하느님〉을 찬송하고, 내 아버지가 그토록 질투하고, 내 증조부가 벨린저강 위에서 조립하여 천상 그 자체인 듯 투명하게 반짝였던 그 교회는 철거되었다. 더이상 쓸모가 없었다.

작년 크리스마스에만 해도 교회가 서 있던 자리에는 이제 맨흙뿐이다. 대형 트레일러 바퀴가 잠시 진창에 빠져서 생긴 두 개의 커다란 바큇자국 주위에 키쿠유 풀이 자라고 있다. 얼마 전까지 몇 안 되는 신도들을 위해 쓰였던 낡은 영화관 의자 열여섯 줄이 늘어서 있다. 하지만 그 교회가 우리에게 어떤 의미였는지를 보여줄 만한 징표는 아무것도 없다. 종려주일, 부활, 오병이어, 물이 포도주가 되는 기적, 1866년 눈 주위에 하얀 고리가 생기도록 햇볕에 타고 비쩍 마른 오스카가 강을 거슬러 싣고 온 잔인하고 고귀한 발상.

사방에 엉겅퀴가 돋아 있다. 지금은 가시로 뒤덮인 채 일광욕하는 사람처럼 작고 납작하지만, 여름이 끝날 때쯤이면 1미터 높이까지 자라나, 교회가 서 있던 자리에 남겨진 짧고 두터운 밑동을 무성하게 에워쌀 것이다. 아무도 엉겅퀴를 쳐내지 않을 것이다. 이 땅은 교회에 속하고, 교회는 이제 여기 없기 때문이다.

그곳에는 바큇자국이 있다. 엉겅퀴가 있다. 가을이면 엉겅퀴 씨가 카수아리나의 바늘잎에 걸리고, 얕은 스위트워터 개울의 자갈 바닥에 떠내려갈 것이다. 엉겅퀴에 대해 할 이야기는 없다.

111
오스카를 위한 노래

오스카가 내 증조모에게 작별인사를 했을 때 유리 교회는 더이상 신성하게 보이지 않았다. 악마가 그의 마음속 상상의 공장에 불어넣은 암시의 결과물이자 허영이자 자만일 뿐이었다. 그는 흥청망청 퍼마신 뒤 깨어난 주정뱅이처럼 회한으로 가득차 마음이 쓰리고 아팠다. 게다가 사통의 죄악과, 여자의 '그곳'에 털이 있다는 발견에 따른 거대한 충격과, 욱신대는 화상의 고통과, 감염된 발꿈치 수포의 경미한 고통과, 피가 나고 간지러운 항문과, 밧줄에 묶이는 바람에 생긴 손목의 상처와, 아편팅크가 더 필요하다고 알려주는 메스껍고 조마조마한 기분까지 더해졌다.

그는 물이 전혀 무섭지 않은 듯 웅웅 소리가 울려퍼지는 나무 부두 위를 걸어갔다. 부두에 묶여 있던 교회가 최고조에 이른 조수 때문에 밧줄이 팽팽해지며 살짝 삐걱거렸다. 그는 얼굴을 찡그리며 절뚝절뚝 계단을 내려가 삼나무 문으로 들어가서는 조심스레 문을 닫았다. 쫙쫙 갈라진 유리와 죽은 잠자리와 말벌을 가로질러 걸어갔다. 그리고 등받이가 곧은 의자에 앉았다. 쿰바인기리 빌리의 고모가 그에게 작별 선물로 주려고 덤불숲을 뚫고 가져온 것이었다. 그는 아편팅크 병을 꺼내 입으로 들어올렸다가 비어 있음을 발견했다. 병을 갑판에 떨어뜨리고는 머리 숙여 기도했다.

그의 허영심이 초래한 원주민 학살을 용서해달라고 하느님에게 빌었다.

스트래턴 씨를 죽음으로 이끈 것을 용서해달라고 하느님에게 빌었다.

제프리스 씨를 살인한 것을 용서해달라고 하느님에게 빌었다.

채드윅 부인을 유혹한 것을 용서해달라고 하느님에게 빌었다.

그의 자기만족과, 자만과, 의도적인 무지를 용서해달라고 하느님에게 빌었다. 하지만 기도를 하면서도 자신이 구원받지 못할 만큼 타락했다고 여겼다.

배서스트 스트리트의 하숙집에서 기도했을 때처럼 손톱을 손등에 박은 채 의자다리가 삐걱댈 정도로 앞뒤로 몸을 흔들며 기도했다. 하지만 땅거미가 내리고 주변이 잉크색으로 물들 즈음, 벨린저강가의 모어턴 베이 무화과나무 가지에 들쭉날쭉한 형태로 단단히 매달려 있던 큰 박쥐들이 날아오르기 시작할 무렵 그는 까무룩 잠이 들었다.

따라서 그는 기도의 최종 목표인 유리 교회를 파괴해달라는 소망까지는 빌지 못했다. 이를 위해 굳이 천상의 개입은 필요 없었다. 거룻배가 H. M. 매크래컨의 소유였기 때문이다. 그의 집은 가라앉는 그루터기 위에 서 있고, 그의 마차는 바큇살이 부러진 상태였다. 거룻배 중 하나, 부두에서 먼 쪽에 놓인 배는 물이 샜는데, 그리 많은 양은 아니었지만 H. M. 매크래컨이 퍼시 스미스에게 '신경써서 지켜보라'고 말할 정도는 되었다. 한 시간에 1.3센티미터씩 물이 들어오고 있었고, 이제 누군가 배 안을 들여다볼 생각을 한 지 백 시간도 지났다. 성금요일 전날 여덟시 십분, 낡은 거룻배가 부력의 한계를 벗어나 소리소문 없이 가라앉았다.

퍼시 스미스가 기지를 발휘해 만든 단이 한쪽으로 기울어졌다. 물이 교회로 밀고 들어왔다. 막을 방법이 없었다.

오스카는 바닥에 떨어지면서 잠에서 깨어났다. 낮은 쪽으로 미끄러지며 문에서 멀어졌다.

그는 기울어진 바닥에서 허우적대며 문으로 향했다. 깨진 유리에 손이 베였다. 단이 뒤틀린 탓에 문이 끼여 열리지 않았다.

그리 어둡지는 않았다. 큰박쥐들이 강 위의 하늘을 뒤덮고 있었다. 바닥이 기울어지다못해 경사면이 되자 유리 교회가 물속으로 미끄러져들어갔다. 나의 증조부가 닫힌 문을 걷어차고 당기는 동안 뒤쪽 금간 유리판들이 쩍쩍 무너지며 그의 오랜 적을 들이기 시작했다.

거대한 공기 방울 하나가 벨린저강 표면으로 올라오고, 큰박쥐들이 수면 위로 바짝 내려왔다. 시력이 나쁜 그의 눈에도 박쥐가 보일 만큼 가까워지자 그는 박쥐가 날개가 달린 천사 같다고 생각했다. 하느님이 보낸 징표인 듯했다. 그는 영원을 눈앞에 두고 겁에 질려 고개를 저었다. 그리고 이제 그의 세계에서 천장이 되어버린 문손잡이를 움켜잡았다. 물이 차올랐다. 폭발하는 어둠 속에서 그를 들여다보고 있는, 미소를 머금은 지혜로운 아버지의 얼굴이 보였다. 어슴푸레하게 바깥 세계가 보였다. 아버지 서재의 의자와 작업대. 수족관 유리의 빛나는 파편이 그의 주위로 눈처럼 떨어졌다. 그리고 오래도록 기다렸던 물의 하얀 손가락들이 오스카의 입술을 두드리고 핥자 그는 늘 그랬듯 악몽의 시트 주름에 갇힌 어린 소년처럼 비명으로 그들을 반겼다.

감사의 말

많은 시간을 들여 유리에 대해 설명해주고, 루퍼트 왕자의 유리구슬을 깨뜨려 그 특성을 이해시켜준 로이드 그러노 씨에게 깊이 감사드립니다. 도박 중독에 대해 자세히 알려주었을 뿐만 아니라, 경마장으로 데려가 자신의 말이 달리는 모습을 보여준 컴벌랜드 병원 클라이브 올콕 의사 선생님에게 감사를 표합니다. 오스트레일리아의 백인 침략 역사에 대한 초기 자료조사 과정에서 조언해준 키스 홀에게 고마움을 전합니다. 피터 톰슨 신부, 리처드 르플래스트리어(그의 도움이 없었다면 교회 건설은 시작도 못했을 것입니다), 지적인 독서로 좋은 충고를 해주고 인내심을 발휘해준 앨리슨 서머스에게 감사를 보냅니다. 끝으로, 물론 크리스마스 푸딩 일화를 제공해준, 플리머스 형제회의 에드먼드 고스와 셰익스피어를 읽지 않은 것을 자랑스러워한 아버지에게 감사를 바칩니다.

45장의 인용문은 필립 헨리 고스의 『박물학자의 데번셔 해안 산책*A Naturalist's Rambles on the Devonshire Coast*』(존 밴 부어스트, 런던, 1853년)에서 따온 것입니다.

종교적 여정과 사랑, 그리고 식민지 이야기

피터 케리는 1988년 『오스카와 루신다』, 그리고 2001년 『켈리 갱의 진짜 이야기』로 영국의 권위 있는 부커상을 두 차례 수상했다. 영어로 쓴 그해 최고의 장편소설에 수여되는 부커상을 한 번도 아닌 두 번이나 수상한 이력은 케리의 작가로서의 입지를 굳히는 데 일조했다. 또한, 케리의 부커상 수상은 해외뿐만 아니라 한국 내에서도 호주 문학과 작가에 대한 관심을 불러일으키는 계기를 가져온 것이 사실이다.

그의 부커상 수상작은, 살만 루슈디, J. M. 쿳시, 가즈오 이시구로, A. S. 바이엇, 줄리언 반스 등으로 대표되는 동시대 작가의 작품들과 함께, 한때 우려와 함께 대두되었던 소설의 종말에 대한 논쟁을 잠재우면서 소설의 부활을 야기하는 동시에 동시대 영국소설의 지평을 확장하고 있다.

『오스카와 루신다』는 호주 건국 이백 주년을 맞이한 1988년에 부커상을 수상했다. '호주의 날'로도 불리는 건국 기념일 1월 26일은 1788년 영국 함대의 선원들과 영국계 이주민들이 호주에 최초로 상륙해서 현재의 시드니를 개척한 것을 기념하는 날이다. 당시 영국 사회는 범죄율은 증가하지만 범죄자를 수감할 수 있는 감옥이 부족해지자 대비책으로 죄수를 유배 보낼 장소를 물색하던 중이었다. 이때 제임스 쿡 선장과 함께 호주 대륙을 탐사했던 조지프 뱅크스가 유배지로 호주를 제안했다. 이에 1788년 영국의 아서 필립 선장은 군인, 선원, 죄수들을 이끌고 호주로 건너와서 동부 해안에 정착하고 당시 해외 식민지를 관리했던 시드니 경의 이름을 따서 그곳을 시드니로 명명하기에 이른 것이다.

이런 점에서 호주 건국 이백 주년에 『오스카와 루신다』가 영국이 수여하는 부커상을 수상하게 된 우연의 일치는 『오스카와 루신다』가 영국의 식민정책에 대항한 소설이라는 주장과 반영反英작가가 영국의 수혜를 덥석 받아들였다는 비판과 함께 다양한 논쟁을 일으켰다. 사실, 『오스카와 루신다』는 엘리너 와첼의 주장에서 엿볼 수 있듯이,* 케리의 반영파 경향을 강하게 드러낸 소설이라고 보는 견해가 일반적이다. 1788년 아서 필립 선장이 죄수들을 태운 시리우스호를 이끌고 호주 시드니에 도착한 사건은 『오스카와 루신다』에서 오스카가 리바이어던호를 타고 시드니에 입성하는 것으로 재현된다. 영국 성공회 사제의 임무를 수행하는 대신에, 종교가 금하는 도박에 휩쓸리고 급기야 유리 교회를 둘러싼 내기, 모험, 살인에 연루된 오스카는 과거 식민지에서 일부

* Eleanor Wachtel, "We Really Can Make Ourselves Up: An Interview with Peter Carey," *Australian and New Zealand Studies in Canada* 9 (1993), 103-105.

영국 성직자가 탐닉했던 허세와 위선을 적나라하게 드러내는 인물로 제시된다.

오스카 외에도, 케리는 다양한 인물과 사건을 통해 반영적 경향을 드러낸다. 예를 들자면, 리바이어던호에 오스카와 동승했던 영국 풍토순화협회 소속의 퍼시 스미스는 식민지의 동식물 채집을 관장했던 조지프 뱅크스를 대변한다. 오스카의 유리 교회 프로젝트에 관여했던 제프리스 또한 영토 확장을 꿈꾸는 식민지 지배자의 탐욕을 드러낸다는 점에서 보면 19세기 중반 호주 뉴사우스웨일스의 측량을 담당했던 토머스 미첼 대령과 닮은 인물이다. 이에서 나아가, 유리 교회로 인해 뭉친 오스카, 스미스, 제프리스가 시드니에서 벨린전으로 이동하는 과정에서 호주 원주민 살육에 연루된다는 설정은 케리가 반영파적 작가임을 다분히 드러내고도 남는다.

부커상 수상작 연구가 리처드 토드는 『독자를 사로잡는 소설들』에서 부커상이 1980년대 융성하기 시작한 영국의 소비문화와 맞물려 영국소설의 상업화를 부추겼고, 그리하여 소설은 문학성뿐만 아니라 대중성을 지향하게 되었다고 지적한다. 동시대 작가가 휴가 동안 장편소설을 즐기는 새롭게 등장한 일반 독자층을 '자의식적으로' 겨냥하고 소설을 소비 가능한 상품으로 생산하기 시작했다는 것이다. 또다른 부커상 수상작 연구가 루크 스트롱먼은 『부커상과 제국의 유산』에서 부커상이 첫번째로 수여된 1969년부터 1999년까지의 수상작을 개괄하면서 부커상의 상품화와 대영제국의 몰락과 해체에 관한 글쓰기, 즉 탈식민주의와 탈제국주의적 글쓰기의 상관성에 주목한다. 부커상은 과거 영국의 식민정책에 대한 대항을 다루는 작가를 직접적으로 끌어모

으는 역할을 했다고 보는 것이다. 물론, 부커상은 간접적으로는 이러한 소설들을 통해 과거에 대한 죄책감을 해소하고자 하는 지적인 일반 독자층을 끌어들이는 자석 역할을 했다고 할 수 있다.

여기서 간과하지 말아야 할 것은, 과거 대영제국을 고발하는 부커상 수상작은 제국의 언어로 쓰이고 제국에서 출판되어 제국의 수혜를 입은 사실이다. 그렇다면 부커상 수상작이란 어느 면에선 제국의 유산이지 않은가. 이런 점에서 제국을 고발하고 해체하는 부커상 수상작은 한편으로는 제국의 그림자에서 여전히 벗어나지 못하고 있다는 스트롱먼의 지적을 방증한다. 그러니 반영파 작가로 알려진 케리가 부커상을 두 번이나 덥석 받아들이고서 작가로서의 성공과 명성을 얻었을 때, 케리의 작가 경력을 둘러싼 곱지 않은 여론은 난무할 수밖에 없었을 것이다.

이에 더해서, 케리의 『오스카와 루신다』의 형식과 내용은 대중성을 지향하여 문학상 수상을 노린 의도가 엿보인다는 지적을 피해가지 못한다. 형식에서 보면, 케리는 『오스카와 루신다』를 총 111장으로 나누고 각 장의 제목을 달아 일반 독자층이 이야기를 쉽게 따라잡을 수 있도록 구성했다. 이 구성은 자칫 지루하게 흐르거나, 설명하기에 많은 지면이 필요한 백이십여 년의 시차를 간단히 해결하는 수단으로 활용된다. 또, 이 구성은 영국의 오스카와 호주의 루신다의 관계를 자연스럽게 이어준다. 특히, 증조할아버지 오스카의 역사를 전달하는 서술자는 이야기 중간에 끼어들어 불분명한 사건을 설명하는 감초 역할을 통해 이야기의 흐름을 연결한다.

내용 면에서 살펴보면, 제목에서 드러나듯이, 케리의 『오스카와 루신다』는 오스카와 루신다의 사랑 이야기를 담고 있다. 서술자는 1865년 성공회 사제 오스카가 유리공장 운영자 루신다를 만나 사랑에 빠지는 과정을 이야기한다. 영국 데번에서 성장하고 런던의 어느 학교 사제로 일하던 오스카는 스물네 살이 되던 해 성직자로서 새로운 삶을 시작하기 위해 탑승한 호주 시드니로 가는 리바이어던호에서 동년배인 루신다를 만난다. 고해성사를 하겠다는 무심결에 던진 약속 때문에 루신다는 오스카와 마주했을 때 어쩔 수 없이 자신의 상습적인 도박 행위에 대해 고백한다. 놀랍게도 루신다의 도박 중독증을 비난하는 대신, 오스카는 신앙이나 믿음 또한 내기와 같다는 논리를 주장하며 자신의 도박에 대한 강박증을 토로하고 만다. 이를 계기로, 시드니로 항해하는 동안 오스카와 루신다는 카드 게임을 통해 친분을 쌓는다.

서술자는 부유한 상속녀로서 단순히 도박을 즐기는 루신다와 존재적 가치를 증명하기 위해 확률을 따져가며 도박에 몰입하는 오스카의 만남은 필연적 사건이었다고 진술한다. 하지만 두 사람의 도박 중독은 단순한 즐거움을 넘어서서 상대의 신분과 지위를 위협하는 수준으로까지 치달으면서 문제가 발생한다. 시드니의 사제관에서 미혼 여성과 단둘이 늦은 밤까지 게임을 즐긴 사건은 소문을 타고 번지며 결국 사제관 관리자에게 들키고 만다. 당시 사회적 분위기에서 오스카의 파면은 당연한 것이었다. 여기서 나아가, 오스카의 불운은 루신다에 대한 사랑을 내기에 거는 것에서 가속화된다. 시드니에서 벨린전으로 파견된 해싯 신부를 루신다가 사랑한다고 오해한 오스카는 그녀의 사랑을 얻기 위해 유리 교회를 제작해서 운송하자고 제안한다. 한편, 오스카를 사랑하는 루신다는 그의 마음을 얻기 위해 임무 완수라는 내기에 자신의 전 재산인 만 파운드를 건다. 이 얼마나 어리석은 사랑의 줄다리기인가.

오스카의 어리석은 내기는 1866년 유리 교회 운송 책임을 맡은 제프리스를 만나면서 점점 더 심각한 불운으로 이어진다. 오스카와 루신다의 유리 교회에 대한 환상과 허세를 꿰뚫어본 제프리스는 루신다의 자금에 기대어 미개척지 탐험과 지도 제작이라는 이상적 꿈을 실현하기만을 원하는 냉혈한이다. 그는 물을 무서워하는 오스카 때문에 일정이 지체되는 일을 막기 위해 벨린전으로 향하는 여정 내내 오스카에게 아편팅크를 강제로 마시게 한다. 호주로 항해하는 동안 리바이어던호의 둥근 창을 셀룰로이드 한 장으로 가리면 물에 대한 두려움을 극복할 수 있다고 믿었던 오스카가 아니던가. 이런 오스카는 벨린전으로 가는 여정에서 물을 가릴 수 있는 셀룰로이드 필름이 없으니 제프리스가 약속과 달리 탐험대를 이끌고 강을 건널 때마다 발작을 일으키곤 한다. 여기에 스미스는 동식물 채집의 임무를 뒷전으로 미루고 오스카를 감시하라는 무자비한 제프리스의 명령을 따를 수밖에 없는 처지가 된다. 스미스는 오스카가 물을 보고 발작을 일으키면 입안에 깔때기를 밀어 넣고 아편팅크를 들이부어댄다.

이 지점에 이르면, 유리 교회를 내세워 내기를 건 오스카와 루신다의 사랑이 얼마나 위태위태하며 깨지기 쉬운 관계인지가 감지된다. 보트 하버 지역에 유리 교회를 이끌고 도착한 오스카는 만신창이가 되어 자신의 무모함을 인식한다. 아편팅크의 영향력과 성인인 척하며 살아온 자신의 오만함에 절망과 실망을 느낀 오스카는 보트 하버에 등장한 미리엄 채드윅과 성관계를 하고 결혼을 약속할 수밖에 없는 처지에 이른다. 오스카는 107장 중반에 이르기까지 자신의 삶에서 중요한 부분을 차지했던 루신다를 몇 시간 만에 물거품과 같은 존재로 만들어버린 것이다. 이를 상징하듯, 루신다의 사랑을 얻기 위해 제작해서 운송했던 유리 교회는 강물 속에 가라앉는다. 신에 대한 오만, 특히 알고 있으면서도 모른 척했던 자만심을 고백하며 유리 교회에서 사죄 기도를 드리다가 잠에 빠진 오스카 또한 물속에 잠긴다. 서술자는 107장에 이르러서야 자신의 증조할머니가 루신다가 아니라, 오스카가 죽기 전 몇 시간을 같이 보내고 유언장과 약혼 발표서를 작성한 미리엄이란 사실을 밝힌다.

이와 관련해서, 서술자는 이야기 중간중간에 아버지와 어머니의 가계도를 언급하면서 증조할아버지의 과거사를 서술한다. 호주 원주민 쿰바인기리족 빌리와 아버지가 친분이 있음을 밝히는 동시에, 어머니가 증조할아버지 오스카를 성직자로서 절대적으로 숭배하는 것을 풍자한다. 오스카는 벨린전으로 가는 길에 제프리스가 자신에게 아편팅크를 강제로 주입하고 폭력을 행사한 일과 어느 원주민을 살해한 것에 격분하여 제프리스를 죽인다. 물론, 오스카는 긴 여정 동안 아편에 취하고 열악한 환경으로 인해 심신이 지친 상태이기는 했다. 스미스는 죽일 작정으로 덤벼드는 제프리스를 오스카가 도끼로 머리를 내리쳐 죽인 것은 정당방위이고 신도 이를 용서할 것이라고 말한다. 또한 백인 벌목꾼에게 납치당해서 유린당하던 빌리의 고모도 오스카의 살인을 정당하다고 보고, 오스카를 선한 성직자로 여긴다. 유리 교회를 보고 기독교인으로 개종한 빌리의 고모는 오스카 신부가 천국에서 살게 될 것이라며 지어준 세례명을 받아들인다. 그 세례명은 갱생한 매춘부인 마리아 막달레나의 이름을 딴 '마리아'다. 서술자는 쿰바인기리족에게 이러한 이름은 참 우스꽝스럽다고 덧붙이는데, 이는 어머니가 오스카에게 품은 절대적 믿음에 대한 진정성에 이의를 제기하는 케리의 목소리를 반영한다 할 수 있다.

자신의 생명과 루신다의 전 재산을 건 담보물인 유리 교회는 오스카의 루신다에 대한 사랑이 물거품으로 끝나버리는 것과 동시에 오스카의 자만심과 위선을 드러내는 결과물인 셈이다. 나아가, 유리 교회는 "제국의 식민지 정책이 낳은 산물"*이면서, 유리 교회의 수장은 "사만 년의 호주 원주민 문화를 파괴하고 그 위에 구축한 기독교 문화가 스러져가는 상황"**을 대변하는 상징물이다. 이러한 비판적 시각이 제기되고 있음에도 불구하고, 호주 영화감독 질리언 암스트롱은 『오스카와 루신다』를 각색한 영화에서 유리 교회를 주요 모티프로 한 오스카의 종교적 여정과 오스카와 루신다의 사랑 이야기에 초점을 맞추었다. 그래서 소설을 읽지 않고 영화만을 접하는 경우, 관객은 『오스카와 루신다』에 투영된 케리의 반영파적 경향을 간과할 수밖에 없다. 심지어 관객은 유리 교회와 함께 익사한 오스카를 사랑을 위해 생명까지 바친 거룩한 희생양으로 간주할 수 있는 오해의 소지가 있다. 이러한 오해를 피하기 위해서라도, 호주 건국 이백 주년에 대항하여 호주인에게 선사

---

* Bruce Woodcock, *Peter Carey*, Manchester and New York: Manchester UP, 2003, 83.

** Ruth Brown, "English Heritage and Australian Culture: The Church and Literature of England in Oscar and Lucinda," *Australian Literary Studies* 17.2 (1995), 135.

한 "선물"*로서 출간한 『오스카와 루신다』를 꼭 읽어볼 필요가 있다. 아울러 호주 역사와 얽힌 다채로운 사건과 이야기들은 케리가 독자에게 덤으로 선사하는 선물이 될 것이다.

박선화(건국대 교수·영문학)

* Howard Jacobson, "A Wobbly Odyssey," *Weekend Australian Magazine* 20 - 21 (1998), 15.

1943년	5월 7일 오스트레일리아 빅토리아주 바커스 마시에서 자동차 판매점을 운영한 부모 사이에서 출생.
1948~1953년	바커스 마시 공립학교에서 수학.
1954~1960년	지롱문법학교에서 기숙생활.
1961년	멜버른 소재의 모내시대학교에 입학해 화학과 동물학 전공. 하지만 자동차 사고와 흥미 부족으로 일 년도 채우지 못하고 중퇴. 동대학에서 독일어와 철학을 전공하다가 케리와 마찬가지로 중퇴한 첫번째 부인 리 위트먼을 만남.
1962~1967년	멜버른에서 광고 대행업에 종사. 생업을 하면서 유럽과 미국소설을 접하기 시작하고 사뮈엘 베케트, 윌리엄 포크너, 제임스 조이스, 프란츠 카프카, 가브리엘 가르시아 마르케스의 소설을 읽음.
1964년	위트먼과 결혼.
1964~1965년	미출간 소설 『콘택트*Contacts*』 집필. 1966년 소설집 『25살 미만 작가들의 선집*Under Twenty-Five: An Anthology*』에 『콘택트』의 일부가 실림.
1965~1967년	미출간 소설 『여기서 시작하고, 여기서 끝나다*Starts Here, Ends Here*』 집필.
1966~1967년	미출간 『무용지물인 기계*The Futility Machine*』 집필.
1967년	단편소설 「그녀가 깨어나다"She Wakes"」가 『호주문학*Austra-lian Letters*』에 실림.
1968년	호주를 떠나 유럽과 이란 등지를 떠돌다가 영국 런던의 광

고 에이전시에서 일함.

1969년 미출간 『워그*Wog*』 집필.

1970년 호주로 귀국하여 멜버른과 시드니에서 광고업 파트타임으로 일하며 창작에 매진함.

1971년 미출간 『마리셀레스트호의 모험*Adventures on Board the Marie Celeste*』 집필.

1973년 위트먼과 결별.

1974년 첫 소설집 『역사 속의 뚱보*The Fat Man in History*』 출간. 그레이 광고회사에 채용되어 시드니 밸메인으로 이사함.

1976년 퀸즐랜드주로 이사. 당시 여자친구인 화가 마고 허치슨과 함께 브리즈번 얀디나에 위치한 '스타라이트'라는 대안 공동체에 들어감.

1979년 소설집 『전쟁범죄*War Crimes*』 출간.

1980년 파트너 바니 맥스페든과 시드니에 본사를 둔 광고 에이전시 창업. 첫번째 부인 위트먼과 이혼.

1981년 첫 장편소설 『더없는 기쁨*Bliss*』 출간. 마일스 프랭클린 상 수상. 뉴사우스웨일스주 벨린전 근처의 글레니퍼로 이사.

1985년 『사기꾼*Illywhacker*』 출간. 부커상 최종후보작에 선정. 연극연출가 앨리슨 서머스와 결혼.

1986년 애들레이드 예술축제에서 마이크 뮬린스와 합작하고 마틴 아미거가 작곡가로 참여한 뮤지컬 〈일루전*Illusion*〉 상연. 아들 샘 출생.

1987년 〈일루전〉의 작사가로 1987 ARIA상 후보에 오름.

1988년 『오스카와 루신다』 출간. 부커상과 마일스 프랭클린 상 수상.

1989년 왕립문학회 회원으로 선출.

1990년 두번째 부인 앨리슨 그리고 아들과 함께 뉴욕 그리니치빌리지로 이주. 뉴욕대학교에서 문예창작을 가르침. 둘째 아들 찰스 출생.

1991년 『세무조사원*The Tax Inspector*』 미국에서 출간.

1994년 호주와 미국의 관계를 다룬 우화 『트리스탄 스미스의 특별한 삶*The Unusual Life of Tristan Smith*』 출간.

1997년 『잭 매그스*Jack Maggs*』 출간. 찰스 디킨스 작 『위대한 유산』의 매그위치 이야기를 다시 쓴 작품. 영화 〈오스카와 루신다〉 개봉.

1998년 『잭 매그스』로 마일스 프랭클린 상과 영연방작가상 수상. 영연방작가상 수상 후 엘리자베스 2세 여왕의 초대를 매몰차게 거절한 죄목으로 기소당함. 당시 케리는 문학축제에 참석차 영국을 방문한 후 막 귀국했고 다음 영국 방문 일정이 이미 정해져 있는 상황이라 수상식 주최자에게 여왕을 다음에 만나겠다고 양해를 구했지만, 주최자는 일정을 취소했고 이로 인해 오해가 발생함. 궁극적인 이유로 군주제와 얽힌 문제가 회자됨. 결국 나중에 여왕을 알현함.

2001년 『켈리 갱의 진짜 이야기』 출간. 부커상과 영연방작가상 수상. 호주 인문학회 명예회원으로 선출.

2003년 『나의 가짜 인생*My Life as a Fake*』 출간. 뉴욕 헌터대학 문예창작과의 MFA 프로그램 감독.

2005년 앨리슨과 이혼. 이후 출판인 프랜시스 코어디와 결혼.

2006년 『도둑질, 연애 이야기*Theft: A Love Story*』 출간. 앨리슨과의 불화를 반영한 것으로 알려지면서 세간의 주목을 받음. 부커상 후보작으로 선정.

2008년 『불법체류자*His Illegal Self*』 출간.

2010년 『패럿과 올리비에 미국에 가다*Parrot and Olivier in America*』 출간. 전미도서상과 부커상 최종후보작에 선정. '호주의

전설적 인물'에게 헌정되는 우표에 초상이 실림.

2012년	『눈물의 화학작용*The Chemistry of Tears*』 출간. 해럴드 D 버셀 기념상 수상. 호주 정체성을 국제적으로 알리고 후배 작가들의 멘토로서 문학에 기여한 탁월한 업적을 인정받아 오스트레일리아 훈장 수훈.
2014년	『기억상실*Amnesia*』 출간. 시드니대학교의 명예 문학박사 학위를 받음.
2016년	미국예술문학학회 회원으로 선출.
2017년	『집으로부터 멀리*A Long Way From Home*』 출간.
2019~2020년	영화 〈켈리 갱의 진짜 이야기〉가 2019년 토론토국제영화제에서 상영되고 호주에서는 2020년 '호주의 날'에 개봉됨.

문학동네 세계문학전집 발간에 부쳐

세계문학은 국민문학 혹은 지역문학을 떠나 존재하는 문학이 아니지만 그것들의 총합도 아니다. 세계문학이라는 용어에는 그 나름의 언어와 전통을 갖고 있는 국민문학이나 지역문학의 존재를 인정하면서 그것을 넘어서는 문학의 보편적 질서에 대한 관념이 새겨져 있다. 그 용어를 처음 고안한 19세기 유럽인들은 유럽문학을 중심으로 그 질서를 구축했지만 풍부한 국민문학의 전통을 가지고 있는 현대의 문학 강국들은 나름의 방식으로 세계문학을 이해하면서 정전(正典)의 목록을 작성하고 또 수정한다.

한국에서도 세계문학 관념은 우리 사회와 문화의 변화 속에서 거듭 수정돼왔다. 어느 시기에는 제국 일본의 교양주의를 반영한 세계문학 관념이, 어느 시기에는 제3세계 민족주의에 동조한 세계문학 관념이 출현했고, 그러한 관념을 실천한 전집물이 출판됐다. 21세기 한국에 새로운 세계문학전집이 필요하다는 것은 명백하다. 우리의 지성과 감성의 기준에 부합하는 세계문학을 다시 구상할 때가 되었다.

문학동네 세계문학전집은 범세계적으로 통용되는 고전에 대한 상식을 존중하면서도 지난 반세기 동안 해외 주요 언어권에서 창작과 연구의 진전에 따라 일어난 정전의 변동을 고려하여 편성되었다. 그래서 불멸의 명작은 물론 동시대 세계의 중요한 정치·문화적 실천에 영감을 준 새로운 작품들을 두루 포함시켰다.

창립 이후 지금까지 한국문학 및 번역문학 출판에서 가장 전문적이고 생산적인 그룹을 대표해온 문학동네가 그간 축적한 문학 출판 경험을 바탕으로 새로운 세계문학전집을 펴낸다. 인류가 무지와 몽매의 어둠 속을 방황하면서도 끝내 길을 잃지 않은 것은 세계문학사의 하늘에 떠 있는 빛나는 별들이 길잡이가 되어주었기 때문이다. 우리가 자부심과 사명감 속에서 그리게 될 이 새로운 별자리가 독자들의 관심과 애정에 힘입어 우리 모두의 뿌듯한 자산이 되기를 소망한다.

문학동네 세계문학전집 편집위원

민은경, 박유하, 변현태, 송병선, 이재룡, 홍길표, 남진우, 황종연

지은이 **피터 케리**

1943년 오스트레일리아의 바커스 마시에서 태어났다. 1974년 첫 소설집 『역사 속의 뚱보』를 출간해 엄청난 성공을 거두었다. 1981년 발표한 첫 장편소설 『더없는 기쁨』으로 마일스 프랭클린 상을 수상했다. 1988년 『오스카와 루신다』로 부커상과 마일스 프랭클린 상을 받으며 세계적인 명성을 얻었다. 2001년 『켈리 갱의 진짜 이야기』로 두번째 부커상과 영연방작가상을 수상했고, 2010년 『패럿과 올리비에 미국에 가다』로 전미도서상과 부커상 후보에 올랐다. 그 밖의 작품으로 『잭 매그스』 『세무조사원』 『나의 가짜 인생』 『도둑질, 연애 이야기』 『눈물의 화학작용』 『기억상실』 『집으로부터 멀리』 등이 있다. 2012년 오스트레일리아 훈장을 수훈했다.

옮긴이 **김시현**

전문번역가. 코맥 매카시의 『카운슬러』 『모두 다 예쁜 말들』 『국경을 넘어』 『평원의 도시들』 『핏빛 자오선』을 비롯해, 『힐 하우스의 유령』 『우먼 인 블랙』 『하우스 오브 카드』 『리시 이야기』 『시스터스 브라더스』 등을 우리말로 옮겼다.

세계문학전집 198

오스카와 루신다 2

초판 인쇄 2021년 7월 30일
초판 발행 2021년 8월 17일

지은이 피터 케리 | 옮긴이 김시현
책임편집 손예린 | 편집 홍지은 오동규 | 독자모니터 조혜영
디자인 강혜림 최미영 | 저작권 김지영 이영은
마케팅 정민호 정진아 김혜연 정유선
홍보 김희숙 함유지 김현지 이소정 이미희 박지원
제작 강신은 김동욱 임현식 | 제작처 영신사

펴낸곳 (주)문학동네 | 펴낸이 염현숙
출판등록 1993년 10월 22일 제406-2003-000045호
주소 10881 경기도 파주시 회동길 210
전자우편 editor@munhak.com | 대표전화 031)955-8888 | 팩스 031)955-8855
문의전화 031)955-8896(마케팅), 031)955-2654(편집)
문학동네트위터 http://twitter.com/munhakdongne
북클럽문학동네 http://bookclubmunhak.com

ISBN 978-89-546-8168-1 04840
978-89-546-0901-2 (세트)

잘못된 책은 구입하신 서점에서 교환해드립니다.
기타 교환 문의 031) 955-2661, 3580

www.munhak.com

1, 2, 3 안나 카레니나 레프 톨스토이 | 박형규 옮김
4 판탈레온과 특별봉사대 마리오 바르가스 요사 | 송병선 옮김
5 황금 물고기 르 클레지오 | 최수철 옮김
6 템페스트 윌리엄 셰익스피어 | 이경식 옮김
7 위대한 개츠비 F. 스콧 피츠제럴드 | 김영하 옮김
8 아름다운 애너벨 리 싸늘하게 죽다 오에 겐자부로 | 박유하 옮김
9, 10 파우스트 요한 볼프강 폰 괴테 | 이인웅 옮김
11 가면의 고백 미시마 유키오 | 양윤옥 옮김
12 킴 러디어드 키플링 | 하창수 옮김
13 나귀 가죽 오노레 드 발자크 | 이철의 옮김
14 피아노 치는 여자 엘프리데 옐리네크 | 이병애 옮김
15 1984 조지 오웰 | 김기혁 옮김
16 벤야멘타 하인학교 - 야콥 폰 군텐 이야기 로베르트 발저 | 홍길표 옮김
17, 18 적과 흑 스탕달 | 이규식 옮김
19, 20 휴먼 스테인 필립 로스 | 박범수 옮김
21 체스 이야기 · 낯선 여인의 편지 슈테판 츠바이크 | 김연수 옮김
22 왼손잡이 니콜라이 레스코프 | 이상훈 옮김
23 소송 프란츠 카프카 | 권혁준 옮김
24 마크롤 가비에로의 모험 알바로 무티스 | 송병선 옮김
25 파계 시마자키 도손 | 노영희 옮김
26 내 생명 앗아가주오 앙헬레스 마스트레타 | 강성식 옮김
27 여명 시도니가브리엘 콜레트 | 송기정 옮김
28 한때 흑인이었던 남자의 자서전 제임스 웰든 존슨 | 천승걸 옮김
29 슬픈 짐승 모니카 마론 | 김미선 옮김
30 피로 물든 방 앤절라 카터 | 이귀우 옮김
31 숨그네 헤르타 뮐러 | 박경희 옮김
32 우리 시대의 영웅 미하일 레르몬토프 | 김연경 옮김
33, 34 실낙원 존 밀턴 | 조신권 옮김
35 복낙원 존 밀턴 | 조신권 옮김
36 포로기 오오카 쇼헤이 | 허호 옮김
37 동물농장 · 파리와 런던의 따라지 인생 조지 오웰 | 김기혁 옮김
38 루이 랑베르 오노레 드 발자크 | 송기정 옮김
39 코틀로반 안드레이 플라토노프 | 김철균 옮김
40 어두운 상점들의 거리 파트릭 모디아노 | 김화영 옮김
41 순교자 김은국 | 도정일 옮김
42 젊은 베르테르의 슬픔 요한 볼프강 폰 괴테 | 안장혁 옮김
43 더블린 사람들 제임스 조이스 | 진선주 옮김
44 설득 제인 오스틴 | 원영선, 전신화 옮김
45 인공호흡 리카르도 피글리아 | 엄지영 옮김
46 정글북 러디어드 키플링 | 손향숙 옮김
47 외로운 남자 외젠 이오네스코 | 이재룡 옮김
48 에피 브리스트 테오도어 폰타네 | 한미희 옮김
49 둔황 이노우에 야스시 | 임용택 옮김
50 미크로메가스 · 캉디드 혹은 낙관주의 볼테르 | 이병애 옮김

51, 52 염소의 축제 마리오 바르가스 요사 | 송병선 옮김
53 고야산 스님·초롱불 노래 이즈미 교카 | 임태균 옮김
54 다니엘서 E. L. 닥터로 | 정상준 옮김
55 이날을 위한 우산 빌헬름 게나치노 | 박교진 옮김
56 톰 소여의 모험 마크 트웨인 | 강미경 옮김
57 카사노바의 귀향·꿈의 노벨레 아르투어 슈니츨러 | 모명숙 옮김
58 바보들을 위한 학교 사샤 소콜로프 | 권정임 옮김
59 어느 어릿광대의 견해 하인리히 뵐 | 신동도 옮김
60 웃는 늑대 쓰시마 유코 | 김훈아 옮김
61 팔코너 존 치버 | 박영원 옮김
62 한눈팔기 나쓰메 소세키 | 조영석 옮김
63, 64 톰 아저씨의 오두막 해리엇 비처 스토 | 이종인 옮김
65 아버지와 아들 이반 투르게네프 | 이항재 옮김
66 베니스의 상인 윌리엄 셰익스피어 | 이경식 옮김
67 해부학자 페데리코 안다아시 | 조구호 옮김
68 긴 이별을 위한 짧은 편지 페터 한트케 | 안장혁 옮김
69 호텔 뒤락 애니타 브루크너 | 김정 옮김
70 잔해 쥘리앵 그린 | 김종우 옮김
71 절망 블라디미르 나보코프 | 최종술 옮김
72 더버빌가의 테스 토머스 하디 | 유명숙 옮김
73 감상소설 미하일 조셴코 | 백용식 옮김
74 빙하와 어둠의 공포 크리스토프 란스마이어 | 진일상 옮김
75 쓰가루·석별·옛날이야기 다자이 오사무 | 서재곤 옮김
76 이인 알베르 카뮈 | 이기언 옮김
77 달려라, 토끼 존 업다이크 | 정영목 옮김
78 몰락하는 자 토마스 베른하르트 | 박인원 옮김
79, 80 한밤의 아이들 살만 루슈디 | 김진준 옮김
81 죽은 군대의 장군 이스마일 카다레 | 이창실 옮김
82 페레이라가 주장하다 안토니오 타부키 | 이승수 옮김
83, 84 목로주점 에밀 졸라 | 박명숙 옮김
85 아베 일족 모리 오가이 | 권태민 옮김
86 폭풍의 언덕 에밀리 브론테 | 김정아 옮김
87, 88 늦여름 아달베르트 슈티프터 | 박종대 옮김
89 클레브 공작부인 라파예트 부인 | 류재화 옮김
90 P세대 빅토르 펠레빈 | 박혜경 옮김
91 노인과 바다 어니스트 헤밍웨이 | 이인규 옮김
92 물방울 메도루마 슌 | 유은경 옮김
93 도깨비불 피에르 드리외라로셸 | 이재룡 옮김
94 프랑켄슈타인 메리 셸리 | 김선형 옮김
95 래그타임 E. L. 닥터로 | 최용준 옮김
96 캔터빌의 유령 오스카 와일드 | 김미나 옮김
97 만(卍)·시게모토 소장의 어머니 다니자키 준이치로 | 김춘미, 이호철 옮김
98 맨해튼 트랜스퍼 존 더스패서스 | 박경희 옮김
99 단순한 열정 아니 에르노 | 최정수 옮김

100 열세 걸음 모옌 | 임홍빈 옮김
101 데미안 헤르만 헤세 | 안인희 옮김
102 수레바퀴 아래서 헤르만 헤세 | 한미희 옮김
103 소리와 분노 윌리엄 포크너 | 공진호 옮김
104 곰 윌리엄 포크너 | 민은영 옮김
105 롤리타 블라디미르 나보코프 | 김진준 옮김
106, 107 부활 레프 톨스토이 | 백승무 옮김
108, 109 모래그릇 마쓰모토 세이초 | 이병진 옮김
110 은둔자 막심 고리키 | 이강은 옮김
111 불타버린 지도 아베 고보 | 이영미 옮김
112 말라볼리아가의 사람들 조반니 베르가 | 김운찬 옮김
113 디어 라이프 앨리스 먼로 | 정연희 옮김
114 돈 카를로스 프리드리히 실러 | 안인희 옮김
115 인간 짐승 에밀 졸라 | 이철의 옮김
116 빌러비드 토니 모리슨 | 최인자 옮김
117, 118 미국의 목가 필립 로스 | 정영목 옮김
119 대성당 레이먼드 카버 | 김연수 옮김
120 나나 에밀 졸라 | 김치수 옮김
121, 122 제르미날 에밀 졸라 | 박명숙 옮김
123 현기증. 감정들 W. G. 제발트 | 배수아 옮김
124 강 동쪽의 기담 나가이 가후 | 정병호 옮김
125 붉은 밤의 도시들 윌리엄 버로스 | 박인찬 옮김
126 수고양이 무어의 인생관 E. T. A. 호프만 | 박은경 옮김
127 맘브루 R. H. 모레노 두란 | 송병선 옮김
128 익사 오에 겐자부로 | 박유하 옮김
129 땅의 혜택 크누트 함순 | 안미란 옮김
130 불안의 책 페르난두 페소아 | 오진영 옮김
131, 132 사랑과 어둠의 이야기 아모스 오즈 | 최창모 옮김
133 페스트 알베르 카뮈 | 유호식 옮김
134 다마세누 몬테이루의 잃어버린 머리 안토니오 타부키 | 이현경 옮김
135 작은 것들의 신 아룬다티 로이 | 박찬원 옮김
136 시스터 캐리 시어도어 드라이저 | 송은주 옮김
137 고독한 산책자의 몽상 장자크 루소 | 문경자 옮김
138 용의자의 야간열차 다와다 요코 | 이영미 옮김
139 세기아의 고백 알프레드 드 뮈세 | 김미성 옮김
140 햄릿 윌리엄 셰익스피어 | 이경식 옮김
141 카산드라 크리스타 볼프 | 한미희 옮김
142 이 글을 읽는 사람에게 영원한 저주를 마누엘 푸익 | 송병선 옮김
143 마음 나쓰메 소세키 | 유은경 옮김
144 바다 존 밴빌 | 정영목 옮김
145, 146, 147, 148 전쟁과 평화 레프 톨스토이 | 박형규 옮김
149 세 가지 이야기 귀스타브 플로베르 | 고봉만 옮김
150 제5도살장 커트 보니것 | 정영목 옮김
151 알렉시 · 은총의 일격 마르그리트 유르스나르 | 윤진 옮김

152 말라 온다 알베르토 푸겟 | 엄지영 옮김
153 아르세니예프의 인생 이반 부닌 | 이항재 옮김
154 오만과 편견 제인 오스틴 | 류경희 옮김
155 돈 에밀 졸라 | 유기환 옮김
156 젊은 예술가의 초상 제임스 조이스 | 진선주 옮김
157, 158, 159 카라마조프가의 형제들 표도르 도스토옙스키 | 김희숙 옮김
160 진 브로디 선생의 전성기 뮤리얼 스파크 | 서정은 옮김
161 13인당 이야기 오노레 드 발자크 | 송기정 옮김
162 하지 무라트 레프 톨스토이 | 박형규 옮김
163 희망 앙드레 말로 | 김웅권 옮김
164 임멘 호수 · 백마의 기사 · 프시케 테오도어 슈토름 | 배정희 옮김
165 밤은 부드러워라 F. 스콧 피츠제럴드 | 정영목 옮김
166 야간비행 앙투안 드 생텍쥐페리 | 용경식 옮김
167 나이트우드 주나 반스 | 이예원 옮김
168 소년들 앙리 드 몽테를랑 | 유정애 옮김
169, 170 독립기념일 리처드 포드 | 박영원 옮김
171, 172 닥터 지바고 보리스 파스테르나크 | 박형규 옮김
173 싯다르타 헤르만 헤세 | 권혁준 옮김
174 야만인을 기다리며 J. M. 쿳시 | 왕은철 옮김
175 철학편지 볼테르 | 이봉지 옮김
176 거지 소녀 앨리스 먼로 | 민은영 옮김
177 창백한 불꽃 블라디미르 나보코프 | 김윤하 옮김
178 슈틸러 막스 프리슈 | 김인순 옮김
179 시핑 뉴스 애니 프루 | 민승남 옮김
180 이 세상의 왕국 알레호 카르펜티에르 | 조구호 옮김
181 철의 시대 J. M. 쿳시 | 왕은철 옮김
182 카시지 조이스 캐럴 오츠 | 공경희 옮김
183, 184 모비 딕 허먼 멜빌 | 황유원 옮김
185 솔로몬의 노래 토니 모리슨 | 김선형 옮김
186 무기여 잘 있거라 어니스트 헤밍웨이 | 권진아 옮김
187 컬러 퍼플 앨리스 워커 | 고정아 옮김
188, 189 죄와 벌 표도르 도스토옙스키 | 이문영 옮김
190 사랑 광기 그리고 죽음의 이야기 오라시오 키로가 | 엄지영 옮김
191 빅 슬립 레이먼드 챈들러 | 김진준 옮김
192 시간은 밤 류드밀라 페트루셉스카야 | 김혜란 옮김
193 타타르인의 사막 디노 부차티 | 한리나 옮김
194 고양이와 쥐 귄터 그라스 | 박경희 옮김
195 펠리시아의 여정 윌리엄 트레버 | 박찬원 옮김
196 마이클 K의 삶과 시대 J. M. 쿳시 | 왕은철 옮김
197, 198 오스카와 루신다 피터 케리 | 김시현 옮김

● 문학동네 세계문학전집은 계속 출간됩니다